〔宋〕秦觀 撰
徐培均 箋注

淮海集箋注

修訂本

四

上海古籍出版社

淮海集箋注後集卷第三

詩

次韻孔彦常舍人曝書〔一〕

上帝圖書府〔二〕，傳觀詔特容。嘉賓蒼佩玉，盛饌紫駝峰。散帙牙籤亂，開函錦襲重。君羹如可請〔三〕，願備北堂供〔四〕。

【箋注】

〔一〕本篇元祐五年庚午（一〇九〇）供職祕書省以後作於汴京。孔彦常，據范祖禹范太史集卷五五手記：「孔武仲，彦常。」據宋史本傳：「武仲字常父。……元祐初，歷祕書省正字、校書，集賢校理，著作郎，國子司業。」是武仲一字彦常，與少游同在祕書省任職。晁補之鷄肋集卷十三有次韻孔彦常校資治通鑑作一首，中云：「群公愛我邀我居，平生文舉情豈疎？鈎陳玄武在北極，上帝之府森圖書。」可知曾爲祕書省舍人。蔡絛鐵圍山叢談卷一：「祕書省歲曝書則有會，號曰曝書會。侍從皆集，以爵爲位叙。」張耒亦有同題之作。

〔二〕上帝圖書府：猶言皇家圖書館。此指祕閣。釋文瑩玉壺清話卷一：「興國中，太宗建祕閣，選三館書以寘焉。」

〔三〕君羹句：左傳隱公元年：「潁考叔爲潁谷封人，聞之，有獻於公。公賜之食。食，舍肉。公問之，對曰：『小人有母，皆嘗小人之食矣，未嘗君之羹，請以遺之。』」

〔四〕北堂：指母親。詩衛風伯兮：「焉得諼草，言樹之背。」毛傳：「背，北堂也。」後因以北堂代指母親。

次韻莘老〔一〕

妙齡隨計日，紺髮度關年〔二〕。較藝先豪俊，飛聲動眇綿〔三〕。祕書窺甲乙〔四〕，密室詣温宣〔五〕。已叶半千運〔六〕，仍親尺五天〔七〕。御香春晚炷，宫蠟夜深燃。漢殿螭頭筆〔八〕，岐藩幕下蓮〔九〕。孔鸞人共貴，蘭蕙世皆憐〔一〇〕。附尾方瞠若〔一一〕，提刀獨砉然〔一二〕。皂囊封細札〔一三〕，青簡續遺編〔一四〕。璧府深難造〔一五〕，龍媒雋莫先〔一六〕。大農參奏計〔一七〕，宗伯與興賢〔一八〕。玉鉉行真即〔一九〕，金甌忽浪傳〔二〇〕。兩輪茗上駕〔二一〕，百丈剡中牽〔二二〕。荏苒馮唐老〔二三〕，淹回賈傅還〔二四〕。星霜俄九換，金竹遽三遷〔二五〕。鼓吹吴雲外〔二六〕，旌旛楚水壖〔二七〕。經綸殊未倦，憂患復相連。惡草空摇毒，群蝸漫污涎。松筠終不易，雨露竟無偏。憔悴千株橘，荒涼二頃田〔二八〕。幾書借船帖〔二九〕，屢廣絶交篇〔三〇〕。禪譽推龐藴〔三一〕，親評主閔騫〔三二〕。懶因閑處極，樂向静中全〔三三〕。歲月黄塵裏，鶯花白髮前。冰臺清照底〔三四〕，玉海湛無邊〔三五〕。身世尤飛隼，功名眇蜕蟬〔三六〕。蕉心難固待〔三七〕，楮葉謾勞鐫〔三八〕。佇續清都夢〔三九〕，還隨濁世緣。泉虬淹已久〔四〇〕，風翮去應便。預想朝元處〔四一〕，簪裾立萬仙〔四二〕。

【校】

〔題〕段本、秦本題下附注：「排律。」

〔砉然〕「砉然」原作「嚮然」，此從張本、胡本、李本、段本、王本、秦本。

【箋注】

〔一〕本篇作於元豐元年戊午（一〇七八）。詩云：「荏苒馮唐老，淹回賈傅還。星霜俄九換，金竹遽三遷。」謂莘老因反對新法被斥出京，至今約九年。據蔡上翔王荆公年譜考略卷十五云，熙寧三年，「三月，孫覺、吕公著、張戩、程顥、李常上疏，極言新法」。宋史孫覺傳謂「安石覽之，怒」，「遂以覺爲反覆，出知廣德軍（宋史神宗紀謂在三月乙卯貶知廣德軍），徙湖州」，「徙廬州，改右司諫。以祖母喪求解官，下太常議，不可。詔知潤州，覺已持喪矣」。案熙寧三年（一〇七〇）至元豐元年（一〇七八），將近九年，故云「星霜俄九换」；覺曾知湖、廬、潤三州，故云「金竹三遷」。參見卷二夜坐懷莘老司諫注〔一〕及卷七過六合水亭懷裴博士次韻三首注〔一〕。

〔二〕紺髮：佛教以爲如來毛髮爲紺琉璃色，故名，亦稱紺頂。楊衒之洛陽伽藍記序：「陽門飾毫眉之象，夜臺圖紺髮之形。」此喻老年。

〔三〕較藝二句：眇綿，幽遠貌。李白粉圖山水歌：「洞庭瀟湘意眇綿。」二句寫孫覺青年時期。宋史本傳曰：「甫冠，從胡瑗受學。瑗之弟子千數，别其老成者爲經社，覺年最少，儼然居其間，衆指推服。登進士第。」茆泮林孫莘老年譜謂慶曆七年、八年從胡瑗學，入經社。

〔四〕祕書句：謂覺編校昭文書籍，並受神宗接見。宋史本傳：「嘉祐中，擇名士編校昭文書籍，覺首預選，進館閣校勘。」孫莘老年譜繫此於嘉祐四年，時三十二歲。

〔五〕密室句：謂朝見神宗言事。宋史本傳：「神宗將大革積弊，覺言：『弊政固不可不革，革而當，其悔乃亡。』神宗稱其知理。」温宣，即温室、宣室。見卷二三老堂注〔四〕。

〔六〕半千運：見卷二九代賀胡右丞啓注〔二〕。此承上句，言莘老已獲大用。

〔七〕尺五天：極言與宫廷相近。見卷六南都新亭行寄王子發注〔一六〕。

〔八〕漢殿句：見卷二七代中書舍人孫君孚謝表注〔七〕。案：孫莘老曾於熙寧二年知諫院，同修起居注，故云。

〔九〕岐藩句：岐藩，舊唐書睿宗諸子傳：「惠文太子範，睿宗第四子也。……睿宗踐祚，進封岐王。」又云：「範好工書，雅愛文章之士，多無貴賤，皆盡禮接待。」幕下蓮，謂幕僚。參見卷七次韻朱李二君見寄二首其一注〔三〕。案宋史孫覺傳謂莘老曾「爲昌王記室，王問終身之戒，爲陳諸侯之孝，作富貴二箴」。案：昌王，英宗次子，神宗弟。宋史宗室傳三：「吴榮王顥字仲明……神宗立，進封昌王。」此事孫莘老年譜繫於治平四年。本句指此。

〔一〇〕孔鸞二句：孔（雀）鸞（鳳）、蘭蕙，皆稱譽莘老。

〔一一〕附尾句：附尾，即附驥尾，史記伯夷列傳：「顔淵雖篤學，附驥尾而行益顯。」司馬貞索隱：「蒼蠅附驥尾而致千里，以喻顔回因孔子而名彰。」此處自喻追隨孫莘老。瞠若，莊子田子方：「顔淵問於仲尼曰：『夫子步亦步，夫子趨亦趨，夫子馳亦馳。夫子奔逸絶塵，而回瞠若乎後矣。』」

〔一二〕提刀句：莊子養生主：「庖丁爲文惠君解牛，手之所觸，肩之所倚，足之所履，膝之所踦，砉然嚮然，奏刀砉然，莫不中音，合於桑林之舞。」砉然，嚮聲。此處稱喻莘老才藝高超。

〔一三〕皂囊：漢制，群臣上章表，如事涉機密，則封以皂囊。後漢書蔡邕傳：「具對經術，以皂囊封上。」注引漢官儀：「凡章表皆啓封，其言密事得皂囊也。」此喻莘老嘗屢次上疏言事。

〔一四〕青簡句：道光高郵州志孫覺傳：「所著有周易傳十卷，游定夫、楊龜山有序。書解十三卷，書義口述一卷，春秋經社要義六卷，春秋經解十五卷，春秋尊王四卷，春秋學纂十二卷，文集四十卷，外集十卷，記室雜稿三卷，奏議十卷。」孫莘老年譜謂熙寧元年，曾與曾鞏同修英宗實録。

〔一五〕璧府句：自嗟難進太學。三輔黄圖卷五：「周文王辟廱，在長安西北四十里，亦曰璧廱，如璧之圓，雍之以水，象教化流行也。」璧廱乃周之太學。

〔一六〕龍媒：漢書禮樂志：「天馬徠，龍之媒。」顔師古注引應劭曰：「言天馬者乃神龍之類，今天馬已來，此龍必至之效也。」此句稱譽莘老。

〔一七〕大農句：大農，農業之美稱。六韜文韜：「大農、大工、大商，謂之三寶。農一其鄉則穀足。」案宋史本傳謂青苗法行，覺奏條其妄，云：「今以農民乏絶，將補耕助斂，顧比末作而征之，可乎？」本句指此。

〔一八〕宗伯句：周禮春官：「大宗伯之職，掌建邦之天神、人鬼、地祇之禮，以佐王建保邦國。」後世因稱禮部爲大宗伯。案：據孫莘老年譜，元豐八年三月及元祐三年正月禮部試進士，孫覺嘗知貢舉，故云。

〔一九〕玉鉉句：鉉爲鼎扛，借喻大臣處於高位。易鼎：「鼎玉鉉，大吉無不利。象曰：玉鉉在上，剛柔節也。」三國志魏書王朗傳文帝詔：「朕求賢於君而未得，君乃翻然稱疾，非徒不得賢，更開失賢之路，增玉鉉之傾。」此謂莘老將昇高位。真即，立即真除（正式任命）。

〔二〇〕金甌句：李德裕明皇十七事：「上命相，先以八分書姓名，以金甌覆之。」新唐書崔琳傳：「明皇每命相，先書其名。一日，書琳等名，覆以金甌。會太子入，帝謂曰：『此宰相名，若自意之，誰乎？』太子曰：『非崔琳、盧從愿乎？』帝曰：『然。』」此謂莘老因反對新法觸怒王安石而遭貶，致其升遷未成事實。

〔二一〕兩輪句：劉孝威甘泉歌：「輦回百子閣，扇動兩輪風。」此喻郡守所駕之輕軺。苕上，指湖州。孫莘老年譜謂熙寧四年至六年莘老曾知湖州，故云。

〔二二〕百丈句：百丈，篾纜之别稱。程大昌演繁露卷十五：「劈竹爲六瓣，以麻索連貫其際，以爲牽具，是名百丈。」剡中，今浙江嵊縣。此句謂莘老曾爲判越州，據孫莘老年譜熙寧元年：「疏論邵亢，奪官兩級判越州。」

〔二三〕荏苒句：馮唐，漢安陵人，文帝時爲中郎署長；景帝朝，爲楚相。武帝立，舉賢良，唐時年九十餘，不能復爲官。後人常云「馮唐易老」，見史記、漢書本傳。是歲莘老五十一歲，故云。

〔二四〕淹回句：賈傅，指賈誼。誼，漢洛陽人，文帝時爲博士，遷大中大夫，爲周勃灌嬰所忌，貶爲長沙王太傅，後還爲梁王太傅。史記有傳。此句謂莘老久放外任，即將被召入京。

〔二五〕金竹：銅虎符、竹使符，古代委任將軍及地方長官之兩種信符。漢書文帝紀：「初與郡國守相爲銅虎符、竹使符。」

〔二六〕吴：指吴中，今江蘇蘇州。宋史本傳謂莘老服闋知蘇州。孫莘老年譜謂元豐二年起官知蘇州，此句爲預想到任時盛況。

〔二七〕楚水壖：猶淮壖，指高郵。此句寫由家鄉赴官時情景。

〔二八〕憔悴二句：喻家用拮据。千株橘，三國志吳書孫休傳注引襄陽記：「（李）衡每欲治家，妻輒不聽。後密遣客十人，於武陵龍陽氾洲上作宅，種甘橘千株。臨死，敕兒曰：『汝母惡吾治家，故窮如是。然吾州里有千頭木奴，不責汝衣食。歲上一匹絹，亦可足用耳。』」史記蘇秦列傳：「蘇秦喟然歎曰：『此一人之身，富貴則親戚畏懼之，貧賤則輕易之，況衆人乎！且使我有雒陽負郭田二頃，吾豈能佩六國相印乎！』」此喻出仕在外。

〔二九〕借船帖：張懷瓘書斷：「王羲之借船帖，書之尤工者也。故盧匡寶惜有年，公致書借之不得。」相傳莘老書不工，故少游勉之。

〔三〇〕絶交篇：後漢朱穆有絶交論，晉嵇康有與山巨源絶交書，南朝梁劉峻有廣絶交論。此謂莘老與王安石絶交。宋史孫覺傳謂「王安石早與覺善」，然覺反對新法，上疏云「姦邪之人結黨連伍」，「安石覽之怒」。

〔三一〕禪譽句：龐藴，字道元，見卷六覼覶作小室用孫子實韻注〔一〇〕。案：孫莘老知湖州之時，郡人俞次尚（字退翁）病，呼其妻曰：「我將死。」妻曰：「我欲先死，君俟諸子至，未晚也。」其妻奄然而化。次尚爲文誌其墓。已而，諸子至，明日告曰：「吾亦行矣。」即薰沐趺坐而化。孫莘老以爲事類龐藴，嘗表其墓，少游爲書之。事見孫公談圃卷下及秦譜。

〔三二〕親評句：閔子騫，孔子弟子，名損。藝文類聚卷二十人部引説苑：「閔子騫兄弟二人，母死，其父更娶，復有二子。子騫爲其父御車，失轡。父持其手，衣甚單。父則歸，呼其後母兒，持其手，衣甚厚，温，即謂其婦曰：『吾所以娶汝，乃爲吾子。今汝欺我，去無留！』子騫前曰：『母在一子單，母去四子寒。』其父默然。故曰：『孝哉閔子騫！』」此謂莘老事親至孝，世人以閔子騫評之。

〔三三〕樂向句：禮記樂記：「樂由中出，故静；禮自外作，故文。……揖讓而治天下者，禮樂之謂也。」

〔三四〕冰臺：即冰井臺，魏武帝曹操建於鄴中，見地理通釋。鮑照凌煙樓銘序：「是以冰臺築乎魏邑，鳳閣起乎漢京。」

〔三五〕玉海：海水碧澄如玉，以喻博大精深。梁書朱异傳：「五經博士明山賓表薦异曰：『……玉海千尋，窺映不測。』」

〔三六〕功名句：蟬蜕，謂解脱。史記屈原傳：「蟬蜕於濁穢，以浮游塵埃之外。」

〔三七〕蕉心句：謂己心如芭蕉之不能經冬，難以久待。藝文類聚卷八七菓部下引沈約脩竹彈甘蕉文：「切尋甘蕉出自藥草，本無芬馥之香，柯條之任，非有松柏後彫之心。」此用其意。

〔三八〕楮葉句：見卷七次韻朱李二君見寄其一注〔四〕。

〔三九〕清都：見卷九題之禪老許以草庵見處作詩以約之注〔三〕。

〔四〇〕泉虬：猶潛龍。無角者曰虬。此喻莘老沈滯已久。

〔四一〕朝元：原謂禮拜神仙，此指皇帝臨朝。王建宫詞：「太平天子朝元日，五色雲車駕六龍。」

〔四二〕簪裾：顯貴者服飾。南史張充與王儉書：「茂陵之彦，望冠蓋而長懷；渭川之甿，佇簪裾而永嘆。」二句預祝莘老還朝任職。

送陳太初道録〔一〕

先生簪紱後〔二〕，世系本綿瓜〔三〕。駐馬生枯骨〔四〕，回車濟病蛇〔五〕。帶雲眠酒市，和月醉漁家。落日千山路，西風一枕霞。幾年流俗笑，一旦五侯誇〔六〕。碁惜春深日，琴憎雨後蛙。背因書字曲，髪爲注經華。地轉東淮水，天回北斗車。新宫黄道近〔七〕，舊隱白雲遐〔八〕。顧我身多累，逢君意謾誇。空提方士劍，未上客星槎〔九〕。何日同歸去？重飛九轉砂〔一〇〕。

【箋注】

〔一〕陳太初：宋眉山人，初與蘇軾同學於道士張易簡。王文誥蘇詩總案卷四二引本集陳太初尸解云：「吾八歲入小學，以道士張易簡爲師。童子幾百人，師獨稱吾與陳太初者。太初，眉山市井人子也。予稍長，學日益遂（徐案：苕溪漁隱叢話後集作「邃」。），第進士制策，而太初乃爲郡小吏。……前年惟忠又見予惠州，云：『太初已尸解矣，蜀人吴師道爲漢州太守，太初往客焉。正歲旦日，見師道求衣食錢物。且告别，持所得盡與市人貧者。反，坐於戟門下，遂寂。』」案此文又見東坡志林卷二，「小吏」下云：「其後，余謫居黄州，有眉山道士陸惟忠自蜀來，云太初已尸解矣。」則太初尸解應在元豐二、三年。詩云：「地轉東淮水。」可見太初曾東遊淮上。又云：「顧我身多累。」知少游尚未仕。準此，詩應作於元豐初。道録，道官名。事物紀原道釋科教部：「仙傳拾遺曰：『隋文帝始以玄都觀主王延爲威儀。唐置左右兩街。』宋朝會要曰：『唐有左右街威儀，周避諱改爲道録。』宋朝因之。」岳珂桯史卷十：「時黄冠初盛，范（致虚）因左街道録徐知常，以其姓名聞禁中。」

〔二〕簪紱：簪，冠簪；紱，絲製纓帶，皆古禮服。喻顯貴。陸機晉平西將軍孝侯周處碑：「簪紱揚名，臺閣摽著。」案：此乃恭維之語，陳太初本係市井人子，見注〔一〕。

〔三〕綿瓜：詩大雅緜：「緜緜瓜瓞，民之初生。」喻子孫繁衍。

〔四〕生枯骨：使死人復生。左傳襄公二十二年：「吾見申叔夫子，所謂生死而肉骨也。」

〔五〕濟病蛇：淮南子覽冥訓「隋侯之珠」高誘注：「隋侯見大蛇傷斷，以藥傅之，後蛇於江中銜大珠以報之。因曰隋侯之珠，蓋明月珠也。」

〔六〕一旦句：漢書樓護傳：「是時王氏方盛，賓客滿門，五侯兄弟争名，其客各有所厚，不得左右，唯護盡入其門，咸得其驩心。……與谷永俱爲五侯上客，長安號曰『谷子雲筆札，樓君卿脣舌』，言其見信用也。母死，送葬者致車二三千兩，閭里歌之曰：『五侯治喪樓君卿。』」五侯，指漢成帝時封舅王譚、王商、王立、王根、王逢時等爲侯。

〔七〕黄道：古人想象中太陽繞地而行之軌道。漢書天文志：「日有中道，月有九行。中道者黄道，一曰光道。」

〔八〕白雲：指白雲鄉，即仙鄉。舊題漢伶玄飛燕外傳：「是夜進合德，成帝大悅，以輔屬體，無所不靡，謂爲温柔鄉。謂嫕曰：『吾老是鄉矣，不能效武皇帝求白雲鄉也。』」

〔九〕客星槎：見卷六次韻黄冕仲寄題順興步雲閣詩注〔七〕。

〔一〇〕九轉砂：即道家之九轉金丹。轉，循環變化之意，如將丹砂燒成水銀，又將水銀煉成丹砂，以九轉者爲貴。見抱朴子金丹。吴商浩北邙山詩：「堪取金爐九還藥，不能隨夢向浮生。」

【彙評】

段斐君本淮海集徐渭眉批：「背因書字曲，髮爲注經華。」二語詠老僧更切。

贈蘇子瞻〔一〕

嘆息蘇子瞻，聲名絶後先。衣冠傳盛事，兄弟固多賢〔二〕。感慨詩三百，流離路八千〔三〕。直心羞媚竈〔四〕，忠力欲回天。縲絏終非罪〔五〕，江湖祇自憐〔六〕。饑寒常併日，疾病更連年。明主無終棄〔七〕，西州稍内遷〔八〕。奏言深意苦，感涕内人傳〔九〕。前席須宣室〔一〇〕，非熊起渭川〔一一〕。君臣悦相遇，願上角招篇〔一二〕。

【箋注】

〔一〕本篇元符三年丙子（一〇九六）作於雷州。據秦譜，是歲「正月，哲宗崩，皇弟端王趙佶即位……五月下赦令，遷臣多内徙。蘇公量移廉州……六月二十五日蘇公與先生相會於海康」。詩云：「明主無終棄，西州稍内遷。」即指此也。案：據施宿東坡先生年譜下及孫汝聽蘇潁濱年表，赦令二月即下，唯蘇軾五月始被移廉之命。秦譜誤。

〔二〕兄弟句：蘇軾與其弟轍，俱負才名，同登進士，軾歷官至吏部尚書及兵部尚書，轍官至尚書右丞，同負盛名，故云。

〔三〕路八千：韓愈左遷至藍關示侄孫湘詩：「一封朝奏九重天，夕貶潮陽路八千。」此指蘇軾謫至嶺南瓊海一帶，路途遥遠。

〔四〕媚竈：喻巴結權勢。論語八佾：「與其媚於奥，寧媚於竈。」朱熹集注：「媚，親順也；室西南隅爲奥。竈者，五祀之一，夏所祭也。……喻自結於君，不如阿附權臣也。」

〔五〕縲絏句：縲絏，拘繫犯人之繩索，引申爲牢獄。論語公冶長：「雖在縲絏之中，非其罪也。」

此指元豐二年蘇軾因烏臺詩案繫御史獄中。

〔六〕江湖句：指蘇軾屢遭貶謫，輾轉各地。

〔七〕明主句：孟浩然歲暮歸南山詩：「不才明主棄。」此反其意而用之，謂元符三年徽宗下令赦歸。

〔八〕西州：指廉州，在瓊州之西，故云。

〔九〕奏言二句：長編卷四〇九元祐三年四月辛巳載，蘇軾任翰林學士不知誰人所薦，「太皇太后忽宣諭……『久待要學士知，此是神宗皇帝之意，當其飲食而停筯看文字，則内人必曰：「此蘇軾文字也。」神宗每時稱曰：「奇才，奇才！」但未及用學士而上僊耳。』軾哭失聲，太皇太后與上(哲宗)、左右皆泣。已而命坐賜茶……徹金蓮燭送歸院。」内人，内侍。

〔一〇〕前席句：宣室，見卷二三老堂注〔四〕。此以賈誼喻蘇軾。

〔一一〕非熊句：史記齊太公世家：「西伯將出獵，卜之曰：『所獲非龍非彲，非虎非熊，所獲霸王之輔。』於是西伯獵，果遇太公渭之陽。」此以太公喻蘇軾。

〔一二〕角招篇：孟子梁惠王：「召太師曰：『爲我作君臣相悦之樂。』蓋徵招、角招是也。」朱熹集注：「樂有五聲，三曰角，爲民，四曰徵，爲事。招，舜樂也；其詩，徵招、角招之詩也。」

次韻安州晚行寄傳師〔一〕

投暮安州北，蒼煙亂眼昏。茅茨人外路〔二〕，砧杵月邊村〔三〕。野水飛雲薄，空林噪雀繁。幾人堪此樂，逢客莫輕論。

【箋注】

〔一〕宋史地理志四云，荆湖北路有安陸軍，安遠軍節度，本安州。案：其地爲今湖北省安陸。宋史孫覽傳謂孫覽，字傳師，莘老之弟。擢第，神宗壯其材，以爲司農主簿。以舒亶劾，「出提舉利州、湖南常平，改京西轉運判官，入爲右司員外郎。荆湖開疆，命往相其便。」據續資治通鑑長編卷三四五載，元豐八年五月己酉，「荆湖路相度公事孫覽」云云，準此，傳師原唱當作於相度「荆湖開疆」之際，即元豐八年五月前後也。少游次韻亦在其後不久。參見卷十寄孫傳師著作。

〔二〕茅茨：茅草屋頂。史記秦始皇本紀：「堯舜采椽不刮，茅茨不剪。」後指茅舍。

〔三〕砧杵：見卷二田居四首之三注〔二〕。

題五柳亭〔一〕

結構依流水，新題五柳亭。登臨有遺味，攀折不勝情〔二〕。隔岸閶閭鼓〔三〕，遶軒舟舫横。

【校】

末句王本、秦本、四部本注云：「此下缺文。」徐案：此爲五律，當闕結二句。

【箋注】

〔一〕五柳亭：似在山陽，非陶淵明所居。山陽人徐積仲車、張耒文潛均有詩可證。徐詩題作和石宣德五柳亭安正，可知主人爲宣德郎石安正。詩云：「五柳神君氣貌端，所希所向靜而安。每思往行投閑地，肯逐時情慕熱官？……也應種得東籬菊，好置籃輿自在觀。」（見節孝先生集）張耒題五柳亭詩云：「大夫風韻如彭澤，五柳蕭森手自栽。」（見張右史集）均指石安正而言。

〔二〕攀折句：太平廣記卷四八五許堯佐章臺柳傳韓翃詞：「縱使長條似舊垂，也應攀折他人手。」柳氏答詞：「一葉隨風忽報秋，縱使君來豈堪折！」

〔三〕閭閻：里巷之門，借指里巷。班固西都賦：「内則街衢洞達，閭閻且千。」

觀寶林塔張燈次胡瑗韻〔一〕

飛來峯上塔，然蜜奉慈觀〔二〕。互照三山冢〔三〕，分輝七寶欄〔四〕。勢摯金界迥〔五〕，影蘸玉奩寒〔六〕。次第邊烽舉，高低祭燭攢。虹旌排陣堞，火傘御靈官〔七〕。

魏乘珠千顆〔八〕，隋帆錦萬端〔九〕。華敷連藏海〔一〇〕，光集匝宫壇。冏冏連青昊〔一一〕，熒熒逼翠巒。月卿秋抒思，星將夜濡翰。繼聽鈞天奏〔一二〕，尤知屬和難。

【校】

〔然蜜〕原誤作「然密」，此從王本、四部本。

〔三山〕原損「山」字，據張本、胡本、李本、段本、王本補。

〔抒思〕原損「抒」字，據張本、胡本、李本、段本、王本補。

【箋注】

〔一〕本篇元豐二年己未（一〇七九）作於會稽。寶林塔，在城内南門龜山上。少游有録寶林事實，可參。今寶林塔尚存，在紹興市和暢堂秋瑾故居北，其山俗呼塔山。胡瑗，宋海陵（今江蘇泰州）人，字翼之，見卷三三李氏夫人墓誌銘注〔一〕。華鎮送越帥程給事赴詔：「精藍振起都城美。」自注：「公重建寶林寺，寺爲城中勝概。」

〔二〕飛來二句：飛來峯，即龜山、塔山。然蜜，點燃蠟燭。樹提伽經：「王言庶民然脂，諸侯然蜜，天子然漆。」慈觀，佛家語，常懷使人得樂之心以觀察衆生，謂之慈觀。法華經普門品：「悲觀及慈觀，常願常瞻仰。」

〔三〕三山：陸游有三山杜門作歌五首，朱東潤師陸游詩選注曰：「三山，在紹興縣西約九里，臨近鏡湖，陸游於乾道二年（一一六六）卜築於此。」

〔四〕七寶欄：用七種寶物裝飾之欄杆。佛家七寶名目，各經説法不一，大抵以金、銀、琉璃、硨磲、瑪瑙、珍珠、珊瑚爲主。見法華經、無量壽經等。

〔五〕金界：佛家語，金剛界之省略，見卷四同子瞻參寥游惠山三首其二注〔八〕。

〔六〕玉奩：玉鏡，此喻附近之鑑湖。

〔七〕火傘句：韓愈遊青龍寺贈崔大補闕詩：「光華閃壁見神鬼，赫赫炎官張火傘。」靈官，仙官。漢武帝内傳：「昔以出配北燭仙人，近又召還，使領命禄，真靈官也！」據明史秩官志三道録司，道家之靈官，秩八品。

〔八〕魏乘句：史記田敬仲完世家：「魏王問曰：『王亦有寶乎？』威王曰：『無有。』梁王曰：『若寡人國小也，尚有徑寸之珠，照車前後各十二乘者十枚，奈何以萬乘之國而無寶乎？』」以上喻寶林塔張燈景況。

〔九〕隋帆句：大業拾遺記：「煬帝幸江都，至汴，帝御龍舟，蕭妃乘鳳舸，錦帆綵纜，窮極侈靡。」此喻寶林塔内結綵情景。萬端狀錦帆用布之多。古代布帛以六丈爲一端。

〔一〇〕華敷句：華敷：鮮花盛開。王逸荔枝賦：「角昴興而華敷。」藏海，寶藏之海，佛家語。秘藏寶鑰下：「藏海息七轉之波，藴落斷六賊之害。」

〔一一〕冏冏：今通作「炯炯」。光明貌。江淹雜體詩：「冏冏秋月明，憑軒詠堯老。」

〔一三〕鈞天奏：即鈞天廣樂。史記扁鵲傳：「(趙)簡子寤，語諸大夫曰：『我之帝所，甚樂，與百神游於鈞天，廣樂九奏萬舞，不類三代之樂，其聲動心。』」鈞天，上帝所居；廣樂，指仙樂。

還自湯泉十四韻〔一〕

歲晚倦城郭，聯驂度巃嵸〔二〕。天黄雲脚亂，村黑鳥翎訛。潦水侵生路〔三〕，晴天落慢坡〔四〕。澄江練不卷〔五〕，温井鑑新磨。漁火分星遠，沙鷗散點多。霸祠題玉篰〔六〕，龍窟受金波〔七〕。琬琰存吴事〔八〕，兒童記楚歌〔九〕。孤龕瘦居士，雙塔老頭陀〔一〇〕。飛鼠鳴深穴〔一一〕，胡蜂結巧窠。晚參圓白足〔一二〕，昏梵禮青螺〔一三〕。雲馭沉荒甃〔一四〕，仙舂没淺莎〔一五〕。杖藜從莫逆〔一六〕，談笑入無何〔一七〕。慘澹日連霧，蕭騷風轉阿〔一八〕。華清俄夢斷〔一九〕，回首失煙蘿。

【校】

〔老頭陀〕「老」原誤作「盞」，據王本、秦本、四部本改。

〔雲馭〕原脱「雲」字，據張本、胡本、李本補。

〔仙舂〕原作「仙春」，據張本、胡本、李本改。

〔慘澹〕原誤作「滲澹」，據胡本、李本、王本改。

【箋注】

〔一〕據秦譜，熙寧九年甲戌，少游曾與孫莘老、參寥子同遊歷陽之湯泉。詩云「歲晚倦城郭」，點明此詩作於是歲之暮。次年詩人作游湯泉記（見卷三十八），可參看。

〔二〕聯驂句：指與孫莘老、參寥子並轡而游。嶪峩，狀山峯之高峻。游湯泉記云：「具鞍馬，戒徒御……東南馳八里，至龍洞山下。」可證。

〔三〕潦水：王勃滕王閣詩序：「潦水盡而寒潭清，煙光凝而暮山紫。」此指漫溢之水。

〔四〕慢坡：指坡度較小之山坡。

〔五〕澄江句：謝朓晚登三山還望京邑詩：「餘霞散成綺，澄江静如練。」

〔六〕霸祠：霸王祠，在烏江浦。史記項羽本紀：「項王欲東渡烏江，烏江亭長檥船待。」羽因無顔見江東父老，自刎而死。後人立祠祀之。少游寄老庵賦云：「前望建業之都，却顧項王之亭。」即指此。玉筯，書體名。題玉筯，歷陽典録卷九：「項亭在烏江……舊有李陽冰題『西楚霸王靈祠』六篆字，秦少游湯泉詩所謂『霸祠題玉筯』者也。」

〔七〕龍窟句：龍窟，即龍洞，見前和孫莘老遊龍洞注〔一〕。金波，形容月光浮動。漢書禮樂志云：「月穆穆以金波。」顔師古注：「言月光穆穆，若金之波流也。」杜甫十六夜玩月：「舊挹金波爽，皆傳玉露秋。」

〔八〕琬琰句：琬琰，琬圭與琰圭。孝經序：「寫之琬琰，庶有補於將來。」疏：「寫之琬圭琰圭之上……而言寫之琬琰者，取其美名耳。」此句謂歷史上載有項羽起兵於江東之故事。

〔九〕楚歌：史記項羽本紀：「夜聞漢軍四面皆楚歌，項王乃大驚曰：『漢皆已得楚乎？是何楚人之多也！』」

〔一〇〕頭陀：佛教名詞，僧侶行頭陀時，應守十二項苦行，即住空閑處、常乞食、着糞掃衣（百衲衣）等，稱「頭陀行」。後也用以稱行脚僧。此處狀雙塔之圓頂。

〔一一〕飛鼠：蝙蝠。此謂龍洞深處有蝙蝠飛鳴。

〔一二〕晚參句：謂僧人晚間參禪。圓白足，謂僧人圓坐相向。白足，高僧傳卷十釋曇始：「義熙初，復還關中，開導三輔。始足白於面，雖跣涉泥水，未嘗沾濕，天下皆稱白足和上（尚）。」此指同遊者參寥子。

〔一三〕青螺：指佛髻。華嚴經：「佛髻肉如青螺。」白居易繡阿彌陀佛贊：「金身螺髻，玉毫紺目。」此處借喻佛像。

〔一四〕雲馭：楊系通天臺賦：「粲粲彩彩，靈仙兮所在，若瑶臺之雲馭，冠鼇山於溟海。」荒甃，指廢井。卷三八遊湯泉記：「有泉五，一曰太子湯，舊傳梁昭明所遊，今廢於野。」

〔一五〕仙舂：利用水力之舂米器，即水碓。卷三八游湯泉記云：「故墟荒落晨汲暝舂之狀，悠然與耳目謀。」

〔一六〕莫逆：指知交。莊子大宗師：「子桑户、孟子反、子琴張，三人相與爲友，相視而笑，莫逆於心。」此指作者與孫莘老、參寥子三人。

〔一七〕無何：即無何有之鄉。莊子應帝王：「予方將與造物者爲人，厭則又乘夫莽眇之鳥，以出六極之外，而游無何有之鄉，以處壙埌之野。」此謂談笑中不知不覺進入杳渺之境界。

〔一八〕蕭騷句：蕭騷：風吹樹木聲。薛能寄河南鄭侍郎詩：「寒窗不可寐，風地葉蕭騷。」阿：丘陵。

〔一九〕華清：池名，在今陝西臨潼城南驪山西北麓，唐貞觀十八年建湯泉宮，咸亨二年改名温泉宮，天寶六載擴建，改名華清宮，後又改名華清池。天寶十五載宮毁於兵火。此以華清池温泉喻歷陽之湯泉。參見卷一湯泉賦子瞻題跋。

辨才法師嘗以詩見寄繼聞示寂追次其韻〔一〕

遥聞隻履去翛然〔二〕，詩翰纔收數月前。江海盡頭人滅度〔三〕，亂山深處塔孤圓〔四〕。憶登夜閣天連雁，同看秋崖月破煙〔五〕。尚有衆生未成佛，肯超欲界入諸禪〔六〕？

【箋注】

〔一〕本篇元祐六年辛未（一〇九一）十月作於汴京。辨才，僧名。俗姓徐，字無象，於潛人。晚居龍井壽聖院。元祐六年九月乙卯，無疾而終，實壽八十一。其生平見卷三十與蘇公先生簡其四注〔一〇〕。少游有龍井題名記、龍井記及録龍井辨才事諸文叙其事迹。

〔二〕遥聞句：隻履，景德傳燈録卷三云，達摩既葬熊耳山，後三歲，魏宋雲使西域回，遇師於葱嶺，見其手攜隻履。翩翩獨逝。雲問：「師何往？」師曰：「西天去。」雲返，具奏，上令啓壙，惟一革履存焉。翛然，自由自在貌。莊子大宗師：「翛然而往，翛然而來。」

〔三〕江海句：江海盡頭，指杭州。杭州臨錢塘江、瀕東海，故云。滅度，佛家語，謂僧亡。梵語涅槃、泥洹之義譯。大般涅槃經卷二九：「滅生死故，名爲滅度。」

〔四〕亂山句：辨才死，以塔葬之於龍井風篁嶺。蘇轍龍井辨才法師塔碑云：「至十月庚午塔成。」

〔五〕憶登二句：元豐二年中秋後少游到龍井，嘗相與登閣看月。參見卷十照閣詩注〔一〕。

〔六〕欲界：佛家分世界爲三界：一曰欲界，二曰色界，三曰無色界。欲界爲「五道」中之地獄、餓鬼、畜生、人和六欲天以及他們所居存的場所（稱爲「器世間」）之總稱。以此界衆生俱貪戀食、色、眠諸欲，故名。俱舍論分别世品第三：「地獄等四及六欲天，并器世間，是名欲界。」

【彙評】胡仔苕溪漁隱叢話前集卷五十引雪浪齋日記云：（少游）吊辨才詩云：「滄海盡頭人滅度，亂峯深處塔孤圓。憶登夜閣天連雁，同看秋崖月上煙。」劉僩云：「天連雁，前人有『古戍天連雁』之句。」

【附】蘇詩集成有次韻參寥寄少游一首：巖棲木石已皤然，交舊何人慰眼前？素與晝公心印合，每思秦子意珠圓。當年步月來幽谷，拄杖穿雲冒夕煙。臺閣山林本無異，故應文字不離禪。（徐案：查慎行案：「七言律一首，乃辨才法師詩。」又云：「淮海集詩題云『辨才詩以詩見寄……』云云，即此首韻，則又其一證也。今駁正。」此詩與少游詩同韻，故可定爲辨才原唱。）

次韻公闢州宅月夜偶成〔一〕

其一

新秋過雨月如霜，緩足蓬萊徹上方〔二〕。翠木玲瓏藏寶界〔三〕，白煙濃淡鎖華堂。書名越艷誰興發〔四〕？角動單于自感傷〔五〕。山似臥龍天似水，却疑身在海中央。

【箋注】

〔一〕此詩元豐二年己未（一〇七九）作於會稽。州宅，在卧龍山腹部。具見嘉泰會稽志卷九引刁景純望海亭記。公闢，即州守程師孟，見卷七遊龍門山次程公韻注〔一〕。

〔二〕蓬萊：閣名，原在今紹興市卧龍山。見卷五送蔡子驤用蔡子駿韻注〔八〕。

〔三〕寶界：佛家語，謂諸佛之浄土，即極樂世界。迦才浄土論上：「彌陀寶界，凡聖開欣。」此喻佛寺。

〔四〕越艷：本指越地美女。王昌齡采蓮曲：「吴姬越艷楚王妃，争弄蓮舟水濕衣。」此謂有書名曰越艷，不詳。

〔五〕單于：曲調名。韋莊綏州作詩：「一曲單于暮烽起，扶蘇城上月如鈎。」

其二

繚繞千重雨後涼，月含秋色上東方。風催絡緯歸金井〔一〕，月轉檀欒蔭畫堂〔二〕。遊目騁懷佳興發〔三〕，感時撫事壯心傷。歸來枕簟清無夢，卧看明星到未央〔四〕。

【校】

〔絡緯〕原誤作：「絡紓。」從張本、胡本、李本、段本、王本、秦本、四部本。

【箋注】

〔一〕絡緯：昆蟲名，即紡織娘。李白長相思：「絡緯秋啼金井闌，微霜淒淒簟色寒。」

〔二〕檀欒：竹之别稱，見卷七過六合水亭懷裴博士其三注〔二〕。

〔三〕遊目騁懷：王羲之蘭亭集序：「仰觀宇宙之大，俯察品類之盛，所以遊目騁懷，足以極視聽之娱，信可樂也！」

〔四〕未央：未盡。詩小雅庭燎：「夜如何其？夜未央。」此指天將曉。

【彙評】

李詡戒庵老人漫筆卷六：少游月夜詩末句云：「歸來枕簟清無夢，卧看明星到未央。」蓋用小雅「夜未央」句，若言「未央」而無「夜」字則不可，此詩之病也。

次韻公闢即席呈太虚〔一〕

與君鄰並共煙霞，乘興時時過我家〔二〕。更漏一新聞曉角〔三〕，門闌數級看秋花。

湖山對值全如買，風月相期不用賒。賴有醉毫吟更苦，他年分作句圖誇〔四〕。

【校】

〔題〕王本、四部本題作：「次韻公闢即席見寄。」王本題下附注有「胡□□□寄字有吴□□□

字」。

【箋注】

〔一〕據秦譜，本篇元豐二年己未（一〇七九）秋作於會稽。太虛，秦觀字。即席呈太虛，乃公闢首唱詩。

〔二〕與君二句：時少游如越省大父承議公，住於會稽尉叔父秦定處，其宅當在府衙内，與程公闢相鄰。煙霞：指山水勝景。謝朓擬宋玉風賦：「煙霞潤色，荃荑結芳，出硐幽而泉冽，入山户而松涼。」

〔三〕更漏：古代視刻漏以報更，故云。許渾韶州驛樓宴罷詩：「主人不醉下樓去，月在南軒更漏長。」

〔四〕句圖：以詩之佳句作圖。劉攽中山詩話：「人多取佳句爲句圖，特小巧美麗可喜，皆指詠風景、形似百物者爾，不得見雄材遠思之人也。梅聖俞愛嚴維詩曰：『柳塘春水漫，花塢夕陽遲。』……若此等句，其含蓄深遠，殆不可模倣。」

次韻公闢將受代書蓬萊閣〔一〕

城連湖岸水爲關〔二〕，旦暮樵風自往還〔三〕。龜負寶林新佛地〔四〕，龍蟠使宅老仙山〔五〕。平生仕宦今何得？終日登臨獨未閑。歲滿徘徊難遽別，就中瀟洒異人間。

【校】

〔樵風〕王本、四部本誤作「漁樵」。

【箋注】

〔一〕本篇元豐二年己未（一〇七九）歲暮作於會稽。蓬萊閣，見卷八蓬萊閣詩注〔一〕。

〔二〕城連句：指斗門（閘門）。嘉泰會稽志卷四：「三江斗門，在會稽縣東北八里，俗傳浙江、浦陽江、曹娥江，皆匯于此。」

〔三〕樵風：後漢書鄭弘傳「會稽山陰人」注引南朝宋孔靈符會稽記：「射的山南有白鶴山，此鶴爲仙人取箭。漢太尉鄭弘嘗采薪，得一遺箭，頃有人覓，弘還之，問何所欲，弘識其神人也，曰：『常患若邪溪載薪爲難，願旦南風，暮北風。』後果然。」後因稱若邪溪之風爲樵風，並名其地爲樵風涇。

〔四〕龜負寶林：謂程公闢重新修建龜山上之寶林禪院，參見本卷觀寶塔張燈次胡瑗韻注〔一〕。

〔五〕龍蟠句：謂州宅位於卧龍山上。參見卷五送蔡子驤用蔡子駿韻注〔二〕。

次韻公闢聞角有感〔一〕

一聽胡笳動越吟〔二〕，聲潛地底氣逾深。千宮月色單于曲〔三〕，萬里天光魏闕心〔四〕。秉燭何人猶把盞〔五〕？挑燈有女正穿針。早寒時節黄昏後，更逐西風應遠砧〔六〕。

【校】

〔聲潛〕原脱「潛」字，據張本、胡本、李本、段本、王本、秦本、四部本補。

【箋注】

〔一〕本篇元豐二年（一〇七九）秋作於會稽。

〔二〕一聽句：胡笳，古代北方民族管樂器，相傳漢代張騫自西域傳入，其音悲涼。越吟，越地歌曲。文選王粲登樓賦：「鍾儀幽而楚奏兮，莊舄顯而越吟。」注引史記曰：「楚王曰：『舄，故越之鄙細人也，今仕楚執珪，富貴矣，亦思越不？』（陳軫）對曰：『凡人之思故，在其病也。彼思越則越聲，不思越則且楚聲。人往聽之，猶尚越聲也。』」案：上引見張儀列傳。

〔三〕單于曲：見本卷次韻公闢州宅月夜偶成其一注〔四〕。

〔四〕魏闕心：指企圖仕進。莊子讓王：「身在江海之上，心居乎魏闕之下。」

〔五〕秉燭：古詩十九首之十五：「晝短苦夜長，何不秉燭遊？」

〔六〕砧：擣衣石。謝惠連擣衣詩：「櫚高砧響發，楹長杵聲哀。」

寄公闢〔一〕

憶昔都門手一攜，春禽初向苧蘿啼〔二〕。夢回金殿風光別，吟到銀河月影低。舞急錦腰迎十八〔三〕，酒醒玉盞照東西。何時得遂扁舟去，邂逅從君訪剡溪〔四〕？

【箋注】

〔一〕此篇亦見王安石王文公文集卷五九，題作寄程給事，「酒醒」作「酒酣」。又見鄭獬鄖溪集卷二七，「憶昔」作「念昔」，「酒醒」作「酒酣」，「邂逅」作「雪棹」，「從君」作「同君」。又見瀛奎律髓刊誤，不著撰人，「邂逅」作「雪棹」。據嘉泰會稽志卷二，程公闢以熙寧十年十月知越州。本篇云：「春禽初向苧蘿啼。」蓋作於次年，即元豐元年戊午（一〇七八）春。首句云「憶昔都門手一攜」，「都門」指汴京。考少游生平未嘗於熙寧十年之前在京爲程公闢送別，即此可證此詩非少游所作。蓋王安石詩，下一首同。

〔二〕苧蘿：山名，在今浙江諸暨南五里，曾爲西施鄭旦所居。見嘉泰會稽志卷九。此處泛指越中。

〔三〕舞急句：歐陽修玉樓春（西湖南北）詞：「杯深不覺琉璃滑，貪看六幺花十八。」王灼碧鷄漫志卷三云：「此曲內一疊名『花十八』，前後十八拍，又四花拍，共二十二拍。樂家者流所謂

『花拍』，蓋非其正也。曲節抑揚可喜，舞亦隨之，而舞『築球六幺』至『花十八』，益奇。」案「花拍」即今之「贈板」，見清方成培香研居詞麈。

〔四〕邂逅句：邂逅，不期而遇。詩鄭風野有蔓草：「邂逅相遇，適我願兮。」此處意爲一旦、偶然。剡溪，見卷二送僧歸保寧注〔九〕。

呈公闢〔一〕

東歸行路歎賢哉〔二〕，碧落新除寵上才〔三〕。白傅林塘隨畫去〔四〕，吳山花鳥入詩來〔五〕。唱酬自有微之在，談笑應容逸少陪〔六〕。除此兩翁相見外，不知三徑爲誰開〔七〕？

【箋注】

〔一〕本篇亦見王安石王文公文集卷五七，題作送程公闢還姑蘇，「隨畫去」作「傳畫去」，「吳山」作「吳王」。亦見陳衍宋詩精華録卷二，題作送程公闢得謝歸姑蘇，王安石作。可見非少游詩。

〔二〕東歸句：據宋史程師孟傳：「程師孟字公闢，吳人。……復起知越州、青州，遂致仕。」此指公闢致仕歸吳。嘆賢哉，語本漢書疏廣傳，云：「廣上疏乞骸骨，上以其年篤老，皆許之。……公卿大夫故人邑子設祖道，供張東都門外，送者車數百輛，辭決而去。及道路觀者，皆曰：『賢哉二大夫！』」

〔三〕碧落句：喻公闕致仕後將以善行爲仙界所聘。葛洪神仙傳沈羲：「忽有三仙人在前，羽衣持節，以白玉版、青玉介、丹玉字授與羲，羲歸受未能談，云拜羲爲碧落侍郎，主吴越生死之籍。」寵上才，謂賞賜恩禮倍受寵異之高才也。

〔四〕白傅句：白居易開成初爲太子少傅，故稱白傅，又嘗於寶曆間任蘇州刺史。白傅林塘，指蘇州園林。

〔五〕吴山句：泛指吴中勝景。

〔六〕唱酬二句：王安石自注：「少保元絳，謝事居姑蘇。又，王中甫善歌詞，與相唱酬燕集。」此以唐詩人元稹（字微之）切元絳，晉王羲之（字逸少）切王中甫。案：舊唐書白居易傳與元九書云：「故自八九年來，與足下小通則以詩相戒，小窮則以詩相勉，索居則以詩相慰，同處則以詩相娱。」可見元白唱酬之多，因以爲喻。

〔七〕不知句：用杜甫客至「花徑不曾緣客掃，蓬門今始爲君開」詩意。三徑，陶淵明歸去來辭：「三徑就荒，松菊猶存。」案：三徑用漢代蔣詡事。嵇康高士傳：「蔣詡，杜陵人。詡爲兖州，王莽爲宰衡，詡奏事到霸上，移疾歸杜陵，荆棘塞門，舍中三徑，終身不出，惟求仲、羊仲與之遊。」

奉和莘老〔一〕

童子何知幸最深，久班籍湜奉登臨〔二〕。挾經屢造芝蘭室〔三〕，揮麈常聆金玉音〔四〕。黄卷香焚春晼晚〔五〕，絳紗人散夜蕭森〔六〕。明朝只恐絲綸下〔七〕，回首青雲萬里心〔八〕。

【箋注】

〔一〕本篇作於元豐元年戊午（一〇七八）暮春。據續資治通鑑長編卷二六九，孫莘老於熙寧八年十月丁祖母憂，至元豐元年五月服除（孫莘老年譜所載亦同）。詩云：「黄卷香焚春晼晚。」又云：「明朝只恐絲綸下。」知作於元豐元年暮春。參見卷二夜坐懷莘老司諫注〔一〕。

〔二〕久班句：以皇甫湜、張籍自喻，而以韓愈隱喻孫莘老。新唐書韓愈傳：「愈卓然樹立，成一家言。……至其徒李翺、李漢、皇甫湜從而效之，遽不及遠甚。從愈游者，若孟郊、張籍，亦皆自名於時。」張籍傳則謂「而愈賢重之。」可見皆爲晚輩。奉登臨，指熙寧五年同游雩上及九年同游湯泉。

〔三〕芝蘭室：孔子家語六本：「與善人居，如入芝蘭之室，久而不聞其香，即與之化矣。」龐元英文昌雜録卷四載：「禮部李侍郎説：祕書少監孫莘老莊居在高郵新開湖邊。」與少游鄰近，故常往。

〔四〕揮麈句：晉人尚清談，常揮麈尾以爲談助。麈尾，即拂麈。世説新語容止：「王夷甫容貌端麗，妙於談玄，恒捉白玉柄麈尾，與手都無分别。」此指談論。金玉音，見卷三同子瞻端午日游諸寺得深字注〔一〇〕。

〔五〕黄卷句：黄卷，謂書籍。古人以雌黄染紙以防蠹，寫錯亦可以雌黄改之，故稱黄卷。新唐書狄仁傑傳：「黄卷中方與聖賢對，何暇偶俗吏語耶？」晼晚：將暮、遲暮。宋玉九辯：「白日晼晚其將入兮，明月銷鑠而減毁。」

〔六〕絳紗：用馬融事，見卷二九謝胡晉侯啓注〔六〕。

〔七〕絲綸：指詔書。禮緇衣：「王言如絲，其出如綸。」

〔八〕青雲：見卷五送張叔和兼簡魯直注〔八〕。

中秋口號 并引〔一〕 一云雲山閣白語。

伏以四難并得〔二〕，既爲尊俎之佳期；五福具膺〔三〕，實號縉紳之盛事。矧中秋之届候，宜公燕之交歡。恭惟判府大資〔四〕，身遇聖神，家傳將相〔五〕。時應半千之運〔六〕，論歸尺五之天〔七〕。姓名久在於金甌〔八〕，方面暫分於玉節〔九〕。浮堦飛閣，引南國之佳人；豪竹哀絲，奏西園之清夜〔一〇〕。雲山簷楯接低空，公宴初開氣鬱葱。照海旌旛秋色裏，激天鼓吹月明中。香槽旋滴珠千顆〔一一〕，歌扇驚圍玉一叢。二十四橋人望處〔一二〕，台星正在廣寒宫〔一三〕。

【校】

〔題〕本篇原有二首，一首載卷八，無「并引」及題下附注；一首重見於此，有「并引」及題下附注。

〔旌旛〕卷八作「旌幢」。

〔激天〕王本、四部本作「徹天」。

〔鼓吹〕王本、四部本案：「寶祐揚州志作『簫鼓』。」

【箋注】

〔一〕本篇元豐六年（一〇八三）作於揚州，時吕公著招宴於雲山閣，説見卷八中秋口號注〔一〕。

〔二〕四難：見卷七鮮于子駿使君生日注〔一三〕。

〔三〕五福：同上注〔一二〕。

〔四〕判府大資：宋史吕公著傳：「元豐五年，以疾丐去位，除資政殿學士、定州安撫使……徙揚州，加大學士。」古代官制，以高官兼任低職稱判。大資，即資政殿大學士。

〔五〕家傳將相：王明清揮麈前録卷之一：「吕文穆（蒙正）相太宗；猶子文靖（夷簡）參真宗政事、相仁宗；文靖子惠穆（公弼）爲英宗副樞、爲神宗樞使；次子正獻（公著）爲神宗知樞、相哲宗；正獻孫舜徒（好問）爲太上皇右丞。相繼執七朝政，真盛事也！」

〔六〕半千之運：見卷二九代賀胡右丞啓注〔一〕。

〔七〕尺五之天：見卷六南都新亭行寄王子發注〔一七〕。

〔八〕金甌：見本卷次韻莘老注〔二〇〕。

〔九〕玉節：玉製之符節。周禮地官掌節：「守邦國者用玉節。」

〔一〇〕西園：曹植公讌詩：「清夜遊西園，飛蓋相追隨。」

〔一一〕香檀句：見卷八中秋口號注〔六〕。

〔一二〕二十四橋：見卷二紀夢答劉全美注〔七〕。

〔一三〕廣寒宫：見卷八中秋口號注〔五〕。

致政通議口號　并引〔一〕一作秋燕口號

竊以五福具膺〔二〕，搢紳之盛事；四難并得〔三〕，亦尊俎之佳期。恭惟致政通議，馬鶴英姿〔四〕，鼎槐華胄〔五〕。身見六朝之盛〔六〕，位登兩省之崇〔七〕。北陌東阡，時命青牛之駕〔八〕；左圖右史，日從赤松之遊〔九〕。判府左丞，神嶽殊鍾〔一〇〕，星躔異禀〔一一〕。方面雖分於玉節〔一二〕，姓名已覆於金甌〔一三〕。舉白飛觴〔一四〕，極水陸四方之饌；彈絲擊石〔一五〕，盡賓主一時之歡。

秋空晝隼照新晴〔一六〕，符隱庵前小隊停〔一七〕。玉斝金罍通繾綣〔一八〕，鳳笙龍管入青冥。靚粧𨠬酒花侵席〔一九〕，寶獸呀香霧滿庭〔二〇〕。太史應占豫州分，上台星近老人星〔二一〕。

【校】

「并引」原卷端目録作「致語」，此從張本。

【箋注】

〔一〕本篇紹聖元年（一〇九四）秋作。致政通議，指王存。宋史本傳言其由「除知大名府，改知杭州。紹聖初，請老，提舉嵩禧觀，遷右正議大夫致仕……既而降通議大夫。」長編卷四七六謂其知杭州在元祐七年八月十二日。案：王存建中靖國元年（一一〇一），年七十九卒。少游與王存有舊。王存，元祐四年知蔡州，少游有正仲左丞生日詩獻之，紹聖初少游出爲杭州通判後，曾有二帖向其借船。及其致仕，乃作此口號。題一作「秋燕口號」，詩之起句云「秋空晝隼」，當指秋季，可見少游已貶爲處州監酒税矣。

〔二〕五福：見卷七鮮于子駿使君生日注〔一二〕。

〔三〕四難：同上注〔一三〕。

〔四〕馬鶴英姿：謂年高而體魄駿偉。李郢上裴晉公詩：「四朝憂國髮如絲，龍馬精神海鶴姿。」宋史本傳：「司馬光嘗曰：『并馳萬馬中能駐足者，其王存乎！』」可證。

〔五〕鼎槐華胄：意爲三公後裔。鼎槐，一作槐鼎。宋書王弘傳：「正位槐鼎，統理神州。」

〔六〕六朝：指宋代自太祖至神宗六帝。

〔七〕兩省：指中書省、尚書省。王存曾爲尚書左丞、兵部尚書、吏部尚書，故云。

〔八〕北陌二句：謂優游鄉里。漢武帝内傳附録：「封君達，隴西人也，少好道。初服黄連五十餘年，乃入鳥鼠山。又於山中服鍊水銀百餘年。還鄉里，年如三十者，常乘青牛，故號爲青牛道士。」

〔九〕赤松：即赤松子，古仙人名。據舊題劉向列仙傳云，神農時爲雨師，服水玉以教神農，能入火不燒。至崑崙山，常入西王母石室，隨風雨上下。史記留侯世家：「願棄人間事，欲從赤松子遊耳。」

〔一〇〕判府二句：朝廷侍從之臣出爲州郡長官謂之判府。王存於元祐五年由尚書左丞出知蔡州，故云。神嶽殊鍾：謂山川靈秀之所鍾聚。

〔一一〕星躔：指星宿之位置、次序。此處借作星宿，全句義謂稟賦非凡，如天上之星宿。

〔一二〕玉節：玉製之符節。見本卷中秋口號注〔七〕。

〔一三〕姓名句：見本卷次韻莘老注〔二〇〕。案：宋史本傳：「元豐元年，神宗察其忠實無黨，以爲國史編修官、修起居注。」又云：「官制行，神宗切於用人……存請……隨材召擢，以備官使。」語合神宗意，收拔者甚衆。」可見深受皇上器重。

〔一四〕舉白飛觴：舉白，舉酒。漢書卷一百叙傳：「及趙李諸侍中，皆引滿舉白。」飛觴，此指傳杯。李白春夜宴從弟桃李園序：「開瓊筵以坐花，飛羽觴而醉月。」

〔一五〕彈絲擊石：謂奏樂。絲，絃樂器。江總宴樂修堂應令詩：「彈絲命琴瑟。」石，磬之類。書益稷：「予擊石拊石，百獸率舞。」蔡傳：「輕擊曰拊。石，磬也。」

〔一六〕畫隼：畫有鷹隼之旂幟。周禮春官司常：「鳥隼爲旟。」「州里建旟。」鄭玄注：「鳥隼象其勇捷也。」

〔一七〕符隱庵：疑在王存故里潤州丹陽。杜甫嚴中丞枉駕見過：「元戎小隊出郊坰。」

〔一八〕玉斝金醪：狀杯與酒之精美。玉斝，玉杯。文選劉峻廣絶交論：「霑玉斝之餘瀝。」注：「善曰：説文曰：斝，玉爵也。」

〔一九〕靚粧句：靚粧，美麗之裝飾。王廙洛都賦：「若乃暮春嘉禊，三巳之辰，麗服靚粧，祓乎洛濱。」釃酒，詩小雅伐木：「伐木許許，釃酒有藇。」釋文：「謂以筐盪酒。」案：此句謂如花之美女（歌妓）入席斟酒。

〔二〇〕寶獸：指獸形香爐。潛確類書：「金猊寶鼎鴨金鳧，皆焚香器也。」呀香，吐出香氣。

〔二一〕太史二句：太史，官名，宋史職官志五：「太史局，掌測驗天文，考定曆法。」占，指占星。豫州，爾雅釋地：「河南曰豫州。」史記天官書正義：「氐、房、心，宋之分野，豫州。」上台星：晉書天文志：「三台六星，兩兩而居，起文昌列抵太微……西近文昌二星曰上台，爲司命，主壽。」老人星，南極星之別稱。史記天官書星名有「南極」，集解引徐廣曰：「老人星也。」王存曾爲國史編修官、史院檢討，故以喻之。

口號〔一〕

美酒忘憂之物〔二〕，流光過隙之駒〔三〕。不稱人心，十事常居八九〔四〕；得開口笑，一月亦無二三〔五〕。莫思身外無窮，且睹尊前見在〔六〕。功名富貴，何異楚人之弓〔七〕；城郭人民，問取遼東之鶴〔八〕。付與香鈿畫鼓，盡歡美景良辰。欲奏長謠〔九〕，聊呈短韻。

平原居士今無影，鸚鵡空洲誰舉杯〔一〇〕？猶有漁陽摻撾鼓〔一一〕，爲君醉後作輕雷。

【校】

〔身外無窮〕「外」原誤作「行」，據張本、胡本、李本、段本改。

【箋注】

〔一〕口號：見卷八中秋口號注〔一〕。

〔二〕忘憂之物：指酒。陶淵明飲酒詩之七：「泛此忘憂物，遠我遺世情。」

〔三〕過隙之駒：莊子知北遊：「人生天地之間，若白駒之過郤，忽然而已。」郤，通隙。史記魏豹傳：「人生一世間，如白駒過隙耳。」索隱：「小顔云：『白駒，謂日影也。隙，壁隙也。』以言速疾，若日影過壁隙也。」

〔四〕不稱二句：晉書羊祜傳：「祜嘆曰：『天下不如意，恒十居七八。』」

〔五〕得開口笑二句：莊子盜跖：「人上壽百歲，中壽八十，下壽六十，除病瘦死喪憂患，其中開口而笑者，一月之中，不過四五日而已。」

〔六〕莫思二句：杜甫絶句漫興九首之四：「莫思身外無窮事，且盡生前有限杯。」牛僧孺席上贈劉夢得：「休論世上升沉事，且鬬尊前見在身。」

〔七〕楚人之弓：見後集卷一東城被盜得世字注〔七〕。

〔八〕遼東之鶴：舊題陶潛搜神記卷一：「丁令威，本遼東人，學道於靈虚山，後化鶴歸遼，集城門華表柱。時有少年舉弓欲射之，鶴乃飛，徘徊空中而言曰：『有鳥有鳥丁令威，去家千年今始歸。城郭如故人民非，何不學仙塚壘壘。』遂高上沖天。」壘壘，一作「纍纍」。

〔九〕長謡：猶長歌。徒歌曰謡。

〔一〇〕平原居士二句：用禰衡鸚鵡賦事。平原居士，指禰衡。後漢書文苑列傳：「禰衡，字正平，平原般人也。少有才辯而尚氣剛傲。……(黄)祖長子射爲章陵太守，尤善於衡。……射時大會賓客，人有獻鸚鵡者，射舉卮於衡曰：『願先生賦之，以娱嘉賓。』衡攬筆而作，文無加點，辭彩甚麗。」案：鸚鵡洲在今武漢市西南長江中，以禰衡之賦得名。

〔一一〕漁陽摻撾：世説新語言語：「禰衡被魏武謫爲鼓吏，正月半，試鼓，衡揚枹爲漁陽摻撾，淵淵有金石聲，四座爲之改容。」

悼王子開五首〔一〕

其一

我昔官房子〔二〕，長懷忠穆賢〔三〕。里無行馬第〔四〕，山有卧牛阡〔五〕。當代三公後〔六〕，惟君五福全〔七〕。桐棺遠歸祔〔八〕，追舊幾潸然。

【箋注】

〔一〕王本篇末注云：「老學庵筆記以爲賀鑄作。」案陸游老學庵筆記卷五云：「賀方回作王子開挽詞『和璧終歸趙，干將不葬吴』者，見於秦少游集中。子開大觀己丑卒於江陰，而返葬臨城，故方回此句爲工，時少游已没十年矣。」其説是。又放翁題跋卷六跋淮海集後：「子開名蘧，居江陰，既死，返葬趙州臨城，故有和氏干將之句。」案：蘇軾次韻王郎子立風雨有感施元之注謂子立「元祐四年卒，年三十五」。子立爲子開族弟，年齡應不致相差太大。本詩其三云：「年輩晉安豐。」則子開死時年已八十，似不應在元祐間，而以大觀三年己丑（一一〇九）爲可信。故知非少游作。本詩當係賀鑄作於大觀三年己丑（一一〇九），見慶湖遺老詩集補遺。王子開，原名迥，字子高，據蘇軾芙蓉城詩施元之注：「王子高以姓字著於樂府，遂用東坡詩『蘧蘧形開如醉醒』之句，改名蘧，字子開。」又趙彥衛雲麓漫鈔卷四云：「王迥，字子高，族弟子立，爲蘇黄門壻，故兄弟皆從二蘇遊。子高後受學於荆公，舊有周瓊姬事，胡徽之爲作傳；或用其傳作六幺，東坡復作芙蓉城詩以實其事。迥後改名蘧，字子開，宅在江陰。」又王明清玉照新志卷一：「王子高遇芙蓉仙人事，舉世皆知之。子高初名迥，後以傳其詞徧國中，於是改名蘧，易字子開，與蘇黄遊甚稔。……東坡先生又作芙蓉城詩云：『決別之時，芙蓉授神丹一粒，告曰：無戚戚，後當偕老於澄江之上。』初所未喻。子開時方十八九，已而結婚向氏，十年而鰥居。年四十，再娶江陰巨室之女，方二十矣。合巹之後，視其妻則倩盼冶容，修短合度，與前所遇無纖毫之異。詢以前語，則惘然莫曉。而澄江，江陰之里名也。子開由是遂爲澄江人焉。……賀方回爲子開挽詩……今乃印在秦少游集中。……少游没於元符末，子開大觀中猶在，其誤明矣。」

〔二〕房子：地名，此指臨城，今屬河北省。戰國時屬趙，爲房子邑，漢爲房子縣。據夏承燾賀方回年譜，賀鑄於熙寧八年至十年監臨城酒稅。

〔三〕忠穆：指王罕，趙州臨城人，真宗時嘗知湖州、蘇州，景祐五年，參知政事，遷尚書工部侍郎、知樞密院事。卒，贈户部尚書，謚忠穆。宋史有傳。玉照新志卷一：「子開，趙州人，忠穆罕之孫，虞部員外郎正路之子。」

〔四〕行馬第：指顯貴門第。行馬，俗稱鹿角叉、拒馬叉。舊時官署前用以阻止人馬通行。漢官儀：「光禄大夫秩比千石，不言屬光禄勳，特門施行馬以旌别之。」

〔五〕卧牛阡：晉書周訪傳附周光：「初，陶侃微時，丁艱，將葬，家中忽失牛而不知所在。遇一老父，謂曰：『前岡見一牛眠山汙中，其地若葬，位極人臣矣。』……言訖不見。侃尋牛得之，因葬其處。」

〔六〕當代三公：指王罕。詳注〔一〕。

〔七〕五福：見卷七鮮于子駿使君生日注〔二二〕。

〔八〕桐棺句：桐棺，指質地樸素之棺木。墨子節葬下：「（禹）葬會稽之山，衣衾三領，桐棺三寸，葛以緘之。」後漢書周磐傳：「若命終之日，桐棺足以周身，外槨足以周棺，斂形懸封，濯衣幅巾。」歸祔：歸籍合葬。禮檀弓上：「季武子曰：『周公蓋祔。』」注：「祔謂合葬。」

其二

卓爾金閨彦〔一〕，頎然玉筍班〔二〕。周旋三友益〔三〕，零落十年間。轣轆靈輀動〔四〕，悠揚素旐還〔五〕。暮年還抱愛，應復辨追攀。

【校】

〔卓爾〕「卓」原誤作「早」，此從王本、四部本。

〔還抱愛〕慶湖遺老集「還」作「懷」。

〔應復〕原損「復」字，據張本、胡本、李本補。慶湖遺老集「復」作「未」。

【箋注】

〔一〕金閨彦：江淹别賦：「金閨之諸彦，蘭臺之群英。」金閨，金馬門之别名。參見卷六次韻張文潛病中見寄注〔三〕。

〔二〕頎然句：頎然，修長貌。玉筍班，唐末朝士風貌秀異有才華者，人稱玉筍；得與其列者，稱玉筍班。趙璘因話録卷三：「李宗閔知貢舉，門生多清秀俊茂，唐伸、薛庠、袁都輩，時謂之玉筍班。」

〔三〕三友益：見卷四送少章弟赴仁和主簿注〔一八〕。

〔四〕轣轆句：揚雄方言五：「繀車，趙魏之間謂之轣轆車。」説文段注：「自其轉旋言之，謂之歷鹿。」案：繀車，紡車也。轣轆，車輪轉動聲，尹延高車中詩：「車轣轆，車轣轆，騾牛逐逐雙轉轂。」靈輀，靈車也。曹植王仲宣誄：「靈輀回軌，白驥悲鳴。」

〔五〕素旐：魂幡，出喪時爲棺柩引路。

其　三

蕭散竹林風〔一〕，平生約略同。官班嵇叔夜〔二〕，年輩晉安豐〔三〕。民詠濡須政〔四〕，朝推朐䏰功〔五〕。九原無復作〔六〕，埋玉恨何窮〔七〕！

【校】

〔嵇叔夜〕慶湖遺老集作「魏叔夜」。

〔朐䏰〕王本、四部本「䏰」作「忍」，通。

〔埋玉〕「玉」原誤作「王」字，據張本改。

【箋注】

〔一〕竹林：見卷十次韻宋履中題李侯檀欒亭注〔三〕。

〔二〕嵇叔夜：名康，少孤，爲魏宗室婿，仕魏爲中散大夫。丰神俊逸，博學多聞，崇尚老莊，工詩文，善鼓琴，精樂理。爲竹林七賢之一。不滿司馬氏代魏，終爲所害。晉書有傳。蘇軾芙蓉城詩施元之注云：「子開後再娶於澄江，遂居焉，官至左中散大夫。」故以嵇康爲喻。

〔三〕晉安豐：指王戎。晉書王戎傳謂戎受詔伐吴，吴平，進爵安豐縣侯。又云：「永興二年，薨於郟縣，時年七十二。」此句謂王子開卒年與王戎相當。案：玉照新志卷一謂王子開「年八十餘，康强無疾」，則其卒時已八十餘矣。

〔四〕濡須政：謂守濡須時有善政。濡須，塢名，今安徽裕溪口。讀史方輿紀要廬州府無爲州：「州東北五十里，接和州含山縣界，濡須之水經焉。三國吴作塢於此，所謂濡須塢也。」蘇軾芙蓉城詩施元之注謂王子開「嘗守濡須」，王明清玉照新志卷一謂：「晚守濡須，祠堂在焉。」故有此語。

〔五〕朐䏰：古縣名。後漢書吴漢傳：「十八年，蜀郡守將史歆反於成都……而宕渠楊偉、朐䏰徐容等，起兵各數千人以應之。」注：「宕渠、朐䏰，二縣名，皆屬巴郡。……十三州志：朐音春，䏰音閏，其地下濕，多朐䏰蟲，因以名縣。故城在今夔州雲安縣西萬户故城是也。」所謂「朐䏰功」，蓋喻其有武功。

〔六〕九原：指墓地。沈約冬節後至丞相第詣世子車中作詩：「誰當九原上，鬱鬱望佳城。」

〔七〕埋玉：原爲悼念有才華之死者常用語。世説新語傷逝：「庾文康（亮）亡，何揚州（充）臨葬，云：『埋玉樹著土中，使人情何能已已！』」梁書陸雲公傳：『不謂華齡，方春掩質；埋玉之恨，撫事多情。』」

其四

南浦維舟訪〔一〕，東堂抵榻眠。後期猶指日，輕別遂終天〔二〕。墨妙今初貴〔三〕，詩名久已傳。清風如未墜，諸子更翩翩〔四〕。

【箋注】

〔一〕南浦：泛指面南水邊。屈原九歌河伯：「子交手兮東行，送美人兮南浦。」江淹別賦：「送君南浦，傷如之何？」

〔二〕終天：婉指去世。潘岳哀永逝文：「今奈何兮一舉，邈終天兮不反。」

〔三〕墨妙：指精妙之文章、書法、繪畫。江淹別賦：「雖淵雲之墨妙，嚴樂之筆精……誰能摹暫離之狀，寫永訣之情者乎？」此指王子開書法。

〔四〕翩翩：謂風度美好。史記平原君傳贊：「平原君，翩翩濁世之佳公子也。」

其五

已矣知無憾，賢愚共此途。白駒馳白日〔一〕，黃髮掩黃壚〔二〕。和氏終歸趙，干將不葬吴〔三〕。孥疴如可彊，猶擬奠生芻〔四〕。

【校】

〔孥疴〕原作「孥痾」，張本、胡本、李本作「孥疴」，此從王本、四部本。

【箋注】

〔一〕白駒句：見本卷口號注〔三〕。

〔二〕黄髮句：黄髮，謂老人。陶淵明桃花源記：「黄髮垂髫，並怡然自樂。」黄壚，淮南子覽冥訓：「上際九天，下契黄壚。」注：「黄壚，黄泉下壚土也。」古多作感傷亡友用語，常指黄公酒壚。世説新語傷逝：「王濬沖爲尚書令，著公服，乘軺車經黄公酒壚下過，顧謂後車客：『吾昔與嵇叔夜、阮嗣宗共酣飲於此壚下過。竹林之遊，亦預其末。自嵇生夭、阮公亡以來，便爲時所羈紲。今日視此雖近，邈若山河。』」

〔三〕和氏二句：據史記藺相如列傳，戰國時，趙惠文王得楚和氏璧，秦昭王遺書曰，願以十五城易之。藺相如曰：「臣願奉璧往使。城入趙而璧留秦；城不入，臣請完璧歸趙。」後相如入秦，見昭王得璧無意償趙城，乃設計取璧歸。干將，匠人名，搜神記謂爲楚王所殺。但據龔明之中吴紀聞卷五：「干將墓，在今匠門城東數里，頃有人耕其旁，忽見青蛇上其足。其人遽以刀殲之，上之半躍入草中，不復可尋，徐觀其餘，乃折劍也。」案：李詡戒庵老人漫筆卷四引陸放翁云：「子開居江陰，既死，返葬趙州臨城，故賀鑄有和氏、干將句。」

〔四〕奠生芻：後漢書徐穉傳：「林宗有母憂，穉往吊之，置生芻一束於廬前而去。」後因稱吊喪禮物爲生芻。

【彙評】

周必大二老堂詩話：賀方回作王子開挽詞「和璧終歸趙，干將不葬吴」者，見於秦少游集中。子開大觀己丑卒於江陰，而返葬臨城，故方回此句爲工，時少游已没十年矣。

淮海集箋注後集卷第四

詩

秋興九首〔一〕

擬韓退之〔二〕

逍遥北窗下〔三〕，百事遠客慮。無端葉間蟬，催促時節去。愁起如亂絲，縈纏不知緒。日月豈得已，還復役朝暮。人生均有得，悲歎我不悟。春秋自天時，感憤亦真趣。

【校】

〔春秋〕「秋」原誤作「愁」，此從張本、胡本、李本、段本、王本、秦本、四部本。

【箋注】

〔一〕本組九首均爲擬古之作，並非作於一時一地。晉陸機有擬古詩，文選注引良曰：「擬，比也，比古志以明今情。」此蓋詩體擬古之濫觴；至唐而後，蔚然成風。少游此處則盡摹擬唐人，疑作於元豐間「閉門却掃，日以文史自娱」之時。

〔二〕韓退之：名愈，見卷三春日雜興十首其十注〔六〕。退之有韓昌黎集，其詩風格奇崛幽險，宏偉恣肆，在唐詩中自成一家。

〔三〕北窗：陶潛與子儼等疏：「嘗言五六月中，北窗下卧，遇涼風暫至，自謂是羲皇上人。」

【彙評】

洪邁容齋隨筆卷十六：後閲秦少游集，有秋興九首，皆擬唐人，前所載咸在焉。關子東爲秦集序云：「擬古數篇，曲盡唐人之體。」正謂此也。（案：此條又見苕溪漁隱叢話後集卷三三秦太虛，文字小異。）

擬孟郊〔一〕

曉風有暴信，暮蟬無好聲。曉風與暮蟬，自與時節争。獨客辭故鄉，推車謁梁城〔二〕。梁城道迢遞，區區役吾生。不如歸舊山，藜藿安性情〔三〕。

【箋注】

〔一〕孟郊：字東野，唐湖州武康人。少時隱嵩山，與韓愈結爲至交。貞元中舉進士，授溧陽尉，常因吟詩廢公務。後任東都水陸轉運判官，私謚貞曜先生。新、舊唐書有傳。詩以樂府古詩爲多，訴窮愁孤苦，感情深摯，然務奇險，不免晦澀。

〔二〕梁城：指汴京。據秦譜，元豐元年、五年、八年，少游曾三度入京赴試，前二次皆不售。下文俱寫落第後心情。

〔三〕藜藿：貧者所食野菜。史記太史公自序：「糲梁之食，藜藿之羹。」正義：「藜，似藿而表赤；藿，豆葉也。」

擬韋應物〔一〕

坐投林下石，秋聲出疏林。林間鳥驚棲，豈獨傷客心？物亦有代謝，此理共古今。鄰父縮新醅〔二〕，林下邀同斟。癡兒踏吴歌〔三〕，婭姹足訛音〔四〕。日落相攜手，涼風快虚襟〔五〕。

【箋注】

〔一〕韋應物：唐京兆長安人。少時以三衛郎侍玄宗，任俠使氣。安史亂後，折節讀書，趨尚閑雅。後爲滁州、江州、蘇州刺史，仰慕陶淵明之爲人與作詩，以寫田園風物著稱，恬静簡淡，涉及時政民生之作，亦有佳篇。著有韋蘇州集。

〔二〕新醅：酒未漉曰醅。白居易問劉十九詩：「緑蟻新醅酒，紅泥小火爐。」

〔三〕吴歌：吴地民歌。李白有子夜吴歌，其烏棲曲云：「吴歌楚舞歡未畢，青山欲銜半邊日。」

〔四〕婭姹句：婭姹，象聲詞。王安石黄鸝詩：「婭姹不知緣底事，背人飛過北山前。」訛音，發音不準。蘇軾浣溪沙詞：「道字嬌訛苦未成，未應春閣夢多情。」

〔五〕虚襟：原喻虚懷。南史孔休源傳：「必虚襟引接，處之坐右。」此處猶敞開衣襟。

擬李賀〔一〕

魚鱗甃空排嫩碧〔二〕，露桂梢寒挂團璧〔三〕。白蘋風起吹北窗〔四〕，尺鯉沉没斷消息〔五〕。燕子將雛欲歸去，沈郎病骨驚遲暮〔六〕。濃愁茫茫寄何處？萬里江南芳草路。

【校】

〔挂團璧〕「挂」原誤作「桂」，據張本、胡本、李本改。

〔沉没〕王本、四部本作「沉波」。

【箋注】

〔一〕李賀：字長吉，唐河南昌谷人，以父名晉肅，避諱不舉進士，曾官協律郎。少能文，爲韓愈皇甫湜所重。相傳常騎驢尋詩，得句輒置錦囊中，及暮歸足成。其詩想像豐富，險峭幽詭，煉句琢詞，惟感矜奇過甚。著有李長吉歌詩。新、舊唐書有傳。

〔二〕魚鱗句：魚鱗，狀細碎的波紋。唐白居易早春西湖閑游悵然有懷……詩：「小橋裝雁齒，輕浪甃魚鱗。」甃，井壁。

〔三〕團璧：指月亮。月圓如璧，常稱璧月。

〔四〕白蘋：水中浮草。鮑照送別王宣城詩：「既逢青春獻，復值白蘋生。」唐温庭筠西江上送漁父：「白蘋風起樓船暮，江燕雙雙五兩斜。」

〔五〕尺鯉：喻書信，見卷二答朱廣微注〔一〇〕。

〔六〕沈郎病骨：見卷六次韻答張文潛病中見寄注〔九〕。

【彙評】

段斐君本淮海後集卷四徐渭眉批：「沈郎病骨驚遲暮，濃愁茫茫寄何處？」此二語最肖。

擬李白〔一〕

芙蓉露濃紅壓枝〔二〕，幽禽感秋花畔啼。玉人一去未回馬，梁邊燕子三見歸。江頭白蘋老波底〔三〕，尺書不來空相望。斜吹疏雨濕秋江，霜風暗引芙蕖香。石上菖蒲三尺長。緑頭鴨兒棲萍草，採蓮女郎笑花老。木蘭船上動江水〔四〕，不覺鴛鴦帶波起。

【校】

〔梁邊〕王本攷證附纂「案：容齋隨筆作『梁間燕子三見歸』。」

〔棲萍草〕王本攷證附纂「案：容齋隨筆作張司業曰：『緑頭鴨兒咂萍藻。』」又案：「隨筆引有張司業，無玉川子。」

【箋注】

〔一〕李白：字太白，號青蓮居士。其先世隋末流寓西域，故白生於碎葉。唐高宗神龍初年，遷居蜀中綿州彰明。天寶初入長安，經吴筠賀知章推薦，爲翰林供奉，以蔑視權貴，遭讒出京。先後曾漫遊齊梁吴越。晚年坐永王璘之亂，被流放夜郎，中途遇赦，歸依當塗李陽冰。其詩多豪放，富想像，氣勢雄偉，不受拘控。古風歌行，尤具特色。新舊唐書有傳。

〔二〕芙蓉句：李白清平調之二：「一枝紅艷露凝香。」詩用其意。

〔三〕白蘋：見本題擬李賀注〔三〕。

〔四〕木蘭船：任昉述異記卷下：「木蘭川在潯陽江中，多木蘭樹，昔吴王闔閭植木蘭於此，用構宮殿也。七里洲中有魯班刻木蘭爲舟，舟至今在洲中。詩家云『木蘭舟』，出於此。」

擬玉川子〔一〕

南州有病客，起卧北窗下〔二〕。玉兔銜光照清夜〔三〕。故人别我京洛遊〔四〕，不寄一行三改秋。秋色變冷客裘薄，漸覺衣袂寒颼颼。作詩欲寄君，未語先有愁。不如呼童起，危坐北窗下，一杯寬我千日憂。眼前俗事何擾擾，此夕盡向杯中休，何必懷黄金印兮爵通侯〔五〕！

【箋注】

〔一〕觀起二句，本篇蓋作於元豐三年庚申（一〇八〇）秋，是時少游患傷寒，卧病在家。參見卷三十與參寥大師簡。玉川子，盧仝自號，唐范陽人。少時隱少室山，貧寒苦讀，不求仕進。曾作月蝕詩譏刺宦官。甘露之變中，因留宿宰相王涯家，與王同時遇害。其詩錯落有致，風格奇特，近於散文。新唐書韓愈傳附有盧仝傳。

〔二〕北窗：見本題擬韓退之注〔三〕。

〔三〕玉兔：古代傳説月中有白兔，傅玄擬天問：「月中何有？玉兔擣藥。」後因稱月爲玉兔。

〔四〕京洛：指洛陽，因東周、東漢曾建都於此，故名。班固東都賦：「子徒習秦阿房之造天，而不知京洛之有制。」

〔五〕通侯：爵位名。漢書高帝紀：「通侯諸將。」注引應劭曰：「舊曰徹侯，避武帝諱曰通侯。通亦徹也，言其功德及於王室也。」此處泛指顯爵。

擬杜子美〔一〕

紫領寬袍漉酒巾〔二〕，江頭蕭散作閑人。悲風有意催林葉，落日無情下水濱。車馬憧憧諸道路〔三〕，市朝衮衮共埃塵〔四〕。覓錢稚子啼紅頰，不信山翁篋笥貧〔五〕。

【校】

〔憧憧〕原誤作「潼潼」，據張本、胡本、李本改。

【箋注】

〔一〕杜子美：杜甫，字子美，見前卷二十二韓愈論注〔四〕。

〔二〕漉酒巾：蕭統陶淵明傳：「郡將嘗候之，值其釀熟，取頭上葛巾漉酒；漉畢，還復著之。」

〔三〕憧憧：往來不絕貌。易咸：「憧憧往來，朋從爾思。」釋文：「憧憧，馬云：行貌。王肅云：往來不絕貌。」白居易望江樓上作：「驛路使憧憧，關防兵草草。」

〔四〕衮衮：相繼不絕。杜甫醉時歌：「諸公衮衮登臺省，廣文先生官獨冷。」

〔五〕篋笥：箱子。

【彙評】

周紫芝竹坡詩話：余讀秦少游擬古人體所作七詩，因記頃年在辟雍，有同舍郎澤州貢士劉剛爲余言，其鄉里有一老儒，能效諸家體作詩者，語皆酷似。效老杜體云：「落日黄牛峽，秋風白帝城。」尤爲奇絶。他皆類此，惜乎今不復記其姓名矣。

胡仔苕溪漁隱叢話後集卷三三：許彦周詩話云：「元撰作樹萱録載有人入夫差墓中，見白居易、張籍、李賀、杜牧諸人賦詩，皆能記憶，句法亦各相似，最後老杜亦來賦詩，記其前四句云：『紫領寬袍漉酒巾，江頭蕭散作閑人。悲風有意摧林葉，落日無情下水濱。』……若以爲元撰自造此詩，則數公之詩尚可庶幾；而少陵之四句孤韻出塵，非元所能道也。」苕溪漁隱曰：「余閲淮海後集，秦少游有秋興九首，皆擬古人，如韓退之、李賀、杜牧之、白居易、李太白、杜子美、玉川子、孟郊、韋應物。内擬子美詩云：『紫領寬袍漉酒巾，江頭蕭散作閑人。悲風有意摧林葉，落日無情下水濱。車馬憧憧誰道義〔路〕，市朝衮衮共埃塵。覓錢稚子啼紅頬，不信山翁篋笥貧。』前四句與樹萱録同，竟誰作邪？」

秦元慶本淮海後集眉批：調弱不似。

擬杜牧之〔一〕

鼓鼙夜戰北窗風〔二〕，霜葉鋪堦疊亂紅〔三〕。一段新愁驚枕上，幾聲悲雁落雲中。

眼前時節看馳馬，日下生涯寄斷蓬〔四〕。弟妹別來勞夢寐，杳無消息過江東〔五〕。

【校】

〔霜葉鋪堦疊亂紅〕王本攷證附纂：「案：容齋隨筆作『霜葉沿街貼亂紅』。」

【箋注】

〔一〕杜牧之：杜牧，字牧之，唐京兆萬年人。大和二年進士，復舉賢良方正。曾任監察御史、黄池睦湖諸州刺史，後官至中書舍人。詩長於近體，主張文章「以意爲主，以辭采章句爲之兵衛」。七絶尤爲清新俊邁，頗受推崇。有樊川集。新、舊唐書有傳。

〔二〕鼓鼙：皆樂器，軍中常用之。禮樂記：「鼓鼙之聲讙，讙以立動，動以進衆。君子聽鼓鼙之聲，則思將帥之臣。」杜甫泛溪詩：「濁醪自初熟，東城多鼓鼙。」

〔三〕霜葉：霜後的楓葉。唐白居易秋雨夜眠詩：「曉晴寒未起，霜葉滿階紅。」杜牧山行詩：「停車坐愛楓林晚，霜葉紅於二月花。」

〔四〕日下句：日下，指目前。唐大詔令集卷八六咸通七年大赦：「日下但嚴守邊疆，且備要害。」斷蓬，斷根的孤蓬，喻飄泊無定。唐韓愈落葉送陳羽：「落葉不更息，斷蓬無復歸。」

〔五〕弟妹二句：杜牧有弟妹生活窘迫，頻以寒餒來告，仰其接濟。樊川文集卷十六上宰相求杭州啓云：「弟顗，一舉進士及第，有文章時名，不幸得痼疾，坐廢十三年矣；今與李氏孀妹，寓居淮南，并仰某微官以爲糇命。某前任刺史七年，給弟妹衣食。」此蓋指少游叔父定之子女。時定爲會稽尉，子女當同往，故有此説。

擬白樂天〔一〕

不因霜葉辭林去，的當山翁未覺秋〔二〕。北里酒錢煩屢索〔三〕，南州詩債懶頻酬〔四〕。欲歌金縷羞紅粉〔五〕，擬插黄花避白頭〔六〕。底事登臨好時節〔七〕，等閑收拾許多愁。

【箋注】

〔一〕白樂天：白居易，晚號樂天居士。見卷九和程給事贇闍黎化去之什注〔四〕。

〔二〕的當：確實。齊己寄南嶽諸道友詩：「謾爲楚客蹉跎過，却是邊鴻的當來。」

〔三〕北里：唐長安平康里多妓院，因在城北，稱北里。孫棨著有北里志，記述其中生活。後因稱妓女所在地爲北里。少游在京，常爲青樓作歌詞，言者謂其「行爲不檢」，本句寫此。

〔四〕詩債：指他人索詩或要求唱和，尚未酬答，有如負債。白居易晚春欲攜酒尋沈四著作詩：「顧我酒狂久，負君詩債多。」

〔五〕金縷：即金縷衣，曲名，見卷六南都新亭行寄王子發注〔七〕。

〔六〕黄花：菊花。黄庭堅鷓鴣天詞：「黄花白髮相牽挽，付與時人冷眼看。」古人有重陽簪菊之俗，故云。

〔七〕底事：何事，何以。白居易放言詩之一：「朝真暮僞何人辨，古往今來底事無。」

【彙評】

段斐君本淮海集後集卷之四徐渭眉批：得白公懶漫自適意。

金山晚眺〔一〕

西津江口月初弦〔二〕，水氣昏昏上接天〔三〕。清渚白沙茫不辨，只應燈火是漁船。

【箋注】

〔一〕本篇元豐七年甲子(一〇八四)十月上旬作於金山。參見宿金山注〔一〕。

〔二〕西津：原在鎮江西北九里，與金山隔江相望。嘉慶一統志鎮江府引府志：蒜山「今西津渡口孤峰是也。」錢鍾書宋詩選注：「金山是江南名勝，下臨長江，西津就是西面擺渡口，初弦指農曆每月初八日前後的月亮。」江淹雜體陸平原羈宦詩：「流念辭南澨，銜怨别西津。」

〔三〕水氣句：唐韓愈題臨瀧寺詩：「潮陽未到吾能説，海氣昏昏水拍天。」

病　中〔一〕

疏簾薄幔對青燈，鸜鵒喧喧自轉更〔二〕。風雨渺漫人卧病，地爐湯鼎更悲鳴〔三〕。

【校】

〔青燈〕「青」原作「清」，據張本、胡本、李本改。

【箋注】

〔一〕本篇元豐三年庚申（一〇八〇）作於高郵。秦譜云：「入夏得中暑疾，秋復大劇，浹月始安。」其與孫莘老學士簡亦謂「伏枕餘月，今雖少間，而疲頓非常，氣息僅屬」。又蘇軾黄州答秦太虚書：「五月末，舍弟來，得手書……又承見喻，中間得疾不輕，且喜復健。」

〔二〕鸜鵒：鳥名，一作鴝鵒，俗名八哥，能效人言。爾雅翼：「鸜鵒飛輒成群，字書謂之哵哵鳥。」

〔三〕地爐湯鼎：宋景蕭春雪用上官明之韻：「嗹嗹春蟲鬧撲窗，地爐茶鼎蚓聲長。」此謂火爐藥罐。

聞雁懷邵仲恭〔一〕

楚澤吴天去未遲，煩君且傍蒜山飛〔二〕。白袍居士如相問〔三〕，爲説緇塵欲滿衣〔四〕。

【校】

〔緇塵〕「緇」原誤作「淄」，此從王本、四部本。

【箋注】

〔一〕邵仲恭，名龢，字仲恭，丹陽（今屬江蘇）人，邵亢之次子。以父任爲太常寺太祝，登熙寧六年進士，累遷金部郎中，除京東轉運副使，移河北，再移陝西，得旨專應副鄜延環慶路軍。移知鄧州，除直龍圖閣知秦州，兼秦鳳路經略安撫使，有功西陲。改知鄆州。除顯謨閣待制知瀛州，終知蘇州。見姑溪集跋邵仲恭書及嘉定鎮江志。案：參寥子詩集卷四有淮上聞雁寄仲恭詩，當爲先後之作。

〔二〕蒜山：在今江蘇鎮江西，臨江絶壁，以山多澤蒜而名。盧憲鎮江府志卷六引潤州類集一説蒜則曰：「蒜，當爲筭算之算，周瑜、諸葛亮會此山議拒曹操，後有赤壁之勝，時人謂其多算，以爲山名。故陸龜蒙算山詩：『周郎計策清宵定，曹氏樓船白晝灰。』」邵仲恭家在丹陽，屬鎮江府，與蒜山近，故云。

〔三〕白袍居士：見卷七次韻二首其一注〔一〕。

〔四〕緇塵：見卷二送僧歸保寧注〔五〕。

冬蚊〔一〕

蚤蠆蜂虻罪一倫，未如蚊子重堪憎。萬枝黄落風如射，猶自傳呼欲噬人。

【箋注】

〔一〕秦譜謂紹聖四年冬，「先生奉詔編管横州，感而作冬蚊之詩。」案：袁文甕牖閒評卷七云：「蚊子初不能鳴，其聲乃鼓翅耳。何以知之？蓋蚊子立定則無聲，惟飛起有聲，故知其聲不在于口，而在于翅也。歐陽文忠公蚊子詩云：『萬枝黄落風如射，猶自傳呼欲噬人。』是未嘗細察耳。」同卷又云：「歐陽文忠公蚊子詩云：『蚤虱蚊虻罪一倫，未知蚊子重堪憎。』又詩云：『嘗聞高郵間，猛虎死淩辱。哀哉露筋女，萬古讎不復。』而孟城孫公談圃亦載：『泰州西溪多蚊子，使者按行，左右以艾烟烘之，有廳吏醉仆，爲蚊子所嚙而死。』其可畏有如此者。」據此，則少游故鄉多蚊子，然氣候較寒冷，冬間未必有之；而歐陽修蚊子詩，閒評凡兩引，合則與本首相同，唯首句「蠆蜂」作「虱蚊」。故知此詩似爲少游貶至横州後所鈔録，而於篇末注云：「文忠公云：蚊子最可憎處，是先要喝，後來咬人。」又據光緒横州志卷二氣候引百粵風土記云：「夏秋酷暑多蚊蚋。」志又云：其地有諺云：「四時皆似夏，一雨便成冬。」少游處此境地，當見冬蚊，因感而録歐公詩也。

白馬寺晚泊〔一〕

濛濛晚雨暗回塘〔二〕，遠樹依微不辨行〔三〕。人物漸稀疏磬斷，緑蒲叢底宿鴛鴦。

【箋注】

〔一〕本篇元豐五年壬戌（一〇八二）作於洛陽。後少游有望海潮洛陽懷古詞云：「金谷俊遊，銅駝巷陌，新晴細履平沙。」詩蓋作於其前。楊衒之洛陽伽藍記卷四城西云：「白馬寺，漢明帝所立也，佛入中國之始。寺在西陽門外三里御道南。帝夢金神，長丈六，項背日月光明，胡人號曰佛。遣使向西域求之，乃得經像焉，時白馬負經而來，因以爲名。」

〔二〕回塘：曲折回環之池塘。賀鑄踏莎行：「楊柳回塘，鴛鴦別浦，緑萍漲斷蓮舟路。」

〔三〕依微：隱隱約約。參寥子春詞之二：「濛濛小雨暗池塘，遠樹依微不辨行。」與此一句極相似。

霅上感懷〔一〕

七年三過白蘋洲〔二〕，長與諸豪載酒游〔三〕。舊事欲尋無處問，雨荷風蓼不勝秋〔四〕！

【箋注】

〔一〕詩云：「七年三過白蘋洲。」熙寧四年（一〇七一）孫莘老守吳興時，爲初過；熙寧七年至九年李公擇守吳興時，爲二過；元豐二年（一〇七九）五月隨東坡參寥南來，是爲三過。據王宗稷蘇文忠公年譜，是歲七月二十九日烏臺詩案發，東坡被逮。少游與蘇黄州簡云：「自聞被旨入都，遠近驚傳，莫知所謂，遂扁舟渡江。比至吳興，見陳書記、錢主簿，具知本末之詳。」又龍井題名記云：「元豐二年中秋後一日，余自吳興過杭，東還會稽。」由此可見，詩人約於五六月間抵越省親，及聞訊，復渡錢塘北上湖州，其時蓋八月上旬也，故詩之結句曰「不勝秋」。霅上，見後集卷二別賈耘老注〔二〕。

〔二〕白蘋洲：湖州府圖志卷六：「白蘋洲，在霅溪東南，梁太守柳惲江南曲：『汀洲采白蘋，日暮江南春。』後人因以名洲。」

〔三〕長與句：指熙寧間與孫莘老、李公擇，陳舜俞，元豐二年五月與蘇軾、參寥、關彦長、徐安中等之遊宴。又蘇軾在湖州有詩題曰泛舟城南會者五人分韻賦詩得人皆苦炎字四首，王文誥註：「總案云：本集與秦少游書云：『分韻詩，語益妙，得之殊喜。拙詩令兒子録呈。』據此書，則泛舟城南五人分韻之作，少游在焉。」此亦爲諸豪勝遊之一。

〔四〕雨荷句：吳興多荷花。蘇軾泛舟城南……四首其一云：「遶郭荷花一千頃。」吳興掌故集引姜白石云：「吴興號『水晶宫』，荷花極盛。陳簡齋云：『今年何以報君恩？一路荷花相送到青墩。』亦可見矣。」此云「不勝秋」，正是八月上旬景象。

和程給事贈虞道判六首〔一〕

其一

刀圭雲母具晨餐〔二〕，門對三層步斗壇〔三〕。夜考鶴經分七九〔四〕，曉占歲氣辨黔丹〔五〕。

【箋注】

〔一〕本篇元豐二年己未（一〇七九）作於會稽。程給事，見卷七遊龍門山次程公韻注〔一〕。據趙抃清獻集，有書道士虞安仁房壁詩云：「日月精華有術餐，不煩辛苦禮星壇。葛仙公井甘泉近，應煉長生九轉丹。」與本篇同韻，當作於同時，故知虞道判名安仁。

〔二〕刀圭句：抱朴子金丹：「尹子丹法：以雲母水和丹密封，致金華池中，一年出，服一刀圭，盡一斤，得五百歲。」案：刀圭，章炳麟新方言卷六釋器謂古音讀如「條耕」，即今之湯匙也。雲母，礦物名，有數種，白雲母可作藥物。

〔三〕步斗壇：即設壇步罡踏斗。道士在壇上朝拜星宿，遣神召靈，其行走進退步位，轉折略如北斗星象位置，故名「步斗」。

〔四〕鶴經：即相鶴經。葉夢得避暑録話：「元豐間，道士陳景元，博識多聞，藏書數萬卷。……師孟（即程公闢）嘗從求相鶴經，得之甚喜。」案：相鶴經，一名幽經。鮑照舞鶴賦：「散幽經以驗物。」注：「相鶴經者，出自浮丘公，公以經授王子晉。崔文子者，學仙於子晉，得其文，藏於嵩高山石室，及淮南八公採藥得之，遂傳於世。鶴經云：『鵠，陽鳥也，因金氣，依火精，火數七，金數九。故十六年小變，六十年大變，千六年形定而色白。』」案：葉夢得避暑録話記元豐間道士陳景元藏有相鶴經，程師孟向其求得，作詩往謝。

〔五〕黔丹：素問六元正紀大論：「其穀玄黔。」注：「黔，黄色。」此指道家所煉之黄丹，見本草鉛丹。

其二

火棗交梨近可餐〔一〕，不須地肺及天壇〔二〕。龜藏坎海毛皆緑，鳳宿離宫色自丹〔三〕。

【箋注】

〔一〕火棗交梨：陶弘景真誥卷二：「玉醴金漿，交梨火棗，此則騰飛之藥，不比於金丹也。」王士禛香祖筆記卷十一：「交梨火棗，相沿稱之，未達其義。」蠡海集云：「梨春花秋熟，實蒼花白，有金木交互之義，故曰交梨。」

〔二〕地肺：傳説中地名。金樓子卷五志怪：「地肺，荆州濟門西岸安船處也，洪潦常浮不没，故云地肺也。」天壇，王屋山的頂峰，傳爲軒轅祈天之處。

〔三〕龜藏二句：坎海、離宫，易説卦：「坎爲水。」「離爲火。」緑毛龜，古以爲祥瑞之物。玉海：「宋乾德四年，和州進緑毛龜，作神龜曲。」丹鳳，孔演圖：「鳳皇火精，生丹穴。」（轉引自郭沫若鳳凰涅槃小序）

其　三

紫府沉沉掩夜關〔一〕，竹陰清掃月中壇。歲星偷得桃枝碧〔二〕，董奉栽成杏子丹〔三〕。

【校】

〔杏子丹〕「杏」原誤作「李」，此從張本、胡本、李本、段本、王本、秦本、四部本。

【箋注】

〔一〕紫府：道家稱仙人所居之處。抱朴子祛惑：「及到天上，先過紫府，金牀玉几，晃晃昱昱，真貴處也。」

〔二〕歲星句：歲星，指東方朔。列仙全傳卷二：「東方朔，字曼倩，平原類次人。……漢武帝時上書……令待詔公車，又遷待詔金馬門，常侍中。……朔將死，謂同舍郎曰：『天下人無能知朔。知朔者，惟大伍公耳。』朔亡。後武帝得此語，召大伍公問之，答以不知。帝曰：『公何所能？』曰：『頗善星曆。』帝問：『諸星具在度否？』曰：『諸星皆在，獨不見歲星四十年，今復見耳。』帝仰天歎曰：『東方朔在朕旁十八年，而不知爲歲星。』」藝文類聚卷八六菓部上引漢武故事：「朔至，短人因指朔謂上（武帝）曰：『西王母種桃，三千歲一爲子。此兒不良也，已三過偷之矣。』」此云「桃枝碧」，係與下句「杏子丹」對仗，實即偷桃。

〔三〕董奉：見卷十一四絶其一注〔二〕。

其四

囊中玉色已經餐〔一〕，醉拂絲桐坐杏壇〔二〕。應笑倦遊塵滓客，鬢毛蕭瑟事鉛丹〔三〕。

【箋注】

〔一〕玉色：楚辭遠遊：「玉色頩以脕顔兮，精醇粹而始壯。」此指道家之服食求仙。

〔二〕杏壇：據神仙傳，三國時董奉在廬山杏林修煉成仙，後因謂道士修煉之所爲「杏壇」。唐宋時多指道觀。白居易尋王道士樂堂因有題贈詩：「行行見路緣松嶠，步步尋花到杏壇。」

〔三〕鉛丹：道家服食求仙，常煉鉛成丹而服之。本草鉛丹：「宗奭曰：鉛丹化鉛而成。」

其五

漢武遊心縹緲間〔一〕，文成五利盡登壇〔二〕。何如屈曲韓夫子，不羨神君白玉丹〔三〕。

【箋注】

〔一〕漢武句：謂漢武帝迷信神仙。史記司馬相如列傳：「相如見上（漢武帝）好僊道……乃遂就大人賦。……天子大説，飄飄有凌雲之氣，似游天地之間意。」縹緲間，白居易長恨歌：「忽聞海上有仙山，山在虛無縹緲間。」

〔二〕文成句：文成、五利，皆漢將軍名號。史記封禪書：「齊人少翁以鬼神方見上，乃拜少翁爲文成將軍。」文選班固西都賦云：「聘文成之丕誕，馳五利之所刑。」李善注引漢書曰：「欒成侯登上書言欒大，天子見大悦。曰：『臣之師有不死之藥可得，仙人可致。』乃拜大爲五利將軍。」登壇，指拜將。

〔三〕何如二句：韓夫子，指韓愈，憲宗遣使至鳳翔迎佛骨入禁中，愈上諫佛骨表，抗言直諫。神君，史記封禪書：「是時上（漢武帝）求神君，舍之上林中蹏氏觀。神君者，長陵女子，以子死，見神於先後宛若。宛若祠之其室，民多往祠。平原君往祠，其後子孫以尊顯。及上即位，則厚禮置祠之内中。聞其言，不見其人云。」

其　六

使君本住道家山〔一〕，時訪玄都太古壇〔二〕。陰惠已能追許令〔三〕，治功不獨過韋丹〔四〕。

【箋注】

〔一〕使君：指郡守程公闢。

〔二〕玄都太古壇：杜甫玄都壇歌寄元逸人詩之二：「屋前太古玄都壇，青石漠漠松風寒。」仇兆鰲注引蔡夢弼曰：「玄都壇，漢武帝所築，在長安南山子午谷中。」

〔三〕許令：即許遜，字敬之，晉汝南人，家南昌，弱冠學道於吴猛，傳三清法要。後舉孝廉，拜蜀旌陽令。尋以晉室棼亂，棄官東歸。孝武帝太康二年於洪州西山，舉家四十二口，拔宅上昇。鷄犬亦隨之而去。後世稱許真君。見太平廣記神仙十四。

〔四〕韋丹：韓愈韋丹墓志銘謂韋丹在江南西道觀察使任上，曾建瓦屋萬三千七百，爲重屋四千七百，民無火憂，築堤捍江，灌陂塘五百九十八，得田萬二千頃。龔明之中吴紀聞卷三程光禄：「樂圃先生稍許可，至言公（程公闢）政事，則曰：『雖韋丹治豫章，孔戣帥嶺南，常衮化七閩，無以加也。』」

處州閑題〔一〕

清酒一杯甜似蜜，美人雙鬢黑如鴉〔二〕。莫誇春色欺秋色，未信桃花勝菊花〔三〕。

【箋注】

〔一〕本篇作於紹聖二年乙亥（一〇九五）。秦譜云：「先生在處州，頗以遊詠自適。」處州，宋時屬兩浙路，治所在今浙江麗水。參見卷十處州水南庵二首注〔一〕。

〔二〕美人句：西洲曲：「單衫杏子紅，雙鬢鴉雛色。」

〔三〕莫誇二句：唐劉禹錫秋日二首云：「自古逢秋悲寂寥，我言秋日勝春朝。晴空一鶴排雲上，便引詩情到碧霄。」「山明水淨夜來霜，數樹深紅出淺黄。試上高樓清入骨，豈如春色嗾人狂。」皆稱秋色之美，勝于春色。此時少游身處貶所，作此等語，其樂觀之懷，諷喻之意，可以想見矣。

春詞絶句五首〔一〕

其一

蒲萄裍暖蕙薰微〔二〕，紅日窺軒睡覺時〔三〕。人倦披衣雙燕出，青絲高罥木蘭枝〔四〕。

【校】

〔五首〕王本、四部本無此二字。

〔其一〕此爲箋注者所加，下同。

【箋注】

〔一〕此五首蓋元祐七年壬申（一〇九二）春作於汴京。其三云：「都城春暖百花披，長憶人歸駐馬時。」説明地點。其五云：「顛毛漸脱風情少，匣劍空存俠氣銷。」説明境況。案續資治通鑑長編卷四六三云，元祐六年八月戊子朔，「以趙君錫論秦觀疏付三省。劉摯私志其事云：「臣前薦『初，除觀爲正字，用君錫之薦。既而賈易詆觀不檢之罪；同日，君錫亦有一章云：「臣前薦觀，以其有文學；今始知其薄於行，願寢前薦，罷觀新命。臣妄薦之罪，不敢逃也。」觀亦有狀辭免。』」據秦譜，元祐六年八月，少游遷正字纔兩月即罷，故有「匣劍空存」之嘆。

〔二〕蒲萄句：裀，此指裀褥。蒲萄，即葡萄，爲褥上花紋。蕙薰，皆芳草名，此謂香氣。

〔三〕紅日句：少游蝶戀花詞：「曉日窺軒雙燕語，似與佳人、共惜春將暮。」

〔四〕青絲句：青絲，柳之細條。王褒奉和趙王途中詩：「村桃拂紅粉，岸柳被青絲。」高罥，高掛。

其　二

弱雲亭午弄春嬌〔一〕，高柳無風妥翠條〔二〕。懶讀夜書搔短髮，隔垣時聽賣餳簫〔三〕。

【箋注】

〔一〕亭午：正午。見卷五次韻夏侯太沖秀才注〔四〕。

〔二〕妥：下垂。禮記曲禮下「國君綏視」注：「綏，讀爲妥。」疏：「妥，下也。庾氏云：妥，頹下之貌。」

〔三〕賣餳簫：詩周頌有瞽：「簫管備舉。」箋：「簫，編小竹管，如今賣餳者所吹也。」疏：「其時賣餳之人，吹簫以自表也。」宋祁寒食詩：「簫聲吹暖賣餳天。」亦指此。

其　三

都城春富百花披〔一〕，長憶人歸駐馬時。淺色御黃應好在〔二〕，爲誰還發去年枝？

【箋注】

〔一〕百花披：即百花盛開。廣韻：「披，開也。」

〔二〕御黃：猶宫黄，形容花之顔色。

其　四

風驅白雨洗園林〔一〕，蔽地飛花一寸深。狂紫浪紅俱已矣〔二〕，老春雖在亦何心？

【箋注】

〔一〕白雨：暴雨。司馬光和復古大雨詩：「白雨四注垂萬絙，坐間斗寒衣可增。」蘇軾六月二十七日望湖樓醉書：「黑雲翻墨未遮山，白雨跳珠亂入船。」

〔二〕狂紫浪紅：狀盛開怒放之花。抱朴子循本：「鄉黨之友不洽，而勤遠方之求；涖官之稱不著，而索不次之顯。雖佻虚譽，猶狂華干霜以吐曜，不崇朝而零瘁矣。」此用其義，蓋有所寄託。

其　五

顛毛漸脱風情少，匣劍空存俠氣銷〔一〕。人遠地偏無酒肉，春深花鳥謾相撩〔二〕。

【箋注】

〔一〕匣劍：西京雜記卷一：「高帝斬白蛇劍，劍上有七采珠、九華玉以爲飾，雜厠五色琉璃爲劍匣。劍在室中，光景猶照於外，與挺劍不殊。」後以匣劍喻人才埋没。韋莊冬日長安感志寄獻虢州崔郎中詩：「未知匣劍何時躍，但恐鉛刀不再銛。」

〔二〕謾相撩：空自相撩。撩，意猶挑逗。

秋詞二首

其一

雲惹低空不肯飛，班班紅葉欲辭枝〔一〕。秋光未老仍微暖，恰似梅花結子時〔二〕。

【校】

〔二首〕王本、四部本無此二字。

〔其一〕此爲箋注者所加，下同。

【箋注】

〔一〕班班：駁雜貌。白居易石上苔詩：「漠漠斑斑石上苔，幽芳静緑絶纖埃。」班與斑通。

〔二〕梅花結子時：指春夏之間。

其二

無數青莎繞玉階〔一〕，夕陽紅淺過牆來。西風莫道無情思，未放芙蓉取次開〔二〕。

【箋注】

〔一〕青莎：莎，草名。淮南子覽冥訓：「田無立禾，路無莎蘋。」

〔二〕未放句：芙蓉，荷花。取次，任意、從容。白居易病假中龐少尹攜魚酒相過詩：「閑停茶椀從容語，醉把花枝取次吟。」

齊逸亭〔一〕

緂發郎君更不歸〔二〕，故亭蕭瑟異當時。玉笙金管渾如夢〔三〕，只有梅花三四枝。

【箋注】

〔一〕齊逸亭：不詳所在。

〔二〕緂發：謂天氣轉暖。

〔三〕玉笙金管：李白江上吟：「木蘭之枻沙棠舟，玉簫金管坐兩頭。」案少游曾與樂妓相處，爲之作詞。如苕溪漁隱叢話前集引高齋詩話云：「少游在蔡州，與營妓婁婉字東玉者甚密，贈之詞云：『小樓連苑橫空。』又云『玉佩丁東別後』者是也。」此蓋回憶當時生活。

春日

殘臘渺茫雲外日，新春彷佛夢中來。雪霜便覺都無力，只見桃花次第開〔一〕。

【箋注】

〔一〕次第開：依次開。白居易春風詩：「春風先發苑中梅，櫻杏桃梨次第開。」

雪中寄丹元子〔一〕

陰風一夜攪青冥，風定紛紛雪片零。想見玉清真境上，白虛光裏誦黃庭。

【箋注】

〔一〕本篇已見卷十一四絕其四，唯「霏霏霰雪」，此作「紛紛雪片」；「遥想玉真清境上」，此作「想見玉清真境上」：蓋傳鈔之誤。丹元子，姚安世，自號丹元，見卷五次韻奉酬丹元先生注〔一〕。

宿乾明方丈〔一〕

漫天白雪無端現，佛室夜艾烏更啼〔二〕。相逢解頤足自慰〔三〕，勿語俗子念心攜〔四〕。

【箋注】

〔一〕本篇熙寧八年乙卯（一〇七五）作。乾明，寺名，在高郵中市橋西，見嘉慶揚州府志卷二九。時顯之長老住乾明方丈，見卷三二高郵長老開堂疏注〔一〕、乾明開堂疏注〔一〕。

〔二〕夜艾：夜長。艾，一釋作盡。見後集卷二和顯之長老注〔四〕。

〔三〕相逢句：指與顯之相逢於寺中。解頤，漢書匡衡傳：「匡説書，解人頤。」顏師古注引如淳曰：「使人笑不能止也。」

〔四〕俗子：作者自指。念心，謂念念不忘。

新開湖送孫誠之有龍見於東北因成絶句〔一〕

狂客走影暗悠悠，菡萏吹風五月秋。黄綬不爲無氣概〔二〕，蒼龍垂尾送行舟。

【校】

〔垂尾〕張本、胡本、李本、段本、王本、秦本、四部本俱作「隨尾」。

【箋注】

〔一〕本篇熙寧中作於高郵。後集卷二有送孫誠之尉北海，可參看。新開湖，嘉靖揚州府志云：

「即高郵湖，在州西北三里，其水南北俱通官河。」龐元英文昌雜録卷四云：「祕書少監孫莘老莊居在高郵新開湖邊。」誠之名勉，乃莘老弟，故知宅於新開湖畔。龍見，蓋指龍卷風。

〔二〕黄綬：黄色印綬。漢書百官公卿表：「凡吏秩比二百石以上，皆銅印黄綬。」因以指佐貳之官。孫誠之爲北海尉，故稱。

呈李公擇〔一〕

青箋擘處銀鈎斷〔二〕，紅袂分時玉筯懸〔三〕。雲脚漸收風色緊，半規斜日射歸船〔四〕。

【箋注】

〔一〕本篇熙寧九年丙辰（一〇七六），與陪李公擇觀金地佛牙作於同時。時少游在湖州，觀結句，知作于返里之前。

〔二〕青箋句：青箋，費著蜀箋譜謂蜀箋有十色，青箋爲其中之一。銀鈎，即鐵畫銀鈎，指剛勁遒美之字體。歐陽詢用筆論：「剛則鐵畫，媚若銀鈎。」

〔三〕紅袂句：紅袂分時，借指與美女分手。少游八六子詞：「念柳外青驄別後，水邊紅袂分時，愴然暗驚。」玉筯，喻眼淚。劉孝威獨不見詩：「誰憐雙玉筯，流面復流襟。」以上二句皆指餞別筵前，前句謂題詩，後句寫侑觴之歌妓。

〔四〕半規斜日：太陽落山成半圓形，故云。謝靈運游南亭詩：「密林含餘清，遠峯隱半規。」

落日馬上〔一〕

日落荒阡白霧深〔二〕，紫騮嘶顧出疎林〔三〕。回頭已失來時路，杳杳金盤墮翠岑〔四〕。

【箋注】

〔一〕本篇熙寧九年丙辰（一〇七六）作於歷陽湯泉。其遊湯泉記記遊龍洞時云，「棄馬而徒步」，「是日風曀，望建業江山，蟠龍踞虎之狀，皆依約而得之」，「景夕，還惠濟」，歸時當復騎馬。詩中所寫景象，與此吻合。卷四有馬上口占二首，蜀本注云：「後一首參寥和。」可參看。

〔二〕荒阡：荒野中道路。唐劉長卿登吴古城歌：「荒阡斷兮誰曾過，孤舟逝悲若何！」

〔三〕紫騮：南史羊侃傳：「帝因賜侃河南國紫騮，令試之。侃執矟上馬，左右擊刺，特盡其妙。」李白紫騮馬詩：「紫騮行且嘶，雙翻碧玉蹄。」秦韜玉紫騮馬詩：「渥洼奇骨本難求，況是豪家重紫騮。」

〔四〕杳杳句：金盤，喻落日。翠岑，青山。山小而高曰岑。

次韻參寥三首〔一〕

其一

武陵漁子入花源，但見秦人不得仙〔二〕。會有黄鸝鳴翠柳〔三〕，何妨白眼望青天〔四〕。

【校】

〔三首〕王本、四部本無此二字。

〔其一〕張本、胡本、李本、段本、王本、秦本、四部本俱無此二字。

【箋注】

〔一〕王文誥蘇詩總案卷十七謂元豐元年十二月十九日，蘇軾有和參寥寄秦觀失解詩。案參寥子詩集卷三載此詩題作彭門書事寄少游，少游受詩依韻而和，當至次年（即元豐二年）之春，故詩中有「黄鸝翠柳」之語。參寥生平，見卷二夜坐懷莘老司諫注〔一〕。

〔二〕武陵漁子二句：參陶淵明桃花源記。案宋時臨安縣嘉會門外冷水峪，夾山多桃花，中有流水，亦稱桃源。蘇軾有介亭餞楊傑次公詩云：「丹青明滅風篁嶺，環佩空響桃花源。」參寥係杭僧，故以爲喻。秦人，雙關，切少游之姓。不得仙，喻未登第。

〔三〕黄鸝：即黄鶯。杜甫絶句之三：「兩箇黄鸝鳴翠柳。」

〔四〕白眼：世説新語簡傲：「嵇康與吕安善」注引晉百官名：「（阮）籍能爲青白眼，見凡俗之士，以白眼對之。」案：此亦少游自喻。卷三九送錢秀才序云：「子二人者，昔日浩歌劇飲，白眼視禮法士，一燕費十餘萬錢，何縱也！」

【彙評】

黄徹䂬溪詩話卷八：（東坡）又寄參寥問少游失解云：「底事秋來不得解？定中試否問諸天。」蓋劉禹錫和宣上人賀王侍郎放榜後詩云：「借問至公誰印可？支郎天眼定中觀。」不惟兼具儒釋，又政屬科場事，其不泛如此。

葛立方韻語陽秋卷十八：秦太虚舉進士不得，東坡詩曰：「底事秋來不得解，定中試與問諸天。」深爲稱屈也。

【附】

參寥子彭門書事寄少游之一：我思君處君思我，此語由來自謫仙。欲借野人傳紙尾，待憑新雁寄遼天。

蘇軾次韻參寥師寄秦太虚三絶句時秦君舉進士不得之一：秦郎文字固超然，漢武憑虚意欲仙。底事秋來不得解？定中試與問諸天。

其二

長安仕路與雲齊〔一〕，倦僕羸驂不可躋。但得玄暉曾折簡〔二〕，何須平子更安題〔三〕。

【箋注】

〔一〕長安：今陝西省西安市，因係漢唐故都，宋人常借指汴京。如李清照蝶戀花上巳召親族：「永夜厭厭歡意少，空夢長安，認取長安道。」辛棄疾菩薩蠻書江西造口壁：「西北望長安，可憐無數山。」

〔二〕玄暉：南朝齊謝朓，字玄暉。南史謝朓傳：「朓好獎人才，會稽孔顗粗有才筆，孔珪嘗令草讓表以示朓。朓嗟吟良久，手自折簡寫之，謂珪曰：『士子聲名未立，應共獎成，無惜齒牙餘論。』」漢制，簡長二尺，折簡者，折半之短簡，用於平常之書信往來等。案：此處以玄暉喻蘇軾。軾有簡與秦太虛云：「見解榜，不見太虛名字。此不足爲太虛損益，但吊有司之不幸耳。」

〔三〕何須句：晉王澄，字平子。晉書王衍傳云：「衍有重名於世，時人許以人倫之鑒。尤重澄……有經澄所題目者，衍不復有言，輒云：『已經平子矣！』」以上二句謂只要獲得蘇軾折簡慰問，即使未得有司品題亦無妨。

【附】

參寥子彭門書事寄少游之二：戲馬臺邊駐馬蹄，回廊曲院總攀躋。秦郎前日曾來否？試拂凝塵覓舊題。

蘇軾次韻參寥師寄秦太虛三絶句時秦君舉進士不得之二：一尾追風抹萬蹄，崑崙玄圃謂朝隮。回看世上無伯樂，却道鹽車勝月題。

其　三

且折花枝醉復醒，人間時節易崢嶸〔一〕。屠龍肯自羞無用〔二〕？畫虎從人笑不成〔三〕。

【箋注】

〔一〕崢嶸：漢書西域傳上：「臨崢嶸不測之深。」注：「師古曰：『崢嶸，深險之貌也。』」

〔二〕屠龍：莊子列禦寇：「朱泙漫學屠龍於支離益，單千金之家，三年技成，而無所用其巧。」張懷瓘書估跋。「聲聞雖美，功業未遒，空有望於屠龍，竟難成於畫虎。」此喻才藝高超。

〔三〕畫虎：後漢書馬援傳：「效伯高不得，所謂刻鵠不成尚類鶩者也；效季良不得，陷爲天下輕薄子，所謂畫虎不成反類狗者也。」前此少游試進士不中，故有此語。

【附】參寥子彭門書事寄少游之三：百尺黄樓拂杳冥，樓前風物極峥嶸。東州詞客渾多詠，獨怪相如賦未成。

蘇軾次韻參寥師寄秦太虚三絶句時秦君舉進士不得之三：得喪秋毫久已冥，不須聞此氣峥嶸。何妨却伴參寥子，無數新詩咳唾成。

和書天慶觀賀祕監堂三首〔一〕

其一

老仙舊地枕東城〔二〕，古木參天警晝聲〔三〕。我亦願爲方外友〔四〕，風流何必並時生〔五〕。

【校】

〔三首〕王本、四部本無此二字。

〔其一〕段本同，他本俱無此二字。以下二首同。

〔晝聲〕李本「晝」誤作「畫」。

【箋注】

〔一〕本篇元豐二年己未（一〇七九）作於會稽，係爲和程公闢而作，唱首詩不存。天慶觀，嘉泰會稽志卷七：「天慶觀，在府東南五里一百二十步，隸會稽，唐之紫極宮也。」秘監堂，紀念唐賀知章之祠堂。據新唐書本傳，天寶三年，賀知章請度爲道士還鄉，詔賜鏡湖剡川一曲，以宅爲千秋觀。後人因在天慶觀設祕監堂紀念之。

〔二〕老仙：指賀知章。天寶初，請爲道士還鄉，以宅爲千秋觀，在府城東南六里。見嘉泰會稽志卷七。

〔三〕警晝聲：戴少平王榮神道碑：「公家之事，知無不爲，晝警暮巡，考課尤著。」此喻古木如晝間警戒，使東城一帶寂静無聲。

〔四〕方外友：謂世俗外之友人。唐詩紀事陳子昂：「陳子昂、趙貞固、盧藏用、杜審言、宋之問、畢隆澤、郭襲爲、司馬承禎、釋懷一、陸餘慶，號方外十友。」釋惠洪冷齋夜話：「趙閱道休官三衢，與鍾山佛慧禪師爲方外友。」

〔五〕風流：李白對酒憶賀監其一：「四明有狂客，風流賀季真。長安一相見，呼我謫仙人。」

其　二

使君平昔慕玄清〔一〕，一到祠堂意一新。户外黄冠應指點〔二〕，公應便是謫仙人〔三〕。

【校】

〔使君〕原作「史君」，據王本、四部本改。

〔玄清〕原脱「玄」字。李本、王本、四部本作「高情」，張本、段本、秦本作「高清」，據宋紹熙本改。

【箋注】

〔一〕使君句：古代稱郡守爲使君，此指程公闢。玄清：指清虚境界。

〔二〕黄冠：道士之冠，借指道士。見卷五題楊康功醉道士石注〔二〕。

〔三〕謫仙人：賀知章在長安紫極宫一見李白，便呼之爲謫仙人。參見本題其一注〔五〕。此處借喻程公闢。

其　三

衣屨蕭條氣久清，豪家門館未嘗行。朱甍碧瓦何從得？疑有陰兵夜助成〔一〕。

【箋注】

〔一〕朱甍二句：贊祕監堂修葺之神速。陰兵，神兵、鬼兵。王鐸謁梓潼張惡子廟詩：「惟報關東諸將相，柱天功業賴陰兵。」

和書觀妙庵〔一〕

龍瑞宫中種玉人〔二〕，誅茅結室傍秋雲。自言洞裏山川别，此處千分未一分。

【箋注】

〔一〕本篇似元豐二年己未（一〇七九）作於會稽，蓋爲和程公闢而作。觀妙庵，觀首句，知在會稽山龍瑞宫近旁。

〔二〕龍瑞宫句：龍瑞宫，見卷七遊龍瑞宫次程公韻注〔一〕。種玉人，干寶搜神記卷十一云：楊伯雍居無終山（在玉田縣西北，今屬河北），常汲水於嶺上以供人飲，有一人飲後與石子一斗，云可種玉，且得好婦。右北平徐公有好女，人求之多不許。楊於種玉處得白璧五雙，以求聘，遂許。天子聞而異之，拜爲大夫。後多以「種玉」指仙人及仙境。盧綸酬暢當崇山尊道士見寄詩：「開雲種玉嫌山淺，渡海傳書怪鶴遲。」

早春題僧舍〔一〕

東園紫梅初破蕾〔二〕，北澗淥水方通流。歸去一春花月夢，定應多在此中遊。

【校】

〔破蕾〕張本、胡本、李本、段本「蕾」作「藟」。

〔淥水〕王本、四部本「淥」作「綠」。

〔多在〕張本、胡本、李本、段本、王本、秦本、四部本作「常在」。

【箋注】

〔一〕本篇似作於元豐元年戊午（一〇七八）春天。是時參寥子往來淮南，從少游遊，有東園絶句三首，時地皆相同。

〔二〕東園：在高郵。蘇軾元祐六年四月過高郵，爲趙晦之作四達齋銘，其敍云：「高郵使君趙晦之作齋東園，户牖四達，因以名之。」道光高郵州志卷十一下載有蔣之奇題東園詩一首，中云：「三十六湖水所瀦，其尤大者爲五湖。中間可以置郵戍，隱然高阜如覆盂。……大開名園治亭榭，時燕（亭名）朱履爲歡娛。高臺雄跨一千尺，熙熙樂園遊華胥。」案高郵城東北有文遊臺，其地形與蔣之奇詩中所寫極相似，其下蓋即當時之東園。詩題所謂僧舍，係因園内高丘上原有泰山廟，故云。

盆池釣翁

誰刻仙材作釣翁？尺池終日釣微風。令人却憶鴟夷子〔一〕，散髮五湖狂醉中〔二〕。

【箋注】

〔一〕鴟夷子：史記越世家：「范蠡浮海出齊，變姓名，自號鴟夷子皮。」越絶書：「吴亡後，西施復歸范蠡，同泛五湖而去。」杜牧杜秋娘詩：「西子下姑蘇，一舸逐鴟夷。」

〔二〕散髮：髮不束，散披於肩，常指解冠隱居。後漢書袁安傳：「延熹末，黨事將作，（袁）閎遂散髮絶世，欲投迹深林。」李白宣城謝脁樓餞别校書叔雲詩：「人生在世不稱意，明朝散髮弄扁舟。」

賞酴醾有感〔一〕

春來百物不入眼，唯見此花堪斷腸〔二〕。借問斷腸緣底事？羅衣曾似此花香〔三〕。

【箋注】

〔一〕酴醾：花名。王直方詩話：「酴醾，本酒也，世以其開花顔色似之，故以取名。山谷所以有『名字因壺酒，風流付枕幃』之句。」山谷此詩題作見諸人唱和酴醾詩輒次韻戲咏。山谷外集卷十二有酴醾詩云：「漢宮嬌額半塗黃，入骨濃薰賈女香。」史容次于元豐六年，此詩與之同韻，似作于同時。

〔二〕斷腸：形容悲痛之極。劉希夷公子行：「可憐楊柳傷心樹，可憐桃李斷腸花。」少游此處亦以酴醾爲惹人傷感之花。

〔三〕借問二句：張舜民酴醾詩：「晚風亦自知人意，時去時來管送香。」與此同韻。末句蓋詠當年與錢節在京時之浪漫生活。

首夏〔一〕

節物相催各自新，癡心兒女挽留春。芳菲過盡何須恨？夏木陰陰正可人。

【箋注】

〔一〕本篇已見卷十，題作三月晦日偶題。此處重出，惟前首「歇去」，此作「過盡」。

淮海集箋注後集卷第五

雜　文

代蘄州守謝上表〔一〕

愚罪著明，當以萬死，聖恩寬大，尚假一麾〔二〕。顧惟昧冒之深，第深戰競之至。伏念臣不學無術，寡偶少徒，荷先帝之誤知，繇常員而擢用。始欲悉力而舉職，莫知長慮以佐時。自取悔尤，至煩揮黜。責其妄作，便可屏之遠方；憫其知非，猶當投於散地。敢圖生死而肉骨〔三〕，尚容宣化以承流〔四〕。況臣粵自去冬，嘗陳愚懇，願歸使節，求綰郡章。雖此左遷，正符宿願。恩既深而逾望，感亦極而難言。此蓋伏遇皇帝陛下大德海涵，至仁天覆，謂災眚之可赦〔五〕，以過失爲當憐，寬其未棄之誅，開以自新之路。辨之不早，嗟已迫於桑榆〔六〕；來者可追，幸未填於溝壑〔七〕。誓捐軀幹，上報恩私。

【校】

〔當以萬死〕底本「以」作「此」，疑誤，此從張本、胡本、李本。

〔顧惟昧冒之深〕王本、四部本「昧冒」作「冒昧」。

【箋注】

〔一〕本篇蓋作於元祐元年丙寅（一〇八六）。續資治通鑑長編卷三六五云，是歲二月癸亥，「提點淮南東路刑獄專切提舉鹽事閭丘孝直知蘄州，以言者論其失覺所部售鹽違令也」，頗與本篇首四句相合。案蘇州有閭丘孝終，與蘇軾爲友，孝直蓋爲孝終兄弟輩。

〔二〕一麾：顏延之五君詠阮始平：「屢薦不入官，一麾乃出守。」指揮斥。杜牧將赴吴興登樂游原詩：「欲把一麾江海去，樂游原上望昭陵。」謂京官放外任。本處用後一義。

〔三〕生死而肉骨：喻受深恩。左傳襄公二十二年：「（薳子馮）謂八人者曰：『吾見申叔夫子，所謂生死而肉骨也。』」注：「已死復生，白骨更肉。」

〔四〕宣化以承流：漢書董仲舒傳：「今之郡守縣令，民之師帥，所使承流而宣化也，故師帥不賢，則主德不宣，恩澤不流。」

〔五〕災眚：災難。易小過：「弗過過之，飛鳥離之，凶，是謂災眚。」

〔六〕桑榆：喻晚年。見卷二七代工部文侍郎謝表注〔九〕。

〔七〕填於溝壑：杜甫醉時歌：「但覺高歌有鬼神，焉知餓死填溝壑！」

代程給事乞祝聖表〔一〕

本州管内舊有應天寺者，造於宋元徽中〔二〕。其地據寶林山巔〔三〕，南直秦望〔四〕，北負卧龍〔五〕，蕺山挾其左〔六〕，鑑水趨其前〔七〕。圜視井邑，如閲圖畫，越之形勝，十得六七。比於熙寧十年八月遇火，金石土木之觀，一夕殆盡，樓觀宫室化爲丘墟。父老過之，徜徉悼歎，若失所依憑者，因相率詣州，自陳願以私錢修復故寺。本州尋具其事上聞，仍乞易爲十方〔八〕。蒙朝廷報可，賜號寶林禪院。於是，郡之衣冠緇素〔九〕，無不悦豫鼓舞，以謀報上。因大出力財，争先請奮，浮圖楝宇，次第告成。曾未踰年，已復舊觀。蓋所據之地勝，故興也易；所遭之時盛，故成也速。不然何以至是哉？

謹按寶林禪院，其地本名龜山，前世文士見於篇章。上有鰻井，歲旱禱雨輒應。臣等竊以爲龜神物也，有先事之智，而壽踰千歲；鰻龍類也，有施澤之仁，而功被萬物。位正南方，與時相見；勢出人境，足以有臨。稽之於名，效之於物，參之於方位，考之於形勢，而酌之於民情，理從事順，實宜永爲頌祝陛下聖壽之地。

臣等自今後每遇同天節〔一〇〕，只於本院啓建道場及禱祠雨澤，吉祥齋供。其餘宫中道場，並不令於本院啓建。夫下達士民之願，上報君父之恩，臣子之職也。臣等荷國厚恩，無以答生成之萬一〔一一〕，庶幾因緣塔廟，少伸犬馬之誠〔一二〕。仰瞻闕庭，不勝大願，伏望聖慈，特賜俞允。

【校】

〔宫中道場〕「宫」原作「官」，此從張本、胡本、李本、王本、四部本。

【箋注】

〔一〕本篇作於元豐二年己未（一〇七九）。程給事，名師孟，字公闢，時爲越州守。據秦譜，少游於是歲五月如越，省大父承議公及叔父定（時爲會稽尉），從游八月，相得甚歡。詳卷七游龍門山次程公韻注〔一〕。

〔二〕本州管内二句：見卷三六録寶林事實注〔二〕、〔五〕。

〔三〕寶林山：即龜山，詳見録寶林事實注〔六〕。

〔四〕秦望：山名。詳見録寶林事實注〔九〕。

〔五〕卧龍：山名，見卷五送蔡子驥用蔡子駿韻注〔二〕。

〔六〕蕺山：詳見録寶林事實注〔一一〕。

〔七〕鑑水：即鑑湖。詳見卷八游鑑湖注〔一〕。

〔八〕十方：佛家以「東、南、西、北、東南、西南、東北、西北、上、下」爲十方。三藏聖教序：「弘濟萬品，典御十方。」

〔九〕衣冠緇素：衣冠，借指士大夫。緇素，借指僧俗，因僧人衣緇，俗衆衣素，故云。

〔一〇〕同天節：神宗誕辰。宋史神宗本紀治平四年二月：「庚寅，以四月十日爲同天節。」

〔一一〕生成：謂恩同養育。

〔一二〕犬馬之誠：臣下對君主盡忠之卑辭。史記三王世家：「臣竊不勝犬馬心。」

坤成節功德文疏〔一〕

寶曆開祥，爰屬補天之運〔二〕；金行御氣〔三〕，適當夢帝之期〔四〕。躬詣精廬〔五〕，妙修勝會。致上方香積之飯〔六〕，閲西土貝多之文〔七〕。庶憑調御之緣，少效華封之祝〔八〕。太皇太后，伏願睿圖鞏固〔九〕，宸算增隆〔一〇〕。日月無私，永照臨於下土；風雲不間，長感會於中天〔一一〕。

【箋注】

〔一〕本篇作於元祐二年秋七月。坤成節，太皇太后高氏生日，在七月十六日。參見卷二六代賀坤成節表注〔一〕。案功德疏，見卷三二代蔡州正賜庫功德疏注〔一〕。

〔二〕補天：用女媧煉石補天事，參見卷六和子瞻雙石詩注〔五〕。

〔三〕金行御氣：秋令在五行中屬金，坤成節在七月，故云。

〔四〕夢帝之期：見卷二八賀呂相公啓注〔三〕。

〔五〕精廬：即精舍。北齊書楊愔傳：「至碻磝戍，州内有愔家舊佛寺，入精廬禮拜。」此指佛寺。

〔六〕香積之飯：見卷八次韻子瞻贈金山寶覺大師注〔二〕。

〔七〕貝多：樹名，即菩提樹，葉可裁爲梵夾，用以寫經。此指佛經。李商隱題僧壁：「若信貝多真實語，三生同聽一樓鐘。」

〔八〕華封之祝：見卷三二興龍節功德疏二道之一注〔七〕。

〔九〕睿圖：稱頌皇家之版圖。隋書音樂志：「皇矣上帝，受命自天，睿圖作極，文教遐宣。」

〔一〇〕宸算增隆：稱頌高太后年壽日增。新唐書田弘正傳：「奉陛下宸算，冀道揚太和，洗濯僞風。」

〔一一〕風雲二句：意謂同類相感，以喻際遇得時也。語本易乾文言：「雲從龍，風從虎，聖人作而萬物覩。」後漢書馬武傳：「咸能感會風雲，奮其智力。」

代答范相公堯夫啓〔一〕

器兼文武，道備天人。始列周行〔二〕，綽有棟梁之器；及參大政，鬱爲社稷之臣〔三〕。果振家聲〔四〕，遂當國相。昔韋平嗣興於西漢〔五〕，袁楊繼起於東京〔六〕，張公錫延賞之名〔七〕，陸氏取象先之意〔八〕。雖云華族，未必熙朝〔九〕，然猶前史以爲美談，當世謂之榮事。固未有百年遇太平之運〔一〇〕，四世膺爰立之求〔一一〕。以今言之，一何盛也！某夙登門仞〔一二〕，嘗頌威容，念班謁以無由，第承風而竊抃。

【校】

〔題〕「堯夫」二字原作小字置「啓」下，此從段本、王本、秦本、四部本。

【箋注】

〔一〕范相公堯夫：即范純仁，自元祐三年四月加太中大夫、右僕射兼門下侍郎，至元祐四年二月罷。見宋史宰輔表。本篇當係元祐三年爲郡守向宗回代作。

〔二〕周行：左傳襄公十五年：「詩云：『嗟我懷人，寘彼周行』，能官人也，王及公侯伯子男，甸采衛大夫，各居其列，所謂周行也。」此句謂入仕之初。

〔三〕社稷之臣：國之重臣。禮記檀弓下：「有臣柳莊也者，非寡人之臣，社稷之臣也。」

〔四〕果振家聲：純仁爲仲淹子。仲淹爲北宋賢臣、文學家，仕至參知政事，聲望極隆，故云。

〔五〕韋平：見卷十三任臣上注。

〔六〕袁楊：見任臣上注。

〔七〕張公：張延賞，唐張嘉貞子，原名寶符。嘉貞卒後十餘歲，京兆尹韓朝宗奏曰：「張嘉貞晚一息寶符，獨未官。」玄宗憫然，召拜左司禦率府兵曹參軍，賜名曰延賞。見新唐書張嘉貞傳。

〔八〕陸氏：陸象先，唐人，元方之子，字崇賢，本名景初，睿宗賜今名，累官同中書門下平章事。玄宗即位，太平公主謀廢立，象先不從，以功封兗國公。見新唐書本傳。

〔九〕熙朝：猶言盛世。曾鞏賀明堂禮成肆赦表：「講茲鉅典，屬在熙朝。」

〔一〇〕百年遇太平之運：宋建隆元年（九六〇）至元祐三年（一〇八八）共一二八年，此爲概數。

〔一一〕四世膺爰立之求：書説命：「爰立作相。」四世，指仁宗至哲宗之四朝。仲淹仁宗時曾執政，經四朝而純仁又爲宰輔，故云。

〔一二〕門仞：論語子張：「子貢曰：『譬之宫牆，賜之牆也及肩，闚見室家之好；夫子之牆數仞，不得其門而入，不見宗廟之美，百官之富。』」後用以指師門。

賀孫中丞啓　和甫〔一〕

光奉明恩，進陞中憲。伏惟慶慰，恭惟中丞侍郎，受天間氣，爲世真儒〔二〕，力足以扶顛持危〔三〕，器足以致遠任重〔四〕。巍然如衣服之有冠冕〔五〕，卓爾若鳥魚之有鳳鯤。三朝充諫諍之官〔六〕，奮身不顧；七郡任蕃宣之寄〔七〕，爲民所思。動静不失其時，遜逆必求諸道。比支物望〔八〕，簡在上心〔九〕。粤自貳卿，遂登執法〔一〇〕。嚴霜被野，既知松柏之後凋〔一一〕；猛獸居山，將見藜藿之不采〔一二〕。某叨持符節，久遠門闌。

【校】

〔題〕張本、胡本、李本、段本、王本、秦本題下無「和甫」二小字。

【箋注】

〔一〕本篇作於元祐三年戊辰（一〇八八）四月。題下小注謂「和甫」，和甫，孫固字，據宋史宰輔表，固元祐三年四月壬午自觀文殿大學士、正議大夫兼侍讀，除門下侍郎；四月十一日癸未，又自門下侍郎除光禄大夫知樞密院事。據宋史本傳，至元祐五年（長編謂四月甲辰）即卒，並未載任御史中丞。且本傳謂時固年老，數乞骸骨，太皇太后勉留，或體中未安，取文書於家視之，並無任御史中丞之可能。且宋制，御史中丞品位在門下侍郎之下（參宋史職官志八元豐以後合班之制），故不可能由門下侍郎除御史中丞。題下「和甫」二字，張本等皆無，疑爲乾道時編者誤植。按之宋史孫覺傳，文中所云皆相合。傳謂覺「擢御史中丞，數月，以疾請罷」。查續資治通鑑長編卷四〇九，元祐三年四月壬午，「吏部侍郎兼侍講孫覺爲御史中丞」。茆泮林孫莘老年譜亦繫於此時,案云:「秦少游賀先生啓見淮海集。」即指本篇。

〔二〕爲世真儒:據宋史本傳,覺「有文集、奏議六十卷,春秋傳十五卷」。清王敬之孫公莘老年譜書後謂「宋紹熙中陽羡邵公輯知高郵軍,鐫莘老春秋經解十五卷藏郡齋。」

〔三〕力足以扶顛持危:論語季氏:「危而不持,顛而不扶,則將焉用彼相矣。」此從正面用之,謂在變法中敢於進諫。宋史覺本傳:「神宗將大革積弊,覺言:『弊政固不可不革,革而當,其悔乃亡。』神宗稱其知理。」

〔四〕致遠任重:論語泰伯:「曾子曰:『士不可以不弘毅,任重而道遠。』」朱熹注:「非弘不能勝其重,非毅無以致其遠。」

〔五〕冠冕:三國志蜀龐統傳:「徽甚異之,稱統當爲南州之冠冕。」

〔六〕三朝句:三朝,指英宗、神宗、哲宗三朝。據孫莘老年譜,英宗治平四年,擢右正言。神宗熙寧元年,復右正言,疏論邵亢;二年,知諫院,疏論滕甫;哲宗元祐初爲右諫議大夫,疏論蔡確、安燾、韓縝。

〔七〕七郡句:據宋史本傳,孫覺歷知湖、廬、蘇、福、亳、揚、徐七州。

〔八〕物望:衆望。晉書王羲之傳與會稽王牋:「殿下德冠宇内,最可直道行之,致隆當年,而未允物望受殊遇者,所以寤寐長歎,實爲殿下惜之。」

〔九〕簡在上心:漢書薛宣傳:「宣考績功課,簡在兩府。」注:「師古曰:簡,亦曰明也。」此謂哲宗明瞭孫覺功績。

〔一〇〕粤自二句：謂孫覺自吏部侍郎擢御史中丞，參注〔一〕。貳卿，侍郎之别稱。執法，即御史中丞。史記淳于髡傳：「執法在旁，御史在後。」

〔一一〕嚴霜二句：論語子罕：「歲寒然後知松柏之後彫也。」

〔一二〕猛獸二句：見卷五送劉貢父舍人二首其一注〔一〕。

賀吏部傅侍郎啓〔一〕

光膺帝命，進貳天官〔二〕。云云某官道術淵微，器猷宏博。更險夷而不測其操，踐中外而不易其心。漢節初歸，常折董宏之妄〔三〕；楚郊卧治，尤推汲黯之忠〔四〕。方傳報政之成，已聽除書之下。亟辭右輔〔五〕，復踐中臺〔六〕。邦人遮轍以願留；朝士舉酒而相賀。吏曹三綜，既知水鑑之無私〔七〕；王體一謀，當見鈞衡之益重。某屬驅軺傳〔八〕，阻造門闌。

【校】

〔水鑑〕原誤作「水監」，此從胡本、李本、段本、王本、秦本、四部本。

【箋注】

〔一〕本篇作於元祐三年戊辰（一〇八八）。續資治通鑑長編卷四〇九云，是歲夏四月，「庚子，龍圖閣待制傅堯俞爲吏部侍郎」。傅堯俞，字欽之，見卷二寄題傅欽之草堂注〔一〕。

〔二〕天官：指吏部長官。周禮天官冢宰疏：「天者統理萬物，天子立冢宰，使掌邦治，亦所以總御衆官，使不失職。」貳天官，即吏部侍郎。

〔三〕漢節二句：指堯俞言濮王事。宋史紀事本末卷三六熙寧三年：「時，趙鼎、趙瞻、傅堯俞使契丹還，以嘗與吕誨言濮王事，即上書乞同貶，乃出鼎通判淄州，瞻通判汾州……（堯俞）命知和州。」董宏，見卷二九代賀簽書趙樞密啓注〔三〕。

〔四〕楚郊二句：漢書汲黯傳：「黯多病，卧閤内不出。歲餘，東海大治，稱之。」東海，舊楚地。此謂堯俞歷知廬州、徐州，皆有政績。

〔五〕亟辭右輔：指辭去知陳州職務。陳州在京西，故稱。

〔六〕中臺：尚書省。通典職官典：「漢初，尚書雖有曹名，不以爲號，靈帝以侍中梁鵠爲選部尚書，於是始見曹名。」總謂尚書臺，亦稱中臺。」

〔七〕水鑑：莊子德充符：「人莫鑑於流水，而鑑於止水。」晉陸雲答大將軍祭酒詩：「心猶水鑑，函景内照。」此猶水鏡，喻爲官清明如鏡。世説新語賞譽上：「此人，人之水鏡也，見之若披雲霧，睹青天。」案：宋史本傳：「司馬光嘗謂河南邵雍曰：『清、直、勇三德，人所難兼，吾於欽之畏焉。』雍曰：『欽之清而不耀，直而不激，勇而能温，是爲難爾。』」

〔八〕軺傳：使者所乘之車。漢書高帝紀下：「乘傳詣洛陽。」注：「如淳曰：『四馬下足爲乘傳，一馬二馬爲軺傳。』傳者若今之驛。古者以車，謂之傳車。」

代何提舉賀范樞密啓〔一〕

光膺睿命，進貳中樞。碩輔登崇，溥天均慶。竊以天運無積，蓋由八柱之仰成〔二〕；歲功不虧，亦自四時而分治。矧媧皇補天之際〔三〕，當商老和羹之初〔四〕。儻非心德之素同，難冀事功之必立。

伏惟某官，器兼文武，學備天人，雖小善而必爲，臨大節而不奪。入參臺省，佇聞折檻之風〔五〕；外總戎機，寖罷争桑之釁〔六〕。負謗傷而精神益勵〔七〕，處閑散而聞望愈隆〔八〕。逮神聖之纂臨，屬風雲之感會〔九〕。念昔仁祖，虚懷於慶曆之間；惟時先公，奏對於天章之下〔一〇〕。謂道可行於反掌，而世亦至於容刀〔一一〕。盛世難逢，事空傳於故老；嗣賢復出，天實慰於斯民。既被召以旋歸，遂干霄而直上。千尋廣厦，欣然慰多士之心〔一二〕；萬里長城〔一三〕，足以制四夷之命。

某夙登門仞,久曠書滕〔一四〕。方從沙汰之餘,未卜棲翔之所。側聞進拜,倍切驩愉。巖石雖瞻,尚鬱搢紳之論〔一五〕;衮衣遂有,方疇區夏之情〔一六〕。

【校】

〔佇聞〕「佇」,原作「著」,據張本、胡本、李本、段本、王本、秦本、四部本改。

〔而世〕「世」原誤作「巳」,據張本、胡本、李本改。

【箋注】

〔一〕本篇作於元祐元年丙寅(一〇八六)。據宋史宰輔表,是歲閏二月乙卯,范純仁自試吏部尚書兼侍讀,除中大夫同知樞密院事。何提舉,名不詳。提舉,官名。宋時樞密院編修敕令所有提舉,宰相兼;同提舉,執政兼;又有提舉常平倉、提舉茶鹽等。

〔二〕竊以二句:天運,天體之運行。莊子天道:「天道運而無所積。」陸德明音義:「積謂積滯不通。」八柱:楚辭天問:「八柱何當,東南何虧?」王逸注:「言天有八山爲柱,皆何當值。」此喻宋室江山依憑范純仁諸大臣輔佐。

〔三〕媧皇補天之際:見卷六和子瞻雙石詩注〔五〕。此指高太皇太后垂簾聽政。

〔四〕商老和羹:書説命下:「若作和羹,爾惟鹽梅。」此喻大臣輔助國政。商老,指商巖版築之徒傅説,後爲商王武丁相,借喻司馬光、吕公著等元老重臣。

〔五〕折檻之風：喻直諫之風。據漢書朱雲傳：朱雲爲槐里令，請斬安昌侯張禹，成帝怒，欲誅雲，雲攀殿檻致折。後經左將軍辛慶忌諫，帝意始解，復命保存折檻，以彰朱雲直諫。據宋史本傳，純仁直言敢諫，嘗論大臣富弼、王安石，「其所上章疏，語多激切。」

〔六〕外總戎機二句：據宋史本傳，范純仁神宗時曾守環慶前綫，以禦夏人。會秦中方饑，純仁擅發常平粟振貸，民謳曰：「公實活我，忍累公耶！」争桑，見卷九寄張文潛右史注〔六〕。

〔七〕負謗傷句：宋史范純仁傳：「環州种古執熟羌爲盜，流南方，過慶呼冤，純仁以屬吏，非盜也。古避罪讕訟，詔御史治於寧州，純仁就逮。……獄成，古以誣告謫，亦加純仁以他過，黜知信陽軍。」

〔八〕處閑散句：宋史范純仁傳：「丐罷，提舉西京留守御史臺。時耆賢多在洛，純仁及司馬光，皆好客而家貧，相約爲真率會，脱粟一飯，酒數行，洛中以爲勝事。」

〔九〕屬風雲之感會：見本卷坤成節功德文疏注〔一〇〕。

〔一〇〕念昔仁祖四句：仁祖，仁宗；先公，指范仲淹，純仁之父。宋史范仲淹傳：「帝方鋭意太平，數問當世事，仲淹語人曰：『上用我至矣，事有先後，久安之弊，非朝夕可革也。』帝再賜手詔，又爲之開天章閣，召二府條對。仲淹皇恐，退而上十事。……天子方信嚮仲淹，悉采用之。宜著令者，皆以詔書畫一頒下。」

〔一一〕謂道可行二句：謂因仁宗之虚懷、仲淹之奏對，遂使道行而容物。反掌，喻事之極易。漢書枚乘傳:「易於反掌,安於泰山。」容刀,刀通舠,小船。詩衛風河廣:「誰謂河廣?曾不容刀。誰謂宋遠?曾不崇朝。」鄭玄箋:「不容刀亦喻狹,小船曰刀。」

〔一二〕千尋廣厦二句:杜甫茅屋爲秋風所破歌:「安得廣厦千萬間,盡庇天下寒士得歡顔。」多士,衆士。左傳成公二年:「詩曰:『濟濟多士,文王以寧。』夫文王猶用衆,況吾儕乎。」詩二句見大雅文王。

〔一三〕萬里長城:喻邊防主將。范純仁曾帥環慶,故云。參見卷四十滕達道挽詞其二注〔一〕。

〔一四〕書縢:書囊。此處借指書札。

〔一五〕巖石二句:詩小雅節南山:「節彼南山,維石巖巖。赫赫師尹,民具爾瞻。」師尹,本爲太師尹氏,亦可釋爲百官之長。二句謂范純仁原爲吏部尚書,縉紳尚以爲未盡其材,故曰「尚鬱縉紳之論」。

〔一六〕衮衣二句:衮衣遂有:詩豳風九罭:「是以有衮衣兮,無以我公歸兮。」集傳:「言周公信處信宿於此,是以東方有此服衮衣之人;又願其且留於此,無遽迎公以歸。」區夏:諸夏之地,指中國。文選張平子(衡)東京賦:「且高既受命建家,造我區夏矣。」薛綜注:「區,區域也;夏,華夏也。」衮衣乃上公之服,此謂范純仁如今升任兩府,方酬華夏民衆之願。

賀門下呂僕射微仲啓〔一〕

伏審光奉明恩,進陞左輔,伏惟慶慰。恭以某官,當世大儒,斯民先覺。毀譽莫爲之損益，窮通靡得而變渝。北平如高山深林，人何可測〔二〕？巨源若渾金璞玉，器孰能名〔三〕？卓乎在搢紳之中，屹然有公輔之望。果踐西臺之峻〔四〕，遂躋端揆之崇〔五〕。邸音喧騰，士類交慶。納忠有素，詎須德裕之六箴？應變無方，不止姚崇之十事〔六〕。

【校】

〔題〕「微仲」原作小字列於「啓」後，此從王本、四部本。

〔北平〕「平」原誤作「斗」，據張本、胡本、李本改。

【箋注】

〔一〕本篇作於元祐三年戊辰（一〇八八）四月。吕大防，字微仲，據宋史宰輔表：是歲四月辛巳，吕大防自中書侍郎加太中大夫左僕射，兼門下侍郎。賀啓似代蔡州守向宗回作，時少游爲蔡州教授。

〔二〕北平二句：北平，唐大曆、建中間，馬燧屢破李靈耀，封北平郡王。韓愈稱之如「高山深林」（見卷二八賀崔學士啓注〔五〕），狀其「沉勇多智略」、「雄勇强力，常先計後戰。」（見舊唐書馬燧傳）案宋史吕大防傳云，哲宗即位，夏使來，詔訪以待遇之計，大防言：「夏本無能爲，然屢遣使而不布誠款者，蓋料我急於議和耳。今使者到闕，宜令押伴臣僚，扣其不賀登極，以觀厥意，足以測情僞矣。新收疆土，議者多言可棄，此慮之不熟也。至於守禦之策，宜擇將帥爲先。」可見亦「沉勇多智略」。

〔三〕巨源二句：巨源，山濤字，參卷八寄孫莘老少監注〔五〕。案：宋史本傳稱「大防朴厚惷直，不植黨朋，與范純仁並位，同心戮力，以相王室。立朝挺挺，進退百官，不可干以私，不市恩嫁怨以邀聲譽，凡八年，始終如一。」

〔四〕西臺：指御史臺。陸游老學庵筆記卷六：「唐人本謂御史在長安者爲西臺，言其雄劇，以別分司東都，事見劇談録。本朝都汴，謂洛陽爲西京，亦置御史臺，至爲散地，以其在西京號西臺，名同而實異也。」宋史本傳云：「英宗即位，改太常博士。御史闕，内出大防與范純仁姓名，命爲監察御史裏行。」

〔五〕端揆：喻相位。見卷二八代賀中書僕射范相公啓注〔五〕。宋史本傳：「三年，吕公著告老，宣仁后欲留之京師，手札密訪至於四五，超拜大防尚書左僕射兼門下侍郎。」

〔六〕納忠四句：德裕之六箴，新唐書李德裕傳：「時帝昏荒，數游幸，狎比群小，聽朝簡忽。德裕上丹扆六箴。……其一曰宵衣，諷視朝希晚也；二曰正服，諷服御非法也；三曰罷獻，諷斂求怪珍也；四曰納誨，諷侮棄忠言也；五曰辨邪，諷任群小也；六曰防微，諷僞游輕出也。」姚崇之十事，見卷二九代賀司馬相公啓注〔九〕。案：宋史本傳云：「大防見哲宗年益壯，日以進學爲急，請敕講讀官取仁宗邇英御書解釋上之，寘於左右。又摭乾興以來四十一事足以爲勸戒者，分上下篇，標曰仁祖聖學，使人主有欣慕不足之意。」四句即指此而言。

謝潁州呂吏部啓〔一〕

叨奉宸恩，謬當藩郡。境預四鄰之末，潤霑九里之餘。憑几占書，未進河南之牘〔二〕；朵雲號體，俄蒙郇國之函〔三〕。仰荷謙沖，退增悚愧。恭以某官器周事變，學造淵微，出四世五公之門〔四〕，遇千載一時之運。文辭則操觚立就〔五〕，政事則投刃皆虚〔六〕。荀氏八龍，盡繼高陽之美〔七〕；河東三鳳，尤推鸑鷟之奇〔八〕。會公旦之相周〔九〕，俾伯禽而侯魯〔一〇〕。布宣詔令，已成師帥之功；近省君親，行陟股肱之任。某承風兹久，覿德未遑，企頌之懷，敷宣罔既。

【箋注】

〔一〕本篇云：「出四世五公之門，遇千載一時之運。」又云：「會公旦之相周，俾伯禽而侯魯。」可見呂吏部當爲呂公著之長子。續資治通鑑長編卷四一三謂元祐三年八月辛丑，右正言劉安世言：「司空呂公著之子希勣，今年知潁州，纔及成資，召還爲少府少監。」可見本篇作於是歲。案希勣宋史不載，長編卷四五七又云：「元祐六年夏四月辛亥，左朝散大夫呂希績爲都官員外郎，左朝奉大夫呂希哲爲兵部員外郎。」注：「二呂以公著喪滿故除官。」故知希勣當爲希績。宋元學案卷十九謂呂希績字紀常，邵雍門人。仕履詳見宋史翼。本篇首云「謬當藩郡，境預四鄰之末」，當爲代蔡州守向宗回作，因蔡與潁相鄰。

〔二〕憑几占書二句：漢書游俠傳：「陳遵字孟公，杜陵人也。……起爲河南太守。既至官，當遣從史西，召善書吏十人於前，治私書謝京師故人。遵馮几，口占書吏，且省官事，書數百封，親疏各有意，河南大驚。」注引師古曰：「占，隱度也。口隱其辭以授吏也。」

〔三〕朵雲二句：新唐書韋陟傳云，陟常以五采牋爲書記，自謂所書「陟」字如五朵雲，時人慕之，號「郇公五雲體」。按陟父安石贈左僕射郇國公，陟以長子襲爵，故稱郇公。

〔四〕出四世五公之門：見卷二八賀呂相公啓注〔七〕及後集卷三中秋口號注〔四〕。

〔五〕操觚立就：喻文思迅疾。操觚，謂執簡爲文。文選陸機文賦：「或操觚以率爾，或含毫而邈然。」注：「善曰：觚，木之方者，古人用之以書，猶今之簡也。急就章曰：急就奇觚。」

〔六〕投刃皆虛：用莊子庖丁解牛典，稱譽呂大防政務嫻熟。見卷六南都新亭行寄王子發注〔一三〕。

〔七〕荀氏八龍二句：見卷九次韻劉遜父以寧齋詩二軸作以還之注〔三〕。

〔八〕河東三鳳二句：見卷四別子瞻學士注〔一一〕。

〔九〕公旦之相周：周公姓姬名旦，文王之子，輔助武王伐紂，封於魯。武王死，成王年幼，周公攝政。見史記魯周公世家。此喻呂公著。

〔一〇〕伯禽：周公長子，周公相成王，留於東都洛邑，使伯禽就封於魯。見史記魯周公世家。此喻呂希績。

答丁彥良書〔一〕

某啓：辱書及詩，備悉雅旨，且承邇來爲況甚休，以感以慰。竊味詩之大意，率多辛酸耿愴之旨。君生長傣富貴，而喜作寒士語何耶？因知詩非能窮人，詩窮然後工〔二〕，得非政欲以此合古人語乎？兼審薄掛吏議〔三〕，小累不足以玷遠猷，毋甚快快也。知罷官里閭，慕義嗜學，是所以增其志尚爾。白玉微瑕，千丈松礫砢，不害他日爲大器〔四〕，跅弛之士〔五〕，自有御之者。幸順時自愛，區區不宣。某再拜。

【校】

〔君生長傣〕李本、段本、王本、秦本、四部本「傣」作「素」。

【箋注】

〔一〕本篇似作於紹聖初。紹聖元年少游坐黨籍，出倅錢塘，得友丁彥良於陳留官舍。此書謂丁彦良「罷官里閭」，蓋作於其後不久。參見卷五艇齋注〔一〕。

〔二〕因知二句：歐陽修梅聖俞詩集序：「蓋世所傳詩者，多出於古窮人之辭也。……其興於怨刺，以道羈臣寡婦之所歎，而寫人情之難言，蓋愈窮則愈工。然則非詩之能窮人，殆窮者而後工也。」

〔三〕薄掛吏議：文選司馬遷報任少卿書：「因爲誣上，卒從吏議。」李善注：「言衆吏議以爲誣上。」此指丁彦良曾爲法吏所議罪。

〔四〕千丈松二句：晉書和嶠傳：「太傅從事中郎庾顗見而歎曰：『嶠森森如千丈松，雖磥砢多節目，施之大厦，有棟梁之用。』」磥砢，樹木多節貌。

〔五〕跅弛之士：見卷三一遣瘧鬼文注〔五〕。

與許州范相公書〔一〕

某再拜，安撫相公閣下。某淮海一介之士，行能無取，比因緣科第，獲列仕版；又屬朝廷，復置賢科，而一二邇臣，猥以充賦，名實乖戾，果致多言〔二〕。相公當國，憐其孤單，不即聞罷，使得自便，引疾而歸，僥倖深矣！比遇相公均逸藩輔，而某承乏之地，實在節制之下〔三〕。疵賤無介紹，不敢以書自通，眷眷私懷，何以云喻。豈圖相公過有採聽，首賜論薦，使備著述之科〔四〕。檄書初至，發函伏讀，且喜且懼。蓋相公於某，昔既有保全之賜〔五〕，今又有論薦之恩，顧惟狂愚，何以辱此！屬拘官守，不獲進謝門闌，又不敢具啓事以敍悃愊。區區俗禮，非國士所以報知己者也。惟相公裁察。

【校】

〔題〕「書」字原脱，據卷端目録補。王本、四部本案：「『公』字下當有『書』字，胡李刊本已脱。」案：張本、段本、秦本俱脱。

〔今又有〕原脱「又」字，據張本、胡本、李本、段本、王本、秦本、四部本補。

【箋注】

〔一〕據北宋經撫年表卷二，范純仁元祐四年六月甲辰，自右僕射出知潁州府（案潁昌府，本許州，元豐三年升爲府），五年五月丙寅，改延安；戊子，除太原。本篇云：「比遇相公均逸藩輔，而某承乏之地，實在節制之下。」又續資治通鑒長編卷四四二云：元祐五年五月庚寅，「右諫議大夫朱光庭言：『新除太學博士秦觀，素號薄徒，惡行非一，豈可以爲人之師？伏望特罷新命，别與差遣。』」同書又云六月丁酉，「詔祕書省見校對黄本書籍可添一員，以明州定海主簿充校對黄本始此」。本篇謂相公「首賜論薦，使備著述之科」，乃指范純仁薦少游爲祕書省校對黄本，故知作於元祐五年四、五月間。

〔二〕復置賢科五句：指元祐三年蘇軾鮮于侁以賢良方正薦少游於朝，爲忌者所中，引疾歸汝南，事見秦譜。案：長編卷四一四載，元祐三年九月辛亥，試賢良方正能言極諫科舉人；又卷四一五載，冬十月己丑，蘇軾言：「臣所舉自代人黄庭堅、歐陽棐，十科人王鞏，制科人秦觀，皆誣以過惡，了無事實。」可見少游此舉不售原因。

〔三〕而某二句：少游時爲蔡州教授，其地與許州同屬京西北路，故云。

〔四〕豈圖三句：指范純仁薦之於秘書省。

〔五〕昔既句：蓋指遭淮南詔獄或元祐三年爲忌者所中時得范純仁保全。

祭監税主簿文〔一〕

維年月日，具銜姓名，謹以清酌庶羞之奠，致祭于歿故監税主簿之靈。嗚呼！賢才懿德，宜顯周行〔二〕。以君德厚，宜享壽康。仕既未達，人其云亡。顧天理之莫究，兹僚友之永傷。嗚呼！西風蕭颯，長夜淒涼。靈車戒道，丹旐飛揚〔三〕。有殽在俎，有酒盈觴。臨歧伸奠，歸安故鄉。尚饗！

【校】

〔具銜姓名，謹以清酌庶羞之奠〕李本、王本、四部本無此二句。

【箋注】

〔一〕本篇云：「顧天理之莫究，兹僚友之永傷。」可見此監稅主簿乃少游之僚友，蓋元祐五年前爲蔡州教授時作。

〔二〕周行：見本卷代答范相公堯夫啓注〔一〕。

〔三〕丹旐：祭祀或喪禮中所用之銘旌。何遜王尚書瞻祖日詩：「昱昱丹旐振，亭亭素蓋上。」韓愈祭鄭夫人文：「水行陸走，丹旐翩然。」

淮海集箋注後集卷第六

雜文

雜説〔一〕

唐杜淦〔二〕，江夏人也〔三〕。自罷漢陰令〔四〕，居泗水上〔五〕。烈日笠首，親督耕夫。一年而食足，二年而衣食兩餘，三年而屋室完新，六畜肥繁，器用皆備。自墾荒起家，十五年爲富家翁，不假一人之力，一毫之助。彼嘗謂人曰：夫忍恥入仕，不困妻子衣食者幾希。彼忍恥，我勞力，皆衣食耳。顧我何如？由功名之士觀之，則誠爲拘繫踻促人也。若夫恬於進取〔六〕、安分潔己者，蓋有取焉爾。

【箋注】

〔一〕本篇頌「墾荒起家」，蓋作於早期，可與卷二田居四首相互參看。

〔二〕杜詮：生平無考。
〔三〕江夏：舊縣名，今武漢郊區。
〔四〕漢陰：縣名，在漢水之南，今屬陝西省。
〔五〕泗水上：泗水之濱。泗水發源於山東泗水陪尾山，因以四源合爲一水，故名。古時泗水流經今山東曲阜魚臺、江蘇徐州，至今洪澤湖畔入淮。後南段河道變遷，經徐州、宿遷、泗陽至淮陰入淮河。
〔六〕恬於進取：謂淡於榮利，不事奔競。

通事説

文以説理爲上〔一〕，序事爲次，古人皆備而有之。後世知説理者，或失於略事；而善序事者，或失於悖理，皆過也。蓋能説理者，始可以通經〔二〕；善序事者，始可以修史。

【箋注】

〔一〕文以説理爲上：徐師曾文體明辨序説引北齊顔之推：「文章當以理致爲心胸。」(見顔氏家訓文章)吴訥文章辨體序説諸儒總論作文法引張文潛：「作文以理爲主。自六經以下，至於諸子百氏騷人辨士論述，大抵皆爲寓理之具也。故學文之道，急於明理；如爲文而不明理，求文之工，世未嘗有是也。」（見張耒答李推官書）案：少游與張耒同游蘇門，其論也相似。

〔二〕蓋能説理者二句：論説理與通經之關係。文心雕龍宗經：「經也者，恒久之至道，不刊之鴻教也。……春秋辨理，一字見義。……尚書則覽文如詭，而尋理即暢。」

蠶書〔一〕

予閑居，婦善蠶，從婦論蠶，作蠶書。

考之禹貢，揚、梁、幽、雍，不貢繭物；兗篚織文〔二〕，徐篚玄纖縞〔三〕，荆篚玄纁璣組〔四〕，豫篚纖纊〔五〕，青篚檿絲〔六〕，皆繭物也。而桑土既蠶，獨言於兗〔七〕。然則九州蠶事，兗爲最乎？予遊濟、河之間，見蠶者豫事時作，一婦不蠶，比屋詈之，故知兗人可爲蠶師。今予所書，有與吳中蠶家不同者，皆得之兗人也。

種變〔八〕

臘之日聚蠶種，沃以牛溲，浴于川〔九〕，毋傷其藉，乃縣之〔一〇〕。始雷，卧之五日，色青；六日，白；七日，蠶已蠶，尚卧而不傷。

時食

蠶生明日，桑或柘葉，風戾以食之〔一一〕。寸二十分，晝夜五食。九日，不食一日一夜，謂之初眠。又七日，再眠，如初。既食葉，寸十分，晝夜六食。又七日，三眠，如再。又七日，若五日，不食二日，謂之大眠，食半葉，晝夜八食。又三日，健食，乃食全葉，晝夜十食。不三日，遂蔟，凡眠已。初食，布葉勿擲，擲則蠶驚。毋食二葉。

制居〔一二〕

種變方尺，及乎將蔟，乃方四丈〔一三〕。織萑葦，範以蒼莨竹〔一四〕，長七尺，廣五尺，以爲筐。建四木宮，梁之以爲槌〔一五〕，縣筐中間九寸，凡槌十縣〔一六〕，以居食蠶。時分其居，糞其葉餘〔一七〕，必時去之。萑葉爲籬勿密，屈藁之長二尺者，自後茨之爲簇，以居蔟蠶〔一八〕。凡蔟七日而採之〔一九〕。居蠶欲温，居蔟欲涼，故以萑鋪蔟，寒之以風，以緩蛾變。

化治

常令煮蔟之鼎，湯如蟹眼〔二〇〕，必以筯引其緒，附于先；引，謂之餵頭〔二一〕。毋過三系，過則系纚〔二二〕，不及則脆，其審舉之。凡系，自鼎，道「錢眼」，升於「鎖星」；星應車動，以過「添梯」，乃至於「車」〔二三〕。

錢　眼

爲版，長過鼎面，廣三寸，厚九黍〔二四〕，中其厚插大錢一〔二五〕，出其端，横之鼎耳〔二六〕，後鎮以石。緒總錢眼而上之〔二七〕，謂之錢眼。

鎖　星

爲三蘆管，管長四寸，樞以圓木〔二八〕。建兩竹夾鼎耳，縛樞於竹中，管之。轉以車，下直錢眼，謂之鎖星。

添　梯

車之左端置環繩〔二九〕，其前尺有五寸，當車牀左足之上〔三〇〕，建柄，長寸有半。匼柄爲鼓，鼓生其寅，以受環繩〔三一〕。繩應車運，如環無端〔三二〕，鼓因以旋。鼓上爲魚，魚半出鼓。其出之中，建柄半寸，上承添梯。添梯者，二尺五寸片竹也。其上揉竹爲鉤，以防系〔三三〕。竅左端以應柄，對鼓爲耳，方其穿，以閑添梯〔三四〕。故車運以牽環繩，繩簇鼓，鼓以舞魚，魚振添梯，故系不過偏。

車

制車如轆轤，必活其兩輻，以利脱系〔三五〕。

禱神

卧種之日，升香以禱天駟，先蠶也〔三六〕。割雞設醴，以禱苑窳婦人、寓氏公主〔三七〕，蓋蠶神也。毋治堰，毋誅草，毋沃灰，毋室入外人，四者，神實惡之。

戎治

唐史載于闐初無桑，丐鄰國，不肯出。其王即求婚，許之。將迎，乃告曰：「國無帛，可持蠶自爲衣。」女聞，置蠶帽絮中，關守不敢驗，自是始有蠶。女刻石，約無殺蠶，蛾飛盡，乃得治繭〔三八〕。言蠶爲衣，則治繭可爲絲矣。世傳繭之未蛾而窽者不可爲絲。頃見鄰家誤以窽繭雜全繭治之，皆成系焉，疑蛾蜕之繭也。欲以爲絲，而其中空，不復可治。嗚呼！世有知于閴治絲法者，肯以教人，則貸蠶之死可勝計哉！予作蠶書，哀蠶有功而不免，故録唐史所載，以俟博物者。

【校】

〔荆篚玄纁璣組〕張本、胡本、段本、秦本作「青篚底纁域緝」，李本作「荆篚玄纁織組」，皆誤。

〔得之兗人〕原脱「之」字，據王本、四部本補。

〔必以節引其緒……過則系飊〕原脱「引」字「過」字，據王本、四部本補。

〔揉竹爲鈎〕「揉」原作「楺」，據王本、四部本改。

〔苑窳婦人〕原脱「苑窳」二字，據王本、四部本補。

【箋注】

〔一〕秦譜元豐六年案曰：「先生蠶書云云……先生自高郵至汴，必經兗境，此當自京師歸，閒居所作。」案宋史藝文志卷四云：「秦處度，蠶書一卷。」宋元學案補遺卷九九引王深寧（應麟）曰：「館閣書目：『蠶書一卷，南唐秦處度撰，以九州蠶事，獨兗州爲最。』按蠶書見秦少游淮海集。少游子湛，字處度，以爲南唐人，誤矣。」據少游田居四首之二云：「入夏桑柘稠，陰陰翳虛落。新麥已登場，餘蠶猶占箔。……家婦餉初還，丁男耘有託。」可見其家嘗飼蠶，其婦能勞動，與本篇「婦善蠶」合。蠶書云：「予游濟、河之間。」考少游元豐元年曾攜李公擇書訪蘇軾於徐州，後入京應試，必經兖境而「游濟、河之間」。則蠶書之作，以少游爲宜矣。此書約作於元豐間。

〔二〕兖篚織文：書禹貢：「厥篚織文。」注：「篚，竹器，筐屬也。……織文者，織而有文，錦綺之屬也，以非一色，故以織文總之。」兖，即兖州，今屬山東省。農政全書卷三十三蠶桑：「北箔南篚，皆爲蠶具。……若南蠶大時用箔，北蠶小時用篚。」

〔三〕徐篚玄纖縞：徐，即徐州。書禹貢：「厥篚玄纖縞。」注：「武成曰：『篚厥玄黄，纖、縞，皆繒也。』……黑經白緯曰纖。纖也，縞也，皆去凶即吉之所服也。」

〔四〕荆篚玄纁璣組：荆，荆州。書禹貢：「厥篚玄纁璣組。」注：「纁，周禮染人：夏纁玄。纁，絳色幣也。璣，珠不圓者。組，綬類。」

〔五〕豫篚纖纊：豫，豫州。書禹貢：「厥篚纖纊。」注：「纊，細綿也。」

〔六〕青篚檿絲：青，青州。書禹貢：「厥篚檿絲。」注「檿，山桑也。山桑之絲，其韌中琴瑟之弦。蘇氏曰：『惟東萊爲有此絲，以之爲繒，其堅韌異常，萊人謂之山繭。』」

〔七〕而桑土二句：書禹貢：「濟、河惟兖州……桑土既蠶。」

〔八〕種變：指蠶在飼養過程中顔色之變化。農政全書卷三一引士農必用：「蠶子變色，惟在遲速而已，不令損傷，自變。」「初生色黑，漸漸加食；三日後，漸變白，則向食，宜少加厚。變青，則正食，宜益加厚。復變白，則慢食，宜少減。變黃，則短食，宜愈減。純黃，則停食，謂之正眠。」

〔九〕浴于川：尚書大傳：「天子諸侯，必有公桑蠶室，就川而爲之。大昕之朝，夫人浴種於川。」可見「浴於川」之俗甚古。

〔一〇〕毋傷其藉二句：藉，蠶箔上所鋪之碎草，亦稱蓐。農政全書卷三一引士農必用：「上下二箔上，皆鋪切碎稈草，中一箔，用切碎搗軟稈草爲蓐，鋪按平勻……揉淨紙，粘成一段，可所鋪蓐大，鋪於中箔蓐上。」注引要旨云：「番覆鋪藉，使受自然陽和之氣。」乃縣之，指將已鋪蓐之箔懸擱於槌上。

〔一一〕桑或柘葉二句：禮記祭義：「桑于公桑，風戾以食之。」陳澔注引方氏曰：「戾，至也，風至則乾矣。」意謂以風吹乾葉上雨水，方可飼蠶，如春秋考異郵所云「陽物，大惡水，故蠶食而不飲」。又農政全書卷三一引黃省曾蠶經云：「勿食水葉，食則放白水而死。雨中之所採也，必拭乾之，或風戾之。」

〔一二〕制居：指蠶室之結構。農政全書卷三三蠶桑蠶室：「夫締構之制，或草或瓦，須內外泥飾材木，以防火患。復要間架寬敞，可容槌箔；窗户虛明，以辨眠起。」

〔一三〕乃方四丈：農政全書卷三三蠶桑蠶事圖譜謂此指蠶箔，「承蠶器也」；並云北方多以萑葦自織,「方可四丈,以二椽棧之,懸於槌上」。然此書本卷在「蠶盤」下引秦觀蠶書此節,本句作「乃方尺四」。

〔一四〕蒼莨竹:易震:「爲蒼莨竹。」孔疏:「竹初生之時,色蒼莨,取其春生之美也。」

〔一五〕梁之以爲槌:農政全書卷三三蠶事圖譜「蠶槌」:「禮:『季春之月,具曲植。』植,即槌也。務本直言云:穀雨曰豎槌,立木四莖,各過梁柱之高。」

〔一六〕凡槌十縣:縣,通懸。謂每一槌架,擱十個蠶筐。農政全書卷三三蠶事圖譜:「凡槌十懸,中離九寸,以居擡飼之間,皆可移之上下。農桑直説云:每槌上中下間鋪三箔,上承塵埃,下隔濕潤,中備分擡。」箔與筐,皆爲盛蠶具。

〔一七〕糞其葉餘:糞,除穢之意。禮記曲禮上:「凡爲長者糞之禮,必加帚於箕上。」陳澔注:「糞,除穢也。」葉餘,蠶食後之殘葉。

〔一八〕萑葉爲籬四句:謂以稻草爲蠶簇,圍以萑葉,以供作繭。農政全書卷三一引黄省曾曰:「簇以稻草爲之。」又卷三三引農桑直説:「簇用蒿梢、叢柴、苫薦等也。凡作簇,先立簇心:用長椽五莖,上撮一處繫定,外以蘆箔繳合,是爲簇心。……既畢,用重箔圍之。」萑,即蘆也;箔,猶籬也。

〔一九〕凡繭七日而採之:農政全書卷三一引黄省曾曰:「(繭)七日而摘,半月而蛾生。」

〔二〇〕湯如蟹眼:蟹眼,狀水初沸時泛起之小水泡。蘇軾試院煎茶詩:「蟹眼已過魚眼生,颼颼欲作松風鳴。」此指煮繭鍋中之熱水。

〔二一〕必以筯四句：附於先，謂將繭緒附於筯之末端。先，末端。引，牽引繭緒。餵頭，亦稱囊頭。農政全書卷三一引士農必用稱之爲「打絲頭」，曰：「候水大熱，下繭於熱水内。用筯輕剔……挑惹起囊頭，手捻住，於水面上輕提掇數度，復提起。其囊頭下，即是清絲。」

〔二二〕毋過三系二句：謂繭之絲緒不要超過三根，超過則繅成之絲便粗。

〔二三〕凡系……至於車：寫繅絲之流程。鼎，煮繭之鍋；錢眼，蠶絲穿過之孔；鎖星，後稱「絲窩」，北繅車圖謂之「篙頭」；車，農政全書卷三三蠶桑篇云：「上文云車者，今呼爲軖。」通俗文：「繅車曰軖。軖，笙也。」

〔二四〕爲版四句：預備一木板，比鍋口之直徑略長，寬三寸，厚九氂（相當於「黍」粒之長）。

〔二五〕中其厚句：在厚板正中央插一枚大錢。錢之方孔，即「錢眼」。

〔二六〕出其端二句：板之兩端稍稍出頭，横穿在兩鍋耳内。

〔二七〕緒總錢眼而上之：幾根繭緒彙集起來，通過錢眼向上去。

〔二八〕樞以圓木：用圓形木條作爲樞。樞，轉軸。

〔二九〕車之左端句：在繅車左邊一端安一個繩圈。繩圈，傳動用，類今機器之皮帶。

〔三〇〕當車牀左足之上：農政全書卷三三蠶桑：「軖必以牀，以承軖足。」車牀，即車架。

〔三一〕匼柄爲鼓三句：將柄緊套上一個鼓，鼓作出一個腰（相當於「寅」），以便套上環繩。

〔三二〕繩應車運二句：繩圈隨軖車轉動，如環一般，永不停止。

〔三三〕其上二句：將竹子揉成彎鈎，用來擋絲。

〔三四〕以閑添梯：用來闌住添梯。閑，以木拒門之意，引伸爲闌住、關住。添梯，北繅車圖謂之「行馬」。

〔三五〕制車三句：謂軖車之結構似轆轤，其兩輻須活動易卸，以便將繞好之絲脱下。

〔三六〕卧種之日三句：天駟：星名。國語周語下：「昔武王伐殷，歲在鶉火，月在天駟。」注：「天駟，房星也。」案：二十八舍中有房星四，晉書天文志上云：「南二星君位，北二星夫人位。……亦曰天駟。」爾雅翼：「古者后妃享先蠶而後躬桑。先蠶者，天駟也。」農政全書卷三一蠶桑引王禎先蠶壇序曰：「先蠶，猶先酒、先飯，祀其始造者……黄帝元妃西陵氏始蠶，即先蠶也。」原按：「黄帝元妃西陵氏，曰嫘祖，始勸蠶稼。月大火而浴種，夫人副褘而躬桑，乃獻繭稱絲。」然少游非指嫘祖，見下文。

〔三七〕苑窳婦人、寓氏公主：宋書禮志四：「漢儀：皇后親桑東郊苑中蠶室，祭蠶神曰苑窳婦人、寓氏公主，祠用少牢。晉武帝太康九年，楊皇后躬桑於西郊，祀先蠶。」

〔三八〕唐史載于闐……乃得治繭：見新唐書西域傳上，文字小有出入。于闐，漢唐時西域國名，在今新疆和田一帶。

【彙評】

孫鏞蠶書跋：穀粟繭絲之利，一也。高沙之俗，耕而不蠶。雖當有年，穀賤而帛貴，民甚病之。訪諸父老，云：土薄水淺，不可以蓺桑，予竊以爲然。一日，郡太守汪公，取秦淮海蠶書示予曰：「子謂高沙不可以蠶，此書何爲而作乎？豈昔可爲而今不可爲耶？豈秦氏之婦獨能之，而他人不能耶？」乃命鋟木，俾與農書並傳焉。且公以天子命出守邊障，方將修城郭，備器械，訓兵積谷，以從事於功名。其志可謂大矣，豈區區蠒絲之足言哉！而是書之傳，所以拳拳爲爾民計者，乃復切至如此。然則爲高沙之民者，蓋亦仰體公之善意，而無愧於淮海之書云。嘉定甲戌臘月下旬，寓郡齋雙溪孫鏞謹書。（徐案：高沙，高郵之別稱。）

王敬之按：鮑氏知不足齋所栞宋陳旉農書後序，爲新安汪綱書。又按高郵州志，宋嘉定中汪綱知高郵軍，蓋即孫鏞所稱太守汪公也。今蠶書、農書，高郵久無單行本，爰附元跋於此。

書丁彦良明堂議後〔一〕

祀，國事之大者〔二〕，歷世鴻儒碩生議論歧訂，往往自相違戾。丁俠以世家子早假蔭以官，少年彊學〔三〕，援質有根柢，訶詆前載，惜乎未能以此獻諸朝，得付有司禮官博士相與校正，以備一代闕文。君不能，姑愛惜，遵養以待云〔四〕。

【校】

〔鴻儒碩生〕「鴻」原作「洪」，通，此從段本、王本、秦本、四部本。

〔根柢〕「柢」原作「抵」，據段本、王本、秦本、四部本改。

【箋注】

〔一〕明堂議：今不傳。案歐陽修歸田録卷二云：「皇祐二年、嘉祐七年季秋大享，皆以大慶殿爲明堂。蓋明堂者，路寢也，方於寓祭圜丘，斯爲近禮。明堂額御篆，以金填字，門牌亦御飛白，皆皇祐中所書，神翰雄偉，勢若飛動。」丁彦良，見卷五艇齋詩注〔二〕。

〔二〕祀，國事之大者：左傳文公二年：「祀，國之大事也。」國語晉語上：「夫祀，國之大節也。而節，政之所成也。故慎制祀以爲國典。」

〔三〕彊學：勤勉學習。揚雄法言修身：「是以君子彊學而力行。」

〔四〕遵養以待：詩周頌酌：「於鑠王師，遵養時晦。」朱熹集傳：「退自循養，與時皆晦。」此謂遵道養志，待時獻議。

録龍井辨才事〔一〕

熙寧九年，秀州嘉興縣令陶象有子得疾〔二〕，甚異，形色語笑，非復平人。令患之，乃大出錢財，聘謁巫祝厭勝〔三〕，百方終莫能治。是歲，辨才法師元浄適以事至秀。法師，高僧也，隱於錢塘之天竺山，傳天台教〔四〕，學者數百人，又特善呪水。疾病者飲其所咒水，輒愈。吳人尊事之。令素聞其名，即馳詣師，具狀告曰：「兒始得疾時，見一女子自外來，相調笑，久之，俱去。稍行，至水濱，遺詩曰：『生爲木卯人，死作幽獨鬼。泉門長夜開，衾幃待君至。』自是屢來，且有言曰：『仲冬之月，二七之間，月盈之夕，車馬來迎。』今去妖期逼矣，未知所處，願賜哀憐！」

師乃許諾，因杖策從至其家。除地爲壇，設觀音像於中央，取楊枝霑水灑而呪之，三遶壇而去。是夜兒寢安然，不復如他時矣。明日復來，結跏趺坐〔五〕，引兒問曰：「汝居何地，而來至此？」答曰：「會稽之東，下山之陽〔六〕，是吾之宅，古木蒼蒼。」師又問：「汝姓誰氏？」答曰：「吳王山上無人處，幾度臨風學舞腰。」師曰：「汝柳姓乎？」乃矉然而笑。師良久呵曰：「汝無始已來，迷己逐物；爲物所轉，溺於淫邪；流浪千劫〔七〕，不自解脱；入魔趣中〔八〕，横生災害，延及無辜。汝今當知：魔即非魔，魔即法界〔九〕。我今爲汝宣説首楞嚴祕密神呪〔一〇〕，汝當諦聽，痛自悔恨，洗既往過愆，返本來清淨覺性。」〔一一〕於是號泣，不復有云。

是夜謂兒曰：「辨才之功，汝父之虔，無以加焉。吾將去矣。」後二日復來，曰：「久與子遊，情不能遽捨，願一舉觴爲別。」因相對引滿。既罷，作詩一章曰：「仲冬二七是良時，江下無緣與子期。今日臨歧一盃酒，共君千里遠相離。」遂去不復見。

予聞其事久矣，元豐二年見辨才於龍井山〔三〕，問之信然。

【校】

〔非復平人〕王本攷證云：「案異聞總録『人』作『日』。」

〔吴王山上〕王本、四部本「上」作「下」。

〔首楞嚴祕密神呪〕王本攷證云：「異聞總録『首』作『有』。」

〔洗既往過愆〕「洗」原作「訟」，王本攷證云：「異聞總録『訟作洗』。」據此改。

【箋注】

〔一〕蘇轍欒城後集卷二四龍井辨才法師塔碑亦載此事，云：「秀州嘉興令陶象有子得魅疾，巫醫莫能治，師咒之而愈。」少游元豐二年如越省親，中秋後一日與參寥子同往龍井謁辨才師，故本篇末云：「予聞其事久矣，元豐二年見辨才於龍井山，問之信然。」辨才，生平見卷三十與蘇公先生簡之四注〔一〇〕。

〔二〕秀州嘉興縣：今浙江嘉興市。

〔三〕厭勝：古代迷信謂能以詛咒制勝。漢書王莽傳：「莽親之南郊，鑄作威斗……欲以厭勝衆兵。」

〔四〕天台教：佛教之一宗，一名法華宗，由天台智者大師創立。北齊慧文禪師發明一心三觀之旨，授南嶽慧思禪師。慧師傳於隋之智顗。智顗居天台山稱智者大師，因以天台爲宗派名。至唐極盛，五代衰微，迨宋又興。

〔五〕結跏趺坐：僧人坐禪之姿勢，即交疊左右足背於左右股上而坐。僧法顯佛國記：「菩薩入中，西向結跏趺坐，心念若我成道，當有神驗。」

〔六〕下山：在今浙江湖州。詳卷二泊吳興西觀音院注〔三〕。

〔七〕千劫：猶萬世。佛家謂一生一滅爲一劫。唐太宗聖教序：「無滅無生歷千劫。」

〔八〕魔趣：猶魔道、魔術。智度論五：「問曰：何以名魔？答曰：奪慧命，壞道法功德善本，是故名爲魔。」

〔九〕法界：佛家語，指真如理性而言。唯識述記：「三乘妙法所依因故，名爲法界。」

〔一〇〕首楞嚴祕密神呪：即楞嚴咒，亦稱佛頂咒。楞嚴經長水疏曰：「此咒四百二十七句，前諸句數但是歸命諸佛菩薩、衆賢聖等，及敘咒願加被離諸惡鬼病等難；至四百十九云哆姪他，此云即説咒，曰從四百二十唵字去方是正咒，如前云六時行道誦咒，每一時誦一百八遍，即誦此心咒耳。如或通誦，更爲盡善。」

〔一一〕清淨覺性：佛家語。俱舍論：「遠離一切惡行煩惱垢，故名爲清淨。」

〔一二〕龍井山：在今杭州西湖附近，詳見卷三八龍井記。

【彙評】

王直方詩話卷上：王太初傳言：有焦仲先者，家住南徐。元豐末年，因詣京師訪知己，忽夢一婦人相顧遇，或以詩筆相往來，其一聯云：「吴王臺下無人處，幾度臨風學舞腰。」又曰：「吴山之北，會稽之陽，是吾之宅，古木蒼蒼。」其最後一章云：「仲冬之月，二七之間，月圓風静，車馬相扳。」其人如病狂，緣太初而後愈。至秦少游書柳鬼事所載詩語前後皆同，但年月乃是熙寧九年，所病者乃是嘉興令陶集〔彖〕，而所諭者乃是天竺辨才法師。二者不知孰是。

書王氏齋壁〔一〕

皇祐元年，余先大父赴官南康〔二〕，道出九江，余實生焉。滿歲受代，猶寓止僧舍。未幾，代者卒。叔瞻之先君來領其職事，通家相好也。至和元年，叔瞻始生於南康。後予迎老母來爲汝南學官也，而叔瞻亦奉太夫人閒居於郡之西郭。時余之先大父母、先人皆捐館〔三〕，而叔瞻之先君亦殁於瀘州〔四〕。皇祐逮今四十一年，中間豐瘁得喪〔五〕，死生休戚，不可悉記。獨兩家之孤各奉其母相遭於此，甚可悲也！

【箋注】

〔一〕本篇元祐四年己巳（一〇八九）作於蔡州。自皇祐元年（一〇四九）上溯四十一年，正是本年（含本年）。王氏叔瞻，生平不詳。

〔二〕先大父：指祖父承議公秦詠，參見前集卷四送少章弟赴仁和主簿注〔四〕。時秦詠爲南康縣令。南康：今江西星子縣，宋太平興國六年爲南康軍。

〔三〕捐館：捨棄所居之房舍，爲死亡之婉稱。戰國策趙二：「今奉陽君捐館舍。」鮑彪注：「禮，婦人死曰捐館舍。蓋亦通稱。」

〔四〕瀘州：在今四川省南部，州治在今瀘州市。

〔五〕豐瘁：猶言盛衰。瘁，通悴。韓愈圬者王承福傳：「抑豐悴有時，一去一來，而不可常者耶？」

題彭景山傳神〔一〕

内殿崇班致仕彭崇仁〔二〕，字景山，胸中有韜略，吏事精密，所至士大夫翕然稱之。年四十，不幸喪明〔三〕，家居無餘，而目不可治。如老驥伏櫪，志未嘗不在千里〔四〕，聞北風則耳聳然。自道觀之，物無幸不幸。以得喪觀之，豈異世有所負耶？然人之有德慧術智者，常存乎疢疾〔五〕。惟深也能披剥萬象而見己，安知景山不得之沉冥中耶？

【校】

〔德慧術智〕「術智」原作「智術」，據王本、四部本改。

【箋注】

〔一〕彭景山：名崇仁，生平無考。傳神，指畫像。世説新語巧藝：「顧長康畫人，或數年不點目睛。人問其故，顧曰：『四體妍蚩，本無關於妙處，傳神寫照，正在阿堵中。』」

〔二〕内殿崇班：武階官名，淳化二年置，政和六年改修武郎，爲武臣第四十四階。見宋史職官志九。

〔三〕喪明：謂雙目失明。

〔四〕老驥伏櫪二句：曹操步出夏門行：「老驥伏櫪，志在千里。烈士暮年，壯心不已。」

〔五〕然人二句：孟子盡心上：「人之有德慧術知者，恒存乎疢疾。」朱熹集傳：「德慧者，德之慧。術知者，術之知。疢疾，猶災患也。」知，通智。

淮海閒居集序〔一〕

元豐七年冬，余將西赴京師〔二〕，索文稿於囊中，得數百篇。辭鄙而悖於理者，輒删去之。其可存者：古律體詩百十有二；雜文四十有九；從遊之詩附見者五十有六。合二百一十七篇，次爲十卷，號淮海閒居集云。

【校】

本篇原在卷首，與此處重，蜀本、王本、四部本並同。兹删卷首一篇。

〔合二百一十七篇，次爲十卷〕王本、四部本「合」下有「成」字。張本、胡本、李本、段本、秦本脱「爲」字。

【箋注】

〔一〕本篇作於元豐七年甲子（一〇八四）冬。

〔二〕余將西赴京師：少游中元豐八年進士，此句謂將入京應舉。

清和先生傳〔一〕

清和先生姓甘，名液，字子美。其先本出於后稷氏〔二〕，有粒食之功。其後播棄，或居於野，遂爲田氏。田爲大族，布於天下。至夏末世衰，有神農之後利其資，率其徒，往俘於田而歸〔三〕。其倔彊不降者與彊而不釋甲者，皆爲城旦舂〔四〕。賴公孫杵臼審其輕重〔五〕，不盡碎其族，徙之陳倉〔六〕，與麥氏、谷氏鄰居〔七〕。其輕者猶爲白粲與鬼薪作〔八〕，已而逃乎河内〔九〕，又移於曲沃〔一〇〕。曲沃之民悉化焉。曲沃之地近於甘，古甘公之邑也，故先生之生，以甘爲氏。始居於曹〔一一〕，受封於鄭〔一二〕。及長，器度汪汪，澄之不清，撓之不濁〔一三〕，有醞藉，涵泳經籍；百家諸子之言，無不濫觴。孟子稱伯夷清、柳下惠和〔一四〕，先生自謂不夷不惠，居二者之間而兼有其德，因自號曰清和先生云。

士大夫喜與之游，詩歌曲引，往往稱道之。至於牛童馬卒、閭巷倡優之口，莫不羨之。以是名漸徹於天子，一召見，與語竟日。上熟味其旨，愛其淳正可以鎮澆薄之徒，不覺膝之前席。自是屢見於上，雖郊廟祠祀之禮，先生無不預其選。素與金城賈氏及玉卮子善〔一五〕，上皆禮之。每召見先生，有司不請而以二子俱見，上不以爲疑。或爲之作樂，盛饌以待之。歡甚，至於頭没杯案〔一六〕。先生既見寵遇，子孫支庶出爲郡國二千石〔一七〕，往往皆是。至於十室之邑，百人之聚，先生之族，無不在焉。昔最著聞者，中山、宜城、湓浦〔一八〕，皆良子弟也。然皆好賓客，所居冠蓋駢集，賓客號呶，出入無節，交易之人，所在委積。由是上疑其濁，小人更乘間以賄入，欲以逢上意而取寵。一日，上問先生曰：「君門如市，何也？」先生曰：「臣門如市，臣心如水。」上曰：「清和先生，今乃信其清和矣！」益厚遇之。

由是士大夫愈從先生遊，鄉黨賓友之會，咸曰無甘公而不樂。既至，則一座盡傾，莫不注揖。然先生遇事多不自持，以待人斟酌而後行。嘗自稱：「沽之哉，沽之哉，我待價者也。」〔一九〕人或召之，不問貴賤，至於斗筲之量〔二〇〕，挈瓶之智〔二一〕，或虚己來者，從之如流。布衣寒士，一與之遇，如挾纊。惟不喜釋氏，而僧之徒好先生者，亦竊與先生遊焉。至於學道隱居之士，多喜見先生以自晦。然先生愛移人性情，激發其膽氣，解釋其憂憤，可謂能令公喜、能令公怒者邪！

王公卿士如灌夫、季布、李景儉、桓彬之徒，坐與先生爲黨而被罪者〔二二〕，不可勝數。其相歡而奉先生者，或至於破家敗産而不悔。以是禮法之士，疾之如讎。如丞相朱子元、執金吾劉文叔、郭解、長孫澄皆不悦〔二三〕，未嘗與先生語。時又以其士行或久，多中道而變，不承於初，咸毁之曰：「甘氏孽子，始以詐得，終當以詐敗矣！」久之，或有言先生性不自持，無大臣輔政之體，置之左右，未嘗有沃心之益；或虞以虚閒廢事。上由此亦漸疏之。會徐邈稱先生爲聖人〔二四〕，上惡其朋比，大怒，遂命有司以光禄大夫秩就封。宗廟祭祀，未嘗見遂。終於鄭，仕於郡國者，皆不奪其官。

初，先生既失寵，其交游往往謝絶。甚者至於毁棄素行，以賣直自售。惟吏部尚書畢卓〔二五〕，北海相孔融〔二六〕，彭城劉伯倫〔二七〕，篤好如舊。融嘗上書辨先生之無罪〔二八〕，上益怒，融由此亦得罪。而伯倫又爲之頌〔二九〕，爲當世所有，故不著。今掇其行事大要者著於篇。

太史公曰〔三〇〕：先生之名見於詩書者多矣，而未有至公之論也。譽之者美逾其實，毁之者惡溢其真。若先生激發壯氣，解釋憂憤，使布衣寒士樂而忘其窮，不亦薰然慈仁君子之政歟？至久而多變，此亦中賢之疵也〔三一〕。孔子稱有始有卒者，其惟聖人乎〔三二〕！先生何誅焉？予嘗過中山，慨然想先生之風聲，恨不及見也，乃爲之傳以記。

【校】

〔城旦舂〕「舂」原誤作「春」，此從張本、胡本、李本、王本、秦本、四部本。

〔古甘公〕「古」原誤作「舌」，據張本、胡本、李本改。

〔柳下惠和〕原脱「柳」字，據王本、四部本補。

〔交易之人所在委積〕原脱「人」字，據李本、段本、王本、四部本補。清鈔本作「交易之所，利在委積」。

〔以賄入〕王本、四部本「賄」作「毁」。

〔待價〕王本、四部本「價」作「賈」，通。

〔桓彬之徒〕「桓」原誤作「相」，據張本、胡本、李本改。

〔長孫澄〕「澄」，原誤「登」，據周書、北史本傳改。

〔未嘗見遂〕段本、秦本「遂」作「逐」。

〔上書辨〕「辨」原誤作「辦」，據張本、胡本、李本改。

〔而伯倫又爲之頌〕各本原脱「伯」字。王本攷證云：「而倫爲之頌。案『倫』上脱『伯』字。」是，據此補。

〔爲當世所有〕原作「與當世爲有」，據王本、四部本改。

【箋注】

〔一〕本篇云：「予嘗過中山。」案中山，宋時爲定州，其地在今河北定縣唐縣一帶。蘇軾於元祐八年冬十月出知定州，少游蓋往訪焉。此傳云：「先生既失寵，其交游往往謝絶……。」蓋有所寓，疑作於紹聖二年謫監處州酒税期間。事物異名録飲食酒云：「秦少游清和先生傳：姓甘，名液，字子美。按：謂酒也。」故知爲酒立傳，係遊戲文字。

〔二〕其先句：后稷氏，周之先祖。詩大雅生民謂其母欲棄之於野，故又名棄。及長，爲舜農官，教民稼穡，封於邰，號后稷。見史記周本紀。此句謂酒之先爲稷。王念孫廣雅疏證釋草：「稷，今人謂之高粱。」

〔三〕至夏末世衰四句：禮記祭法：「是故厲山氏之有天下也，其子曰農，能殖百穀。夏之衰也，周棄繼之，故祀以爲稷。」路史禪通紀：「炎帝神農氏生於列山之石室，官長師事，悉以火紀，故稱炎焉；肇迹列山，故又以列山、厲山爲號。」

〔四〕城旦舂：秦漢時刑罰，謂城旦刑與舂刑。漢書惠帝紀：「有罪當刑，及當爲城旦舂者，皆耐爲鬼薪、白粲。」注：「應劭曰：城旦者，旦起行治城；舂者，婦人不預外徭，但舂作米，皆四歲刑。」此處隱喻舂米。

〔五〕公孫杵臼：春秋晉太原人，趙朔門客。朔死，曾與程嬰匿趙氏孤兒。見史記卷四十三。此處暗喻舂具，易繫辭：「斷木爲杵，掘地爲臼。臼杵之利，萬民以濟。」此指以杼舂米。

〔六〕陳倉：地名。秦置縣，漢魏晉因之。隋移置渭水北，即今陝西寶雞。此喻糧倉。

〔七〕麥氏、谷氏：指稻麥。

〔八〕白粲、鬼薪：古刑罰。漢書惠帝紀應劭注：「取薪給宗廟爲鬼薪，坐擇米使正白爲白粲，皆三歲刑也。」此喻揀米與燒煮。以下皆借地名喻釀酒過程。

〔九〕河内：古郡名，相當今河南省黄河兩岸地區。此處諧「盉内」，「榼内」，皆容器名。

〔一〇〕曲沃：春秋晉地，故城在今山西聞喜東北。此處以「曲」諧「麯」。

〔一一〕曹：春秋國名。故地在今山東省菏澤、定陶、曹縣一帶。此處以「曹」諧「槽」。

〔一二〕鄭：春秋國名，在今陝西省華縣境内。東周時，遷新鄭，今河南省鄭州。此諧「甑」。

〔一三〕器度汪汪三句：見卷五送張叔和兼簡黄魯直注〔九〕。

〔一四〕孟子稱伯夷清、柳下惠和：孟子萬章下：「孟子曰：『伯夷，聖之清者也；伊尹，聖之任者也；柳下惠，聖之和者也。』」

〔一五〕金城賈氏及玉巵子：借指酒器。金城，本地名，在今甘肅省境内。賈，爲「斝」之諧音。金城賈氏者，銅斝也，金斝、玉巵正相對。

〔一六〕歡甚，至於頭没杯案：三國志魏武帝紀裴松之注引曹瞞傳：「太祖爲人輕易無威重……每與人談論，戲弄言誦，及歡悦大笑，至以頭没杯案中，肴膳皆沾汙巾幘，其輕易如此。」

〔一七〕二千石：古代刺史食禄二千石，因以代指刺史。此喻酒之産量。

〔一八〕中山宜城溢浦句：皆産名酒之地。中山，今河北定縣、唐縣一帶。博物志謂：昔劉玄石於中山酒家酤酒，酒家與「千日酒」，忘言其節度。歸至家當醉，而家人不知，以爲死也，權葬之。酒家計千日滿，乃憶玄石前日酤酒，醉向醒耳。往視之。云：「玄石之死三年，已葬。」於是開棺，醉始醒。俗云：「玄石飲酒，一醉千日。」案：搜神記云：「狄希，中山人，能造千日酒，飲之千日醉。」宜城，在今湖北宜城南，漢代産名酒。周禮天官酒正：「一曰泛齊。」鄭玄注：「泛者成而滓浮，泛泛然如今宜成醪焉。」曹植酒賦：「其味有宜成醪醴，蒼梧縹青。」宜成，即宜城。溢浦，在今江西九江西。李肇唐國史補卷下：「酒則有郢州之富水，烏程之若下，滎陽之土窟春，富平之石凍春，劍南之燒春，河東之乾和葡萄，嶺南之靈溪博羅，宜城之九醞，潯陽之湓水，京城之西市腔，蝦蟆陵郎官清、阿婆清。」

〔一九〕沽之哉三句：見論語子罕。

〔二〇〕斗筲：容量甚小之量器。桓寬鹽鐵論通有：「家無斗筲，鳴琴在室。」

〔二一〕挈瓶之智：左傳昭公七年：「雖有挈缾之知，守不假器，禮也。」缾，通「瓶」。

〔二二〕王公二句：灌夫，字仲孺，漢潁陰人，武帝時爲太僕。漢書本傳謂「夫爲人剛直，使酒，不好面諛。」又謂元光四年夏，「（田）蚡娶燕王女爲夫人，太后詔召列侯宗室皆往賀。……夫行酒，至蚡，蚡膝席曰：『不能滿觴。』夫怒，因嘻笑曰：『將軍貴人也，畢之！』時蚡不肯。行酒次至臨汝侯灌賢，賢方與程不識耳語，又不避席。夫無所發怒，乃罵賢曰：『平生毀程不識不值一錢，今日長者爲壽，乃效女曹兒呫囁耳語！』蚡謂夫曰：『程、李（廣）俱東西宮衛尉，今衆辱程將軍，仲孺獨不爲李將軍地乎？』夫曰：『今日斬頭穴匈，何知程、李！』……夫出，蚡遂怒曰：『此吾驕灌夫罪也。』乃令騎留夫……劾灌夫罵坐不敬，繫居室。遂其前事，遣吏分曹逐捕諸灌氏支屬，皆得棄市罪。」季布，楚人。項籍使將兵，數窘漢王。項籍滅，高祖以千金購求，赦之，拜郎中。漢書本傳謂文帝時欲以爲御史大夫，「人又言其勇，使酒難近」，遂罷。李景儉，唐李瑀孫，穆宗時拜諫議大夫，性矜誕，使酒縱氣，語侵宰相蕭俛，貶建州刺史，以元稹爲之助，乃免；後又因醉至中書省慢罵宰相王播，坐貶漳州刺史。見新唐書本傳。桓彬，後漢人，字彦林，桓麟子。少與蔡邕齊名，舉孝廉爲郎，時中常侍曹節之婿馮方亦爲郎，彬未嘗與共酒食，方怨之，章言彬等爲酒黨，遂見廢。見後漢書桓榮傳。

〔二三〕如丞相句：朱博，字子元。漢書本傳謂「博爲人廉儉，不好酒色游宴，自微賤至富貴，食不重味，案上不過三杯。」執金吾劉文叔，當指劉秀，後爲東漢光武帝。後漢書陰后傳：「初光武適新野，聞后美，心悦之。後至長安，見執金吾車騎甚盛，因嘆曰：『仕宦當作執金吾，娶妻當得陰麗華。』」少游因戲稱執金吾劉文叔。劉秀起事後，「不取財物」，「多得牛馬財物，穀數十萬斛」，皆轉饋進圍宛城之伯升（後漢書光武帝紀）。後伯升死，劉秀「每獨居，輒不御酒肉」（後漢書馮異傳）。郭解，漢軹人，好任俠。史記游俠列傳謂「解爲人短小精悍，不飲酒」。長孫澄，北周洛陽人，字士亮，孝閔帝時，拜大將軍，封義門公。周書本傳謂「雖不飲酒，而好觀人酣興。」

〔二四〕徐邈稱先生爲聖人：見卷五飲酒詩四首其一注〔三〕。

〔二五〕畢卓：字茂世，晉新蔡鮦陽人，太興末爲吏部郎，常飲酒廢職。鄰宅釀熟，卓至其甕間盜飲，爲掌酒者所縛，明晨視之，乃畢吏部，即解縛。因與主人共飲甕側，盡醉而去。後從溫嶠爲平南長史，卒於官。見晉書本傳。又藝文類聚卷七十二食物部引晉中興書曰：「畢卓嘗謂人曰：右手執酒杯，左手執蟹螯，拍浮酒池中，便足了一生。」

〔二六〕孔融：後漢書孔融傳：融「常嘆曰：『坐上客恒滿，尊中酒不空，吾無憂矣。』……融每酒酣，引（虎賁士）與同坐，曰『雖無老成人，具有典刑。』」

〔二七〕劉伯倫：晉劉伶，字伯倫，晉書有傳。嘗自祝云：「天生劉伶，以酒爲名。一飲一斛，五斗解酲。」

〔二八〕融嘗句：後漢書孔融傳：「時年飢兵興，（曹）操表制酒禁，融頻書争之，多侮慢之辭。」注：融集與操書云：「酒之爲德久矣！古先哲王，類帝禋宗，和神定人，以濟萬國，非酒莫以也。……由是觀之，酒何負於政哉？」

〔二九〕而伯倫句：晉書劉伶傳，伶未嘗厝意文翰，惟著有酒德頌一篇，自稱「惟酒是務，焉知其餘」。

〔三〇〕太史公：司馬遷。見卷二司馬遷注〔一〕。以下託言太史公曰，實爲游戲筆墨。

〔三一〕中賢：三國時曹操禁酒，時人諱言酒，稱清酒爲聖人，濁酒爲賢人。飲醉，謂之中聖人。見三國志魏徐邈傳。此處中賢，指飲醉濁酒。

〔三二〕孔子稱有始有卒者二句：見論語子張。聖人，此處指清酒。

法雲寺長老然香會疏文〔一〕

竊以香者，妙通法性，冥動聞機〔二〕。大則香積如來〔三〕，令天人而入戒律；次則香嚴童子，得羅漢而證圓通〔四〕。覺至性之清嚴〔五〕，破塵寰之濁穢〔六〕。肆求善友，同結勝緣。漸沉水之蜜圓〔七〕，斥棗膏之昏鈍〔八〕。規模既遠，誓願尤長。若秣若圓，得無礙法〔九〕；非煙非火，轉不退輪〔一〇〕。偶就印以成文，常干空而作蓋。無前後去來之際，有解脱知見之因〔一一〕。曄乎若光明之雲，佳者如鬱葱之氣。反聞聞性〔一二〕，八百之功德以成〔一三〕；自覺覺他，億萬之河沙斯遍〔一四〕。

【校】

〔戒律〕原脱「戒」字，據張本、胡本、李本補。

【箋注】

〔一〕本篇作於元豐二年己未（一〇七九）。據秦譜，是歲少游如越省大父承議公及叔父定，與郡守程公闢相得甚歡。法雲寺，在會稽（今浙江省紹興）。陸游老學庵筆記卷四云：「會稽法雲長老重喜，爲童子時，初不識字，因埽寺廊，忽若有省，遂能詩。……程公闢修撰守會稽，聞喜名，一日召之，與游蕺山上方院，索詩，喜即吟云：『行到寺中寺，坐觀山外山。』蓋戲用公闢體也。」少游在越，常從公闢游諸寺，又作寶林開堂疏，故知此然香會疏文作於同時。

〔二〕竊以三句：法性，佛家語。又名實相真如、涅槃等。華嚴經昇須彌山品：「法性本空寂，無取亦無見。」菩薩處胎經：「法性如大海，不説有是非。凡夫賢聖人，平等無高下，惟在心垢滅，取證如反掌。」聞機，猶聞性，詳注〔一二〕。

〔三〕香積如來：如來，佛名，多陀阿伽陀之譯音。大般若經：「佛得如實相性故，名爲如來。」維維摩詰經香積品:「過四十二恒河沙佛土,有國名衆香,佛號香積。……其界一切皆以香作樓閣,經行香地,苑園皆香。其食香氣,周流十方無量世界。……施作佛事,饒益衆生。於是香積如來,以衆香鉢,盛滿香飯,與化菩薩。」

〔四〕香嚴童子二句:楞嚴經:「香嚴童子即從座起,頂禮佛足而白佛,言:『我聞如來,教我諦觀諸有,爲相我時,辭佛宴,晦清齋。見諸比丘,燒沈水香,香氣寂然來入鼻中。我觀此氣,非木非空,非煙非火,去無所著,來無所從。由是意銷,發明無漏,如來印我,得香嚴號。塵氣倏滅,妙香密圓。我從香嚴,得阿羅漢。佛問圓通,如我所證,香嚴爲上。』」注引吴興曰:「觀實有滅空之義,小衍雖殊,所證圓通,同一真諦耳。」圓通,見卷七題湯泉二首之一注〔七〕。

〔五〕覺至性句:至性,純摯之天性。嵇康與山巨源絶交書:「阮嗣宗至性過人,與物無傷。」清嚴,清廉嚴肅。三國志魏書王基傳:「出爲安豐太守,爲政清嚴,有威惠。」

〔六〕破塵寰句:史記屈原傳:「蟬蜕於濁穢,以浮游塵埃之外。」

〔七〕沉水之蜜圓:蜜圓,亦作「密圓」,楞嚴經:「燒沈水香,香氣寂然……塵氣倏滅,妙香密圓。」詳本篇注〔四〕。

〔八〕斥棗膏句:棗膏,香膏之一種。宋書范曄傳:「棗膏昏鈍,甲煎淺俗,非唯無助於馨烈,乃當彌增於尤疾也。」

〔九〕得無礙法：無礙，佛家語。義爲通達自在，無所障礙。往生論注下：「無礙者，謂知生死即涅槃，如是等入不二門，無礙相也。」

〔一〇〕轉不退輪：不退輪，即不退轉之法輪，佛家語。維摩經佛國品：「已能隨順，轉不退輪。」註維摩經一：「肇曰：天生之道，無有得而失者，不退也。流演圓通，無繫於一人，輪也。」

〔一一〕解脱：佛家語。義爲脱離煩惱束縛而得自在。楞嚴經：「一根既返源，六根成解脱。」

〔一二〕反聞聞性：佛家語。楞嚴正脈疏：「聲有動静，循環代謝，而聞性湛然常住，了無生滅；若不循聲流轉，而能反聞自性，漸至動静雙除，根塵迥脱，寂滅現前，六根互相爲用，遂得圓通。」反聞，即反聽，不聽之以耳，而聽之以心。史記商君傳：「反聽之謂聰。」

〔一三〕八百之功德：法華經法師功德品，謂善男善女受持法華經，「當得八百眼功德，千二百耳功德，八百鼻功德，千二百舌功德，八百身功德」，可使「莊嚴六根，皆令清浄」。

〔一四〕億萬之河沙：指恒河之沙。智度論七：「問曰：『如閻浮提中，種種大河，亦有過恒河者，何故常言恒河沙等？』答曰：『恒河沙多，餘河不爾；復次是恒河是佛生處，遊行處，弟子現見，故以爲喻。』」此喻極多。

越州請立程給事祠堂狀〔一〕

浙水之東七州〔二〕，獨越爲都會，凡七州之軍事督焉。其地西帶江，北被海，多雄山傑澤，有桑、麻、魚、稻、藤、苺、竹箭之饒〔三〕，土沃而流，水清而不迫，非舟車足力所會。故其民喜耕耨，勤織紝，尊本而薄末〔四〕，狡獪詆欺之弊，視他州爲少。然以險阻之故，豪强惡少、跌宕不逞之民〔五〕，一失其業，則往往什聚伍行，剽攘攻劫於江海之上，不時去之則蔓延而成大盜矣。爲太守者，審知風俗之厚，刑政並修，則一方可以指麾而治。不然，雖憊力勞心，猶無益也。

熙寧十年，詔以給事中、集賢殿修撰廣平程公知軍州事。公素以治行稱天下，越人無不踴躍竦企，願見公之所爲。及至，政尚簡肅，不爲苟且苛細之事。事至而後必行，亦無所假借。發隱擿伏，敏捷如神〔六〕。每得所謂豪强惡少、跌宕不逞之民，草薙而獸逐之，至斷絶乃已。於是距吴際閩楚，千里肅然，盜賊不敢發。川行途止，如即其家。獄訟衰息，風雨時至，仍歲大穰。乃禮賢俊，仁老孤，簡練士卒，繕修宫寺，至於郵亭刻漏，爲之一新。頹廢偃僵，斬然俱起。然後知公之才，所遇縱横無窮。其所厭伏東西、逆銷變故於未形者多矣。非特越人受其賜也，使行且大用於朝，推其道於天下，則其所就者又可量耶？

先是太子少保南陽趙公有惠政於越〔七〕，既去，而公承其後。故議者謂近世越州之政，未有如二公者。南陽公嘗命畫史圖太子少師天水趙公〔八〕，并公與己游從之像，號三老圖，而越之好事者遂作三老堂以寘之〔九〕。元豐二年，公還朝，郡之衣冠縉黄耇艾之士若干人〔一〇〕，乞留於部使者，三爲之上，不報。因相與泣曰：「公去矣！其像雖存於三老堂，然吾人之心未厭也。聞公嘗帥洪、福、廣三郡。三郡皆有生祠，豈越獨無有？今寶林院者〔一一〕，公之所興建也。若即其地爲堂，立公之像，如三郡故事，以慰吾人之思，不亦可乎？」衆曰：「然！」於是又以狀白使者，請立公之祠堂焉。

是時，某適自淮南來省親，將還，越人謂某曰：「吾州更饑歉札瘥之後〔一二〕，程公實撫養而教誨之。去年冬，福州太守司諫孫公嘗道於此〔一三〕，具見其事。今堂成有日矣，謀爲記宜莫如孫公者。聞子與孫公鄉里且門人也，盍摭厥實，以爲我請乎？」某既歎程公之政有以媚於民，又嘉越人能大其施而推報之也。乃爲論次其事，并州之風俗，具而載之，以備孫公之采擇焉。

【校】

〔往往什聚〕張本「往往」誤作「往住」。

【箋注】

〔一〕本篇作於元豐二年如越省親之際。程給事，即程師孟，見卷七游龍門山次程公韻注〔一〕。

〔二〕浙水之東七州：指越、台、處、衢、嚴、温、明等州。

〔三〕有桑句：荈，晚茶。三國志吴書韋曜傳：「或密賜茶荈以當酒。」陸羽茶經：「茶者，南方之嘉禾也。……其名一曰茶，二曰檟，三曰蔎，四曰茗，五曰荈。」太平御覽卷九六二竹部引左傳：「東南之美者，有會稽之竹箭焉。」注：「會稽，山名，今在山陰縣。竹箭，篠也。」

〔四〕尊本而薄末：謂重農輕商。本，指農業；末，指商業。王符潛夫論浮侈：「今舉俗舍本農，趨商賈……今察洛陽，資末業者什於農夫，虛僞游手什於末業。」

〔五〕跌宕：行爲無檢束，同「跌蕩」。

〔六〕發隱二句：發隱擿伏，揭發隱匿之壞人壞事。漢書趙廣漢傳：「尤善爲鉤距以得事情……其發姦擿伏如神，皆此類也。」

〔七〕南陽趙公：指趙抃。熙寧八年至十年守越州，後移杭州，見嘉泰會稽志秩官。參見卷二三老堂注〔一〕。

〔八〕天水趙公：指趙槩，參見同上注。

〔九〕三老堂：參見同上注〔一〕。

〔一〇〕衣冠緇黄耆艾之士：指僧道士庶。僧衣緇，道士衣黄。耆艾，年壽久長，六十曰耆，五十曰艾。

〔一一〕寶林院：參見卷三六録寶林事實。

〔一二〕札瘥：一作札厲。列子湯問：「土氣和，亡札厲。」注：「札厲，疫死也。」

〔一三〕孫公：即孫覺莘老，見卷二夜坐懷莘老司諫注〔一〕。案：孫莘老年譜元豐二年：「七月，坐蘇軾詩獄，徙知福州。」其過越州，當在是歲之冬也。

精騎集序〔一〕

予少時讀書，一見輒能誦，暗疏之亦不甚失。然負此自放，喜從滑稽飲酒者游，旬朔之間，把卷無幾日。故雖有彊記之力，而常廢於不勤。比數年來，頗發憤自懲艾〔二〕，悔前所爲，而聰明衰耗，殆不如曩時十一二。每閱一事，必尋繹數終，掩卷茫然，輒復不省。故雖然有勤苦之勞，而常廢於善忘。嗟夫！敗吾業者，常此二物也。比讀齊史，見孫搴答邢詞云：「我精騎三千，足敵君羸卒數萬。」〔三〕心善其説，因取經、傳、子、史事之可爲文用者，得若干條，勒爲若干卷，題曰精騎集云。噫，少而不勤，無如之何矣！長而善忘，庶幾以此補之。

【箋注】

〔一〕本篇作於元豐六年癸亥（一〇八三）。秦譜謂是歲「先生取經傳子史之文選輯，得若干卷，題曰精騎集，自爲之序」。

〔二〕懲艾：一作「懲乂」，被懲創而生戒懼，亦猶今語從失敗中吸取教訓。

〔三〕孫搴三句：孫搴，北齊樂安人，字彦舉，貧而勤學，自檢校御史再遷國子助教，歷行臺郎，後預崔祖螭反獲罪，遇赦。爲武帝作西征檄文，援筆立就，即以專典主筆，加散騎常侍。北史本傳謂：「搴學淺行薄，邢邵嘗謂曰：『須更讀書。』搴曰：『我精騎三千，足敵君羸卒數萬。』」案邢邵，字子才，河間鄚人，仕至中書侍郎。北史本傳謂「自孝明之後，文雅大盛。邵彫蟲之美，獨步當時，每一文初出，京師爲之紙貴。」

【彙評】

吴應箕讀書止觀録卷二：秦淮海云：「余少時讀書，一見輒能誦；暗疏之，亦不甚失。然負此自放，喜從滑稽飲酒者游，把卷無幾。故雖有强記之力，而常廢於不勤。比年來，頗發憤自懲艾，而聰明已耗，不如昔之十一二。每閲一事，必尋數次，掩卷茫然，雖勤而善忘。嗟夫！敗慧業者，當此二物也。」吴生曰：若既無强記之力，而又不勤，是自與讀書緣絶矣。雖然，敏者與天，勤奮與人，余每見朋友中有下目成誦者，究竟反一無所得；亦有終日矻矻，才能數行者，而到底稱爲學人。所謂「愚者得之，明者失之；勤者得之，惰者失之」也。諺云「將勤補拙」；又云「聰明反被聰明誤」，皆至切當語。然余又嘗謂不勤者，必非真敏者也。天下惟大聰明人，自然知學問之益。或曰「敏而好學」，夫子亦自稱難矣。余復以其言爲然。讀書者當觀此。

俞樾茶香室續抄：明何孟春餘冬叙録云：「秦少游自言小時讀書，有强記之力，而常廢於不勤。及長，聰明衰耗，有勤苦之勞，而嘗廢於善忘。因讀齊史，見孫搴答邢邵書曰：『我有精騎三千，足敵君羸卒數萬。』心善其説，因取經傳子史事之可爲文用者，得若干條，爲若干卷，題曰精騎集。」朱子與吕東萊書：「近見建陽印一小册名精騎，云出賢者之手，不知是否？此書流傳，恐誤後生輩，讀書愈不成片段也。」東萊之所名者，亦取之孫搴所云。而晦庵不言少游已有此集，何也？按此，則少游與東萊并有精騎集，今皆不傳。其書雖紫陽所不取，然使至今尚存，亦學者所寶矣。

故龍圖閣直學士中大夫知成都軍府事管内勸農使充成都府利州路兵馬鈐轄上護軍隴西郡開國侯食邑一千一百户食實封三百户賜紫金魚袋李公行狀〔一〕

曾祖諱宗誼，故，不仕。祖諱知至，故，不仕。父諱東，故，任江寧府溧水縣尉。累贈特進、南康軍建昌縣李常〔二〕，字公擇，年六十四。李氏宗出唐宗室郇公瑋。遠祖濤，五代時號稱名臣，仕皇朝爲兵部尚書，封莒國公〔三〕。莒公少時，仕於湖南馬氏〔四〕，有一子留江南，公其裔孫也，故今爲南康建昌人。

公少警悟，好學強記，爲文章捷敏，初若不經意，而比成粲然，屬寓深遠。皇祐中，登進士甲科，授防禦推官，權江州軍事判官，丁昌源郡太夫人憂，解官，又丁光禄公憂。服闋，權宣州觀察推官〔五〕，監漣水軍轉般倉〔六〕，改大理寺丞，知洪州奉新縣〔七〕，未行，用韓公獻肅薦〔八〕，爲三司檢法官。神宗即位，詔大臣舉館職，曾宣公以公應詔〔九〕，召試學士院，除祕閣校理，編校史館書籍，兼太常博士，兼史館檢討，置三司條例司檢詳官看詳中書條例，權判尚書考功，改右正言同管勾國子監公事。是時，王荆公輔政，始作新法〔一〇〕，諫官御史論不合者，輒斥去。公上疏力詆其非〔一一〕，以爲始建三司條例司，雖致天下之議，而善士猶或與之；至於均輸之論興、青苗之法立，公然取息，傅會經旨以爲無嫌，則天下固已大駭，而善士亦不復與矣。時荆公之子雱〔一二〕，與温陵吕惠卿〔一三〕，皆與聞國論。凡朝廷之事，三人者參然後得行。公言陛下與大臣議某事，安石不可則移而不行；安石造膝議某事，安石承詔頒焉，吕惠卿獻疑則反之。詔用某人，安石、惠卿之所可，雱不説則又罷之。孔子曰：「禄去公室」、「政在大夫」、「陪臣執國命」〔一四〕，今皆不似之耶？而其論青苗尤爲激切，至十餘上不已。於是落職，通判滑州〔一五〕。

歲餘復職，知鄂州〔一六〕，徙知湖州，遷尚書祠部員外郎，賜五品服，徙知齊州〔一七〕。齊故多盜，公至，痛懲艾之，論報無虚日，盜猶不止。他日得黠盜，察其可用，刺爲兵使，直事鈴下〔一八〕，間問以盜發輒得而不衰止之故。曰：「此繇富家爲之囊橐爾〔一九〕。使盜自相推爲甲乙，官吏巡捕及門，擒一人以首，則免矣。」公曰：「吾得之矣！」乃令得藏盜之家，皆發屋破柱，盜賊遂清。

始公在武昌、吴興，政尚寬簡，日與賓客縱酒笑詠，吏民安樂之，郡以大治。於是世知公之才，所值無不可也。屬決河，灌山東諸郡〔二〇〕，公捍禦有術。部使者以聞，降詔書獎諭。

徙淮南西路提點刑獄，遷尚書度支員外郎，坐厚善直史館蘇公軾，得其詩文不以告，罰金〔二一〕，寄禄格行換朝散郎〔二二〕。遷朝請郎，試太常少卿。公去國十五年，至是還朝〔二三〕，士大夫喜見於色，以謂正人復用也。以職事對，稱旨，面賜三品服。未幾，試禮部侍郎。文昌府成，車駕臨幸，恩遷朝奉大夫，又恩遷朝散大夫。上即位，覃恩遷朝請大夫〔二四〕，試吏部侍郎；遷朝議大夫，俄試户部尚書。詔百官轉對，公以七事應詔：一曰崇廉耻，二曰存貢舉，三曰别守宰，四曰去贓貪，五曰慎疑獄，六曰擇師儒，七曰修役法，皆當時急務；而其言役法，尤合公論。又取差、免二法，折衷爲書上之。以爲法無新陳，便民者良法也；論無彼己，可久者確論也。又曰：貧富俱出貲，則貧者難辦；俱出力，則富者難堪。使富者出貲，貧者出力，庶乎其可也。大略如此。

遷中大夫，除御史中丞，兼侍讀，加龍圖閣直學士。初，元豐河決小吴，神宗以河勢方趨西北，難以力回，詔勿復塞，須其自定，增立隄防；而或者以謂非悠遠之策，請開澶淵游河，分殺水勢。又欲自孫村口截爲隄〔二五〕，導還故處。詔遣公視之，還奏非便。又遣吏部侍郎范公百禄〔二六〕，給事中趙公君錫覆視〔二七〕，奏與公合。而或者猶執前議，鋭於興役法，朝廷疑之。至是，公申論其弊，章六七上而其役竟罷之。又請分詩賦、經義兩科，以盡取士之法；別自致、因人爲兩塗，以究省官之術。其忠言讜論，蓋不可以一二舉。至於因時乘間，導迎和氣者，多密以啓聞，故莫得而知也。

俄守兵部尚書，固辭不受，懇求外補，章屢上，遂出知鄧州〔二八〕。數月，徙成都府，行及陝府閿鄉縣〔二九〕，暴卒於傳舍，實元祐五年二月二日也。累勳至上護軍隴西郡侯。

公風度凝遠，與人有恩意，而遇事强毅不爲苟合。初善王荆公。荆公當國，冀其爲助，而抵之迺力於他人。荆公嘗遣雱喻意曰：「所争者國事，少存朋友之義。」公曰：「大義滅親，況朋友乎！」自存益確，士論以此歸之。少時讀書於廬山五老峰下白石庵之僧舍。後，身雖出仕宦，而書藏於山中如故。每得異書，輒益之，至九千餘卷。山中之人，號李氏山房〔三〇〕。

仲兄布衣卒，事其嫂張敬甚，撫其子秉彝如己子〔三一〕。自奉清約，所俸入多少以賙親族，捐館之日無贏貲。朝廷聞之，常賻外特賜五十萬。有文集若干卷，藏於家。初娶狄氏，襄陽遵度主簿之女〔三二〕，蚤卒，贈某縣君。遵度亦俊傑士，寶元、慶曆間以文章顯名。再娶魏氏，光禄卿琰之女〔三三〕，亦蚤卒，贈遂寧縣君。又娶遂寧之弟，封安康郡君。子男四人：長曰攄，揚州江都縣尉，蚤卒；次曰邍〔三四〕，承奉郎；次曰迖，承務郎；次曰迢，承務郎。女三人：長適郢州長壽縣主簿孫端〔三五〕，次適郊祀齋郎丘揖，次適進士黄叔敖〔三六〕。諸孤自閿鄉扶柩南歸，而公之伯兄時爲江南西路轉運使，遂以其年十月丙午葬公於南康軍建昌縣千秋之原。前期諸孤請狀公之行治，而公之美實多，難以具著。著其出處始終之大者，以告諸史氏。謹狀。

【校】

〔郇公瑋〕各本「瑋」俱作「諱」，據宋史李濤傳改。

〔湖南馬氏〕原脱「馬」字，王本攷證云：「案宋史李濤傳『濤父元、唐將作監，朱梁革命，元以宗室懼禍，挈濤避地湖南，依馬殷』。今據此，『氏』上當脱『馬』字。」是，王本、四部本已補「馬」字，據此改。

〔公上疏力詆其非〕「詆」原作「抵」，據張本改。

〔此繇富家爲之囊橐爾〕原脱「橐爾」二字。王本攷證云：「案東都事略李常傳作『此由富家爲之囊橐爾』，『囊』下脱『橐爾』字。」王説是，據此補。

〔屬決河〕王本、四部本「決河」作「河決」。

〔存貢舉〕〔去贓貪〕〔慎疑獄〕王本攷證云：「案宋史李常傳作『存鄉舉，廢貪贓，審疑獄』。」

〔則貧者難辦；俱出力，則富者難堪〕原併作「則貧者之所難堪」一句，據王本、四部本改。

〔河勢方趨西北〕王本、四部本「西」作「東」，似更合理。

〔孫村口〕「孫」原作「蘇」，王本、四部本作「孫」，宋史本傳亦作「孫」，今據改。

〔初娶狄氏，襄陽遵度主簿之女〕王本攷證云：「案宋史狄棐傳『子遵度，以父任爲襄陽主簿』，『主簿』字當在『遵度』字上。」

【箋注】

〔一〕本篇云公擇「暴卒於傳舍，實元祐五年二月二日也」；又云「遂以其年十月丙午」葬於南康，可見作於是歲初冬。

〔二〕累贈特進二句：特進，官銜名。宋元豐改制前爲正二品文散官；改制後爲新寄禄官，相當於舊寄禄官尚書左、右僕射。南康軍，宋時屬江南東路，太平興國七年，以江州星子縣建爲軍。

〔三〕李氏宗出唐宗室……莒國公：宋史李濤傳：「李濤，字信臣，京兆萬年人，唐敬宗子郇公瑋十一世孫。祖鎮，臨濮令。父元，將作監。朱梁革命，元以宗室懼禍，挈濤避地湖南，依馬殷，署濤衡陽令。」後唐天成初，濤舉進士甲科，官至起居舍人。周恭帝時，封莒國公。宋初，拜兵部尚書。卒贈右僕射。

〔四〕馬氏：指馬殷。殷，五代時楚王，鄢陵人，字霸圖，唐昭宗時，代劉建峰爲武安節度使，據今湖南全省及廣西東部地。梁太祖立，殷遣使修貢，受封爲楚王，建國長沙。迨後唐莊宗滅梁，殷又修貢，立三十五年卒。新唐書、五代史有傳。

〔五〕宣州：今安徽宣城縣，宋時屬江南東路寧國府。

〔六〕監漣水軍句：漣水軍，宋時屬淮南東路，今江蘇漣水。轉般倉，長江、運河兩岸均有之。東南各路運米綱船，分别於真州、揚州、楚州、泗州轉般倉下卸，再由載重量較小之汴河綱船駁運至汴京及其他各地。

〔七〕洪州奉新縣：宋時屬江南西路隆興府，今江西南昌市奉新縣。

〔八〕韓公獻肅：即韓絳，卒謚獻肅。見卷三二代祭韓康公文注〔一〕。

〔九〕曾宣公：曾公亮，字仲明，泉州晉江人。神宗即位，爲門下侍郎兼吏部尚書，仕至尚書左僕射，卒，謚宣靖。宋史有傳。

〔一〇〕王荆公二句：據宋史宰輔表，王安石於神宗熙寧三年十二月丁卯自右諫議大夫、參知政事加禮部侍郎，同平章事，至熙寧九年十月丙午領鎮南軍節度使判江寧府，輔政凡六年，於熙寧三年實行新法。

〔一一〕公上疏力詆其非：據蔡上翔王荆公年譜考略卷十五，熙寧三年三月，孫覺、吕公著、張戩、程頤、李常上疏極言新法。

〔一二〕荆公之子雱：王雱，字元澤。舉進士，調旌德尉。後除太子中允、崇政殿説書，受詔撰詩書義，擢天章閣待制兼侍講。附宋史王安石傳。

〔一三〕吕惠卿：字吉甫，泉州晉江人。天禧進士。初曾助王安石推行新法。官至參知政事。安石去位，又力詆之。後罷相出知江寧府。宋史載於姦臣傳。

〔一四〕孔子曰四句：論語季氏：「孔子曰：『天下有道，則禮樂征伐自天子出。天下無道，則禮樂征伐自諸侯出。自諸侯出，蓋十世希不失矣。自大夫出，五世希不失矣。陪臣執國命，三世希不失矣。……禄之去公室，五世矣，政逮於大夫，四世矣，故夫三桓之子孫微矣！』」

〔一五〕滑州：今河南滑縣。

〔一六〕鄂州：即武昌，今併入湖北武漢。

〔一七〕齊州：今山東濟南。

〔一八〕鈴下：指侍從、門卒。以在鈴閣之下，有警則掣鈴以呼，故名。三國志吴書吴範傳：「乃髡頭自縛詣門下，使鈐下以聞。」

〔一九〕囊橐：指窩藏。見卷三八代敕書獎諭記注〔二〕。

〔二〇〕屬決河二句：指熙寧十年七月河決澶州曹村埽，水灌山東諸郡。

〔二一〕坐厚善三句：據王宗稷蘇文忠年譜馮應榴案：孫覺、李常等收蘇軾有譏諷文字，淮南西路提點刑獄李常、知福州孫覺各罰銅二十斤。

〔二二〕寄禄格：見卷十五官制上注〔九〕。

〔二三〕公去國二句：李常於熙寧三年落職，出倅滑州，至元豐七年回京，共十五年。

〔二四〕覃恩：廣施恩惠，多指帝王普行封賞。司馬光論覃恩劄子：「伏望朝廷豫先明降指揮，言今歲所行明堂之禮，更不覃恩轉官，使中外咸知，以絶徼幸者之望。」

〔二五〕元豐河決小吳……自孫村口截爲隄：續資治通鑑卷七八元豐八年冬十月己卯：「河決大名小張口，河北諸郡皆被水災。知澶州王令圖建議濬迎陽埽舊河，又發孫村金堤置約，復故道。轉運使范子奇仍請於大吳北岸修建鋸牙，擗約河勢。於是，回河東流之議起。」

〔二六〕范公百禄：范百禄，字子功，成都華陽人。第進士，又舉才識兼茂科。熙寧中，提點江東、利、梓路刑獄，加直賢院。熙寧七年，召知諫院。元豐末，入爲司門吏部郎中、起居郎。哲宗立，遷中書舍人；元祐元年爲刑部侍郎。後改吏部侍郎。七年，除中書侍郎。宋史有傳。

〔二七〕趙公君錫：趙君錫，字無愧，河南洛陽人。從韓琦入大名府幕。歷開封府推官，元祐初，擢給事中。論大河不可輕議東回，請亟罷修河司。初稱譽蘇軾，薦秦觀爲祕書省正字，遇賈易彈奏，便隨聲附和，故高太后稱之「全無執守」。參見宋史本傳。

〔二八〕鄧州：今河南鄧縣。

〔二九〕閿鄉縣：宋時屬陝州，今併入河南靈寶縣。

〔三〇〕李氏山房：蘇軾李氏山房藏書記：「余友李公擇，少時讀書於廬山五老峯下白石庵之僧舍。公擇既去，而山中之人思之，指其所居爲李氏山房。藏書凡九千餘卷。」

〔三一〕秉彝：字德叟，見卷三十與李德叟簡注〔一〕。

〔三二〕遵度：狄遵度，棐子，字元規，少穎悟，善爲文，時稱篤學之士。少舉進士，一斥於有司，耻不復爲。以父任爲襄陽主簿，居數月，棄去。著有春秋雜説。宋史有傳。

〔三三〕魏琰：字子浩，以父恩授秘書省正字，爲吏强敏，與兄瓘齊名。宋史有傳。

〔三四〕次曰遼：王明清投轄録水太尉：「大觀中，李遼字夷曠，公擇之子也，爲湖北提舉學事司勾當公事，嘗以職事至沔鄂之間。」

〔三五〕孫端：字子實，孫覺（莘老）子，制科進士。參卷六覿覯二弟作小室請書魯直名曰寄寂作此寄之用孫子實韻二首注〔一〕。

〔三六〕黄叔敖：字嗣深，元祐進士，累官廣東轉運判官，兼提舉市舶，遷户部尚書，致仕。見南宋制撫年表卷三四。

淮海集箋注補遺卷第一

詩

游杭州佛日山浄慧寺〔一〕

五里喬松徑〔二〕，千年古道場〔三〕。泉聲與嵐影〔四〕，收拾入僧房。

【箋注】

〔一〕本篇録自咸淳臨安志卷八，題中原無「山」字，據王本補遺引朱存理鐵網珊瑚補。作於元豐二年己未（一〇七九）秋，時偕參寥子謁辯才於杭州風篁嶺。參見卷十照閣詩注〔一〕。咸淳臨安志卷八一云：「佛日浄慧寺，天福七年，吴越王建爲佛日院，大中祥符元年改今額。」又卷二四：「佛日山，在母山之東北，高六十餘丈，中有佛日浄慧寺。」

〔二〕五里句：武林梵志：「佛日山，徑下有大松二株，皆唐宋舊物。」蘇軾佛日山榮長老方丈五絶之二：「千株玉槊攙雲立。」王文誥註引次公曰：「以言松或檜也。」

〔三〕千年句：武林梵志：「明教嵩禪師道場也。」

〔四〕泉聲句：蘇軾佛日山榮長老方丈五絶之三：「東麓雲根露角牙，細泉幽咽走金沙。」周必大吴郡諸山録：「淨慧禪院面對黄鶴峯，上有渥洼泉，出石罅中。」泉，指渥洼泉，一名龍池。

光華亭〔一〕

霞通海天曙，月來東山白。共是憑欄人，誰足當秋色？

【校】

録自嘉慶藤縣志卷十七藝文志。

【箋注】

〔一〕本篇似作於元符三年庚辰（一一〇〇）之秋。據蘇軾與歐陽元老書云，是歲八月，「容守遣般家二卒送歸衡州，至藤，傷暑困卧。至八月十二日，啓手足於江亭上，徐守甚照管其喪」。詩作於逝世之前，因在八月，故有「誰足當秋色」之句。光華亭，據嘉慶藤縣志卷三云：「光華亭在縣東南，與浮重亭對峙，秦少游嘗憩息於其上。」

玉井泉〔一〕

雲蒸崑山液〔二〕，月浸藍田英〔三〕。臨風咽沆瀣〔四〕，滿腹珠璣鳴。

【校】

録自嘉慶藤縣志卷十七藝文志。

【箋注】

〔一〕本篇與光華亭作於同時。玉井泉，據嘉慶藤縣志卷三云：「在城西南隅，秦少游詩中有涵雲注玉之句，蓋指此也。」

〔二〕崑山液：崑崙山之泉。吕氏春秋本味：「水之美者，三危之露，崑崙之井。」注：「井，泉。」

〔三〕藍田英：謂藍田之美玉。漢書地理志：「京兆藍田縣，出美玉。」此點出井名，亦喻井水瑩澈如玉。

〔四〕沆瀣：楚辭遠遊：「餐六氣而飲沆瀣兮，漱正陽而含朝霞。」注：「沆瀣者，北方夜半氣也。」

流杯橋〔一〕

曲水分山陰〔二〕，輿梁勝溱洧〔三〕。一詠見高風，駟馬安足取〔四〕？

【校】

録自嘉慶藤縣志卷十七藝文志。

【箋注】

〔一〕本篇與光華亭作於同時。據嘉慶藤縣志云：「流杯橋，在水東街得雋坊，爲仁封、孝義二鄉之路，以唐宣撫采訪使所失金杯於此流出得名。秦觀有詩。世傳蘇子瞻與子由游宴處。」

〔二〕曲水句：晉永和九年，謝安、孫綽、王羲之等會於山陰（今浙江紹興市郊）之蘭亭，爲流觴曲水之詠，見王羲之蘭亭集序。此喻橋下流水。

〔三〕輿梁句：孟子離婁下：「子産聽鄭國之政，以其乘輿，濟人於溱洧。」案：溱、洧，春秋時鄭國二水名。

〔四〕駟馬句：用司馬相如典。太平御覽七三引華陽國志：「升僊橋在成都縣北十里，即司馬相如題橋柱曰：『不乘駟馬高車，不過此橋。』」案此説與華陽國志卷三蜀志原文有異，原文曰：成都「城北十里，有升僊橋，有送客觀。司馬相如初入長安，題其門曰：『不乘赤車駟馬，不過汝下』也。」少游取前一意。

納涼〔一〕

攜杖來追柳外涼，畫橋南畔倚胡牀〔二〕。月明船笛參差起〔三〕，風定池蓮自在香。

【校】

録自宋蔡正孫詩林廣記後集卷之八。案：錢仲聯劍南詩稿校注卷十一收有此詩前四句，「携」作「曳」，後增「半落星河知夜久，無窮草樹覺城荒。碧筒莫惜頹然醉，人事還隨日出忙」四句。謂陸游「此詩淳熙六年六月作于建安」。陸游一生嚮慕秦少游，蓋因喜少游此首七絶而增爲七律。不然，早于陸游的吕本中何以稱之。參見下頁「彙評」。

【箋注】

〔一〕本篇寫鄉居生活，似作於熙寧間。

〔二〕胡牀：一種可以折疊之輕便坐具，亦稱交椅、交牀。由胡地傳入，故名。後漢書五行志一：「靈帝好胡服、胡帳、胡牀、胡坐、胡飯、胡空侯、胡笛、胡舞。京都貴戚皆競爲之。」

〔三〕參差起：即此起彼伏。參差，不齊貌。

【彙評】

吕本中童蒙詩訓：少游此詩，閑雅嚴重。又云：「雨砌墮危芳，風軒納飛絮。」李公擇以爲謝家兄弟得意(作)不能過也。(見蔡正孫詩林廣記後集卷之八引)

牽牛花〔一〕

銀漢初移漏欲殘〔二〕，步虚人倚玉欄干〔三〕。仙衣染得天邊碧，乞與人間向曉看。

【箋注】

〔一〕本篇録自宋魏慶之詩人玉屑卷十八，亦見詩林廣記後集卷八、王本、四部本補遺。元祐三年戊辰（一〇八八）作於蔡州。詩人玉屑卷十八引桐江詩話云：「少游汝南作教官日，郡將向宗回團練有登城詩，少游次韻兩篇。（詩見前）又嘗於程文通會間賦牽牛花。」參見卷九次韻太守向公登樓眺望二首其一注〔一〕。

〔二〕漏欲殘：謂天將曉。漏，即銅壺滴漏，古代計時器。

〔三〕步虚人：謂道士。步虚，道家語。王建贈王處士詩：「道士寫將行氣法，家童授與步虚詞。」吴兢樂府古題要解卷下：「步虚詞，道觀所唱，備言衆仙縹緲輕舉之美。」此以女冠喻牽牛花。

【彙評】

蔡正孫詩林廣記後集卷八：桐江詩話云：「此少游汝南作教官時，於程文通會間席上賦，此真佳作也！」

觀音洞〔一〕

匹馬驕嘶石路斜，觀音洞口踏煙霞。普陀風景差相似，只欠潮音小白花〔二〕。

【箋注】

〔一〕本篇録自雍正西湖志卷五，並見浄慈寺志及王本補遺。此詩蓋元豐二年己未（一〇七九）秋作於杭州。時少游如越省親，中秋後過杭，與參寥子謁辨才法師於龍井。見卷三八龍井題名記。觀音洞：西湖志卷五引浄慈寺志：「在方家峪鳳山之陰，内有觀音石像。」

〔二〕普陀二句：普陀，島名，佛教四大名山之一，在今浙江東部海中，爲舟山群島中第三大島，現已設縣。島上紫竹林内，龍灣之麓有潮音洞，因洞窟日夜吞吐海潮，聲如雷音，故名。宋元時信徒叩求觀音現身者多在此洞膜拜。元黄縉海月圖詩：「憶曾夜叩潮音洞，海闊天高月正中。」此處潮音，當在龍井壽聖寺内。

遺朝華〔一〕

月霧茫茫曉柝悲〔二〕，玉人揮手斷腸時。不須重向燈前泣，百歲終當一別離。

【箋注】

〔一〕本篇録自張邦基墨莊漫録卷三，又見王本補遺、宋詩紀事卷二六。題據宋詩紀事。蓋元祐八年癸酉（一〇九三）作於汴京。據墨莊漫録卷三云：「秦少游侍兒朝華，姓邊氏，京師人也。元祐癸酉納之，嘗爲詩云（即四絶其二，見卷十一）……時朝華年十九也。後三年，少游欲修真斷世緣，遂遣朝華歸，父母家貧，以金帛而嫁之。朝華臨别，涕泣不已。少游作詩云：『月霧茫茫……』朝華既去二十餘日，使其父來云不願嫁，乞歸。少游憐而復取歸。」案「癸酉」爲元祐八年，「後三年」當爲紹聖三年丙子；然此首以下一首「玉人前去卻重來」却云作於此後之「明年」，即「紹聖元年」，可見有誤。因列此首於本年。

〔二〕曉柝：柝，巡夜所敲之梆子。

【彙評】

謝肇淛五雜俎卷八人物：白樂天有舞妓名春芹，蘇長公有侍妾名榴花，秦少游有侍兒名朝華，武翊皇有婢名薛荔，此傳記所罕見者。

王士禛香祖筆記卷十二：秦少游有姬邊朝華，極慧麗，恐妨其學道，賦詩遣之至再。後南遷過長沙，乃眷一妓，有「郴江幸自繞郴山，爲誰流向瀟湘去」之句，何前後矛盾如此？

吳衡照蓮子居詞話卷二：秦少游姬人邊朝華極慧麗，恐礙學道，賦詩遣之，白傅所謂「春隨樊素一時歸」也。未幾，南遷過長沙，有妓生平酷慕少游詞，至是託終身焉。少游有「郴江幸自繞郴山，爲誰流下瀟湘去」云云，繾綣甚至，豈情之所屬，遽忘其前後之矛盾哉？藉令朝華聞之，又何以爲情？

再遣朝華〔一〕

玉人前去却重來，此度分攜更不回。腸斷龜山離别處〔二〕，夕陽孤塔自崔嵬。

【校】

〔此度〕宋詩紀事作「此處」。

〔龜山〕近人丁傳靖宋人軼事彙編卷十三作「龜山」。

【箋注】

〔一〕本篇録自張邦基墨莊漫録卷三，並見王本補遺及宋詩紀事卷二六，題據宋詩紀事。作於紹聖元年甲戌（一〇九四）。墨莊漫録云：「明年，少游出倅錢塘，至淮上，因與道友論議，歎光景之遄，歸謂朝華曰：『汝不去，吾不得修真矣。』亟使人走京師，呼其父來，遣朝華隨去。復作詩云……時紹聖元年五月十一日。少游嘗手書記其事。未幾，遂竄南荒云。」

〔二〕龜山：在今江蘇盱眙。太平寰宇記：「禹治淮，獲淮渦水神無支祁，鎖之龜山之足。」案：有上下二山：上龜山在縣東南，下龜山在縣東北。

【彙評】

俞弁逸老堂詩話卷上：秦少游侍兒朝華，年十九。少游欲修真，遣朝華歸父母家，使之改嫁。既去月餘，父復來云：「此女不願嫁。」少游憐而歸之。明年，少游倅錢塘，謂華曰：「汝不去，吾不得修真矣。」臨别作詩云（略）。未幾，遂竄南荒。余友唐子畏閲墨莊漫録，偶見此事，以詩嘲少游云：「淮海修真黜朝華，他言道是我言差。金丹不了紅顔别，地下相逢兩面沙。」……語意新奇，如醉後啖一蛤蜊，頗覺爽口。

唐伯虎全集卷三題自畫秦淮海卷：淮海修身遺麗華，他言道是我言差。金丹不了紅顔別，地下相逢兩面沙。徐案：此條亦見上海涵芬樓影印明鈔本墨莊漫録卷三。

醉眠亭〔一〕

醉來豐瘁同〔二〕，眠去身世失。二樂擅一亭〔三〕，夫子信超逸。杯行徂老春〔四〕，肱枕頽昇日〔五〕。壯志未及伸〔六〕，幽願良自畢〔七〕。

【校】

〔昇日〕嘉禾志誤作「外日」。

【箋注】

〔一〕本篇録自宋紹熙雲間志卷下，亦見元徐碩嘉禾志卷二九。作於熙寧九年丙辰（一〇七六）赴湖州訪李公擇之際。醉眠亭，在吴淞江畔青龍江上（今上海市嘉定黄渡附近），李行中所建。紹熙雲間志卷下李行中醉眠亭詩題下注云：「行中字無悔，築亭青龍江上，東坡名之曰醉眠，諸公皆有詩。」案：東坡詩題作李行中秀才醉眠亭三首，王文誥蘇詩集成題下注云：「查注：中吴紀聞：『李無悔：字行中，霅川人，徙居淞江，高尚不仕』。至元嘉禾志：『李行中築亭於青龍江上，諸公皆有詩。』」案：蘇轍次韻吴興李行中秀才見寄并求醉眠亭詩二首和見寄結云：「前日使君今在此，不妨時復置雙魚。」自注：「李公擇自吴興移濟南。」考公擇自吴興移守濟南在熙寧九年三月，少游亦自吴興同船歸里，見參寥子哭少游學士詩。故知此詩當作於三月以前。

〔二〕豐瘁：見後集卷六書王氏齋壁注〔五〕。

〔三〕二樂：指醉爲一樂，眠爲一樂。案陶淵明飲酒詩二十首序云：「偶有名酒，無夕不飲，忽焉復醉。既醉之後，輒題數句自娱……」詩云：「泛此忘憂物，遠我遺世情。一觴雖獨進，杯盡壺自傾。」此言醉之樂。又陶淵明與子儼等疏：「常言五六月中，北窗下卧，遇涼風暫至，自謂是羲皇上人。」此言眠之樂。今李行中以「醉眠」名其亭，故云「二樂擅一亭」。此句言醉。

〔四〕老春：原指春已老、暮春。亦爲酒名。李白哭宣城善釀紀叟：「紀叟黄泉裏，還應釀老春。」

〔五〕肱枕：論語述而：「飯蔬食飲水，曲肱而枕之，樂亦在其中矣。」此句言眠。

〔六〕壯志未及伸：謂李行中不仕。蘇軾與李無悔一首：「今歲科舉，聞且就鄉里。」

〔七〕幽願：幽棲之願。

清溪逢故人〔一〕

共約來春會，牙檣發畫船。和風楊柳岸，微雨杏花天。故國應攜手〔二〕，前途共著鞭〔三〕。吴兒看環佩，珠樹秀嬋娟〔四〕。

【校】

録自光緒青田縣志卷十五藝文志四外編。

【箋注】

〔一〕本篇當作於紹聖三年丙子（一〇九六）。據秦譜，少游以紹聖元年道貶處州，紹聖三年削秩徙郴州。又於三年引卷十二留別平闍黎跋云：「將自青田以歸，因往山寺中修懺三日，書絶句於僧房壁。」清溪，係古甌江流經青田一段之别稱。

〔二〕故國：故鄉，此指揚州高郵。淮海居士長短句卷一望海潮廣陵懷古：「追思故國繁雄，有迷樓掛斗，月觀横空。」

〔三〕著鞭：世説新語賞譽下「劉琨稱祖車騎」，注引晉陽秋：「劉琨與親舊書曰：『吾枕戈待旦，志梟逆虜，常恐祖生（逖）先吾著鞭耳。』」

〔四〕珠樹：見卷四别子瞻注〔四〕。

文英閣二首〔一〕

其一

都門將酒惜分攜，歸路騤騤望欲迷〔二〕。千里又看新燕語，一聲初聽子規啼。春風天上曾揮翰〔三〕，遲日江邊獨杖藜〔四〕。回首三山樓閣晚〔五〕，斷雲流水自東西。

【校】

〔題〕二首，録自雍正處州府志卷二一。

〔其一〕此爲箋注者所加。

【箋注】

〔一〕二首紹聖二年乙亥（一〇九五）作於處州。文英閣在處州城内。秦譜謂是歲，「先生在處州，頗以遊詠自適。檡山下隱士毛氏故居有文英閣，先生嘗寓此賦詩」。案民國麗水縣志卷十四雜記云：「二詩淮海集不載，詩云『歸路騤騤』，又云『流落天涯』，語意違反，殆非一時之作，亦未必文英閣作也。」

〔二〕騤騤：馬疾行貌。詩小雅四牡：「駕彼四駱，載驟騤騤。」

〔三〕春風句：謂曾在祕書省及史院任職。

〔四〕遲日：指春日。杜審言渡湘江詩：「遲日園林悲昔遊，今春花鳥作邊愁。」

〔五〕三山：光緒處州府志卷二：「處州府諸山來自西南龍泉白雲巖，東歷黄鶴嶺，迤北爲大明山，又東折爲稽勾嶺。」又云：「府城東山，郡署據其麓。櫸山多生櫸木，上有孔廟，又名廟山。姜山，櫸山西，宋秦觀謫監酒税常居此。」

其二

流落天涯思故園，散愁郊外任蹣跚。雲歸邃谷知無雨，風捲寒溪没近灘〔一〕。已見雁將歸楚澤，遥知春又到長安〔二〕。桑林壠麥依稀是，只見秦川萬里寬〔三〕。

【箋注】

〔一〕寒溪：當指以下諸溪。據光緒處州府志卷二云：「處州府城中水，西北導麗陽後溪水，迤至通惠門，瀦爲蓮池，南流入城，經清香橋，瀦爲浄池……東南流經梅墩合好溪渠水，東經九龍亭，東流入大溪。」案：大溪在郭外。

〔二〕長安：今陝西省西安。宋人多借指汴京。

〔三〕秦川：地名。自大散關以北，達於岐雍，夾渭川南北岸，沃野千里，以秦之故國，故名。此喻處州谷地。

即席次君禮年兄韻〔一〕

情舒喜面山浮翠，袖滿薰風涼透時。萍碎錦鱗金網舉，影差簾燕玉鈎垂。輕輕篆鼎凝香細〔二〕，欵欵方壺轉漏遲〔三〕。清興此來同約久，趣多深意古人詩。

【校】

本篇淮海集失載，録自回文類聚卷三。四庫全書總目卷一八七集部總集類：「回文類聚四卷，補遺一卷，宋桑世昌編。」

【箋注】

〔一〕此爲回文體。桑世昌回文類聚卷三本篇小序云：「大父與太虚先生同里閈，且同科甲，最相厚善。翰墨多失於兵燼，不特此詩而已。先公嘗記誦，云『是時同集者數人，惟太虚不數刻而就，坐客皆歎其敏』。君禮，大父字也。」據桑世昌蘭亭攷云，其大父名正國。四庫全書總目卷八六史部目録類二蘭亭考云：「世昌，淮海人，世居天台，陸游之甥也。」因知其大父與少游同鄉，且同於元豐八年中進士第，因稱年兄。

〔二〕篆鼎：指燃有篆香之香爐。洪芻香譜：「近世尚奇者作香，篆其文，凖十二辰，分一百刻，凡燃一晝夜而已。」

〔三〕方壺轉漏：指銅壺滴漏，古計時器。

江月樓〔一〕

仙翁看月三百秋，江波日去月不流。肯因炎塵暝空闊，直與江月同清幽。蒼梧雲氣眉山雨〔二〕，玉簫三弄無今古。九天雨露蟄蛟龍，琅玕長憑清虚府〔三〕。

【校】

本篇淮海集失載，録自光緒藤縣志卷十七藝文，然亦載光緒横州志卷十二藝文。據蘇詩總案卷四四，蘇軾元符三年九月中旬至藤，曾爲江月樓題榜，注引輿地廣記云：「江月樓在藤縣治，蘇子瞻題。」當以藤州作爲是。

【箋注】

〔一〕本篇似作於元符三年庚辰（一一〇〇）。據蘇軾與歐陽元老書云：「少游過容，留多日，飲酒賦詩如平常。容守遣般家二卒送歸衡州，至藤傷暑困卧，至八月十二日，啓手足於江亭上。」詩云「肯與炎塵暝空闊」，與時令相合。蓋逝世前所作。

〔二〕蒼梧句：蒼梧，山名，又名九疑，在今湖南寧遠東南。禮記檀弓上：「舜葬於蒼梧之野。」眉山：峨眉山。水經注青衣水：「益州記曰：平鄉江東逕峨眉山，在南安縣界，去成都南千里，然秋日清澄，望見兩山相峙如蛾眉焉。」

〔三〕琅玕句：形容樓爲翠竹掩映。琅玕，美竹之别名。杜甫鄭駙馬宅宴洞中詩：「主家陰洞細煙霧，留客夏簟清琅玕。」清虚府，清静恬淡之府，原指月宫，此喻江月樓。

墨竹〔一〕

墨君颯颯風雨鳴〔二〕，垂鸞舞鳳翻青綬〔三〕。一竿珍重幾百緡，奚啻渭川三萬畝〔四〕。金鏘玉戛空琴聲，婢行奴顔謝花柳。得意真從寂寞間，卓古高標壓群醜〔五〕。不須辨直致湘江，便覺滿窗涼意透〔六〕。挺然葉節抱風孤〔七〕，頓應君子虚心受〔八〕。雷迸籜龍龍欲走〔九〕，櫻筍紛紛徒適口〔一〇〕。破除肉味若聞韶〔一一〕，王猷笑詠還依舊〔一二〕。藉檻湘陰浄簡書〔一三〕，接地春華幻塵垢。拂手筆端别有神〔一四〕，往來平安報良友〔一五〕。前時無偶後無繼，奇寶秘靈宜永久。

【校】

録自高郵文游臺碑廊少游手迹石刻，末署「元豐三年上元日，淮海居士秦觀識」，已收入秦郵帖（清嘉慶間州守師亮采編，今高郵政協重印），題爲箋校者所加。

【箋注】

〔一〕本篇作於元豐三年庚申（一〇八〇）正月十五日。據秦郵帖阮元題識云：「元嘗見無錫秦小峴司寇家藏少游墨竹畫卷，且有題識。爲囑梅谿錢君審定之，鈎勒一石，附於帖後，亦佳跡也。」此詩當係題於畫卷之上者。案梅溪錢君，指錢泳，清嘉慶間人。

〔二〕墨君句：墨君，墨繪之竹，君，謂竹也。蘇軾墨君堂記：「獨王子猷謂竹君，天下從而君之無異辭。今與可又能以墨象君之形容，作堂以居君。」颯颯，象聲辭。藝文類聚卷八九木部竹引虞羲見江邊竹詩：「含風自颯颯，負雪亦猗猗。」

〔三〕垂鸞句：狀墨竹枝葉婆娑之狀。竹中有鳳尾竹，葉叢生如鳳尾，故名。青綬，青色印綬。漢制，九卿佩帶青綬。此喻竹葉。陰鏗賦得夾池竹詩：「夾池一叢竹，垂翠不驚寒。」

〔四〕奚啻句：史記貨殖列傳：「齊魯千畝桑麻，渭川千畝竹……此其人皆與千户侯等。」渭川，即渭河，在今陝西省。

〔五〕高標：喻品格高尚。舊唐書武攸緒傳：「高標峻尚，雅操孤貞。」

〔六〕不須二句：太平御覽卷九六二竹部引湘州記：「邵陵高平縣有文竹山，上有石牀，四面緑竹扶踈，常隨風委拂此牀。」辨直，藝文類聚卷八九木部竹引家語：「山南之竹，不搏自直。」此處化用其意。

〔七〕挺然句：劉孝先竹詩：「竹生空野外，梢雲聳百尋。無人賞高節，徒自抱貞心。」此用其意。

〔八〕君子虛心受：江逌竹賦：「含虛中以象道，體圓質以儀天。」竹子中空，故稱其虛心。

〔九〕籊龍：見卷九會蓬萊閣注〔三〕。

〔一〇〕櫻筍句：韓偓食含桃詩自注：「秦中謂三月爲櫻筍時。」宋史禮志十一：「景祐二年……禮官、宗正條定：逐室時薦……請每歲春孟月薦蔬，……仲月薦冰，季月薦蔬以筍，果以含桃。」南部新書引李綽秦中歲時記：「長安四月十五以後，自堂厨至百司厨，通謂之櫻筍厨。」

〔一一〕破除句：論語述而：「子在齊聞韶，三月不知肉味，曰：『不圖爲樂之至於斯也。』」韶，舜樂。

〔一二〕王猷：晉王徽之，字子猷。見卷六次韻曾存之嘯竹軒注〔二〕。

〔一三〕藉檻句：湘陰，湘江之南。簡書，以竹簡爲之。李商隱爲崔福寄尚書劉瑑啓：「塵榻長懸，簡書無廢。」

〔一四〕拂手句：杜甫奉贈韋左丞丈二十二韻：「讀書破萬卷，下筆如有神。」

〔一五〕往來句：段成式酉陽雜俎續集支植下：「衛公（李德裕）言北都惟童子寺有竹一窠，纔長數尺。相傳其寺綱維，每日報竹平安。」

【彙評】

韓崇寶鐵齋金石文跋尾卷中：右秦淮海墨竹詩七言古一，首云「墨君」，款題「元豐三年上元日，淮海居士秦觀」。計草書廿三行，字徑寸許。秦小峴司寇得真迹，勒石錫山祠中。是詩不載淮海集，而詞意高古，狂草淋漓。向爲式古卞氏所藏，翁覃溪閣學跋語，考證精確。昔年游宦山左，更見真本於東撫署中。今復睹墨刻，洵乎有墨緣也！

題浯溪中興頌〔一〕

玉環妖血無人掃〔二〕，漁陽馬厭長安草〔三〕。潼關戰骨高於山〔四〕，萬里君王蜀中老〔五〕。金戈鐵馬從西來，郭公凜凜英雄才〔六〕。舉旗爲風偃爲雨，灑掃九廟無氛埃〔七〕。元功高名誰與紀〔八〕？風雅不繼騷人死〔九〕。水部胸中星斗文〔一〇〕，太師筆下龍蛇字〔一一〕。天遣二子傳將來，高山十丈磨蒼崖。誰持此碑入我室，使我一見昏眸開。百年興廢生歎慨，當時數子今安在！荒涼浯水棄不收〔一二〕，時有游人打碑賣。

【校】

據元盛如梓庶齋老學叢談卷中云：「題浯溪中興頌『玉環妖血無人掃』詩，世以爲張文潛作，實少游筆也。時被責憂畏，又持喪，乃託名文潛以名書耳。」王本、四部本案：「此詩載宛丘集，漁隱叢話據石刻爲文潛作。紫芝詩話亦引文潛中興碑『潼關戰骨高於山』之句，皆庶齋所謂『世以爲張文潛作』者也。國朝王士禎浯溪考載作張耒詩，更載秦觀漫郎詩，雖不云爲中興頌而作，然『心知』以下四句，非中興頌不足以當之。厲鶚宋詩紀事亦引作張耒詩，未加辨正。茲據庶齋叢談補録。曾敏行獨醒雜志亦云：『少游賦浯溪中興頌，題曰張耒文潛作，而以其名書之。』則庶齋之説益爲足據。」輿地紀勝亦以爲秦觀作。最足證明者爲明刻黄庭堅豫章黄先生集別集卷十一中興頌詩引並行記：「崇寧三年三月己卯，風雨中來泊浯溪，進士陶豫、李格，僧伯新、道遵，同至中興頌崖下。明日，居士蔣大年、石君豫，太醫成權及其姪逸，僧守能、志觀、德清、義明、崇廣俱來。又明日，蕭褒及其弟褎來。三日徘徊崖次，請予賦詩。老矣，豈復能文，强作數語。惜少游已下世，不得此妙墨劖之崖石耳。」黄爲秦同門，所云當可信。故清王敬之小言集枕善居雜説據庶齋老學叢談、獨醒雜志及黄庭堅中興頌並記下結論云：「則山谷已不知爲文潛作，賴盛、曾二家爲少游正之。」

【箋注】

〔一〕浯溪中興頌：明王象之輿地紀勝卷五六：「大唐中興頌在祁陽浯溪石崖上，元結文，顔真卿書，大曆六年刻，俗謂之磨崖碑。」

〔二〕玉環：楊貴妃之小字。案，據新、舊唐書后妃傳上，安史之亂中，玄宗奔蜀，至馬嵬坡，六軍譁變，楊貴妃被迫自縊。舊時多以爲楊貴妃誤國，故此處稱妖血。

〔三〕漁陽：唐郡名，轄境相當今北京市平谷縣、天津市薊縣等地，治所在今薊縣。天寶十四載冬，安禄山在此起兵叛亂，先後攻陷洛陽、長安。白居易長恨歌：「漁陽鼙鼓動地來，驚破霓裳羽衣曲。」

〔四〕潼關：古爲桃林塞，漢建安時建關，以臨潼水而名。地處陝西山西河南三省要衝，歷代皆爲軍家必争之地。天寶十五載，哥舒翰以二十萬之衆守此關，戰敗，死亡無數，故云「戰骨高於山」。

〔五〕萬里句：指玄宗出奔蜀中。王讜唐語林卷五：「明皇幸東都，秋宵，與一行師登天宫寺閣，臨眺久之。上四顧，淒然嘆息，謂一行曰：『吾甲子得終無患乎？』一行曰：『陛下行幸萬里，聖祚無疆。』及西巡至成都，前望大橋，上乃舉鞭問左右曰：『是何橋也？』節度使崔圓躍馬進曰：『萬里橋。』上嘆曰：『一行之言，今果符合。吾無憂矣。』或曰：一行開元中嘗奏上云。」

〔六〕金戈二句：唐元結大唐中興頌：「天子幸蜀，太子即位於靈武。明年，皇帝移軍鳳翔。其年，復兩京，上皇還京師。」郭公，指郭子儀，肅宗時領兵平安史之亂。新、舊唐書有傳。參見卷一郭子儀單騎見虜賦注〔一〕。

〔七〕九廟：古代帝王立七廟以祀祖先，至王莽增建黄帝太初祖廟與帝虞始祖昭廟，共九廟。見漢書王莽傳。後世沿用。張説開元樂章十九首：「肇禋九廟，四海來尊。」此指唐宗廟。

〔八〕元功：大功。漢書景武昭宣元成功臣表序：「輯而序之，續元功次云。」顔師古注：「元功，謂佐興其帝業者也。」

〔九〕風雅句：指詩經中國風、大雅、小雅。騷人，屈原作離騷，故稱。詩關雎序：「是以一國之事，系一人之本，謂之風；言天下之事，形四方之風，謂之雅。」

〔一〇〕水部句：水部，指元結。元結曾爲水部員外郎。星斗文，喻文章之燦爛。杜牧華清宫詩：「雷霆施號令，星斗焕文章。」

〔一一〕太師句：太師，指顏真卿。封魯郡公，太子太師。見卷三一吊鏄鐘文注〔五〕。龍蛇字：形容草書筆勢。李白草書歌行：「恍恍如聞鬼神驚，時時只見龍蛇走。」

〔一二〕浯水：浯溪。元結浯溪銘序：「浯溪在湘水之南，北匯于湘，愛其勝異，遂家溪畔。溪，世無名稱也，爲自愛之故，自名曰浯溪。」

【彙評】

胡仔苕溪漁隱叢話前集卷四七：苕溪漁隱曰：「余頃歲往來湘中，屢遊浯溪，徘徊磨崖碑下，讀諸賢留題，惟魯直、文潛二詩，傑句偉論，殆爲絶唱，後來難復措詞矣。」

周紫芝竹坡詩話：張文潛中興碑詩，可謂妙絶千古。然「潼關戰骨高於山，萬里君王蜀中老」之句，議者猶以肅宗即位靈武，明皇既而歸之蜀，不可謂老於蜀也。雖明皇有「老於劍南」之語，當須説此意則可，若直謂「老於蜀」則不可。

曾季貍艇齋詩話：山谷浯溪碑有史法，古今詩人不至此也。張文潛浯溪詩止是事持語言。今碑本並行，愈覺優劣易見。張詩比山谷，真小巫見大巫也！潘邠老亦有浯溪詩，思致却稍深遠，吕東萊甚喜此詩。予以爲邠老詩雖不能望山谷，然當在文潛之上矣。

瞿佑歸田詩話卷上：元次山作大唐中興頌，抑揚其詞以示意，磨崖顯刻於浯溪上。後來黄魯直、張文潛皆作大篇以發揚之，謂肅宗擅立，功不贖罪。繼其作者皆一律。

又卷中：磨崖中興碑，黄、張二大篇，爲世傳誦，然各有誤。山谷云：「南内凄凉誰得知？」按李輔國遷上皇居西内，非南内也。文潛云：「玉環妖血無人掃。」按貴妃於佛堂前縊死，非濺血也。

胡應麟詩藪外編卷五：張文潛磨崖碑、韓幹馬二歌，皆奇俊合作，才不如蘇，而格勝。

【附】

胡仔苕溪漁隱叢話後集卷三一：復齋漫録云：「韓子蒼言張文潛集中載中興頌詩，疑秦少游作，不惟浯溪有少游字刻，兼詳味詩意，亦似少游語也。此詩少游號傑出，第『玉環妖血無人掃』之句爲病。蓋李遐周詩云：『若逢山下鬼，環上繫羅衣。』貴妃之死，高力士以羅巾縊焉，非死兵刃也。然余以杜詩有『血污遊魂歸不得』之語，亦指妃子，張蓋本杜也。」苕溪漁隱曰：「余遊浯溪，觀摩崖碑之側，有此詩刻石，前云：『讀中興頌，張耒文潛。』後云：『秦觀少游書。』當以刻石爲正。不知子蒼亦何所據而言邪？」

樓鑰攻媿集卷七十跋秦淮海帖：山谷晚遊浯溪，題詩磨崖碑後，見少游所書文潛詩，嘗恨其已下世，不得妙墨刻石間。時少游醉卧古藤下未久也，而山谷老人已有此恨；矧今相去幾百年，此帖灑然如新，得而讀之，寧不感嘆！

曾敏行獨醒雜志卷五：秦少游所賦浯溪中興詩，過崖下時蓋未曾題石也。既行，次永州，因縱步入市中，見一士人家，門户稍修潔，遂直造焉。謂其主人曰：「我秦少游也，子以紙筆借我，當寫詩以贈。」主人倉卒未能具。時廊廡間有一木机瑩然，少游即筆書於其上。題曰「張耒文潛作」，而以其名書之。宣和間，其木机尚存。今此詩亦勒崖下矣。

宋倪濤六藝之一録卷一百四引王象之輿地碑目：秦少游中興頌碑。秦少游詩：「玉環妖血無人掃，漁陽馬厭長安草。潼關戰骨高于山，萬里君王蜀中老。」

宋祝穆古今事文類聚前集卷五十二引江鄰幾雜録：秦少游初過浯溪，題詩云：「玉環妖血無人掃。」以被責憂畏，又持喪，手書此詩，借文潛之名，後人遂以爲文潛，非也。

錢鍾書宋詩紀事補訂卷二十五：此秦少游詩，觀獨醒雜志及庶齋老學叢談可知。

閒燕堂聯句〔一〕

黄葉山頭初帶雪，緑波尊酒暫回春欽臣〔二〕。已聞璧月瓊枝句〔三〕，更看朝雲暮雨人觀〔四〕。老愧紅妝翻妙曲，喜逢佳客放懷新欽臣。天明又出桃源去〔五〕，仙境何時再問津觀〔六〕？

【箋注】

〔一〕本篇見宋吳曾能改齋漫録卷十一，云：「王仲至與秦少游謁恭敏李公，飯於閒燕堂，即席聯句云（略）」詩人玉屑卷十八亦引此詩，閒燕堂作燕閒堂，非。詩乃元祐七年壬申（一〇九二）作於汴京。閒燕堂爲外戚李端慤所居堂名。見卷九清明前一日李觀察席上得風字注〔一〕。

〔二〕欽臣：即王仲至，見卷九次韻王仲至侍郎注〔一〕。

〔三〕璧月瓊枝：見卷二泊吳興西觀音院注〔八〕。

〔四〕朝雲暮雨人：指巫山神女，見卷六南都新亭行寄王子發注〔一一〕。

〔五〕桃源：兼指天台山桃源洞及武陵桃花源，見卷二八謝程公闢啓注〔一二〕。此借喻李宅。

〔六〕問津：陶潛桃花源記：「南陽劉子驥，高尚士也，聞之，欣然規往。未果，後遂無問津者。」

逸　句〔一〕

夢魂思汝鳥工往〔二〕，事故著人羊負來〔三〕。

【箋注】

〔一〕二句見宋朱翌猗覺寮雜記卷上，曰：「少游云：『夢魂思汝鳥工往，事故著人羊負來。』膾炙人口。『鳥工往』，舜濬井事。『羊負來』，乃蒼耳子，見千金要方果菜門。」四部本案：「史記五帝本紀正義引通史：『二女曰：鵲汝衣裳，鳥工往。』是滌廩事，非濬井事。穿井曰：『去汝衣裳，龍工往。』」

〔二〕鳥工往：史記五帝本紀索隱：「言以笠自扞己身，有似鳥張翅而輕下，得不損傷。」又正義：「通史云：瞽叟使舜滌廩，舜告堯二女，女曰：『時其焚汝，鵲汝衣裳，鳥工往。』舜既登廩，得免去也。」

〔三〕羊負來：蒼耳（即胡葈子）之别名。藝文類聚九四張華博物志：「洛中有人驅羊入蜀，胡葈子多刺，黏綴羊毛，遂至中國，故名羊負來。」

自是我翁多盛德〔一〕，頓回秋色作春陰。

【箋注】

〔一〕二句見方回瀛奎律髓卷十二云：「生日詩、致語詩，皆不可易爲，以其徇情應俗而多諛也。所以予於生日詩多不選。少游作此詩，是夜無月，遂改尾句云：『自是我翁多盛德，頓回秋色作春陰。』或嘲謂晴雨翻覆手，姑存此以備話柄。」四部本案：「律髓此評載少游中秋口號之後，而其改句『陰』，非東韻，是未必即指中秋口號一詩也。兹姑附斷句，當更考之。」參見卷八中秋口號注〔一〕及彙評。

槿籬護藥紅遮徑〔一〕,竹筧通泉白徧村。

【校】

〔紅遮徑〕「遮」原作「通」,王本、四部本案:「上『通』字疑誤。」案:廣群芳譜卷三九木槿引此詩作「遮」,據此改。

【箋注】

〔一〕二句録自陳景沂全芳備祖卷二十。藥:芍藥。謝朓直中書省詩:「紅藥當階翻,蒼苔依砌上。」

高郵西北多巨湖〔一〕,纍纍相貫如連珠〔二〕。

【箋注】

〔一〕録自文淵閣四庫全書九二四册錦繡萬花谷續集卷九引秦觀詠三十六湖。高郵句,參見後集卷二送孫誠之尉北海注〔三〕、後集卷四新開湖送孫誠之詩注〔一〕。

〔二〕纍纍:接連成串。禮樂記:「纍纍乎端如貫珠。」

城曉通雲霧,亭深到芰荷〔一〕。

【箋注】

〔一〕二句見王本補遺。芰荷，見卷八遊鑑湖注〔三〕。

平康何處是，十里帶垂楊〔一〕。

【箋注】

〔一〕録自詩話總龜卷八評論門，云：「參寥云：舊有一詩寄少游，少游和云：『樓閣過朝雨，參差動霽光。衣冠分禁路，雲氣繞宮牆。亂絮迷空闊，嫣花困日長。平康何處是，十里帶垂楊。』孫莘老讀此詩至末句曰：『這小子又賤相發也！』少游後編淮海集，遂改云：『經旬牽酒伴，猶未獻長楊。』」案：此詩即輦下春晴，見卷七。平康，王仁裕開元天寶遺事：「長安有平康坊，妓女所居之地，京都俠少萃集於此，兼每年新進士以紅牋名紙遊謁其中。時人謂此坊爲風流藪澤。」

爲公繫馬一傳觴〔一〕。

【箋注】

〔一〕此句見宋本卷八送王元龍赴泗州糧料院篇末注。

斷霞一抹海天低〔一〕。

【箋注】

〔一〕録自宋李壁王荆公詩箋注卷四八初晴注引。

淮海集箋注補遺卷第二

雜　文

君臣相正國之肥賦〔一〕

因知正主而御邪臣者，難以存乎安强；正臣而事邪主者，不能浸乎明昌。美聖時之會聚，常直道以更相。蓋上下交孚兮，若從繩之糾畫〔二〕；故民物阜蕃也，常飽德以康彊〔三〕。所以舜申后稷之忠，民或饑而可救〔四〕；唐相韓休之鯁，己雖瘠以何傷〔五〕！

【箋注】

〔一〕此篇據宋孫奕履齋示兒編卷九補，云：「如少游君臣相正國之肥賦其第五韻云……係中魁選，有訟其重疊用韻者，遂殿舉朝旨：今後詩賦如押『安强』，即不得押『康彊』矣。蓋十陽韻中『彊』字亦作『强』故也。」案此篇全文已佚，僅存第五韻，乃其中一節也。

〔二〕從繩：照繩墨取直。書説命上：「惟木從繩則正，后從諫則聖。」糾畫，猶糾繩，謂按法規懲治。

〔三〕飽德：詩大雅既醉：「既醉以酒，既飽以德。」序：「醉酒飽德，人有士君子之行焉。」

〔四〕所以舜二句：書舜典：「帝曰：棄，黎民阻饑。汝后稷，播時百穀。」棄，后稷之别名，參見後集卷六清和先生傳注〔二〕。

〔五〕唐相二句：韓休，京兆長安人，工文辭，玄宗開元中累官至同中書門下平章事。性鯁直，玄宗每有過差，輒上書切諫，宋璟歎爲仁者之勇。左右勸逐休，玄宗云：「吾雖瘠，天下肥矣。」見新、舊唐書韓休傳。本篇題旨本此。

跋元凈龍井十題〔一〕

辯才法師謝天竺講事，退休于龍井壽聖院，凡堂室齋閣，山峰水泉，皆名以新意；復作詩繼之，號龍井十題。其言清警，發人之妙思，信非世間音也。元豐二年八月，高郵秦觀爲寫，遺其徒懷楚刻于石。

【校】

本文淮海集失收，録自咸淳臨安志卷七十八。

【箋注】

〔一〕觀結句，知本篇作于元豐二年八月。時聞蘇軾被逮，由會稽赴湖州探聽消息，後返杭州，與參寥同至龍井壽聖院。元浄，即辯才法師，見後集卷三辯才法師嘗以詩見寄繼聞示寂追次其韵注〔一〕。龍井十題分别爲詠風篁嶺、龍井亭、歸隱橋、潮音堂、冲泉、訥齋、寂堂、照閣、獅子峰、薩埵石，皆爲五七言絶句。少游所詠乃照閣，見淮海集卷十，可參看。

輞川圖跋〔一〕

余曩卧病汝南，友人高符仲携摩詰輞川圖過直中相示〔二〕，言能愈疾，遂命童持于枕旁閲之。恍入華子岡，泊文杏、竹里館，與裴迪諸人相酬唱，忘此身之匏繫也〔三〕。因念摩詰畫，意在塵外，景在筆端，足以娱性情而悦耳目，前身畫師之語〔四〕，非謬已。今何幸復睹是圖，仿佛西域雪山移置眼界。當此盛夏對之，凛凛如立風雪中，覺惠連所賦猶未盡山林景耳〔五〕。吁！一筆墨間，向得之而愈病，今得而消暑，蓋觀者宜以神遇，而不徒目視也。五月二十日，高郵秦觀記。

【校】

此跋爲秦耕海先生攝自臺北故宮博物院的展品，以今存獲款帖等對照，筆迹相近。因此可視爲秦觀所作。余撰有試論新發現的秦觀輞川圖跋一文刊于文學遺産二〇一一年第一期，考證較詳，擬收入歲寒居論叢。

【箋注】

〔一〕本篇元祐二年丁卯（一〇八七）五月二十日作于蔡州教授任内。少游寫王維輞川圖的文章有兩篇：一爲本文，一爲宋乾道九年癸巳高郵軍學本淮海集卷三十四所載的書輞川圖後。兩者相較，一是作時不同：書輞川圖後僅云元祐丁卯「夏」，而此跋省去年份詳于月日，謂爲「五月二十日」，文中則點明「盛夏」。故知先寫者爲初稿，後寫者爲定稿。二是内容詳略有異：初稿詳于輞川中各個景點，達十九處之多，實乃據王維輞川集序改寫；而定稿只有三處，係作者自行概括。三是定稿增加了一段感發聯想文字，約佔全篇三分之二弱。這段文字富于抒情色彩，又有理論價值，如「意在塵外，景在筆端」；「蓋觀者宜以神遇，不徒目視也」，爲後人創作與鑒賞書畫，提供了一條寶貴的方法。

〔二〕高符仲：疑即高無悔。作者有高無悔跋尾（四庫備要本淮海集題作高無悔所藏尺牘跋），謂無悔爲「將家子」，名高永亨，元豐五年永樂之役中，不幸敗績，後任蔡州兵馬提轄，常與秦觀「相從于城東古寺」，所藏文物甚富，「自韓魏公以下百餘番」，輞川圖乃其中之一。

〔三〕匏繫：少游時任蔡州教授，自謂「儒官飽閑散」（次韻夏侯太沖秀才），故云。事見論語陽貨：「吾豈匏瓜也哉，焉能系而不食？」

〔四〕前身畫師：宋郭若虛圖畫見聞志卷五稱王維「嘗于清源寺壁畫輞川圖，岩岫盤鬱，雲水飛動，自製詩曰：『宿世謬詞客，前身應畫師。不能捨餘習，偶被時人知。』」

〔五〕惠連：南朝宋謝靈運之從弟。陳郡陽夏人，幼而聰敏，十歲能屬文，後爲司徒彭城王法曹。所作雪賦，以高麗見奇。見昭明文選卷十三。

借船帖（一）〔一〕

觀頓首啟：觀雖已罷免〔二〕，然所承者公坐耳，不煩深念也。兼已被省符令，在外聽候指揮。吏議才畢，便還淮南待報〔三〕。然親老高年，時氣向熱，須官舟以濟，輒欲從使府射一舟到高郵〔四〕，幸望開允。未欲寄公狀去，且乞準備留下。幸甚，幸甚。當此時，非公誰憐我者。觀再拜上。

【校】

此帖淮海集失載，録自岳珂寶真齋法書贊。題乃編注者所擬。

〔未欲〕疑「本欲」之誤。

【箋注】

〔一〕此帖作于紹聖元年（一〇九四）夏四月。受帖者，似爲杭州太守王存。元祐八年，王存除大名府，改知杭州，紹聖元年，乞致仕，秋後離任，少游有致政通議口號記之（見後集卷三）。此時少游遭吏議，中途回鄉待報，作此帖與王存，乞一舟赴杭。

〔二〕罷免：指罷免國史院編修，詳注〔三〕。

〔三〕吏議二句：處分官吏，議定其罪稱吏議。宋楊仲良皇宋續資治通鑑紀事本末卷一〇一逐元祐黨人條載：「（紹聖元年）四月乙酉，御史劉拯言：『秦觀浮薄小人，影附于軾，請正軾之罪，褫觀職任，以示天下後世。』詔蘇軾合敍復日未得與叙復，秦觀落館閣校勘，添差監處州茶鹽酒税。」聞訊後，少游「便還淮南待報」。

〔四〕使府：指杭州府，時王存尚未去職，故稱。

借船帖（二）〔一〕

觀頓首：方此炎暑，小舟溪行，晝室如在甑中。老母多病，尤以爲苦。至郡下〔二〕，欲歇一二日。敢告暫借船一隻，幸望指揮豫備，爲賜大矣。白直，亦乞差借數人。觀再拜。

【校】

此帖淮海集失載，録自岳珂寶真齋法書贊。題乃編著擬定。

【箋注】

〔一〕本帖云：「方此炎暑。」距上一帖纔二月左右，疑寄同一人。少游赴杭途中，改貶監處州酒税，故再次向王存借船到處州，時王存猶未離杭州任也。此帖與吴興道中詩（後集卷一）情景相似，可比照。

〔二〕郡下：指杭州。

與某公簡〔一〕

元明侍講移守姑熟，不知便赴上否？家叔得閩漕〔二〕，約四月赴任，今已愆期，不知何也；杭州報除省郎，然不見告詞。此中都不報，恐是妄傳。或得其詳，幸望批數字見報。此中如井底〔三〕，無從知也。紀常今在何處〔四〕，永州得信否〔五〕？觀再拜。

【校】

此簡淮海集失載，録自岳珂寶真齋法書贊。題乃編注者擬定。

【箋注】

〔一〕此簡紹聖中作于處州貶所。觀首句，疑寄黄庭堅。元明，黄庭堅長兄黄大臨字。紹聖初，詔庭堅除知宣州，九月，兄元明同行過池州，遂居蕪湖。十月，兄弟同往開封府，凡有司供報文字，皆實詞以對，聞者壯之。十二月，庭堅責授涪州别駕，黔州安置。翌年正月，元明送庭堅至貶所，「淹留數月不忍别，士大夫共慰勉之，乃肯行，掩泪握手，爲萬里無相見期之别」。（見黄庭堅書萍鄉縣廳壁）然元明何時任侍講，移守姑熟（當塗），待考。

〔二〕家叔句：叔父秦定于元祐八年六月甲寅，爲江南東路轉運判官，至本年任滿，故得閩漕，蓋遷福建轉運使也。

〔三〕井底：當指處州。據處州府志，有「一州如斗大，四面總山環」之語，言其閉塞也。

〔四〕紀常：吕公著之次子，名希績，元豐七年，以校書郎充伴送遼國賀正旦使；八年，爲吏部員外郎，少游有代回吕吏部啓，見本集卷二十九。元符二年，坐父公著毁黜先烈，分司南京，隨州居住。見宋史翼卷一。

〔五〕永州：指貶居永州之范祖禹，紹聖中，貶武安軍節度使，安置永州、賀州，又徙賓、化而卒。其子范温，娶少游之女。宋史有傳，附于范鎮。

論詩文

人才各有分限，杜子美詩冠絶古今〔一〕，而無韻者殆不可讀。曾子固以文名天下〔二〕，而有韻者輒不工。此未易以理推之也。

【校】

此文淮海集失載，録自蘇軾記少游論詩文，文前有「秦少游言」四字。

【箋注】

〔一〕杜子美：參見後集卷四秋興九首擬杜子美。

〔二〕曾子固：參見淮海集卷四十曾子固哀詞。

【附】

陳師道後山詩話：「世語云：蘇明允不能詩，歐陽永叔不能賦。曾子固短于韻語，黄魯直短于散語。蘇子瞻詞如詩，秦少游詩如詞。」

賜硯記〔一〕

元祐八年八月十二日，臣觀始供史職。是日，詔遣中使賜李廷珪〔二〕、張近〔三〕、潘谷〔四〕、郭玉墨〔五〕，淄石硯〔六〕，□□盤龍麥光紙〔七〕，點龍染黄越管筆。後三日，乃賜器幣。近世史臣，唯遇開院，有墨硯紙筆之賜；續除者，但賜器幣而已。續除備賜，自臣觀始云。國史編修官左宣德郎祕書省正字臣秦觀謹記。

【箋注】

〔一〕本篇録自清秦瀛淮海先生年譜，云：「又近得先生賜硯記拓本於濟河同知黄君易，據云：硯藏鉅野李忠愍祠。」

〔二〕李廷珪：一作李廷邽，南唐易水人，遷居歙縣（今屬安徽）。原名奚廷珪，鼐孫。後賜今名。世爲墨工，至廷邽，益著名，自宋以來推第一。其墨堅如玉，紋如犀。印文作「邽」字者爲上，「圭」次之，「珪」又次之。見陶宗儀輟耕録墨、王氏談録。元陸友墨史卷中：「豫章黄魯直嘗得李廷珪墨，神宗所賜王安國平甫者；已而遺淮海秦少游。少游愛之，藏錦囊中。（潘谷）墨師過少游，少游出錦囊以示之。墨師手拊錦囊，即拜曰：『真李廷珪爲者！疇昔見於平甫家，與此二矣。是豈常墨工所能哉？』後忽取積券焚之。飲酒三日，發狂浪走，赴井死。」

〔三〕張近：墨經、墨記、墨史皆不載，疑爲張遇之誤。陸友墨史卷上：「張遇，易水人。遇墨有題『光啓年』者妙不減廷珪。宮中取其墨燒去煙，用以畫眉，謂之畫眉墨。蔡君謨謂『世以歙州李廷珪爲第一，易水張遇爲第二。……陳無己見秦少游有張遇墨一團，面爲盤龍，鱗鬣俱悉，其妙如畫。其背有『張遇射香』四字。」

〔四〕潘谷：何薳墨記：「潘谷賣墨都下。元祐初，余爲童子，侍先君居武學，在舍中。谷嘗至，負墨筐而酣詠自若。每笏止取百錢。或就而乞，探筐取斷碎者與之，不吝也。其用膠亦不過五十兩之制，遇濕不敗。」陸友墨史卷中：「潘谷，伊洛間墨師也，墨既精好而價不二。士或不持錢，留券取墨，亦輒與之。蘇子瞻聞之曰：『非市道人也。』嘗與詩云：『一朝入海尋李白，空看人間畫墨仙。』」

〔五〕郭玉：墨史卷中：「郭玉，汲人。玉所製墨，銘曰：『供御郭玉。』」

〔六〕淄石硯：山東淄州所産之石硯。米芾硯史淄州硯：「淄州石理滑易乏，在建石之次。」建石，即建溪石。

〔七〕盤龍麥光紙：元鮮于樞紙箋譜：「東坡詩：『麥光鋪几净無瑕。』注：『麥光，紙名也。』」

【附】

汪應辰石林燕語辨卷一六四辨國史賜幣器自秦觀始：按秦少游記云：「元祐八年八月十一日，臣觀始供史職，詔遣中使賜墨硯紙筆，後二日乃賜器幣。近世史臣唯遇開院有墨硯紙筆之賜，續除者但賜器幣而已。續除備賜，自臣觀始。」又按曾子開有史院謝賜紙筆表，其間云「史屬備員最爲後至」，又云「申敕有司特循優比」。此云續除不賜，非矣；而備賜亦非始於秦也。

韓崇寶鐵齋金石文跋尾卷中秦淮海賜硯記（元祐八年重刻本）：右秦淮海賜硯記，楷書八行，在錫山祠中，云硯在鉅野李忠愍公祠堂内，忠愍官詹事時，太子所賜。秦小峴司寇嘗得拓本，摹勒祠壁。

除中書舍人謝執政啓 代〔一〕

一時承乏，方慚越俎以代庖〔二〕；數月爲真，更愧操刀而製錦〔三〕。才微任過，恩重懼滋。茲蓋伏遇某官以仁義興韶濩〔四〕，載賡巖廊〔五〕；以禮樂易干戈，爰靖海宇。故衆美之備具，宜諸福以沓來。俊人嚮臻，曾何殊於臯朔〔六〕；頌聲胥穆，蓋遠繼於猗那〔七〕。微健筆其誰宜爲，豈老生敢專數事？蕪詞累句，亦復見收；延閣崇名，猥加褎賁。在於流俗，至所寵光，某敢不體朝廷含垢之慈〔八〕，勵畎畝願忠之志〔九〕？指青山而長往，忍自棄於明時；鏤白玉以紀封，尚竊期於後日。

【箋注】

〔一〕本篇録自王本、四部本補遺，又見五百家播芳大全文萃卷二八。似作於元祐六年辛未（一〇九一）七月。啓云：「數月爲真，更愧操刀而製錦。」與卷二七代中書舍人孫君孚謝表所云

「拜命爲真，更竊非才之愧」相似，故知爲代孫升（君孚）作。考君孚原爲權中書舍人，後數月始真除（猶轉正），參見前謝表注〔一〕。

〔二〕越俎以代庖：見卷二七代南京謝上表注〔二〕。

〔三〕操刀而製錦：見卷二九代謝中書舍人啓注〔二〕。

〔四〕韶濩：湯時音樂名。左傳襄公二十九年：「見舞韶濩者。」疏：「以其防濩下民，故稱濩也。……韶亦紹也，言其能紹繼大禹也。」一説韶爲舜樂，濩爲湯樂。元結大韶：「大韶，有虞氏之樂歌也，其義蓋稱舜能紹先聖之德。」大濩：「大濩，有殷氏之樂歌也。其義蓋稱湯救天下，濩然得所。」

〔五〕巖廊：漢書董仲舒傳：「蓋聞虞舜時，游於巖郎（古通「廊」）之上，垂拱無爲，而天下太平。」本指高廊，後喻廟堂、朝廷。桓寬鹽鐵論憂邊：「今九州同域，天下一統，陛下優遊巖廊，覽群臣極言。」

〔六〕皋朔：枚皋、東方朔。皋、枚乘子，字少孺。年十七，上書梁共王，得召爲郎。後至長安，上書北闕，漢武帝得之大喜。武帝春秋二十九乃得皇子，皋與東方朔受詔作皇太子生賦及立皇子禖祝。漢書有傳。東方朔，齊人。初入長安，至公車上書，詔拜爲郎，武帝數召與語，未嘗不悦。見史記滑稽列傳。

〔七〕猗那：歎美之辭。詩商頌那：「猗與那與，覆我鞉鼓。」此處形容頌聲。

〔八〕朝廷含垢之慈：左傳宣公十五年晉伯宗引古諺：「高下在心，川澤納汙，山藪藏疾，瑾瑜匿瑕，國君含垢。」此指國君寬厚容忍。

〔九〕畎畝願忠之志：國語周語下：「畎畝之人，或在社稷。」

銀杏帖〔一〕

觀自去歲入京，遭此追捕，親老骨肉，亦不敢留鄉里。治生之具，緣此蕩盡。今雖得生還，而仰事俯育之計，蕭然不給。想公聞之〔二〕，不能無惻然也。不知能爲謀一主學處否？試望留意，幸甚！惠及銀杏，尤見厚意，感悚忽遽，未有以爲獻者。行甫聞授宣城，是否？家叔已赴濱州渤海知縣〔三〕，祖父在彼幸安〔四〕，但地遠難得書耳。李端叔從軍〔五〕，都無聞耗，不知何如也。與公別未幾，世間事多變如此，既可歎復可笑耳。何時展晤，以盡所懷？觀再拜。

【箋注】

〔一〕此篇據宋周必大益公題跋補。題跋云：「少游作此帖猶未仕也。今淮海集有對詔獄二詩，所謂『一室如懸磬，人音盡不聞。老兵隨卧起，漂母給朝曛』者，殆去歲追捕時耶？淳熙七年正月十四日，東里周某同崔大雅觀於吏部直舍。」案益公題跋今載津逮祕書中。「試望留意」之「試」，疑爲「誠」之誤。本篇作於元豐四年，參見卷七對淮南詔獄二首其一注〔一〕。

〔二〕公：此公姓名不詳。然下文曰「行甫聞授宣城」，蓋縣令也。宣城，宋時屬江南東路，今屬安徽省。

〔三〕濱州渤海：宋時屬河北東路，今山東濱州。案：此句指叔父秦定，卷三十與蘇公先生簡四：「家叔自會稽得替，便道取疾，入京改官。……而家叔至今雖已改官，尚滯留京師未還。」蓋此次即改官濱州。

〔四〕祖父：承議公卒于元豐五年。故此時在渤海甚安。

〔五〕李端叔：名之儀，見卷四送李端叔從辟中山注〔一〕。

秦淮海帖〔一〕

觀再拜，昨日幸或參晤，極慰久企之懷。宿昔伏惟尊候萬福〔二〕。觀本欲詣門下請辭，適鄉人喬吏部約同行，小宦迎親，遠涉畏途〔三〕，且欲藉其徒御之衆，遂挽舟出關，以此不皇前詣〔四〕。先生素見知愛，必不以爲責也。食遠言侍，敢乞爲道自重，千萬千萬，不宣。觀再拜上仲車教授先生座前，九月二日謹白。

【箋注】

〔一〕本篇録自楚州叢書本徐積節孝先生文集附載。當作於元祐元年丙寅(一〇八六)。案：喬執中，字希聖。宋史有傳。曾爲吏部郎中，奉使吴越，道過淮南，蓋此時回京。少游元豐八年中進士後調蔡州教授，亦於是時返里，迎其母就任，搭喬之便船，故帖云「小宦迎親，遠涉畏途」，「欲藉其徒御之衆，遂挽舟出關」。是歲徐積仲車始爲教授，故稱。參見卷二次韻酬徐仲車見寄注〔一〕、卷五徐仲車食於學官……感之而作注〔一〕、卷六送喬希聖注〔一〕。

〔二〕宿昔：向來、往日。漢書蘇武傳：「此(李)陵宿昔之所不忘也。」

〔三〕畏途：指仕途。舊時宦海多風波，故云。

〔四〕不皇：通「不遑」，不暇，來不及。詩小雅小弁：「心之憂矣，不遑假寐。」

獲款帖〔一〕

觀頓首，昨日獲款晤，甚慰馳仰之懷。比辱教，欣承履候佳勝〔二〕。文字已領，稍間，參候不宣。觀再拜方叔賢友閣下〔三〕。

【校】

四部本題作與李方叔帖，文中脱「稍」字，「觀再拜」誤作「觀再頓」，并誤置「閣下」之下。

【箋注】

〔一〕本篇録自高郵文遊臺碑廊少游手蹟石刻，已收入秦郵帖卷三及四部本補遺。蓋作於元祐三年戊辰（一〇八八），是歲李方叔與先生弟少章在京應試，並落第，故先生得與之晤面。參見卷九次韻范淳夫戲答李方叔饋笋兼簡鄧慎思注〔一〕。案：李廌師友談記録少游説詩賦甚多，可見交誼之深。

〔二〕履候：順應時序變化。梁書何點傳：「以道養和，履候無爽。」

〔三〕方叔：李廌，字方叔。參見卷九次韻范淳夫戲答李方叔饋笋兼簡鄧慎思注〔一〕。

與吴承務〔一〕

窮冬急景，佛舍蕭然，甚無聊賴，以此頗深企想。不審公外履尚何如？西臺法帖〔二〕，昨日方尋得，謹馳上。公家筆法妙絶如此，何必不如他日所書乎？繆禮更不敢爲獻，情恕幸甚！

【箋注】

〔一〕録自宋五百家播芳大全文萃卷六七。四部本案：「錢氏養新録云：播芳文粹，葉棻子實編，魏齊賢仲賢校正。」吴承務，承務，即承務郎，元豐三年前爲從八品下階文散官，元豐三年廢文散官，遂爲新寄禄官。案：此人當爲吴子野，號復古，潮州人。蘇軾熙寧十年在濟南，與之初遇，至南遷惠州，有與吴子野秀才書，云：「從游幾二十年矣。」書凡數通，不一一列舉，參見蘇詩總案卷十五。又蘇軾在海南答秦太虚書云：北歸前，「有書託吴君，雇二十壯夫來遞角場相等……若得見少游，即大幸也」。可見元符元年至三年，少游謫雷州，寄居佛舍，環堵蕭然，因東坡關係而與吴子野交，以西臺法帖相貽，本篇蓋此時作。

〔二〕西臺法帖：指李西臺所書之法帖。案：李西臺，即李建中，宋京兆人，字得中，太平興國八年進士，官太常博士，歷知曹、解、潁、蔡四州，前後三求掌西京留司御史臺，因稱李西臺。善書札，行筆尤工，草隸篆籀、八分亦妙。人多摹習，以爲楷法。見宋史文苑傳三。

與花光老求墨梅書〔一〕

僕方此憂患，無以自娱〔二〕，願師爲我作兩枝見寄，令我得展玩，洗去煩惱，幸甚！

【箋注】

〔一〕本篇録自宋吴聿觀林詩話。似作於紹聖三年丙子（一〇九六）貶徙郴州途經衡陽之際。花光，號仲仁。越州會稽人，出家爲僧，住衡州花光山，好畫梅，重在寫意，自成一家。有華光梅譜傳世。見鄧椿畫繼卷五。黄庭堅崇寧三年經衡州，有花光仲仁出秦蘇詩卷思兩國士不可復見開卷絶歎因花光爲我作梅數枝及畫烟外遠山追少游韻記卷末詩（見詩集和黄法曹憶建溪梅花附録），任淵注：「仲仁，蓋衡州花光山長老，山谷爲作天保松銘云。」又冷齋夜話云：「衡州花光仁老，以墨爲梅，魯直觀之，曰：『如嫩寒春曉，行孤山籬落間，但欠香耳。』」

〔二〕僕方二句：蓋指竄逐郴州事。

與李端叔書〔一〕

想君在毗陵廣座中，白眼望青天也。

【箋注】

〔一〕本篇録自李之儀姑溪居士後集卷四：「秦太虚寄書云云，因録此語爲寄，兼簡諸君。」當作於元豐四年辛酉（一〇八一）。卷三十與黄魯直簡云：「李端叔後公十數日，遂過此南如晉陵，爲留兩日。」時爲三年深秋，而李端叔詩云：「春風昨夜來，傳書自江口。」則爲次年春矣。毗陵，即晉陵，今江蘇常州。

與胡子文帖〔一〕

遠方必無閑空地宅，如成都僦債。然括蒼士大夫淵藪，其父兄必多賢，聞僕無居，宜有輒居以見賃債者，幸前期聞之。不然，使遷客有暴露之憂，亦郡豪傑之深耻也。

【箋注】

〔一〕録自説郛卷六四宋逸名真率記事，云：「舊有秦少游責監處州酒，與胡子文一帖，説債宅云……輒尋事契，叙此一篇。」故知本篇當作於紹聖元年甲戌（一〇九四）初到處州之時。時少游出爲杭州通判，以言者落職，道貶處州監酒税，見秦譜。胡子文，不詳。

夢中題維摩詰像贊〔一〕

竺儀華夢〔二〕，瘴面囚首。口雖不言，十分似九。天笑覆大千作獅子吼〔三〕，不如搏取妙喜如陶家手〔四〕。

【校】

〔天笑覆大千〕王本、四部本注云：「一作『應笑舌覆大千』。」

【箋注】

〔一〕録自詩話總龜卷三四，並見王本、四部本補遺。冷齋夜話卷二：「（廬山邾亭湖）廟甚靈，能分風送往來之舟。……秦少游南遷宿廟下，登岸縱望久之，歸卧舟中聞風聲，側枕視微波，月影縱横。追繹昔嘗宿雲老惜竹軒，見西湖月色如此，遂夢美人，自言維摩詰散花天女也，以維摩詰像來求贊。少游愛其畫，默念曰：『非道子不能作此。』天女以詩戲少游曰：『不知水宿分風浦，何似秋眠惜竹軒？聞道詩詞妙天下，廬山對眼可無言？』少游夢中題其像云：『竺儀華夢……（節）』予過雷州天寧，與戒禪（師）夜話，問少游字畫，戒出此傳〔贊〕爲示，少游筆蹟也。」又四部本案：「西湖志引咸淳臨安志載：『元豐間有僧清順建垂雲亭』，又：『有惜竹軒，秦少游嘗宿此軒，夢天女以維摩詰像求贊。』觀夜話，天女戲少游詩當是宿邾亭湖廟下事，非在西湖時事也，志誤。」徐案：邾亭湖即宫亭湖，太平御覽卷六六地部湖引荆州記曰：「宫亭即彭蠡澤也，一名匯澤、青草湖，一名洞庭湖。」據此本篇當作於紹聖三年貶徙郴州、途經洞庭湖之際，參見卷三一祭洞庭湖文。維摩詰，佛名，釋迦同時人。或作浄名。

〔二〕竺儀：竺，集韻：「竺，天竺，西域國名。」即今印度。竺儀，謂天竺人之儀容。

〔三〕天笑句：大千，即大千世界，指廣大無邊之世界。北齊李清造報德像碑：「放光明於大千，燎華燈於深夜。」獅子吼,佛家語,狀佛説法之聲震動世界,使衆懾伏。維摩經佛國品:「演法無畏,猶如獅子吼。其所講説,乃如雷震。」

〔四〕不如句:妙喜,維摩居士所居之國名。維摩經見阿閦佛國品:「佛告舍利弗,有國名妙喜,佛號無動,是維摩詰,於彼國没,而來生此。」陶家手,景德傳燈録十五潮州道場山如訥禪師:「時爲二夏之僧,因避世混俗,於長沙瀏陽陶家坊,朝游夕處,人莫能識。……一日謂衆曰:『一代時教,整理時人脚手,凡有其由,皆落在今時,直至法身非身,此是教家極則。』」

蝗蟲謝神祝文〔一〕

比以旱氣搆沴,災螣群翔〔二〕。方穀之蕃,敕來勤捕,致禬祠典〔三〕,祈稔農收。至誠如答,飛孽無災。噍類訖息〔四〕,粢盛迪嘗〔五〕。惟神之貺,届夫多祉。匪曰嘉薦,聊用謝誠。

【校】

〔蝗蟲〕王本補遺無此二字。

【箋注】

〔一〕本篇録自五百家播芳大全文粹卷八五,並見王本、四部本補遺。元豐二年己未(一〇七九)

作於如越省親之際。先是有祭酺神文曰：「而越自雨闕以來，飛蝗蔽天，敢爲妖孽，土之毛髮，所過爲盡。」此篇當在蝗災過後用以謝神，故曰：「至誠如答，飛孽無災。……匪曰嘉薦，聊用謝誠。」

〔二〕災螣：指蝗災。詩小雅大田：「去其螟螣，及其蟊賊，無害我田穉。」傳：「食葉曰螣。」

〔三〕致禬祠典：周禮天官女祝：「掌以時招、梗、禬、禳之事。」注：「除災害曰禬。禬，猶刮去也。」

〔四〕噍類：指活物。漢書高帝紀上：「（項羽）嘗攻襄城，襄城無噍類，所過無不殘滅。」注引如淳曰：「噍，音祚笑反，無復有活而有噍食者也。」

〔五〕粢盛：祭品，指盛在祭器内之黍稷。左傳桓公六年：「粢盛豐備。」注：「黍稷曰粢，在器曰盛。」

請高飛新老開堂疏〔一〕

藕絲孔内，既可追軍〔二〕；牛蹄泓中〔三〕，何妨説法！況此三家邨裏〔四〕，亦是百丈竿頭〔五〕。儻若當人，自堪選佛。令起南宗之規矩〔六〕，政資本色之鉗鎚〔七〕。新公禪師，出自梵嚴之業林，來佐天王之法席。但知跛跛挈挈〔八〕，何曾曖曖昧昧〔九〕？忽有悟於吹毛〔一○〕，遂難藏於磑米〔一一〕。今茲拈出，分明對箭當匈〔一二〕；但看行令，不是呼雞作鳳〔一三〕。喚回癡種子〔一四〕，接取眼明人。坐令蟻穴蜂房〔一五〕，俱爲佛地；何用龍宮玉食，徒美人觀！好振雷聲，仰祝堯算〔一六〕。

【箋注】

〔一〕本篇録自五百家播芳大全文粹卷七八。高飛新老，住持僧名，生平不詳。

〔二〕藕絲二句：佛家語。古尊宿語録卷一南嶽大慧禪師廣録：「如阿修羅王，身極長大，敵兩倍須彌山，與帝釋戰時，知力不如，領百萬兵衆，入藕絲孔裏藏。」

〔三〕牛蹄泓中：劉向説苑善説：「莊周貧者，往貸粟於魏文侯。曰：『待吾邑粟之來而獻之。』周曰：『乃今者周之來，見道傍牛蹄中有鮒魚焉，太息謂周曰：我尚可活也。』」此喻水之小，後爲佛家語，景德傳燈録二八漳州羅漢桂琛和尚：「莫把牛迹裏水，以爲大海，佛法遍周沙界。」

〔四〕三家邨：景德傳燈録二四白雲和尚：「恁麼見解，何似三家村裏？」村，通「邨」。

〔五〕百丈竿頭：佛家語，喻修道達到極高境界。景德傳燈録卷十招賢大師：「師示一偈曰：『百丈竿頭不動人，雖然得入未爲真。百丈竿頭須進步，十方世界是全身。』」

〔六〕南宗：佛教禪宗自五祖弘忍後分爲南北二宗。南宗爲六祖慧能所立，其後又分爲潙仰、臨濟、曹洞、雲門、法眼等五家。

〔七〕鉗鎚：見卷三二高郵長老開堂疏注〔六〕。

〔八〕跛跛挈挈：跛跛，蹇也。挈挈，太玄經干：「蓊鍵挈挈。」司馬光集注：「挈挈，急切貌。」

〔九〕曖曖昧昧：文選何晏景福殿賦：「其奥秘則翳蔽曖昧。」注：「善曰：翳蔽曖昧，皆謂幽深不明也。」

〔一〇〕忽有悟於吹毛：古尊宿語録卷十三雲門匡真禪師廣録上：「問：『如何是吹毛劍？』師云：『骼。』又云：『齗。』」

〔一一〕遂難藏於碓米：碓米，此指舂米。大宋高僧傳卷八唐韶州今南華寺慧能傳：「(弘)忍師睹(慧)能氣貌不揚，試之曰：『汝從何至？』對曰：『嶺表來參禮，唯求作佛。』忍曰：『嶺南人無佛性。』能曰：『人有南北，佛性無南北。』曰：『汝作何功德？』曰：『願竭力抱石而舂，供衆而已。』如是勞乎井臼，率浄人而在先……忍密以法衣寄託曰：『古我先師轉相付授，豈徒爾哉？嗚呼！後世受吾衣者命若懸絲，小子識之。』」佛學大辭典「慧能」條引六祖壇經等云：「(五祖弘忍)使入碓房舂米，因稱爲盧行者。經八月，五祖知付授時至，使衆徒各書得法之偈。時上座神秀書偈曰：『身是菩提樹，心如明鏡臺。時時勤拂拭，莫使惹塵埃。』能聞之曰：『如吾所得，則不然。』竊雇童子，夜於壁間書一偈曰：『菩提本非樹，明鏡亦非臺。本來無一物，何處惹塵埃。』五祖知之，潛入碓房，問曰：『米白否？』答曰：『白，未經篩。』五祖以杖三打碓而去，能即以三更入室，祖乃授衣法。」

〔一二〕對箭當匈：景德傳燈録四天台山佛窟巖惟則禪師：「有僧問：『如何是那羅延箭？』師云：『中的也。』忽一日告門人曰：『汝當自勉，吾何言哉！』」又六撫州石鞏慧藏禪師：「曰：『和尚一箭射幾箇？』祖曰：『一箭射一群。』曰：『彼此是命，何用射他一群？』祖曰：『汝既知如是，何不自射？』」此用其義。匈，通胸。

〔一三〕呼雞作鳳：五燈會元卷十二文公楊億居士：「公曰：『海壇馬子似驢大。』慧曰：『楚雞不是丹山鳳。』」

〔一四〕癡種子：即癡種子。穜，種本字。越絶書計倪内經：「惠種生聖，癡種生狂。」

〔一五〕蟻穴蜂房：喻名利之場。語本唐人小説李公佐南柯記。淳于棼夢入槐安國，乃一蟻穴，醒後遂棲心佛門。李綱續遠遊賦：「南柯夢於蟻穴兮，黄粱未熟而榮華一世。」白居易郡中春宴因贈諸客詩：「蜂巢與蟻穴，隨分有君臣。」

〔一六〕堯算：猶堯齡。柳永詞：「祝堯齡，北極齊尊，南山共久。」

蘭亭跋〔一〕

世傳逸少書帖外〔二〕，惟有蘭亭禊飲叙〔三〕、樂毅論〔四〕、黄庭〔五〕、遺教四本〔六〕。

蘭亭、樂毅臨摹失真遠矣，而英姿逸韻雅有存者，譬如忠臣義士，瓌偉絶特之才，雖放棄江海，形骸憔悴，而威儀辭令毅然不撓，猶足以度越庸人無數也。而黄庭、遺教皆非逸少之蹟。歐陽文忠公以謂黄庭特後人緣山陰换鵝事附益〔七〕，所……遺教出於唐寫經手〔八〕。余始聞而疑焉，及精考蘭亭、樂毅，然後知文忠之言爲不繆也。高郵秦觀太虚題。

【校】

〔所遺教出於唐寫經手〕王本、四部本「所」下注：「闕。」

【箋注】

〔一〕録自王本、四部本補遺。此據宋桑世昌蘭亭考補，云：「右淮海先生黄素上所書蘭亭叙並題跋，集中不載，真蹟今藏高郵勾氏壽南家，濟北晁子綺摹以入石，因書絶句云：『少游寫就蘭亭叙，逸韻英姿殆昔人。我祖同爲長公客，每於翰墨契精神。』但太虚新書誤增一『曾』字於行間，豈本於東坡耶？」本篇署太虚，蓋元祐元年（一〇八六）改字以前所作，參見卷三五書蘭亭叙後注〔一〕及本篇彙評。

〔二〕逸少：王羲之，字逸少，見卷九西城宴集其二注〔四〕。

〔三〕蘭亭禊飲叙：即蘭亭集序，因中有「修禊事也」一語，故名。

〔四〕樂毅論：歐陽修集古録跋尾卷四晉樂毅論（永和四年）云：「右晉樂毅論，石在故高紳學士家，紳死，家人初不知惜，好事者往往就閱，或模傳其本。其家遂祕藏之，漸爲難得。後其子弟以其石質錢於富人，而富人家失火，遂焚其石，今無復有本矣。」

〔五〕黄庭：歐陽修集古録跋尾卷十黄庭經（永和十二年）：「右黄庭經一篇，晉永和中刻石，傳王羲之書。書雖可喜，而筆法非羲之所爲。黄庭經者，魏晉時道士養生之書也。」

〔六〕遺教：歐陽修集古録卷十遺教經：「右遺教經，相傳云羲之書，僞也。」

〔七〕山陰換鵝：據晉書王羲之傳：山陰（今浙江紹興）有一道士養好鵝，羲之往觀焉，意甚悦，固求市之。道士云：「爲寫道德經，當舉群鵝相贈耳。」羲之欣然寫畢，籠鵝而歸。歐陽修集古録跋尾末言換鵝事，僅稱「世傳王羲之嘗寫黄庭經，此豈其遺法歟？」参見本篇注〔五〕。案：此説始自唐初褚遂良右軍書目，謂以黄庭經與山陰道士者；而米芾書史卷上則以爲換鵝者爲道德經，並謂世人因李白送賀監詩云「應寫黄庭換白鵝」，「遂以黄庭經爲換鵝經，甚可笑也。此名因開元後世傳黄庭經多惡札，皆是僞作。」

〔八〕遺教出於唐寫經手：歐陽修集古録跋尾卷十遺教經：「蓋唐世寫經手所書。唐時佛書今在者，大抵書體皆類此，第其精麤不同爾。近有得唐人所書經題，其一云薛稷，一云僧行敦書者，皆與二人他所書不類，而與此頗同，即知寫經手所書也。然其字亦可愛。」

【彙評】

桑世昌蘭亭考：大父正國調京師，謁徐神翁至寶籙宫前，逢道人持一瓢一軸求售，乃蘭亭叙也。後有「貞觀」小印，歐陽文忠公、孫文懿公抃、趙康靖公槩、胡文恭公宿在翰苑時題識。道人笑曰：「欲易袍。」且陳蘭亭真贋之辨，歷歷有據。遂以一褐酬之，攜歸高郵，示秦太虛。太虛驚嘆，且跋其後。建炎南渡，莫知存在。（見道光高郵州志）

淮海集箋注存疑之作卷第一

詩

白鶴觀〔一〕

複殿重樓墮杳冥，故基喬木尚崢嶸。銀河不改三千尺〔二〕，鐵馬曾經十萬兵〔三〕。華表故應終化鶴〔四〕，謫仙未解獨騎鯨〔五〕。林泉一一兒童舊，白髮衰顏衹自驚。

【箋注】

〔一〕録自王本補遺，並見光緒江西通志卷一一四寺觀。案：白鶴觀在江西星子縣廬山五老峯，建於唐弘道元年（六八四），宋大中祥符間易名承天白鶴觀。蘇轍游廬山山陽七詠中有白鶴觀詩云：「五老相攜欲上天，玄猿白鶴盡疑仙。」秦譜云：元豐五年少游赴黄州訪蘇軾，「過廬山，訪大覺璉公」。蘇軾有跋太虚辨才廬山題名云：「某與大覺禪師别十九年矣。……會與參寥師自廬山之陽並出而東，所至皆禪師舊迹，山中人多能言之者，乃復書太虛與辨才題名之後，以遺參寥。太虛今年三十六。」末署「元豐七年五月十九日」。因知少游確曾去過廬山。然觀本詩「華表」句及結二句，乃寫重游之感慨。考少游生平，尚未見「白髮衰顏」重游廬山之史料，姑存疑。

〔二〕銀河句：李白望廬山瀑布詩：「飛流直下三千尺，疑是銀河落九天。」

〔三〕鐵馬句：文選陸倕石闕銘：「鐵馬千群，朱旗萬里。」李善注：「鐵馬，鐵甲之馬。范曄後漢書公孫瓚與子書曰：『厲五千鐵騎於北隰之中。』」此處指簷前鐵馬。

〔四〕華表句：用丁令威化鶴歸遼東事，詳見卷五艇齋詩注〔七〕。

〔五〕謫仙句：見卷八寄李公擇郎中注〔三〕。

裙帶詩〔一〕

寄語巫山窈窕娘，好將閑夢惱襄王〔二〕。禪心已作沾泥絮，不逐春風上下狂〔三〕。

【箋注】

〔一〕録自詩話總龜卷二一引王直方詩話，云：「東坡在徐州日，嘗爲少游置酒。少游飲罷，擁一官妓，從參寥，書其裙帶云（詩略）。」考蘇詩總案卷十六，元豐元年四月，「秦觀投長篇來謁，和贈『夜光明月非所投』詩」，王文誥案：「此少游自徐赴京應舉過宋見子由所贈詩，據此，則少游到徐當在夏初以後……參寥到在九月王鞏去後。」又卷十七載，元豐元年九月十七日以後，「參寥自杭來訪，館於虚白堂」；十一月十九日以後，東坡有「和參寥寄秦觀失解」詩，可證少游未嘗與參寥子同在徐州東坡席上，因而亦不可能書詩於官妓之裙帶。據詩話總龜卷三二引冷齋夜話云：「東吴僧道潛……及坡守徐，潛訪之，館於逍遥堂。士大夫欲識之。坡饌客罷，俱而來。坡遣一妓乞詩，詩曰（略），一座大驚。」道潛，即參寥。可見當係參寥所作。

〔二〕寄語二句：宋玉高唐賦序：「昔者楚襄王與宋玉遊於雲夢之臺。……玉曰：『昔者先王嘗遊高唐，怠而晝寢，夢見一婦人曰：「妾巫山之女也，爲高唐之客。聞君遊高唐，願薦枕席。」王因幸之。去而辭曰：「妾在巫山之陽，高丘之阻，旦爲朝雲，暮爲行雨。朝朝暮暮，陽臺之下。」旦朝視之，如言。』」

〔三〕禪心二句：沾泥絮，喻情已凝滯，不爲外物所動。周邦彦玉樓春詞：「人如風後入江雲，情似雨餘沾地絮。」

獻東坡〔一〕

十里荷花菡萏初〔二〕，我公所至有西湖〔三〕。欲將公事湖中了，見説官閑事亦無。

【箋注】

〔一〕此篇淮海集不載，録自宋蔡振孫詩林廣記後集卷之八，注云：「或云秦少章作。」亦見永樂大典一册卷二一一六三六引王直方詩話，同卷引臨安志作「秦少章作一絶」。然蘇軾西湖秋涸東池魚窘甚詩查慎行注云：「歐公自揚移汝，有『都將二十四橋月，换得西湖十頃秋』之句；秦少游亦有詩云：『十里荷花菡萏初，我公所至有西湖。』」案：東坡守潁，嘗有詩和陳傳道，少游亦有之，而少章則無。故疑此詩爲少游作。本篇當作於元祐六年辛未（一〇九一）。據蘇詩總案卷三四云，蘇軾以是歲八月二十二日到潁州，二十四日，西湖秋涸，遷魚於西池。元祐七年二月五日，同趙令畤通焦陂開濬西湖，並作清河西湖三閘。三月即移知揚州。詩云「十里荷花菡萏初」，當爲東坡受詔知潁之初，即元祐六年也。

〔二〕菡萏：見卷二和王通叟琵琶夢注〔四〕。

〔三〕西湖：潁州西湖，又稱汝陰西湖，在今安徽阜陽城西北。名勝志：「潁州西二里有湖，袤十里，廣二里，翳然林木，爲一邦之勝。」宋歐陽修守此郡時多所題詠，有采桑子詞一組，云：「荷花開後西湖好，載酒來時，不用旌旗，前後紅幢緑蓋隨。」

【附】

王直方詩話：杭有西湖，而潁亦有西湖，皆爲游宴之勝，而東坡連守二州。其初得潁也，有潁人在座云：「内翰但只消遊湖中，便可以了郡事。」蓋言其訟簡也。少游因作一絶獻之。後東坡到潁，有謝執政啓云：「入參兩禁，每玷北扉之榮；出典二邦，迭爲西湖之長。」或云秦少章作（見宋蔡正孫詩林廣記後集卷八）。

王士禛帶經堂詩話卷十三遺蹟類上：按坡在杭、在潁、在惠，皆有西湖，故當時或獻詩曰：「我公所至有西湖。」（秦蜀驛程後記）

鬼門關〔一〕

身在鬼門關外天，命輕人鮓甕頭船〔二〕。北人痛哭南人笑，日落荒郉聞杜鵑。

【校】

〔身在二句〕山谷詩集作「命輕人鮓甕頭船，日瘦鬼門關外天。」蘇詩「身在」作「自過」，「命輕」作「命同」。

〔痛哭〕蘇詩、山谷詩均作「墮淚」。

〔日落荒村〕蘇詩作「青嶂無梯」，山谷詩作「青壁無梯」。

【箋注】

〔一〕本篇見宋趙令時侯鯖録卷三，云：「瞿塘之下，地名人鮓甕。少游嘗謂未有以對，南遷度鬼門關，乃用爲絶句。」四部本案：「宋稗類鈔載汪元量詩，中一詩云：『西塞山前日落處，北關門外水連天。南人墮淚北人笑，臣甫低頭拜杜鵑。』注引瞿塘之下地名人鮓甕，少游用爲絶句云云，詩意祖此。此詩又載蘇詩補遺及黄魯直集，小有異同。」徐案：本篇蘇詩補遺題作竹枝詞，查慎行按曰：「一見黄山谷集，再見秦少游集，今據二集駁正。」又王文誥蘇詩集成註：「侯鯖録亦作少游詩。」山谷詩集卷十二竹枝詞亦載此詩，有跋云：「古樂府有『巴東三峽巫峽長，猿啼三聲淚霑裳』，但以抑怨之音，和爲數疊，惜其聲今不傳。予自荆州上峽入黔中，備嘗山川險阻，因作二疊與巴娘，令以竹枝歌之。前一疊可和云：『鬼門關外莫言遠，五十三驛是皇州。』後一疊可和云：『鬼門關外莫言遠，四海一家皆弟兄。』或各用四句入陽關小秦王，亦可歌也。（自註：紹聖二年四月甲申）」又云：「予既作竹枝詞，夜宿歌羅驛，夢李白相見於山間，曰：『予往謫夜郎，於此聞杜鵑，作竹枝詞三疊，世傳之不子細。』憶集中無有，請三誦乃得之。」言之鑿鑿，似爲山谷作；然山谷所經之鬼門關在長江三峽一帶，而少游和淵明歸去來辭云：「歲七官而五譴，越鬼門之幽關。」乃在廣西北流，曾親臨其地，似應爲少游作。故兩存之。鬼門關，舊唐書地理四嶺南道容州北流：「縣南三十里，有兩石相對，其間闊三十步，俗號鬼門關。漢伏波將軍馬援討林邑蠻，路由於此，立碑，石龜尚在。昔時趨交趾，皆由此關。其南尤多瘴癘，去者罕得生還，諺曰：『鬼門關，十人九不還。』」案北流縣今屬廣西，宋時屬容州普寧郡；鬼門關今稱天門關。

〔二一〕人鮓甕：蘇詩查註：「名勝志：人鮓甕在巫峽下，蜀江最險處。」山谷詩集任淵註：「人鮓艭，在歸州岸下。」案此爲長江險灘之一，在今湖北秭歸西，瞿塘峽下游。

【附】

岳珂桯史卷十一：紹聖二年四月甲申，山谷以史事謫黔南。道間，作竹枝詞二篇題歌羅驛，曰：「撑崖拄谷蝮蛇愁，入箐攀天猿掉頭。鬼門關外莫言遠，五十三驛是皇州。」「浮雲一百八盤索，落日四十九渡明。鬼門關外莫言遠，四海一家皆弟兄。」……是夜宿於驛，夢李白相見於山間，曰：「予往謫夜郎，於此聞杜鵑，作竹枝詞三疊，世傳之不子細。」憶集中無有，三誦而使之傳焉。其辭曰：「一聲望帝花片飛，萬里明妃雪打圍。馬上胡兒那解聽？琵琶應道不如歸。」「竹竿坡面蛇倒退，摩圍山腰胡孫愁。杜鵑無血可續淚，何日金雞赦九州？」「命輕人鮓艭頭船，日瘦鬼門關外天。北人墮淚南人笑，青壁無梯聞杜鵑。」今豫章集所刊，蓋自謂夢中語也。音響節奏似矣，而不能揜其真，亦寓言之流歟？

王士禛帶經堂詩話卷十七異同類：豫章詩：「命輕人鮓艭頭船，日瘦鬼門關外天。北人墮淚南人笑，青壁無梯聞杜鵑。」或云李白歌羅驛詩，夢中爲魯直誦之，蓋寓言也。侯鯖録以爲少游南遷度鬼門關作，首句作「身在鬼門關外天」，「墮淚」作「慟哭」，末句作「日落荒邨聞杜鵑」。趙德麟及與黄秦遊，不應有誤。然山谷書歌羅驛尚有二篇，而此詩絶類山谷，與少游不類，且少游謫藤州，人鮓、鬼門亦非所經之路也。録所載改數字，不及黄本遠甚。（居易録）

鬼詩二首〔一〕

其一

百花橋下木蘭舟〔二〕，破月衝煙任意流。金玉滿堂何所戀？争如年少去來休。

【校】

此二首本集不載，録自宋何薳春渚紀聞卷七，云：「東坡先生、山谷道人、秦太虚七丈每爲人乞書，酒酣筆倦。坡則多作枯木拳石，以塞人意；山谷則書禪句；秦七丈則書鬼詩。」又云：「秦七丈屢書此二詩，余所藏大字、小字各有二本。」

〔其一〕本篇别見胡仔苕溪漁隱叢話前集卷五八及後集卷三八引復齋漫録、吴曾能改齋漫録卷十八，俱云：「東坡記秦少游言，寶應民有嫁娶會客者，酒半，客一人徑赴水曰：『有婦人以詩召我。』詩云（略）……」又見東坡志林卷二。四庫全書本錦繡萬花谷卷九題作孝仙橋水仙詩。

〔百花句〕苕溪漁隱叢話、能改齋漫録均作「長橋直下有蘭舟。」張君房脞説「長橋」作「畫橋」。

〔破月〕脞説作「搶月」。

〔任意流〕苕溪、能改齋、脞説俱作「任意游」。

〔何所戀〕苕溪、能改齋作「何所用」，脞説作「無用處」。

〔争如〕脞説作「蚤隨」。

【箋注】

〔一〕據王文誥蘇詩總案卷三十，元祐三年二月二十一日，蘇軾曾與黄庭堅、蔡肇會李公麟齋舍書鬼仙詩，案云：「春渚紀聞載黄魯直、秦少游多寫鬼仙詩及道語，人有求書者，輒以此應之，至有一詩見百餘本者。此豈公之遺風所及耶？抑别有避就耶？」少游書鬼仙詩似更早，東坡志林卷二謂秦少游曾爲參寥子説此故事，參寥子又説與東坡。案參寥子曾與孫莘老、秦少游於熙寧九年，同遊歷陽之湯泉（見卷二夜坐懷莘老司諫注〔一〕）；元豐元年冬參寥子北上徐州見東坡（見後集卷四次韻參寥三首其一注〔一〕）。其遞相轉述此事，當在此一階段。

〔二〕木蘭舟：見後集卷四秋興九首擬李白注〔四〕。

其二

溘爾一氣散〔一〕，去託萬鬼鄰。四大不自保〔二〕，況復滿堂親！膏血汙厚土，化作丘中塵。空牀横白骨，奄忽千歲人〔三〕。

【箋注】

〔一〕溘爾句：溘爾，疾速貌，猶忽然。屈原離騷：「寧溘死而流亡兮，余不忍爲此態也。」一氣，莊子知北遊：「臭腐復化爲神奇，神奇復化爲臭腐，故曰通天下一氣耳。」王充論衡齊世：「一天一地，並生萬物。萬物之生，俱得一氣。」此句謂人之死亡。

〔二〕四大：佛家以地、水、火、風爲四大，認爲世間萬物及人之身體皆由四大組成。四十二章經二十：「佛言：當念身中四大，各自有名，都無我者。」此指自己身體。

〔三〕奄忽：猶倏忽。文選古詩十九首：「奄忽隨物化，榮名以爲寶。」注：「翰曰：奄忽，疾也。」

記李白詩二首〔一〕

其一

人生燭上花，光滅巧妍盡。春風遶樹頭，日與化工進。昔我飛骨時，慘見當塗頂〔二〕。青松靄朝霞，縹緲山下春。既死明月魄，無復玻璃魂。念此一脱灑，長嘯登崑崙。醉著鸞鳳衣，星斗俯可捫〔三〕。

【箋注】

〔一〕録自趙令畤侯鯖録卷二，云：「東坡先生在嶺南，言元祐中，有見李白酒肆中誦其近詩，云：『朝披夢澤雲，笠釣青茫茫。』此非世人語也。少游嘗手録其全篇。少游叙云：『觀頃在京師，有道人相訪，風骨甚異，語論不凡，自云嘗與物外諸公往還，口誦二篇云云。』」此二首係少游手録，恐非其所作，蘇軾有書李白詩墨迹；唐宋詩醇作李白詩。南京圖書館藏清刊本李詩通卷二一附録題作上清寶典詩。

〔二〕昔我二句：當塗，今安徽縣名，一稱姑熟。據陸游入蜀記：「姑熟溪東南數峰如黛，蓋青山也。李太白祠堂在青山之西，北距山南十五里，墓在祠後。」

〔三〕星斗句：李白蜀道難：「捫參歷井仰脅息，以手撫膺坐長嘆。」參、井，星宿名。此用其意。

其二

朝披夢澤雲〔一〕，笠釣青茫茫。尋流得雙鯉〔二〕，中有三元章〔三〕。篆字若丹蛇，逸勢如飛翔。歸來問天姥〔四〕，妙義不可量。金刀割青素，靈文爛煌煌。燕服十二環〔五〕，想見仙人房。暮跨紫麟去，海氣侵肌涼。龍子善變化，化作梅花妝。遺我纍纍珠，靡靡明月光。勸我穿絳縷，繫作裙間當〔六〕。揖予以疾去，談笑聞餘香。

【箋注】

〔一〕夢澤：雲夢澤，見卷七睡足軒二首其二注〔二〕。

〔二〕雙鯉：謂信函。古詩飲馬長城窟行：「客從遠方來，遺我雙鯉魚，呼兒烹鯉魚，中有尺素書。」

〔三〕三元章：指道家論著。集仙録：「張道陵龍虎山修三元默朝之道。」

〔四〕天姥：仙人名。漢唐地理書鈔輯張勃吴地理志：「剡縣有天姥山，傳云登者聞天姥歌吟之音。」李白夢遊天姥吟留别：「霓爲衣兮風爲馬，雲之君兮紛紛而來下。虎鼓瑟兮鸞回車，仙之人兮列如麻。」即詠仙人天姥。

〔五〕燕服：日常衣服。詩葛覃「薄污我私」傳：「私，燕服也。」疏：「六服之外常著之服。」

〔六〕裙間當：説文通訓定聲：「儀禮鄉射禮『韋當』注：『直心背之衣曰當。』」

久　謝〔一〕

久謝人間世，徒聞達者名。甘泉曾獻賦〔二〕，嶰谷漫鳴笙〔三〕。月露寒無影，風泉暗有聲。知君十居好〔四〕，喬木待遷鶯〔五〕。

【箋注】

〔一〕本篇録自群仙降乩語第二頁，疑後人僞託，焉有謝世後復能爲詩之理。卷三春日雜興十首其二曾云：「結髮謝外好，僶俛希前修。繆挾江海志，耻爲升斗謀。」止言出世之思；此蓋倣其意而託言謝世，以明其爲仙人也。

〔二〕甘泉句：文選揚子雲（雄）甘泉賦序：「孝成帝時，客有薦雄文似相如者，上方郊祀甘泉泰畤、汾陰后土，以求繼嗣，召雄待詔承明之庭。正月，從上甘泉，還，奏甘泉賦以風。」李善注引桓譚新論：「雄作甘泉賦一首，始成，夢腸出，收而内之，明日遂卒。」

〔三〕嶰谷：崑崙山北谷名。文選左太沖（思）吴都賦：「梢雲無以踰，嶰谷弗能連。」漢書律曆志一上：「黄帝使泠綸，自大夏之西，昆崙之陰，取竹之嶰谷生，其竅厚均者，斷兩節，間而吹之，以爲黄鐘之宫，制十二筩以聽鳳之鳴。」

〔四〕十居：即十住，佛家語。謂住有十種：一曰發心住，二曰治地住，三曰修行住，四曰生貴住，五曰方便具足住，六曰正心住，七曰不退住，八曰童真住，九曰法王子住，十曰灌頂住。修此十住便進而住於佛地。見楞嚴經。

〔五〕喬木句：詩小雅伐木：「伐木丁丁，鳥鳴嚶嚶。出自幽谷，遷於喬木。嚶其鳴矣，求其友聲。」朱熹注：「以伐木之丁丁，興鳥鳴之嚶嚶，而言鳥之求友，遂以鳥之求友，喻人之不可無友也。」

三月柳花〔一〕

三月柳花輕復散，飄颺澹蕩送春歸。此花本是無情物，一向東飛一向西。

【箋注】

〔一〕本篇録自京本通俗小説碾玉觀音，前有蘇軾詩云：「雨前初見花間蕊，雨後全無葉底花。粉蝶紛紛過牆去，却疑春色在鄰家。」後有蘇小妹蝶戀花詞云：「妾本錢塘江上住，花落花開，不管流年度。燕子銜將春色去，紗窗幾陣黄梅雨。　斜插犀梳雲半吐，檀板輕敲，唱徹黄金縷。歌罷彩雲無覓處，夢回明月生南浦。」案：蘇軾詩實係唐人王駕雨晴詩，蘇小妹乃小説虚構人物，始見於東坡問答録，再見於雜劇眉山秀，馮夢龍更敷衍爲蘇小妹三難新郎（見醒世恒言）。此詞據唐圭璋考證，謂「上半爲蘇小作，下半爲秦觀作。花草粹編卷七即以爲司馬樵作，誤。」（見詞學論叢二考證）可見碾玉觀音所引詩詞係爲説話人隨意牽合，多不足信。兹存疑。

七絶三首〔一〕

林間幽鳥啄枯槎，落盡寒潮一澗沙。獨木橋西游子宿，酒旗斜日兩三家。

天海相連無盡處，夢魂來往尚應難。誰言南海無霜雪，試向愁人兩鬢斑。

梧葉離離欲滿階，乍涼天氣客情懷。十年舊事雲飛去〔二〕，一夜雨聲都送來。

【校】

此三首淮海集失載。

【箋注】

〔一〕引自宋吴沆環溪詩話，云：「又如秦少游詩云：『北客念家渾不睡，荒山一夜雨吹風。』此直説客中而有思家之情，乃賦中之興也。又如『林間幽鳥啄枯槎，落盡寒潮一澗沙。獨木橋西游子宿，酒旗斜日兩三家。』此亦賦中之興也。至如『天海相連無盡處，夢魂來往尚應難。誰言南海無霜雪，試向愁人兩鬢斑』，此以愁人頭白比霜雪，而發思家之情，比中興也。又如『梧葉離離欲滿階，乍涼天氣客情懷。十年舊事雲飛去，一夜雨聲都送來』，蓋因梧葉飄落，乍涼天氣而發興也；至如一夜雨聲，唤起十年感舊之情，此亦興也。至于説舊事如雲飛去，則比也。」所引秦少游詩，見淮海集卷十一，題爲題郴陽道中一古寺壁二絶。以下三首皆以「又如」領起，不著撰人，故有學者以爲亦少游之作，實誤。「林間」一首，乃南宋劉子翬詩，題作寒澗。「天海」一首，乃唐人裴夷直憶家詩，見全唐詩卷五三一，「兩鬢斑」之「斑」，原作「看」。「看」字與句首「試向」呼應，甚是。

〔二〕十年舊事：似少游自憶出仕在外之事，義近其詩吳興道中：「十年守一方。」見後集卷一。

次韻孫莘老梨花詩十首〔一〕

其一

淡籠春韻向晴階，疑是羅浮月裏栽〔二〕。幽意不傳花信去〔三〕，雪香深鎖待君開〔四〕。

【箋注】

〔一〕此十首集本不載，録自高郵文遊臺碑廊，已收入秦郵帖（原爲清嘉慶中高郵州守師亮采編）。清人王敬之疑爲贋作，其小言集枕善居詩賸云：「山谷道人贋迹梨花詩帖，已勒入師氏秦郵帖，雪舫另示一刻，叙次小異，而字蹟較工，蓋能效涪翁筆意者之所僞託，差勝摹仿全不似爾。」又詩云：「孫秦贋作共梨花，筆弱詞纖落小家。石墨儘摹蛇樹體，夫人碑學不争差。」原注：「東坡謂山谷書有時太瘦，如樹梢掛蛇，見曾敏行獨醒雜志。」然師氏秦郵帖跋云：「黄涪翁與秦少游梨花唱和詩，嘗見閩刻有三十首，與此大同小異。然山谷、淮海兩集俱不載，豈編集時未經收入耶？得此可補其闕。」此十首之前，秦郵帖載有黄庭堅梨花詩十首（今附於各首之後。孫莘老原唱已佚），序云：「外舅孫莘老以梨花唱和詩寄予索和。夫詩生於情，不情而何以詩？余自黔還戎，日多苦思，情由何生？雖然，撫景傷時，不能已也。遂步韻如左。」末署「山谷道人黄庭堅」（見秦郵帖）。查任淵山谷詩集注目録「元符元年戊寅」條，云：「是歲春初，山谷在黔南，以避外兄張向之嫌，遷戎州。按實録：『紹聖四年三月知宗正丞張向提舉夔州路常平，十二月壬寅，詔涪州别駕、黔州安置黄庭堅移戎州。』以避親嫌故也。山谷三月間離黔，六月初抵戎州，寓居南寺，作槁木寮、死灰菴，其後僦居城南。」據此，黄庭堅還戎之日，當在哲宗元符元年（一〇九八）六月。然其外舅孫莘老已於元祐五年（一〇九〇）二月三日卒於高郵，若寄詩索和，應在此以前。至元符元年，已相距八年，庭堅忽和其詩，「情由何生」？此其可疑一也。少游此時正編管横州，與戎州相距數千里，且與山谷同爲遷謫之臣，何以能次韻和詩，此其可疑二也。細玩十首詩意，均清新婉麗，似與貶逐時心情不合，此其可疑者三也。

〔二〕羅浮：山名。在今廣東省增城、博羅、河源等地之間。舊題柳宗元龍城録載，隋開皇中，趙師雄遷羅浮，日暮於松林酒肆旁，見一美人淡裝素服出迎，與語，芳香襲人，因與扣酒家共飲。師雄醉寢，比醒，起視乃在梅花樹下，上有翠羽啾嘈相顧，月落參横，但惆悵而已。後遂以「羅浮夢」喻梅花，此處以梅花借喻梨花。

〔三〕花信：猶花期。范成大雪後守之家梅未開呈宗偉詩：「憑君趣花信，把酒撼瓊英。」

〔四〕雪香：指梨花。李白宫中行樂詞：「柳色黄金嫩，梨花白雪香。」

【附】

黄庭堅梨花詩：玉樹亭亭覆碧階，當年莫問阿誰栽。春深雪鎖瓊枝上，端爲東君雨後開。

其　二

曉風冉冉曲欄遲，露落妝鈿懶玉姿〔一〕。莫是夜來香夢杳，難禁深院語鶯時〔二〕。

【箋注】

〔一〕妝鈿：即花鈿，女子面部裝飾品。此喻梨花花瓣。

〔二〕語鶯時：鶯啼之時，語鶯，猶鶯語。孫綽蘭亭詩其二：「鶯語吟脩竹，遊鱗戲瀾濤。」張籍晚春過崔駙馬東園詩：「竹香新雨後，鶯語落花中。」可證此指晚春時節。

【附】

黄庭堅梨花詩：翠含寒雪舞嬌姿，一種清標自出奇。香淺空庭翻紫燕，卻教蝴蜨引魂時。

其　三

梁園雪盡已無餘〔一〕，月鎖瑶枝冷自如。妒殺雙雙白燕子，故將春事往來輸。

【箋注】

〔一〕梁園：即梁苑。漢梁孝王所營建。杜甫寄李十二白詩：「醉舞梁園夜，行歌泗水春。」

【附】

黄庭堅梨花詩：上林萬卉鬬贏輸，玉結嬌香自不如。花下一罇挽春色，蜨來蜂去興初餘。

其　四

玉蛾翻影拂虚窗〔一〕，逗得輕風小扇香。春去似憐人寂寞，却傳清韻問西堂。

【箋注】

〔一〕玉蛾：狀梨花之花瓣。

【附】

黄庭堅梨花詩：着意問花花不語，留春有酒酒生香。花下高歌情自爽，燕銜花瓣入華堂。

其　五

芳罇幽賞客來宜，句落花前雪羽移〔一〕。千載清平詞調絶〔二〕，不須蝴蜨拍南枝。

【箋注】

〔一〕雪羽：狀梨花之花瓣。

〔二〕清平詞調：指清平調，樂府詞牌名。郭茂倩樂府詩集近代曲詞清平調引松窗録云：「開元中，禁中重木芍藥，會花方繁開，帝乘照夜白，太真妃以步輦從，李龜年以歌擅一時之名。帝曰：『賞名花，對妃子，焉用舊樂辭爲？』遂命李白作清平調詞三章，令梨園弟子，略撫絲竹以促歌；帝自調玉笛以倚曲。」此處以「梨園」切「梨花」。

【附】

黄庭堅梨花詩：亭院春餘喚酒宜，酒情詩興爲花移。瓊葩映酒分顔色，玉暴飄摇亂雪枝。

其　六

梁緒那誇興不常，漫攜春酒洗明妝。芳魂未逐東風怨，遮莫遊蜂度短牆〔一〕。

【箋注】

〔一〕遮莫：儘管、任憑。景德傳燈録卷二九梁寶誌十四頌運用無等：「遮莫刀劍臨頭，我自安然不采。」李白少年行：「遮莫親姻連帝城，不如當身自簪纓。」

【附】黃庭堅梨花詩：年年玉乳態尋常，今日花開白雪香。引我詩魂游上苑，莫教春色别流光。

其七

月捲簾鈎冷素裳，一庭清影浸銀塘。當年白苧歌銷歇，記剪春衫遠寄將〔一〕。

【箋注】

〔一〕當年二句：白苧歌，即白紵歌，樂府歌曲名。樂府解題：「其譽白紵曰：『質如輕雲色如銀，製以爲袍餘作巾。袍以光軀巾拂塵。』」張籍白紵歌：「皎皎白紵白且鮮，將作春衣稱少年。」此處借喻梨花。

【附】黃庭堅梨花詩：一枝玉剪剪冰裳，寄在春條香滿堂。分付東風莫摇落，還留佳興舞雲將。

其八

春老飄殘陌上花，重門深掩惜芳芽。關心怕是三更雨，點點愁聲到館娃〔一〕。

【箋注】

〔一〕館娃：宫名，吴王夫差建。明一統志：「館娃宫在蘇州府靈巖山上，前臨姑蘇臺。吴人謂美女爲娃，蓋以西施得名。」白居易靈巖寺詩：「館娃宫畔千年寺，木闊雲多客到稀。」

【附】

黄庭堅梨花詩：雪消春水剪冰花，白燕飄翎點翠芽。舞罷嬌肢歸別院，亂紅深處問瓊娃。

其九

燈落黄昏怯碧紗〔一〕，子規聲斷月初華〔二〕。燕山此際無殘雪，韻落溶溶夢裏家〔三〕。

【箋注】

〔一〕碧紗：即緑色紗窗。李白烏夜啼：「機中織錦秦川女，碧紗如煙隔窗語。」

〔二〕子規：即杜鵑鳥。

〔三〕燕山二句：李白北風行：「燕山雪花大如席。」此反用其意，以喻梨花飄落。

【附】

黄庭堅梨花詩：誰言夜雨打梨花？借問東皇老歲華。粉蜨競來枝上宿，含香院裏勝如家。

其十

金谷園中無數紅〔一〕，迎風承露盡爲容。一番歷亂芳菲歇〔二〕，獨有天花澹院東〔三〕。

【箋注】

〔一〕金谷園：故址在今河南洛陽西北，其地有金谷澗，晉太康中石崇築園於此。何遜車中見新林分別甚盛詩：「金谷賓遊盛，青門冠蓋多。」

〔二〕歷亂：淩亂。鮑照紹古辭之七：「憂來無行伍，歷亂如覃葛。」

〔三〕天花：雪花。陸游擬硯臺觀雪詩：「山川滅没雪作海，亂墜天花自成態。」此以雪花喻梨花。

【附】

黄庭堅梨花詩：海棠枝上露新紅，難比牆頭粉黛容。莫許何郎花下坐，春歸何處怨東風。

淮海集箋注存疑之作卷第二

論

論書帖〔一〕

學書端正，則窘於法度；側筆取妍，往往豐左而病右。故端書如右軍霜寒表〔二〕、子敬乞解臺職狀〔三〕、張長史郎官廳壁記〔四〕，皆不以法度病其精神。至於行書，則王家父子隨意肥瘠〔五〕，皆有佳處。近世惟顏魯公〔六〕、楊少師特窺其妙〔七〕，其用筆能左右之，不好處〔更覺娬媚，求一點一劃俗氣不可得，比來士大夫〕惟王荆公書有古人氣〔八〕，而不甚端遒；司馬公正書不甚善〔九〕，而隸法極端〔勁，似其爲人〕。

【校】

淮海集無此篇，據孫承澤庚子銷夏記補，云：「秦少游論書帖墨蹟端勁，大約得之顏魯公、楊少師。觀淮海所論書，而其書可知矣。淮海與豫章同爲坡公門下士，皆善書。陸放翁言『豫章晚自稱許，淮海則退避不肯以書自名』。故淮海之書傳世者少，益足重也。」

王本案：鮑廷博識云：「此卷秦少游論書帖，字多脱誤，參以諸本皆同，刻既成，偶讀山谷集有之，而語亦小異。後又見清河書畫舫所載山谷論書真蹟，與此吻合。其『用筆能左右之』以下脱二十餘字，其論云：『不好處更覺嫵媚，求一點一畫俗氣不可得。比來士大夫惟王荆公書有古人氣而不端，然筆力甚遒。司馬公正書不甚善，而隸法極端勁，似其爲人。』」四部本案：此山谷論書帖所多字句也。高郵州志軼事引銷夏記：「據退谷脱誤本於『不好處』上增『無』字，未知從何本校補，附録以俟參考。」

〔不好處〕王本、四部本「處」下注云：「闕。」徐案：此據鮑廷博題識補。

【箋注】

〔一〕本篇據鮑廷博題識曰「山谷集有之」，姑存疑。

〔二〕右軍霜寒表：米芾書史卷上：「又有唐摹右軍帖，雙鈎蠟紙摹。末後一帖是『奉橘三百顆，霜未降，未可多日』。韋應物詩云：『書後欲題三百顆，洞庭更待滿林霜。』蓋用此事。開皇十八年三月二十七日參軍學士諸葛穎、諮議參軍開府學士柳顧言、釋智果跋其尾。」右軍，指王羲之；霜寒表即指此。

〔三〕子敬乞解臺職狀：子敬，羲之子，名獻之，附見晉書王羲之傳，中云：「工草隸，善丹青，七八歲時學書，羲之密從後掣其筆不得，歎曰：『此兒後當復有大名！』嘗書壁爲方丈大字，羲之甚以爲能，觀者數百人。」又云：「時議者以爲羲之草隸，江左中朝莫有及者，獻之骨力遠不及父，而頗有媚趣。」歐陽修集古録跋尾卷四晉王獻之法帖（歲月未詳，真蹟）云：「右王獻之法帖，余嘗喜覽。……所謂法帖者，其事率皆吊哀候病，叙睽離，通訊問，施於家人朋友之間，不過數行而已。蓋其初非用意，而逸筆餘興，淋漓揮灑，或妍或醜，百態横生。」然其乞解臺職狀。未見著録。

〔四〕張長史郎官廳壁記：張長史，指唐張旭。旭，蘇州吴人。善草書。新唐書本傳云：「嗜酒，每大醉，呼叫狂走，乃下筆，或以頭濡墨而書，既醒自視，以爲神，不可復得也。世呼張顛。」歐陽修集古録跋尾卷六唐郎官石記（歲月闕）云：「右唐右司員外郎陳九言撰，張旭書，以草書知名。此字真楷可愛。記云：自開元二十九年已後，郎官姓名列於次，而此本止其序爾。」石記，蓋即廳壁記。黄庭堅豫章黄先生文集卷二八云：「張長史郎官廳壁記，唐人正書無能出其右者，……故獨入筆墨三昧。」

〔五〕王家父子：指王羲之、王獻之。

〔六〕顔魯公：即顔真卿，唐書法家，參見卷三一吊鎛鐘文注〔五〕。

〔七〕楊少師：即楊凝式，後周華陰人，字景度。唐昭宗朝，第進士，歷仕五朝，皆以狂放罷。在五代之漢曾官少傅、少師，故世稱楊少師。善詩歌，工筆札，尤精書法，有韭花帖一種，盛傳於世。舊五代史有傳。歐陽修集古録卷十載有楊凝式題名，謂：「五代之際有楊少師，建隆以後稱李西臺，二人者筆法不同，而書名皆爲一時之絶。」

〔八〕王荆公：即王安石。黄庭堅題王荆公書後：「王荆公書得古人法，出於楊虚白。虚白自書詩云：『浮世百年今過半，校它蘧瑗十年遲。』荆公此二帖近之。」

〔九〕司馬公：即司馬光，字君實。陜州夏縣涑水人。歷仕仁宗、英宗、神宗、哲宗四朝，官至尚書左僕射。與王安石議不合，元祐當政時盡改新法，恢復舊制。卒謚温國公。嘗主編資治通鑑。宋史有傳。

孫彦同職官分紀叙〔一〕

職官之書尚矣！前世士大夫所著，如漢官儀〔二〕、魏官儀〔三〕、唐六典〔四〕之類，幾卌家；而附見於類書中者，如御覽〔五〕、通典〔六〕、會要之類〔七〕，又十餘家。咸平中〔八〕，華陰楊侃始采諸家之書次爲職林〔九〕，凡廿卷，號稱極博，而斷自五代以前，不及本朝之事。元豐中，朝廷刺六典之文，集有司之議，建文昌之府〔一〇〕，立寄禄之格〔一一〕：制度炳然一新，可謂甚盛之舉也！而因時撰次，尚尟其人。富春孫彦同雅意斯事，間因暇日，取職林而廣之，具載新制，而又增門目之亡缺，補事實之遺漏，凡五十卷，號職官分紀，而古今之事於是備焉。

或曰：君子之學當志其遠者大者，楊氏之書敝精神於名物，固已惑矣，孫氏又從而廣之，不亦大惑與？余竊以爲不然。何則？昔九方皋知千里之馬而不知牝牡驪黄，以皋爲善觀天機則可，使皋爲天子諸侯之有司則僨矣〔二〕。此其所以爲黄老家之言也。儒者則異於是，不以内廢外，不以精忘麤。故上達天機之妙，而下堪天子諸侯有司之責。紀官之事，仲尼嘗學於郯子矣〔三〕，何獨於二子而疑之？彦同嗜學好古，晚而不衰，有志士也！

元祐七年六月望日，祕書省校對黄本書籍高郵秦觀叙。

【箋注】

〔一〕本篇録自王本補遺，王敬之原案：「宋孫彦同職官分紀，中吴蔣氏賦琴樓藏本。」又案：「職官分紀五十卷，宋孫彦同撰。先生作序，初藏蘇州惠氏紅豆莊，繼入蔣氏賦琴樓。乾隆年間纂入四庫全書。道光丁卯重刊淮海集，蔣君錫琳司鐸高郵，實與校訂，因出其先世藏本，録叙以墨於版。」考四庫全書總目卷一三五子部類書類一：「職官分紀五十卷，宋孫逢吉撰。逢吉字彦同，富春人，事蹟具宋史本傳。前有元祐七年秦觀序。陳振孫書録解題亦載之。考逢吉舉宋隆興元年進士，距元祐七年凡七十二年。又考朱子罷經筵直講，逢吉代講詩權興篇，事在紹熙五年，距元祐七年凡一百三年。逢吉至寧宗朝尚官祕書監、吏部侍郎、知太平州，距元祐七年則一百幾十年矣。謂元祐時秦觀序之，殆謬誤也。」所云甚是。

〔二〕漢官儀：隋書經籍志二：「漢官儀十卷，應劭撰。」

〔三〕魏官儀：新唐書藝文志二：「荀攸等魏官儀一卷。」

〔四〕唐六典：四庫提要史部職官類：「三十卷，唐玄宗御撰，李林甫奉敕注。其書分三師、三公、三省、九寺、五監、十二衛，列其職司官佐，敘其品秩，以擬周禮。」

〔五〕御覽：即太平御覽，宋太平興國二年太宗命李昉等據北齊修文殿御覽、唐文思博要等類書編纂。共一千卷，分五十五門。見文獻通考二二八經籍五五。

〔六〕通典：唐杜佑撰，二百卷。

〔七〕會要：唐會要，一百卷，五代會要五十卷，皆宋王溥撰。案：唐蘇冕嘗次高祖至德宗之事爲會要四十卷，揚紹復等又採德宗至宣宗之事續爲四十卷。溥因二家原本補輯宣宗至唐末之事以成唐會要。見四庫提要史部政書類。

〔八〕咸平：宋真宗年號，公元九九八至一〇〇三年。

〔九〕楊侃：楊大雅，本名侃，字子正，端拱進士，累官集賢院學士，知亳州。爲人樸學自信，直集賢院二十五年不遷。著有大隱集、西垣集、職林、兩漢博聞等書。宋史有傳。

〔一〇〕文昌之府：即尚書省。見卷六正仲左丞生日注〔一五〕。

〔一一〕寄禄之格：見卷十五官制上注〔九〕。

〔一二〕昔九方皋三句：九方皋，秦穆公時人，莊子徐無鬼作九方歅，淮南子道應作九方堙。列子説符：秦穆公使九方皋行求馬，三月而反，報曰：「已得之，在沙邱。」穆公曰：「何馬？」對曰：「牝而黄。」使人往取之，牡而驪。公不悦，伯樂曰：「若皋之所觀，天機也，得其精而忘其麤，在其内而忘其外。」馬至，果天下之良馬也。案：驪，黑色馬。

〔一三〕郯子：春秋郯國之君，昭公時，朝魯，嘗與叔孫昭子論少皥氏以鳥名官之事。仲尼（孔子字）聞之，見郯子而學之。見左傳昭公十七年。十三經古注謂是時孔子年二十八。

附録一

秦觀年譜

秦觀，字太虚，後改字少游，别號邗溝處士，淮海居士，學者稱淮海先生。

宋史本傳：「秦觀，字少游，一字太虚。」先生遺瘧鬼文：「邗溝處士，秋得痎瘧之疾。」清秦瀛重編淮海先生年譜（以下簡稱秦譜）：「先生姓秦氏，名觀，字太虚，改字少游，别號邗溝居士，學者稱淮海先生。」

案：先生原字太虚，於元祐元年改字少游，詳後。

先世本江南武將，中葉徙高郵，不仕，居武寧鄉。

先生送少章弟赴仁和主簿詩：「我宗本江南，爲將門列戟。中葉徙淮海，不仕但潛德。」秦譜：「先世居江南，中徙維揚，爲高郵州武寧鄉左厢里人。」案：寧，一作凝。隆慶高郵州志云：「武寧鄉，在州治東，轄五村三十里。」筆者於一九八四年冬至實地考察，武寧鄉有秦家垛，在城東四十五里山陽河東岸三垛之南。父老云：其地舊有廢磚井，蓋宋時之遺留。今三垛鎮有少游村,乃其故地也。

大父承議公,諱某,曾官於南康。父元化公,諱某,曾游太學。母戚氏。

先生送少章弟赴仁和主簿詩:「先祖實起家,先君始縫掖。」又李狀元墓誌銘:「(李常寧)夫人秦氏,先大父承議之女也。」案:承議郎宋初爲正六品下階文散官;元豐三年改制,以承議郎爲新寄禄官。詳見前集卷四送少章弟赴仁和主簿注。

宋元學案補遺卷一太學秦先生□:「秦□,高郵人,少游之父也。至和中游太學,從安定先生。」案:安定先生,即胡瑗,字翼之,宋史有傳。

先生祭洞庭文:「老母戚氏,年逾七十,久抱末疾。」

案:承議公事,詳見前集卷四送少章弟赴仁和主簿注;元化公事,詳至和二年。

家有屋數間,田百畝,聚族四十口。

先生與蘇公先生簡之三:「敝廬數間,足以庇風雨。薄田百畝,雖不能盡充饘粥絲麻,若無横事,亦可給十七。」案:此係謙辭,實較富有。先生有送錢秀才序云:「子二人者,昔日浩歌劇飲,白眼視禮法士,一燕費十餘萬錢,何縱也!今者室居而輿出,非澹泊之事不治,掩抑若處子,又何拘也!」

叔父定,中進士第,歷官會稽尉、渤海知縣、司農寺丞、江南東路轉運判官,仕至端明殿學士。

秦譜熙寧三年有記載，詳後。

妻徐氏，名文美，同里潭州寧鄉主簿徐賡實（字成甫）之長女。

詳治平四年、熙寧八年譜。案俗謂少游妻爲東坡之妹蘇小妹，源於託名蘇軾之東坡問答録，明馮夢龍之小説蘇小妹三難新郎、清李玉之傳奇眉山秀，又從而敷衍之，影響遂遍於民間，然皆虚構也。

弟覯，字少章；覿，字少儀。皆能文。

宋史本傳：「弟覿，字少章；覯，字少儀。皆能文。」

案：宋史誤。黄庭堅豫章黄先生文集卷二六書秦覯詩卷後云：「少章别來逾年，文字亹亹日新。」又山谷詩注卷十一贈秦少儀題下任淵注曰：「少儀名覿，少游之弟。」後山詩注卷二送秦覯三首題下任淵注曰：「覯，字少章，少游之弟也，從東坡學於杭州。」宋詩紀事卷三三陳師道嘲秦覯引王直方詩話云：「少章登第後方娶，後山作此詩時，猶未娶，故多戲句。」胡仔苕溪漁隱叢話前集卷五十秦少游引王直方詩話云：「秦覿，字少儀，好爲詩，初亦不甚工，既而以所業獻山谷。山谷作詩贈之云：『乃能持一鏃，與我箭鋒直。』又云：『我自得此詩，三日卧向壁。才難不其然，有亦未易識。』當時交游間，皆以此言爲過；然少儀緣此，詩思大發。」

有從弟震、鼎。

先生睡足寮寄震鼎二弟詩云：「秋生淮海涼如水，得句還應夢阿連。」蓋叔父定之子。參見前集卷四送少章弟赴仁和主簿注。

子湛，字處度，能詞，有父風。

宋張世南游宦紀聞卷一引坡公（蘇軾）帖：「忽聞少游凶問……其子甚奇俊，有父風。」並云：「所謂奇俊之子，名湛，字處度者也。」清劉熙載藝概卷四詞曲概：「少游水龍吟『小樓連苑横空，下窺繡轂雕鞍驟』，東坡譏之云：『十三箇字只説得一箇人騎馬樓前過』，語極解頤。其子湛作卜算子云：『極目煙中百尺樓，人在樓中否？』言外無盡，似勝乃翁，未識東坡見之云何。」宋莊綽雞肋編卷上：「秦觀之子湛，大鼻類蕃人，而柔媚舌短，世目之爲『嬌波斯。』」案：湛後爲常州通判，又嘗仕於杭。王文誥蘇詩集成卷十二與毛令方尉游西菩寺二首題下查注：「秦湛重修明智院記略云：於潛之西菩……本朝改曰明智，今謂其山猶曰西菩云。湛，少游之子也。」

女二：一適范祖禹子温，字元實；一適葛書舉子張仲。

蔡絛鐵圍山叢談卷四：「范内翰祖禹作唐鑑，名重天下，坐黨錮事久之。其幼子温，字元實，與吾善。……温嘗預貴人家會，貴人有侍兒，善歌秦少游長短句，坐間略不顧。温亦謹，不敢吐一語。及酒酣懽洽，侍兒者問：『此郎何人耶？』温遽起，叉手而對曰：『某乃「山抹微雲」女壻也！』聞者多絶倒。」原注：「『山抹微雲』，少游之詞也，爲時傳誦，故云。」案：温著有潛溪詩眼。少游葛宣德墓銘：「君諱書舉，字規叔，姓葛氏，其先廣陵人。唐天祐中，遠祖濤始徙常州之江陰。……子男三人：張仲、牧仲、子仲，皆舉進士。……余舉進士時，常與君同學。在汝南，復與君同官。君之登科，與儂仲父同年；而張仲，又余之壻也。」

宋仁宗皇祐元年己丑（一〇四九），一歲。

先生書王氏齋壁：「皇祐元年，余先大父赴官南康，道出九江，余實生焉。」

蘇軾十三歲。

黄庭堅四歲。

皇祐二年庚寅（一〇五〇），二歲。

在南康。

皇祐三年辛卯（一〇五一），三歲。

在南康。

皇祐四年壬辰（一〇五二），四歲。

隨大父寓南康某僧舍。

書王氏齋壁：「（大父）滿歲受代，猶寓止僧舍。」案：宋代官制，三年爲一秩，其大父受代，當在本年。

皇祐五年癸巳（一〇五三），五歲。

晁補之生。

皇祐六年甲午（一〇五四），六歲。

案：是歲六月，改元至和。

張耒生。

至和二年乙未（一〇五五），七歲。

先生始入小學，慕王觀之爲人。

秦譜：「先生始入小學。」

先生李氏夫人墓誌銘：「至和中，先君遊太學，事安定先生胡公。歲時歸覲，具言太學人物之盛，數稱海陵王君觀及其從弟覯有高才，力學而文，流輩無與比者。余時爲兒侍左右，聞而心慕之，願即見，蓋不可得。」

秦譜案：「李氏王夫人墓誌銘但言元化公稱王君觀及其從弟覯，而不言名先生。名先生之説，見之舊譜。然王君觀從弟名覯，而先生之季弟亦名覯，或取二王之名，先後以名其子，似可信也。」又案：「王夫人墓誌銘言至和中先君遊太學，不言元年。至和首尾幾及三年，恐係至和二年事，亦未可定。」徐案：此條秦譜原繫於至和元年，據此，案語移置本年。

案：王觀乃詞人，有冠柳集。黄昇唐宋諸賢絶妙詞選（簡稱花庵詞選）卷五評其慶清朝慢踏青云：「風流楚楚，詞林中之佳公子也。世謂柳耆卿工爲浮艷之詞，方之此作，蔑矣。詞名冠柳，豈偶然哉！」少游之嗜詞，蓋權輿於此。

嘉祐三年戊戌（一〇五八），十歲。

秦譜：「通孝經、語、孟大義。」

先生精騎集序：「予少時讀書，一見輒能誦，暗疏之亦不甚失；然負此自放，喜從滑稽飲酒者游，旬朔之間，把卷無幾日，故雖有强記之力，而常廢於不勤。」

嘉祐四年己亥（一〇五九），十一歲。

黄庭堅游學淮南。（見黄罃山谷先生年譜，下同。）

嘉祐五年庚子（一〇六〇），十二歲。

嘉祐六年辛丑（一〇六一），十三歲。

黄庭堅年十七，從舅氏李公擇常學於淮南，始識孫莘老覺。覺以其女妻之。

案：龐元英文昌雜録卷四云：「祕書少監孫莘老莊居在高郵新開湖邊。」孫莘老於秦氏有戚誼。少游與孫莘老學士簡云：「前書聞姨婆縣君服藥甚久，徐氏弟兄及妻子皆憂撓不知所爲，近聞得僧法賓者調治已平。」姨婆縣君，指莘老之妻。又孫莘老挽詞四首之四：「華屋丘山可奈何，百年光景一投梭。故人唯有羊曇在，慟哭西州不忍歌。」案：東晉羊曇爲謝安之甥，此處自喻與孫莘老有甥舅關係。

常造莘老之室，親聆教誨，並從其學經，其時約在黄庭堅之後。

奉和莘老詩云：「童子何知幸最深，久班籍湜奉登臨。挾經累造芝蘭室，揮麈常聆金玉音。」案宋史孫覺傳：「孫覺字莘老，高郵人。甫冠，從胡瑗受學。瑗之弟子千數，别其老成者爲經社，覺年最少，儼然居其間，衆皆推服。」又云：「有文集、奏議六十卷，春秋傳十五卷。」然此時少游猶未識黄庭堅。

六月戊寅，以王安石知制誥。

嘉祐七年壬寅（一〇六二），十四歲。

嘉祐八年癸卯（一〇六三），十五歲。

秦譜：「丁父元化公憂。」

三月辛未晦，仁宗趙禎崩。

四月朔壬申，英宗趙曙即位。

八月，王安石丁母憂於江寧。

宋英宗治平元年甲辰（一〇六四），十六歲。

是歲正月丁酉朔改元。

治平二年乙巳（一〇六五），十七歲。

蘇軾自鳳翔召還，判登聞鼓院，尋召試館職，除直史館。

治平三年丙午（一〇六六），十八歲。

夏四月，蘇軾父洵卒於汴京，護喪歸蜀。

治平四年丁未（一〇六七），十九歲。

秦譜：「娶徐氏，名文美，潭州寧鄉縣主簿徐成甫女。」少游徐君主簿行狀：「君姓徐氏，諱某，字成甫，其先泰州興化人。遠祖湘自興化徙揚州之高郵，家焉。……熙寧某年，以入粟試將作監主簿；又五年，始至京師，授潭州寧鄉主簿。……女三人：曰文美、文英、文柔。……又以文美妻余。」又慶禪師塔銘：「始師出世，某之外舅，故潭州寧鄉主簿徐君賡實爲檀越首。」可見其外舅諱賡實。

是歲正月丁巳，英宗崩；戊午，神宗趙頊即位。

閏三月，王安石服闋，出知江寧府。

春，黄庭堅登張唐卿榜進士第，調汝州葉縣尉。

熙寧元年戊申（一〇六八），二十歲。

正月朔改元。

三月，詔翰林學士王安石越次入對，勸神宗變法。

熙寧二年己酉（一〇六九），二十一歲。

二月，以王安石參知政事，尋制置三司條例，議行新法。五月，御史中丞吕誨以論安石不可任，命出知鄧州。六月，始行青苗法。七月，始行均輸法。十二月，司馬光與吕惠卿争變法，且言青苗不便。

秦譜：「作浮山堰賦。」

是歲春，蘇軾服闋至京師，判官告院兼判尚書祠部。五月，以論貢舉不當改，與安石議不合。尋權開封府判官。

蘇轍除三司條例司檢詳文字。

熙寧三年庚戌（一〇七〇），二十二歲。

春，御試始用策，罷詩、賦，蘇軾充殿試編排官。

秦譜：「叔父定登葉祖洽榜進士第，授會稽尉。」原案：「大音先生鏞云：『高郵譜：定，先生諸父，仕至端明殿學士。卒葬江都西山，秦家莊有秦端明定墓。』又案：「會稽尉至元豐三年始得代，疑屬遷調，非進士初官。」

是歲，王安石爲參知政事，推行新法。

正月，詔諸路散青苗錢。二月，司馬光、吕公著、孫覺、李常等皆論青苗法不便，先生後然其説。

先生李公擇行狀：「是時，王荆公輔政，始作新法，諫官御史論不合者，輒斥去。公上疏力詆其非，以爲始建三司條例司，雖致天下之議，而善士猶或與之。至於均輸之論興，青苗之法立，公然取息，傅會經旨，以爲無嫌，則天下固已大駭，而善士亦不復與矣。時荆公之子雱與温陵吕惠卿，皆與聞國論，凡朝廷之事，三人者，參然後得行。公言陛下與大臣議某事，安石不可則移而不行。安石造滕議某事，安石承詔頒焉，吕惠卿獻疑，則反之。詔用某人，安石、惠卿之所可，雱不説，則又罷之。孔子曰：『禄去公室，政在大夫，陪臣執國命。』今皆不似之耶？」

是歲，蘇轍被陳州張方平辟爲教授。

熙寧四年辛亥（一〇七一），二十三歲。

六月，蘇軾出爲杭州通判，七月遇張耒於陳州，時耒從蘇轍游。

是歲，以王安石同中書門下平章事。歐陽修致仕。

熙寧五年壬子（一〇七二），二十四歲。

秦譜：「好讀兵家書，作（郭子儀）單騎見虜賦。」

在湖州，訪孫莘老，書屯田郎中俞汝尚墓表。

秦譜：「書屯田郎中俞汝尚墓表。施元之東坡詩注：『退翁之卒，孫莘老以爲事類龐公，爲表其墓，秦少游爲書之。』」原案：「汝尚，字退翁，吴興人。孫莘老於熙寧四年十二月，自廣德移守吴興。六年春，移守廬州，東坡有詩送之，在寒食後。（俱見施注）墓表之作，必在守吴興時。先生以同鄉在其幕府，故爲書之。」

徐案：少游爲孫莘老幕府，史籍無考，當係因戚誼並從學之故，前來湖州訪問。先生雪上感懷詩云：「七年三過白蘋洲，長與諸豪載酒游。」此詩作於元豐二年秋，上溯七年，正爲熙寧五年，可證少游此時在湖州。蘇軾跋少游草書：「少游近日草書，便有東晉風味。」宋李綱梁溪集卷一六二秦少游所書詩詞跋尾：「少游詩字婉美蕭散，如晉宋間人，自有一種風氣。」又蘇軾次韻孫莘老見贈詩自注云：「孫莘老書至不工。」故莘老作墓表而由少游書之。

是歲，揚州守錢公輔（字君倚）受代。公輔養有二鶴，居則俛仰於賓掾之間，出則飛鳴乎導從之先，先生感而作嘆二鶴賦。

歐陽修卒。

黄庭堅除北京國子監教授，至元豐二年，皆在北京。

十二月，蘇軾至湖州，爲孫莘老作墨妙亭記。

熙寧六年癸丑（一〇七三），二十五歲。

先生有品令二首，以高郵方言寫之，當作於早期，姑繫於此。

焦循雕菰樓詞話：「秦少游品令『掉又臞，天然箇品格』，此正秦郵土音。」

正月，晁補之會蘇軾於新城。

九月，蘇轍爲齊州掌書記。

是歲，張耒登余忠榜進士第。

熙寧七年甲寅（一〇七四），二十六歲。

三月，鄭俠上流民圖，言新政之害。

五月，錢公輔卒。

九月，蘇軾以太常博士直史館權知密州，過湖州，與張先（子野）、楊繪（元素）、劉述（孝叔）、陳舜俞（令舉）、李常（公擇）作「六客之會」。案：公擇於七月自鄂移湖。

先生預作坡筆語於揚州一山寺中。

秦譜：「聞眉山蘇公軾爲時文宗，欲往遊其門，未果。會蘇公自杭倅徙知密州，道經維揚，先生預作公筆語，題於一寺中。公見之大驚，及晤孫莘老，出先生詩詞數百篇，讀之，乃嘆曰：『向書壁者，必此郎也。』遂結神交。」

案：據蘇詩總案卷十二：十月，軾與孫洙同至揚州，與王居卿燕集平山堂；後過高郵訪孫覺，並至邵茂誠停櫬處哭之，同時爲作詩集敍，未言讀少游筆語。秦譜係據冷齋夜話卷一，然少游後有簡與蘇公云：「懋誠集引，尋已付邵君刻石畢。」是否蘇軾當時寫就託孫莘老交少游，無從查考。

作御街行於揚州劉太尉家。

趙萬里輯本引宋楊偍古今詩話：「秦少游在揚州劉太尉家，出姬侑觴，中有一姝，善擘箜篌……姝又傾慕少游之才名，偏屬意。少游借箜篌觀之。既而主人入宅更衣，適值狂風滅燭，姝來且親，有倉卒之歡，且云：『今日爲學士瘦了一半。』少游因作御街行以道一時之景。」

是歲四月，王安石爲吕惠卿所排，罷相，出知江寧府。吕惠卿爲參知政事。

熙寧八年乙卯（一〇七五），二十七歲。

顯之長老住高郵，先生與之游，爲作高郵長老開堂疏、乾明開堂疏、醴泉開堂疏，並有宿乾明方丈詩及和顯之長老詩。

案：顯之長老，諱昭慶，亦稱漳南老人。先生慶禪師塔銘云：「熙寧中游淮南，往來廣陵、天長、高郵之間。三邑之人見師如舊相識，莫不靡然心服，願爲弟子；而高郵之人遂以乾明請師出世。」其遊湯泉記復云漳南老人隱湯泉之八月，先生與孫莘老、參寥子往訪。往訪之時爲熙寧九年，依此推算，顯之當於八年住乾明。

外舅徐成甫卒，後二日，其繼室蔡氏殉之。

秦譜：「外父徐成甫卒，繼室蔡氏殉焉。爲撰行狀及蔡氏哀詞。」

案：行狀有二：徐君主簿行狀及蔡氏行狀。徐君行狀云其卒時「實熙寧八年閏月十八日也」，又云：「更娶蔡氏，節行益奇，君病殆時，至取毒藥自引，後君二日卒。」

先生有送孫誠之尉北海、新開湖送孫誠之有龍見於東北因成絶句，二詩似作於熙寧八年之前。

案：孫誠之，名勉，莘老弟。前人以爲即莘老子子實，誤。清茆泮林孫莘老年譜元祐三年案：「子實，先生子，爲宋制科進士。考宋史，元祐二年復制科，三年應試。……子實名端，邑志以爲即淮海集北海尉孫誠之。陸佃陶山集依韻和孫勉教授詩元注：『莘老最稱重誠之。』誠之乃孫勉也，與莘老伯仲。』邑志之説非也。」又蘇詩集成卷十七送孫勉云：「昔年罷東武，曾過北海縣……更被髯將軍，豪篇來督戰。（自注：其兄莘老，以詩寄之，皆言戰事。）」此益可證誠之爲莘老之弟。東武即密州，據施宿東坡先生年譜，軾以熙寧九年九月罷密州，其時過北海縣曾遇孫誠之，則誠之之赴北海尉，當在其前，姑繫於此。一説送孫誠之尉北海，元祐三年作于汴京。

是歲竄鄭俠於英州，二月，呂惠卿因鄭俠事沮王安石未遂，安石復入相。六月，頒王安石詩書周禮義於學宫。

熙寧九年丙辰（一〇七六），二十八歲。

春，訪李公擇於湖州，有陪李公擇同觀金地佛牙詩；受陳舜俞宴請，席上賦陳令舉妙奴詩。别時有詩呈李公擇，又有春日雜興（寢療倦文史）。

案：據嘉泰吴興志秩官云：李常自熙寧七年七月至熙寧九年三月守湖州，其後任爲章惇。故少游别時作詩呈李公擇云：「雲脚漸收風色緊，半規斜日射歸船。」又少游雪上感懷云「七年三過白蘋洲」，可知熙寧五年赴湖訪孫莘老爲初過，本年訪李公擇爲二過。

歸途經鎮江，江上遇參寥子，蓋與李公擇同舟北上。

參寥子哭少游學士詩云：「瓶盂客京口，彷彿熙寧末。君方駕扁舟，歸來自苕霅。中泠忽相值，傾蓋忘楚越。」又有次韻少游寄李齊州詩云：「畫船京口見停橈，蕭洒渾疑謝與陶。」謝與陶當係指少游與公擇。時公擇移知齊州，少游似與之同載。案參寥此詩竄入淮海集卷七，題作次韻二首（其二）。

春，有詩答朱廣微。

案：朱廣微，字子機，曾爲監利令，時爲鹽邑（今江蘇鹽城）寓公，與山陽徐積（字仲車）往來甚密。積有二老寄朱廣微二首、寄朱子機二首諸詩。

夏末，與孫莘老、參寥子游歷陽之湯泉，並至烏江訪閻求仁，謁項羽祠。

秦譜：「同孫莘老、參寥子訪漳南老人於歷陽之惠濟院，浴湯泉，遊龍洞山，謁項羽祠，極山水之勝，得詩三十首，湯泉賦一篇。孫莘老有初至湯泉詩，先生次韻和之。」

案：是時孫莘老丁祖母憂家居。續資治通鑑長編（以下簡稱長編）卷二六九，熙寧八年十月辛亥：「前右司諫直集賢院孫覺知潤州。初，覺知廬州，喪祖母，以嫡孫解官持服，而覺有叔父在。有司以新令嫡子死，無衆子，然後嫡孫承重，覺不當爲祖母解官，故有是命。而覺已去廬州，亦不赴潤州也。」

案：赴湯泉時當在夏末，次韻莘老初至湯泉二首之二云：「九夏來投錫，棲心應更涼。」（蜀本謂此係參寥子和作）歸時在歲暮，還自湯泉十四韻云：「歲晚倦城郭，聯驂度槀莪。天黄雲脚亂，村黑鳥翎訛。」皆寫冬景。赴湯泉時途經六合，有過六合水亭懷裴博士詩。

先生游湯泉記云：「湯泉之事既窮，余又獨從參寥西馳七十里，入烏江，邀求仁謁項羽祠，飲繫馬松下，憑大江以望三山，憩於虚樂亭。」

案：求仁，閻木字，高郵人。遊湯泉記云：「求仁，余鄉友也。」先生有題閻求仁虚樂亭詩誌其事。

孫莘老愛湯泉之勝，欲築草庵以寄老，顯之許之。莘老有顯之禪老欲以草庵見處作詩以約之詩，先生與參寥和之。

案：此行尚有游湯泉、題湯泉二首、落日馬上、馬上口占二首、次韻參寥莘老、和孫莘老遊龍洞諸詩。

歲暮，有懷李公擇學士詩，莘老、參寥次韻和之。

案：本年春，李公擇移守齊州，少游同舟至京口遇參寥。孫汝聽蘇潁濱年表謂蘇轍熙寧九年有和李常赴歷下道中雜詠十二首，欒城集卷六載此詩，有句云「蒼茫半秋草」。本篇云「蓬斷草枯時節晚」，時間當在其後不久。另有次韻二首，竄入淮海集，誤作少游詩，然其一蜀本注云：「莘老。」觀首句「青髮從遊各白袍」，知爲莘老作無疑，因公擇「長覺一歲，始與覺齊名」也，見宋史李常傳。其二蜀本注曰：「參寥。」參寥子詩集卷三有此詩。特爲駁正。

十月，王安石罷相，出判江寧府；吴充、王珪爲相。蘇轍自齊州回京。

十一月，蘇軾離密州任。

熙寧十年丁巳（一〇七七），二十九歲。

先生嘗事耕作，有田居四首及納涼詩；又有行香子詞，寫秦郵村景，蓋亦先生所作。

案：參寥子自熙寧九年春來淮南，至元豐二年春離去，是時有次韻黄子理田居四時詩，先生詩亦分詠四時，當作於同時，姑繫本年。

秋九月，與顯之等會於高郵，作寄老庵賦及遊湯泉記。

秦譜：「是歲，孫莘老寄老庵成，作寄老庵賦；漳南道人自湯泉來，作遊湯泉記。」

案：遊湯泉記云：「明年漳南自湯泉來，會於高郵，追叙去年登臨之美，且嘆日月之速，盛遊之難再也，因撰次之。」末署「熙寧十年九月」。以文意推之，孫莘老、參寥子亦當與會。是歲，蘇軾以尚書祠部員外郎直史館徙知徐州，四月二十一日到任。時蘇轍應南京留守張方平辟，爲簽書判官。兄弟相從至徐。七月，河決澶州曹村；八月，水匯徐州城下，軾親率士民築堤防水，害不及城。

熙寧間，有與喬希聖論黄連書。

案：喬希聖，字執中，高郵人，宋史有傳。

元豐元年戊午（一〇七八），三十歲。

先生有早春題僧舍詩，又有睡足軒二首。

春，龔深之原往金陵見王安石，作詩送之，參寥子次其韻。

案：先生首唱已佚，參寥子次韻少游學士送龔深之往金陵見王荆公四首其一云：「春風隨意可嬉娱，水有舟航陸有車。」其二云：「羡君一棹江南去，碧薺時魚暮雨邊。」觀詩意，送别之地在江北，時間在暮春。

孫莘老將服闋赴任，先生有奉和莘老及次韻莘老二詩。

案：先生詩云：「歲月黄塵裹，鶯花白髮前。……泉虬淹已久，風翮去應便。預想朝元日，簪裾立萬仙。」此皆送莘老赴官之辭也。「鶯花」句謂暮春，莘老自熙寧八年十月丁祖母憂，此時將服闋。

寒食,至廣陵上塚,有詩; 并有答閻求仁謝參寥彦温訪於墳所詩。

先生還自廣陵四首其一云:「墳墓去家無百里,往來猶不廢觀書。」其二云:「南北悠悠三十年,謝公遺棣故依然。」

案: 其先人之墓在揚州西山秦家莊,見熙寧三年譜。先生自出生至本年,正三十歲,故詩云「南北悠悠三十年」。

夏四月,將入京應舉,途中訪蘇軾於徐州,至雲龍山訪張天驥,有戲雲龍山人二絶及别子瞻學士詩。過南京,攜李公擇書訪蘇轍。

案秦譜繫之於熙寧十年,云:「蘇公自密州徙知徐州,先生乃往候公於彭城,贈之以詩,蘇公次韻贈别。」誤。王文誥蘇詩總案卷十六:「秦觀投長篇來謁,和贈『夜光明月非所投』詩。」時間在元豐元年四月十六日。原注:「欒城集次韻秦觀秀才攜李公擇書相訪詩自注云:『秦君與家兄子瞻約秋後再遊彭城。』誥案: 此少游自徐赴京應舉過宋見子由所贈詩。據此,則少游到徐,當在夏初。」又查慎行蘇公年表元豐元年:「是年,秦少游將入京應舉,至徐謁見先生。黄、秦二君奉教於先生始此。」徐案: 少游來徐州前,李公擇調淮南西路提刑,自徐過淮南,少游係持其書謁二蘇,故其别子瞻學士詩云:「故人持節過鄉縣,教以東來償所願。」王文誥蘇詩集成引此二句案曰:「李公擇自徐過淮上,而少游因攜其書以來,故詩有『故人持節』二句。」

在徐，陳師道始知先生。

陳師道淮海居士字序：「熙寧、元豐之間，眉蘇公之守徐，余以民事太守，間見如客。揚秦子過焉，置醴備樂，如師弟子。」

夏，與錢節遇於京師，相得甚歡。

先生後有送錢秀才序云：「去年夏，余始與錢節遇於京師，一見握手相狎侮，不顧忌諱如平生故人。余所泊第，節數辰輒一來就，語笑終日去，或遂與俱出，遨遊飲食而歸。或闕然不見至數浹日，莫卜所詣。大衢支徑，卒相覯逢，輒嫚駡索酒不肯已，因登樓縱酒狂醉，各馳驢去，亦不相辭謝。異日復然，率以爲常。」

案：據宋元學案補遺卷二十五錢先生節：「錢節，忠懿王（錢俶）之後，居上虞，從沙隨程氏學，館虞雍公之孫勇，守富川，以盡室行。」

在京時，謁王學士；學士得其文。

先生與王學士書：「前日復衣食所迫，求試有司，遂得進謁左右，屬賓客盛集，不獲薦其區區。方謀繼見，而閣下固已得鄙文於從游之間。」案：王學士，蓋爲王存，字正仲，時爲國史院編修，故書中稱「史院學士」。

秋試落第，過泗州東歸，有詩。參寥子作詩慰之，蘇軾有和作，並有書。

先生泗州東城晚望詩云：「林梢一抹青如畫，應是淮流轉處山。」觀其語意，當是初經此路東歸；先生赴京時，係由徐入宋也。其送錢秀才序云：「至秋，余先浮汴絶淮以歸。」可證。

案：據蘇詩總案卷十七，是歲八月十七日，參寥子自杭（徐案：實是自淮南）來訪蘇軾於徐州；十二月十九日，軾有和參寥寄秦觀失解詩，云：「底事秋來不得解，定中試與問諸天。」又云：「回看世上無伯樂，却道鹽車勝月題。」並作書慰之，約後期相見，云：「見解榜，不見太虛名字，甚惋歎也！參寥真可人，太虛所與之不妄矣。僕去替不遠，尚未知後任所在，意欲東南一郡爾，得之當遂相見。」（與秦少游書）秦譜謂是歲「舉鄉貢不售」，鄉貢之説誤。

歸里，作與蘇子由著作第一簡。

案：先生與蘇子由著作簡云：「頃過南都，幸一拜清重。扁舟東下，迫於同行，不獲款聽緒言以厭所願，但增於悒耳。」

先生退居高郵，杜門却掃，以詩書自娱，乃作掩關之銘。（見秦譜）

秋，有睡足寮寄震鼎二弟及送僧歸保寧詩，作如越省親之計。

案前詩云：「秋生淮海涼如水，得句還應夢阿連。」蓋憶在會稽之從弟、秦定之子也。後一詩云：「伊余久欲窺禹穴，矧今仲父官東越。行挽秋風入剡溪，爲君先醉西湖月。」皆謂將游會稽，省大父承議公及叔父定也。

秋暮，有酬曾逢原參寥上人見寄山陽作詩。

案：參寥子於十二月十九日離徐南下，約三五日後抵淮上，遇曾孝序，有與曾逢原寺丞相别詩云：「落葉追奔卷地飛，淮流轉處楚山稀。君騎黃鶴朝天去，我憶青松舊壑歸。」又有夜泊淮上復寄曾逢原詩：「黃沙白草滿淮垠，逆旅蕭條思不禁。風約亂雲歸隴首，角吹明月出波心。」其與曾逢原詩，當在參寥子八月中旬赴徐途經山陽之時，故少游酬韻云：「倦客當老秋，忽忽少佳意。」

冬十月五日，蘇軾爲少游湯泉賦題跋。

歲暮，參寥至，得蘇軾書，作簡復之。

先生與蘇公簡其一：「比參寥至，奉十二月十二日所賜教，慰誨勤至。……比迫於衣食，彊勉萬一之遇，而寸長尺短，各有所施，鑿圓枘方，卒以不合，親戚游舊，無不憫其愚而笑之。……惟先生不棄，而時賜之以書，使有以自慰。」案蘇公所賜教，當指「見解榜」一書，見前引。

未幾，黃樓賦成，遣人送徐州呈蘇軾，且以蓴薑法魚糟蟹寄之，並乞賜書芙蓉城詩。

與蘇公先生簡二：「頃蒙不間鄙陋，令賦黃樓，自度不足以發揚壯觀之萬一，且迫於科舉，以故承命經營，彌久不獻。比緣杜門多暇，念嘉命不可以虛辱，輒冒不韙，撰成繕寫呈上。……又多不詳被水時事，恐有謬誤。」又云：「素紙一幅，敢冀醉後揮掃近文並芙蓉城詩，時得把玩。」案：先生以蓴薑法魚糟蟹寄子瞻詩當作於是時，此後蘇軾守湖州、貶黃州，其地皆有魚蟹，毋須少游寄贈。軾在黃有與秦太虛書云「魚蟹不論價」。此詩曾誤入蘇詩續補遺，然查慎行注已駁正，云少游「以土人致土貢，語意特親切」。清王敬之小言集枕善居雜説亦云此係「淺人所點竄，有污東坡多矣。」

冬後，作與蘇子由著作第二簡。

與蘇子由著作簡云：「而杜門謝客，頗得專意讀書。衡茅之下，有以自適。古語有之：蘭生幽谷，不爲莫服而不芳。某雖不敏，竊事斯語。……比因冬後，輒爲古詩一首寄獻。」案，此古詩蓋指「忽」字韻者，子由次韻秦觀見寄云：「幽蘭委冰霜，掩靄特未發。春風吹芳蕤，爛漫安可没。」其意與簡合。

歲暮，代參寥子作與鍾公實啓。

案：鍾公實，名世美。長編卷二九四云：是歲十一月乙亥，「太學生鍾世美爲試校書郎睦州軍事推官太學正。世美以内舍生上書稱旨，下國子監保明在學行義亦飭故也」。此啓當係參寥自徐歸高郵後所作。

先生有醫者及贈醫者鄒放二詩，當作於熙寧末、元豐初。

案：參寥子此時常在高郵，有贈鄒醫詩云：「憐余寢瘵古佛寺，每辱珍劑相扶攜。傾囊倒槖願爲贈，唯有團蒲並杖藜。君聞掉頭不我顧，止索詩句光衡圭。」參寥又有詩題作宿乾明，前詩所謂「古佛寺」者，即乾明寺也。少游詩蓋作於同時。

先生有寄孫傳師著作詩。

案：孫覽，字傳師，孫覺（莘老）之弟，蓋因祖母之喪回里，是時赴官。宋史有傳。

元豐二年己未（一〇七九），三十一歲。

正月，作五百羅漢圖記。

案鄧椿畫繼卷五：「法能，吳僧也，作五百羅漢圖，少游爲之記云。」圖記末署「元豐二年正月十五日，弟子秦某記」。嘉慶揚州府志卷二九高郵州：「五百羅漢院，在焦里邨，宋僧諸千建，一名存居寺，又名龍華寺。」

是時，蘇軾在徐州，有和參寥淮上却寄詩。

春，作次韻參寥三首。

案：參寥原唱題作彭門書事寄少游，東坡曾和云「底事秋來不得解，定中試與問諸天」，皆作於元豐元年秋。少游次韻曰：「會有黃鸝鳴翠柳，何妨白眼望青天。」時間當在本年春天。

作春日雜興（潭潭故邑井、東方有美人）二首，抒失意之情。

前一首云：「潭潭故邑井，猗猗上宮蘭。不食自清潔，莫服更幽閑。……枉尋竟何補，方枘誠獨難。」後一首云：「合并會有時，索居不必歎。」可見對前途並未喪失信心。

黃樓賦及懋誠集引分别在徐州及高郵刻石，先生作與蘇公先生第三簡。

簡云：「昨所遣人還，奉所賜詩書。」案即前簡所乞芙蓉城詩也。又云：「參寥時一見過。他客既以奔軍見棄，又不與之往還，因此遂絶。頗得專意讀書，學作文字，性雖甚愚戇，亦時有發明。」他客蓋指孫莘老、孫傳師兄弟，及錢節，時先生有送錢秀才序。簡又云懋誠集引付邵君刻石，黃樓賦蘇軾將在徐刻之石，並謂「又得南都著作所賦」，即蘇轍所作黃樓賦也。

夏，四月初，與參寥子同隨蘇軾南下，如越省親。

案：據王宗稷蘇文忠公年譜，三月蘇軾自徐州移知湖州，三月二十七日經靈壁作張氏園亭記。蘇詩總案卷十八謂四月過泗州，渡淮，至高郵，與參寥、秦觀遇，遂載與俱。由高郵啓航，當在四月上旬。

大風留金山兩日，有次韻子瞻贈金山寶覺大師詩。

案：蘇軾詩題作大風留金山兩日余去金山五年而復至次舊詩韻贈寶覺長老，少游相與同載，當共同阻於金山二日。

四月十二日，同子瞻、參寥游無錫惠山，用唐人王武陵、竇群、朱宿韻，各賦詩三首。

蘇軾游惠山詩叙：「余昔爲錢塘倅，往來無錫，未嘗不至惠山。既去五年，復爲湖州，與高郵秦太虛、杭僧參寥同至，覽唐處士王武陵、竇群、朱宿所賦詩，愛其語清簡，蕭然有出塵之姿，追用其韻，各賦三首。」是時軾並作有歐陽修家書跋，末署「元豐二年四月十二日」。少游詩題作同子瞻參寥游惠山三首。

四月二十日，前夕過吴淞江，與關彦長、徐安中會於垂虹亭，分韻題詩，先生作與子瞻參寥會松江得浪字詩。

案：蘇軾到湖州謝上表云：「已於今月二十日到任。」則其會垂虹橋當在此前。王宗稷蘇譜注謂四月二十九日到任，實誤。

五月五日，在湖州，遍遊諸寺，有泊吴興西觀音院、同子瞻端午日遊諸寺分韻賦得深字詩。又有次韻酬周開祖宣義詩。

案：得深字詩云：「復登窣堵波，環回矚嶔崟。」窣堵波，指飛英寺塔也。蘇軾本集自記吴興詩云：「僕爲吴興，有飛英寺詩」云云，可互證。

是月，吴中梅雨，泛舟城南，會者五人，又與子瞻、參寥往遊何山，分韻賦詩。遂別蘇軾之越。

案：先生分韻詠何山詩已佚，然據蘇軾與秦少游書云：「昨晚知從者當往何山，辱示，方悟分韻詩語益妙，得之殊喜。拙詩令兒子録呈。」又跋少游龍井題名記云：「自徐遷湖，至高郵，見太虚、參寥，遂載與俱。……太虚、參寥又相與適越，云秋盡當還。」蘇詩總案卷十九語案：「參寥、少游去湖無月日可考，據此書則泛舟城南五人分韻之作，少游在焉。是二人以六月去湖也。」案少游至越後有燕觴亭詩云：「碧流如鏡羽觴飛，夏木陰陰五月時。」可見到越猶在五月，總案實誤。

赴越，有德清道中還寄子瞻詩，參寥同舟，次韻和之。並賦夢揚州詞。至會稽，省大父承議公與叔父定。定時爲會稽尉。郡守程公闢師孟館之於蓬萊閣。

案：苕溪漁隱叢話後集卷三三引藝苑雌黄云：「程公闢守會稽，少游客焉，館之蓬萊閣。一日，席上有所閲，自爾眷眷不能忘情，因賦長短句，所謂『多少蓬萊舊事，空回首、煙靄紛紛』是也。」此指滿庭芳詞。

是時，有蓬萊閣、謁禹廟、荷花、游龍瑞宫次程公韻、游龍門山次程公韻、次韻公闢會流觴亭、游鑑湖、圓通院白衣閣諸詩。

夏，參寥子在杭，有夏日龍井書事呈辨才法師兼寄子瞻秦少游詩。

案：此詩云：「石崖細聽紅泉落，林果初嘗碧柰新。揮麈已欣從惠遠，談經終恨少遺民。」原案：「惠遠喻辨才，遺民喻少游也。」

秋七月，二十八日，烏臺詩案發，皇甫遵到湖追攝，蘇軾被逮。少游聞訊，急渡錢塘，中秋前至吴興，探詢得實。

先生與蘇黄州簡云：「自聞被旨入都，遠近驚傳，莫知所謂，遂扁舟渡江，比至吴興，見陳書記、錢主簿，具知本末之詳。」又有霅上感懷詩云：「七年三過白蘋洲，長與諸豪載酒遊。舊事欲尋無處問，雨荷風蓼不勝秋。」案：本年至湖，合前二次爲「三過」。結句正與時令相合。

中秋後一日，自吴興還至杭州，從參寥、辨才二僧遊，賦照閣、觀音洞、游杭州佛日山净慧寺諸詩；并有滿庭芳（紅蓼花繁）詞，寫超塵出世之思。同時有録龍井辨才事。

是時先生作龍井題名記云：「元豐二年，中秋後一日，余自吴興過杭，東還會稽，龍井辨才法師以書邀余入山，航湖至普寧，遇道人參寥……謁辨才於潮音堂，明日乃還。」

在杭，有宿參寥房、夜坐懷莘老司諫詩。

案：前一首云：「鄉國秋行暮，房櫳日已暝。」後一首云：「北渡長淮霜入屨，南窺禹穴塵生袂。」北渡句，指元年赴京應試，南窺句謂本年如越省親。

會稽龜山寶林寺修復，先生有代程給事乞祝聖表、寶林寺開堂疏、觀寶林塔張燈次胡瑗韻詩。

案：先生録寶林事實云：「寶林禪院，始於宋元徽中浮圖惠基……熙寧十年八月丙申，一夕火，棟宇灰燼。十月，給事中集賢修撰程公來領州事……遂以明年三月興工……未踰再期，而金石土木之觀侈於舊三倍。」其修復之時「未踰再期」，當在八九月間。是時尚有和書觀妙庵、和程給事贈虞道判六首、和書天慶觀袛監堂三首及法雲寺長老然香會文。

案：録寶林事實謂「集賢孫公既爲之記矣」，指孫莘老作寶林禪院記，茆泮林孫莘老年譜繫之於熙寧十年，實誤。據宋刊三山志，孫於元豐元年十二月起知福州，其所作記當在途經越州之際，是時禪院「未踰再期」而修復，故可能爲之作記。少游因及之。

是歲，越州有蝗災，先生爲作祭酺神文及蝗蟲謝神祝文。

爲紀念趙抃、趙概及程師孟，先生有三老堂詩及越州請立程給事祠堂狀。

案祠堂狀云：「南陽公命畫史，圖太子少師天水趙公、並（程）公與己從遊之像，號三老圖。而越之好事者遂作三老堂以寘之。」並云元豐二年程公闢將還朝，願就寶林禪院附近爲堂以祀之。宋乾道本三老堂詩題下原注「趙少師、張少保、趙通議」，誤。

在越時，尚有和程給事賛閤梨化去之什、再賦流觴亭、南池、越王、次韻公闢會蓬萊閣、次韻公闢州宅月夜偶成二首、次韻公闢聞角有感、次韻公闢即席呈太虚諸詩；同時賦有望海潮（秦峯蒼翠）、滿庭芳（雅燕飛觴）、南歌子（夕露沾芳草）、虞美人（行行信馬橫塘畔）詞。滿江紅（姝麗）似亦少游作於越州。

趙抃守杭、程公闢守越，唱和甚多，先生爲之手寫二十二篇鑱諸石，並作有會稽唱和詩序。

昔蔣堂守越，相與唱和者凡六人，程公闢輯其所作，先生爲作懷樂安蔣公唱和詩序。

歲暮，郡守程公闢將受代，先生爲作代程給事乞致仕表，並有次韻公闢將受代書蓬萊閣詩。臨別，作謝程公闢啓及別程公闢給事詩，並賦滿庭芳（山抹微雲）詞。

案：謝啓實爲在越之小結，云：「從遊八月，大爲北客之美談；酬唱百篇，永作東吴之盛事。」別詩云：「裘敝黑貂霜正急，書傳黄犬歲將窮。」説明係於「歲將窮」時奉家書催歸。滿庭芳詞與別詩内容相近，對蓬萊閣中有所悦者傾訴深摯戀情。別時又有奉別牛司理、又別牛司理二詩。

途經杭州，有次韻參寥見別；經湖州，有別賈耘老詩。

除夕，抵家。（見秦譜）

案：元豐三年春，先生與李德叟簡云：「某去年除日，還自會稽，鄉里交朋，皆出仕宦，所與游者無一人。」

先生有春日雜興一首云：「吴會雖褊小，海濱富奇峯。……中有遯世士，超然閟孤蹤。」似在杭時遇辨才僧而作，姑繫本年。

十二月二十九日，蘇軾責授黄州團練副使。蘇轍上書乞納官爲兄贖罪，亦坐貶監筠州鹽酒税。是歲，晁補之登進士第，張耒授壽安縣尉。

元豐三年庚申(一〇八〇),三十二歲。

正月十五日,有詩題墨竹畫卷,末署「元豐三年上元日,淮海居士秦觀識」。

案:此詩本集失載,見清嘉慶秦郵帖,阮元跋云:「元嘗見無錫秦小峴司寇家藏墨竹畫卷,且有題識。爲囑梅溪錢君審定之,鈎勒一石,附於帖後,亦佳跡也。」今高郵文遊臺碑廊尚保留石刻。梅溪錢君,指錢泳,清嘉慶間人。

自會稽還家,常遊揚州諸名勝,有望海潮廣陵懷古詞,抒懷古之幽情。

先生與李樂天簡云:「自還家來,比會稽時人事差少,杜門却掃,日以文史自娱。時復扁舟,循邗溝而南,以適廣陵。泛九曲池,訪隋氏陳迹,入大明寺,飲蜀井,上平山堂,折歐陽文忠公所種柳……遂登摘星寺。」

二月一日,蘇軾貶至黄州,寓定惠院。

是歲鮮于公佚字子駿,爲揚州守,待先生以禮,爲作揚州集序,又賦鮮于使君生日詩以致賀。(見秦譜)

案:先生與參寥大師簡云:「揚州太守鮮于大夫,蜀人,甚賢有文,僕頗爲其延禮,有唱和詩數篇。」又與鮮于學士書云:「觀重惟結髪以來,明公以先人之故,比諸子弟而教誨之。」據此,少游先君元化公蓋爲鮮于佚友。

邵彥瞻爲揚州從事，爲作集瑞圖序。

案：彥瞻，邵光字，宜興人。是歲清明節，先生作與邵彥瞻第一簡云：「邑中少所往還，杜門忽忽，無以自娛，但支枕獨卧，追惟舊游而已。欲南去，屬私故，未能伺舟。」未幾，作與邵彥瞻第二簡云：「頃蒙以集瑞圖序見屬，此固盛時之事……又竊喜託名圖上以爲榮，故不敢固辭，輒撰次，並揚州集序寄呈。」

春，有和黃法曹憶建溪梅花及次韻朱李二君見寄詩。

案：先生與黃魯直簡云：「八音歌、次韻斗野亭、黃子理憶梅花詩，凡四首，亦隨以呈。」簡作於元豐三年秋。

又與參寥大師簡云：「僕自去年（案指元豐二年）還家，人事擾擾，所往還者，惟黃子理、子思家兄弟。」黃子理福建浦城人，時爲海陵司法參軍，故稱法曹。

三月，蘇轍因以現任爲兄贖罪，貶監筠州鹽酒税，過高郵，先生相從兩日，送至邵伯埭，有次韻子由召伯埭見別三首、次韻子由題斗野亭詩，并託子由攜書致蘇軾。

先生與參寥大師簡云：「子由春間過此，相從兩日，僕送至南埭而還，後亦未嘗得書。渠在揚州淹留甚久，時僕值寒食上冢，故不得往從之耳。」

孫汝聽蘇潁濱年表：「（元豐）三年庚申，有過龜山詩、高郵別秦觀詩、揚州五詠、遊金山詩。」

案：少游次韻廣陵五題，分別題作次韻子由題九曲池、次韻子由題平山堂、次韻子由題蜀井、次韻子由題摘星亭、次韻子由題光化塔。子由在揚淹留甚久，係受郡守鮮于子駿欵留故也。宋李錞李希聲詩話卷下記少游題九曲池詩云：「諫議大夫鮮于公子駿守揚州，嘗至隋煬帝九曲池等處，徘徊賦詩，俾郡中屬和，用陰字韻。郡人秦少游和云：『司花人遠樹陰陰。』蓋用煬帝司花女故事也。」子由過江至金山，係由邵彦瞻陪送，故少游和游金山詩自注云：「和子由，同彦瞻。」鮮于侁和詩亦題作「子由同彦瞻遊金山」。子由攜先生書（即與蘇黄州簡）與蘇軾，軾答秦太虚書云：「五月末，舍弟來，得手書，勞問甚厚。」

四月，爲杭州法惠院僧法言字無擇作雪齋記，龍井記亦當作於同時。

案：雪齋記末署「四月十五日」。

八月，蘇軾在黄州爲先生龍井題名記題跋。

案：蘇詩總案卷二十誥案：「公題太虚題名記，與此書大略同。」此書，指八月六日蘇軾與參寥書，中有句云：「有便至高郵，亦可録（此跋）以寄太虚也。」

入夏得中暑疾，秋復大劇，浹月始安。（秦譜）有遺瘧鬼文及病中、秋夜病起懷端叔作詩寄之二詩。

是時孫莘老知福州，先生與孫莘老學士簡云：「某自入夏，得中暑疾，去之不時，至秋，遂大作，伏枕餘月。今雖少間，而疲頓非常，人事殆廢。」又與參寥大師簡云：「至秋，得傷寒病甚重，食不下咽者七日，汗後月餘食粥，畏風如見俗人，事事俱廢。」

秋，黄庭堅自北京教授改知吉州泰和縣，過高郵，相從兩日，爲先生書龍井、雪齋二記，寄杭州勒石。魯直示以敝帚、焦尾兩編，先生爲之心折。（秦譜同）

先生與黄魯直簡云：「及辱手寫龍井、雪齋兩記，字畫尤精美，殆非鄙文所當，已寄錢塘僧摹勒入石矣。」案咸淳臨安志以爲米元章書此二記，實誤。

又與李德叟簡云：「會得傷寒疾甚重，不食七八日，伏枕又踰月乃平，遂因循至此，黄魯直去，必能道所以然也。」「其敝帚、焦尾兩編，文章高古，邈然有二漢之風。今時交游中以文墨自業者，未見其比。所謂珠玉在傍，覺人形穢，信此言也。」案李德叟，名秉彝，李公擇從子，於黄庭堅爲表兄弟。

未幾，李之儀字端叔，自楚州如晉陵，過訪先生，相與唱和。有次韻孫莘老題召伯斗野亭諸詩。

秋，作與參寥大師簡，云：「李端叔在楚，音問不絶，比如毗陵，過此相見極歡。」又與黄魯直簡云：「李端叔後公十數日，遂過此南如晉陵，爲留兩日，斗野詩、八音、二十八舍歌，并公所寄詩，皆和了，今録其副寄上。」案：此時李端叔在郵，先生曾出示魯直所贈詩。

有和王通叟琵琶夢。

案：王通叟，名觀，海陵人，後號逐客。長編卷三〇一謂元豐二年十二月辛酉，「詔大理寺丞王觀除名，永州編管，坐知江都縣受賄枉法，罪至流也」。詩云「一夜芙蕖泣秋月」，「風流雲散令人瘦」,當在三年之秋也。

冬,蔡彦規没於關中,山陽徐仲車積有詩寄秦少游太虚云:「知用心於我,知者蔡彦規,彦規今死矣,誰能述所爲?」先生作次韻徐仲車見寄云:「來章感存没,三讀淚如注。」

案:蔡彦規,蓋名繩,先生蔡氏夫人行狀云:「仲兄繩,亦以操行,知名於時。」當爲先生之舅岳。其與參寥大師簡云:「蔡彦規已卒關中,今歸葬山陽。」

是歲,頗得專意讀書,與弟輩學作制科之文,以奇兵、兵法、盜賊,致蘇軾求教。

蘇軾答秦太虚書:「寄示詩文,皆超然勝絶,亹亹爲來逼人矣。如我輩,亦不勞逼也。太虚未免求禄仕,方應舉求之,應舉不可必。竊爲君謀,宜多著書,如所示論兵及盜賊等數篇,但似此得數十首,當卓然有可用之實者,不須及時事也。」

先生作與蘇公先生第四簡,復曰:「辱誨諭,且令勉彊科舉……盡取今人所謂時文者讀之,意謂亦不甚難及,試就其體作數首。……今復加工如求應舉時矣。」案:此皆謂攻制科之文,策論之作已着手矣。

先生有寄題盧君斗齋、題五柳亭、寄題倪敦復北軒、山陽阻淺,皆與山陽有關,姑繫於此。

是歲十月，李公擇至黄州訪蘇軾，説太虛不離口。

案：李公擇時爲淮西提刑，治所在舒州。蘇詩總案卷二十：「十月，李常自舒州來訪，因共論秦觀。」注引蘇軾與秦少游書云：「公擇近過此，相聚數日，説太虛不離口。」

是歲，王鞏定國受蘇軾烏臺詩案累，貶監賓州酒税，途經高郵有詩，先生和之。

案：和王定國云：「勉旃決南圖，荷花行滿隰。」勸慰語也。

元豐四年辛酉（一〇八一），三十三歲。

春，李端叔在毗陵，先生寄書云「想君在毗陵廣座中，白眼望青天也」，端叔作詩寄之。

李端叔因録此語爲寄兼簡諸君詩云：「白眼望青天，我乃厭多酒。秦郎才語新，高低秀蜀柳。春風昨夜來，傳書自江口。固爲愁水光，物物慚我醜。歸程無多日，僧窗不驚帚。」

案：少游與李端叔書僅存以上逸句。

叔父定改官，先生至會稽迎大父承議公還高郵，又安厝亡嬸於揚州。

與蘇公先生第四簡云：「而自春以來，尤復擾擾，家叔自會稽得替，入京改官，令某侍大父還高郵，又安厝亡嬸靈柩在揚州，且買地，趁今冬舉葬。」

二月，蘇軾在黄州，躬耕荒地，始自號東坡。并與在州北岐亭之陳慥多往來。慥字季常，號龍丘子，先生有龍丘子真贊。淮南發運副使李獻甫琮傳來東坡成都大慈寶藏記文，先生讀書誦記，想見東坡之風采。

夏，與覿覿兩弟學時文，以求應舉。家人貧病交迫。

與蘇公先生第四簡云：「入夏，又爲諸弟輩學時文應舉，而家叔至今雖已改官，尚滯京師未還。老幼夏間多疾病，更遇歲饑，聚族四十口，食不足，終日忽忽無聊賴。」

六月，俞公達充卒，先生有俞公達待制挽詞四首。

案：長編卷三一三云：「元豐四年六月壬戌，知慶州天章閣待制俞充卒。」充，字公達，宋史有傳。後二年，神宗頒手詔獎諭充之遺屬，先生爲其子次皋作御書手詔記。

是歲秋，先生陷淮南詔獄，有詩二首載淮海集卷七，後有銀杏帖及之。

冬十月，作與蘇公先生第四簡。將赴京應舉。

案簡云：「即日初寒，……某數日間便西行。」謂將入京應明年春試也。秦譜謂「秋，應省試題名」。其後又謂冬十月，「遂西行，赴京師」。

是歲，參寥子在明州阿育王山大覺璉師處，有書與先生。

與蘇公先生第四簡云：「參寥在阿育王山璉老處，極得所，比亦有書來。昨云已斷吟詩，聞後來已復破戒矣。」

羅正之適知江都縣，惠以綿扇，先生有次韻羅正之惠綿扇、送羅正之兩浙提刑二詩，並作有羅君生祠堂記。

案：乾隆江都縣志卷十四：「羅適，字正之，台州寧海人，元豐中爲江都令。」長編卷二八七云：羅適於元豐元年知陳留，秩滿後知江都當在四年。送羅正之一詩似稍後，姑繫於此。

是歲，有徐氏夫人墓誌銘。

元豐五年壬戌（一〇八二），三十四歲。

春，在京應舉，有輦下春晴詩。

王直方詩話卷上：「參寥言舊有一詩寄少游。少游和云：『樓閣過朝雨，參差動霽光。衣冠分禁路，雲氣繞宮牆。亂絮迷春闊，嫣花困日長。平康何處是？十里帶垂楊。』孫莘老讀此詩至末句，云：『這小子又賤相發也！』少游後編淮海集，遂改云：『經旬牽酒伴，猶未獻長楊。』」

在京見曾子開肇，後欲繼見而未果，參寥子代爲獻詩文，先生作書謝之，子開稱其有騷人之風。

謝曾子開書云：「比者，不意閣下於遊從之間，得其鄙文而數稱之。」又云：「前日嘗一進於執事，屬迫東下，不獲繼見，以盡所欲言；旋觸閫罷，遂無入都之期。」子開得書答曰：「參寥至京……一日，出足下所爲詩並雜文讀之，其辭瓌瑋閎麗，言近指遠，有騷人之風。……又蒙示以詩、賦、文、記七篇，益見文章之富。」

落第後西游洛陽，有白馬寺晚泊、春日雜興（結髮謝外好）二詩，同時賦有望海潮（梅英疏淡）、畫堂春（落紅鋪徑水平池）二詞。

案：春日雜興云：「繆挾江海志，耻爲升斗謀。齞歷難刻畫，賤貧多釁尤。發軔背伊闕，解驂息邗溝。」寫落第後西游與東歸。其望海潮一詞，張綖本及汲古閣本調下均題作「洛陽懷古」，詞云：「梅英疎淡，冰澌溶洩，東風暗換年華。金谷俊遊，銅駝巷陌，新晴細履平沙。」時地皆相合。

過南京，題南都法寶禪院一長老真贊。

秦譜：「先生應禮部試，罷歸，過南都新亭，有詩寄王子發。」案：南都新亭行寄王子發一詩非作於本年，詳紹聖元年譜。

至黄州謁東坡，作吊鏄鐘文。

秦譜：「遂如黄州，候蘇公於官舍，作吊鏄鐘文。」原案：「若舫先生鈞儀云：武昌府嘉魚縣太平湖，相傳水嘗涸時，夜有光怪。或誌其處而掘之，得銅鐘一。明一統志云：『宋秦觀爲吊鏄鐘文。』即此。」

在黄州，爲陳季常慥作龍丘子真贊。

洪邁容齋三筆卷三：「陳慥，字季常，公弼之子，居於黄州之岐亭，自稱龍丘先生。」

過廬山，訪大覺璉師，南游玉笥而歸。（秦譜）

先生俞紫芝字序云：「余昔游玉笥山，周行二十四峯，訪蕭子雲故隱，道見靈芝焉。」案曾敏行獨醒雜志卷六：「玉笥山舊多隱君子，皆梁宋以來避亂者也。最著者孔丘明、杜曇永、蕭子雲，皆當時禁從，其居今悉爲宫觀。」又元豐七年蘇軾跋秦太虚題名曰：「某與大覺璉師别十九年矣。……曾與參寥師自廬山之陽，並出而東，所至皆禪師舊迹，山中人多能言之者。乃復書於太虚、辨才題名之後，以遺參寥。太虚今年三十六，參寥四十二，某四十九，辨才七十四，禪師七十六矣。」可見少游在東坡之前游廬山，惜其題名不存。一説玉笥山爲會稽山之一峰，見初學記卷八。待考。

秋九月，作圓通禪師行狀，圓通懷賢，達觀穎禪師之法嗣也。（秦譜）

案：據五燈會元卷十二、續高僧傳卷七，師諱懷賢，字潛道，姓何氏，達觀禪師法嗣，是歲九月甲午示寂。

還，過鎮江，賦長相思（鐵甕城高）詞，抒貧士失職之悲。

是歲九月，夏人陷永樂，徐禧等敗死。後先生有文及之。

先生高無悔跋尾云：「元豐五年，延帥與二詔使城永樂，問於無悔，對曰：『永樂，羌人必争之地，而無險阻，無水泉，一日寇至，何以能守？』詔使大怒，以爲沮議，遣歸延安。……城遂陷。」高無悔，名永亨，時爲大將。其兄弟永能與徐禧等同戰死。禧，徐俯之父，時爲詔使。

是歲，蘇軾在黃州，請龐安常治疾；蘇轍在高安監酒税；黃庭堅知泰和縣；晁補之任北京國子監教授。張耒任壽安尉。

元豐六年癸亥（一〇八三），三十五歲。

春初，李端叔之儀有詩寄先生，先生次其韻。

案：李端叔見寄次韻云：「伊我監輿抵京縣……彌月不能三兩見。」又云：「清都夢斷理歸棹……歸來草木春風换。」當係落第歸來後所作。前二句謂元豐五年曾在京相見。

三月，參寥子訪東坡於黃州。

四月丙辰朔，中書舍人曾鞏（子固）卒，先生爲作哀詞。

秦譜：「又作曾子固哀詞，亂曰：『矧不肖以薄技兮，早獲進於門牆。』先生與南豐交，始末未詳。據哀詞，則其所從游舊矣。」

案：曾鞏、曾肇爲兄弟。少游謝曾子開書云：「某與閤下非有父兄之契，姻黨鄉縣之舊。」説明關係純屬從游。子開答書云：「參寥至京，久而復見，自言與足下游最舊。」又有薦秦觀狀云：「臣自熙寧中識之，知其爲人。」則少游游曾氏之門，似自熙寧中始。

五月，東坡於黃州築南堂成，有「客來夢覺知何處，掛起西窗浪接天」之句。

案：此詩竄入淮海後集卷之二，題作無題，王敬之案：「此首別見蘇東坡詩南堂五首内。」

閏六月，李公擇自淮西提刑召爲太常少卿，遷禮部侍郎；孫莘老自徐州徙南京，召爲太常少卿，易秘書少監，先生俱有詩。

寄李公擇郎中云：「節旄淮畔脱秋風，忽跨鯨魚上碧空。」可見作詩時已屆秋天。寄孫莘老少監云：「一出承明七换麾，君恩復許上彤墀。」據宋史本傳，莘老自熙寧三年出京，歷守廣德、湖州、廬州、福州、揚州、徐州、應天府，至此回京。在應天時，曾爲少游大父秦詠作墓志。

九月，作李氏夫人墓誌銘。

案：李氏夫人，海陵王觀之母，是歲六月卒，九月葬于如皋之赤岸鄉。

發憤讀書，作精騎集序；又有逆旅集序，附載於此。

秦譜：「先生取經、傳、子、史之文選輯，得若干卷，題曰精騎集，自爲之序。」並案曰：「逆旅集自序亦云：『余閑居有所聞，輒書記之。』然皆未詳年月，無從編次，附載於此。」

是歲，作蠶書。

秦譜繫於本年，案曰：「先生自高郵至汴，必經兖境，此當自京師歸，閒居所作。」

十二月，黄庭堅移監德州德平鎮。

是歲，蘇軾在黄州，蘇轍在筠州，張耒罷壽安尉，居洛。

元豐七年甲子（一〇八四），三十六歲。

春正月，呂公著知揚州，先生有上呂晦叔書及投卷詩。

長編卷三九三，正月癸丑：「呂公著以資政殿大學士自定州徙揚州。」公著，字晦叔，封申國公，謚正獻。吴曾能改齋漫録卷十一：「李公擇尚書初見少游上正獻公投卷詩云：『雨砌墮危芳，風軒納飛絮。』再三稱賞云：『謝家兄弟得意詩，只如此也。』」案：二句乃春日雜興（飄忽星氣徂）中語。

東坡在黄州，和太虚和黄法曹憶建溪梅花詩，稱「西湖處士骨應槁，只有此詩君壓倒」，謂少游詩超過林逋咏梅之作。謹案：少游原唱乃用杜甫蘇端薛復筵簡薛華醉歌之韻，並化用其意，蘇軾之稱譽，有溢美之嫌。參見卷四少游原唱注。二月二日，東坡與參寥子、徐得之步自雪堂。四月一日，東坡自黄州量移汝州，參寥子從行，游廬山。六月，參寥以詩留别。

春，王鞏還自賓州，先生有次韻馬忠玉喜王定國還自賓州及和王定國二詩。

長編卷四五九記劉摯叙王鞏事云：「昔坐事竄南荒三年，安患難一不戚於懷；歸來顏色和豫，氣益剛實。」案：王鞏，字定國，素子。元豐三年坐收有蘇軾譏諷文字，貶監賓州鹽税，當與東坡同時放還，故少游王定國注論語序云：「而太原王定國獨謫監賓州鹽税……七年罷還。」

秋七月，東坡見王荆公於鍾山半山園，二十八日見葉致遠藏智永千字文。

中秋日，郡守吕公著宴於揚州雲山閣，先生與焉，有中秋口號。

案：中秋口號淮海集暨後集重出，後集有引，題下小注：「一云雲山閣白語。」雲山閣在今揚州瘦西湖五亭橋西北側。苕溪漁隱叢話前集卷二十六引王直方詩話：「吕申公在揚州日，因中秋，令秦少游預作口號，少游有『照海旌旗秋色裏，激天鼓吹月明中』之句；然是夜却微陰，公云：『使不着也。』少游乃别作一篇，其末云：『自是我公多惠愛，却回秋色作春陰。』真所謂翻手作雲也！」

秋，王元龍赴泗州糧料院，先生有詩送之；既而與張倪老、姜伯輝游揚州九曲池，作詩懷元龍、參寥。

案：王元龍，名斿，王安國子，安石從子。送王元龍赴泗州糧料院詩云：「淮山暮眺千峯擢，洛水秋輪萬鷁翔。」謂時值秋季。長編卷三四七云：元豐七年秋七月甲寅，「尚書左丞王安禮陳乞姪斿監泗州糧料院……許用例。」與詩意合。

案陳師道後山集卷十八談叢云：「秦少游有李廷珪墨半丸，不爲文理，質如金石。潘谷見之爲拜曰：『真李氏故物也，我生再見矣！王四學士有之，與此爲二也。』墨乃平甫之所寶，谷所見者，其子斿以遺少游也。」可見王元龍與少游友誼之深。

案：張倪老，名康伯，以召試中選，時爲南都教授。先生是時爲作芝室記，云：「河南張倪老既以其父宣義君命，奉其母彭城君之喪，殯於廣陵石塔佛舍，遂與其弟曼老、中老廬於殯側，數月，有芝生於廬中，余聞而謁觀焉。……明年，張氏兄弟服除而歸廣陵，士大夫因號其廬曰芝室。」倪老弟康國，宋史有傳。

八月十九日，與滕元發甫、許仲塗遵會東坡於金山，作詩送僧歸遂州。

案：據蘇詩總案卷二十四，東坡於八月十四日與王益柔自江寧赴儀真，十九日發儀真，滕元發甫乘小舟來迎，「而許遵、秦觀亦至，遂會於金山，作倡和詩」。詰案：「許遵，字仲塗，時守潤州。秦少游則至自高郵也。」案：蘇詩總案卷二十四謂是時東坡「以玉帶施金山寺，送圓寶歸蜀。」東坡詩集卷二十四又有送金山鄉僧歸蜀開堂詩，查注：「鄉僧，遂寧僧圓寶也。」少游詩題作送僧歸遂州，云：「寶師本巴蜀，浪迹遊淮海。……飄零鄉縣異，晼晚星霜改。明發又西征，孤帆破煙靄。」籍相同，名相似，當爲一人。

是時，先生作有紀夢答劉全美。

案：劉全美，名發，元豐八年進士，於少游爲同榜。秦譜繫此詩於熙寧五年，並案曰：「紀夢答劉全美七古起二句云：『歲逢困敦斗申指，辰次庚辰漏傳子。』蓋子年七月庚辰日也。考元豐七年甲子，紹聖三年丙子，七月皆無庚辰。李燾長編：熙寧五年壬子六月己酉朔，閏七月戊申朔。詩中所云『辰次庚辰』者，七月初二日也。」非是。蘇詩總案卷二十四謂元豐七年八月二十日東坡讀劉涇詠秦觀夢劉發事，並有詩。故知秦觀紀夢答劉全美詩當作於其前不久。若作於熙寧五年（一〇七二），距元豐七年（一〇八四）已十二年，劉涇安得從而詠之而東坡又和之耶？且東坡詩云：「故令將仕夢發棺，勸子勿爲官所腐。」正與次年劉全美中第相應，秦詩作於本年自無疑矣。

八月二十日，先生辭歸高郵。（見蘇詩總案卷二十四）

九月五日，東坡以書薦先生於王安石，安石亦答書，稱其詩清新嫵麗似鮑謝。

秦譜：「（蘇公）七月過金陵，謁王荆公；既别去，復致書，有云：『才難之嘆，古今共之。如觀等輩，實不易得。』荆公答書有云：『公奇秦君，口之而不置；我得其詩，手之而不釋。』」並案云：「大音先生鏞云：『荆公自熙寧九年罷相，以使相判江寧府，凡數年矣。先生所居，止一江之隔，非若徐、黄之數千里也。使先生肯就從游，亦何待蘇公之紹介者？然先生不以近相取，而以遠相求，其趣操可睹矣。世乃以先生爲文章之士何哉！然而蘇公且惓惓若此者，蓋是時荆公落莫已久，且舍宅爲寺（原注：王安石奏施金陵舊宅爲寺，賜額保寧，在熙寧十年）。蘇公自黄來，流連款洽，以故人相託，自是友朋文章、道義氣誼在世局之外者也。先生、蘇公兩得之矣。』」

案：王安石答書盛稱先生之文，云：「示及秦君詩，適葉致遠一見，亦謂清新嫵麗，鮑謝似之。」

十月，作宿金山、金山晚眺二詩。

秦譜:「冬十月,先生與蘇公會於金山。」案:前引蘇詩總案卷二十四謂「先生於八月二十日辭歸」,十月蓋復來金山,故宿金山詩云:「我來仍值風日好,十月未寒如晚秋。」其金山晚眺復云:「西津江口月初弦,水氣昏昏上接天。」蓋十月上旬也。

十月十三日,東坡舟次竹西,爲先生題真贊,並有書。

秦譜:「先生以小像寄蘇公索贊。公舟行至竹西,報書,尋爲先生作贊,曰:『以君爲將仕耶?其服野,其行方。以君爲將隱耶?其言文,其神昌。置而不求君不即,即而求之君不藏。以爲將仕將隱者,皆不知君者也。蓋將挈所有,而乘所遇,以遊於世,而卒返於其鄉者乎?』」案:原署「元豐甲子之秋,東坡居士撰於竹西舟次」。

東坡與秦少游書曰:「某宜興已得少田,至揚附遞乞居常,仍遣一姪孫子賫錢往宜興納官,蓋官田也。須其還乃行,現艤舟竹西待之,不過更兩三日必至,必能於冬至前及見公也。」

案蘇詩總案卷二十四云:「十月十三日,同杜介訪竹西寺……寄秦觀書。」

數日後,東坡至高郵與秦觀會。高郵有文游臺,傳爲蘇東坡、孫莘老、王定國、秦少游四賢聚會之所。

案:宋施宿東坡先生年譜:「八月至京口,渡淮已歲晚矣。先生初欲求田金陵,及淮上,故盤桓久之。」宋應武重修文游臺記:「孫莘老、秦少游,邦之先哲,嘗與蘇子瞻、王定國,載酒論文此臺之上。」宋曾幾文游臺詩:「憶昔坡仙此地游,一時人物盡風流。香蒓紫蟹供杯酌,彩筆銀鈎入唱酬。」此皆宋人記載，當屬可信；且香蒓紫蟹，亦應時珍品，四賢聚會此臺，似無疑矣。

冬至日，東坡抵山陽，先生追送渡淮。飲別，坡作虞美人詞。

蘇詩總案卷二十四云：「秦觀追送渡淮，冬至日抵山陽……與王斿遇於淮上。……與秦觀淮上飲別，作虞美人詞。」案：冷齋夜話云：「後（東坡）與少游維揚飲別，作虞美人曰：『波聲拍枕長淮曉，隙月窺人小。無情汴水自東流，只載一船離恨向西州。竹溪花圃曾同醉，酒味多於淚。誰教風鑑在塵埃，醞造一場煩惱送人來。』」蘇詩總案卷二十四誥案：「此詞作於淮上，詞意甚明。而冷齋夜話以爲維揚飲別者誤。」

冬，將赴京應舉，淮海閑居集由兒輩協助編成。

先生有序云：「元豐七年冬，余將西赴京師，索文稿於囊中，得數百篇……次爲十卷，號淮海閑居集。」案：先生後有次韻答裴仲謨云：「十年淮海閑居草，偶遣兒童次第成。」兒童，當指其子湛也。

是歲九月，蘇轍爲歙州績溪令。張耒到咸平丞任。黄庭堅於夏秋間到德州德平鎮。

元豐八年乙丑（一〇八五），三十七歲。

五月，登焦蹈榜進士第，有謝及第啓。

案：據長編卷三五一，春正月甲辰，命户部侍郎權知貢舉。二月辛巳，是夜四鼓，開寶寺寓禮部貢院火……吏卒死者四十人。丁亥，「三省言：『禮部貢院火，試卷三分不收一分；欲令禮部别鎖試。』從之」。可見少游此次應試在正、二月之間。由於試卷焚去三分之二，故長編卷三五四云，夏四月，「己巳，詔再試進士及諸科武舉人，罷今年御試，内應直赴殿試者，以前舉省試等第名次，編排在今來正奏名之下。不曾赴省試者，即與正奏名進士同場别號，試策一道」。據此，少游則參預四月再試。發榜日似在五月。長編卷三五六云：五月己未，「禮部言：貢院以合格進士鄭奕、江嶼、劉正夫入章犯高兗王諱，駁放。丙申，太皇太后曰：此舉人未通知，特與收録。……乃聽，依例附牓末」。綜上所述，少游自應試至發榜，在京幾及半年。

秦譜：「除定海主簿，尋調蔡州教授，奉母夫人赴蔡州任。」

樓鑰攻媿集卷五十五定海縣淮海樓記：「有傳云：『元祐初，調定海主簿。』信矣！又求於文集，則絶無一語及之。」案宋元學案補遺卷九十九引王深寧曰：「少游爲蔡州教授，時選人七階未改，主簿乃初階，非歷此官也。」清錢大昕淮海先生年譜跋：「主簿爲選人七階之一，乃空銜，不到任也。」案：少游自中舉至赴官，至遲須至元豐八年末或元祐元年初，而奉母赴官，則非至元祐元年不可。詳後譜引秦淮海帖。

在京時，有上王岐公書及代王承事乞回授一官表。

案：王岐公即王珪，時爲宰相。書曰「行年三十有七矣」，正作於本年。又曰：「誠推所以辱賜不肖之意……兼收並進之，使朝野内外，才能各當其分，無一人失其所者。」可見志在干謁。王承事，名仲甫，王巯之子，王珪從子。據長編卷三一三載，元豐四年六月，父子坐姦大理石士端妻王氏，付有司劾治，尋詔巯放歸田里。至本年仲甫乞爲巯回授一官，少游爲之作表。

案：少游上書王珪，係因喬希聖執中之薦，上王岐公書云：「比者，先人之友喬君執事，奉使吳越，道過淮南，具言常辱相公齒及名氏。屬喬君喻意，使進謁於門下。」喬君過淮南時，先生有送喬希聖詩。

三月戊戌（初五日），神宗崩於福寧殿，先生有神宗皇帝晏駕功德疏。同日，神宗第六子趙煦即皇帝位，是爲哲宗。皇太后高氏爲太皇太后，垂簾聽政。

長編三五三：元豐八年三月「戊戌，上崩於福寧殿。宰臣王珪讀遺制。哲宗即皇帝位。尊皇太后爲太皇太后，皇后爲皇太后，德妃朱氏爲皇太妃。應軍國事并太皇太后權同處分，依章獻明肅皇后故事」。

是時，有王定國注論語序。

案：序曰：「明日詔御藥院，取其書去，而神宗棄天下。」故序當作於是時。

五月，以蔡確爲尚書左僕射兼門下侍郎，先生有賀蔡相公啓。

有次韻安州早行寄傳師。

案：傳師，孫覽字，莘老弟，宋史有傳。據長編卷三四五載，是歲五月己酉，「荆湖路相度公事孫覽」云云，其原唱當作於是時。

七月，起居郎范百禄爲中書舍人，先生有代謝中書舍人啓。

九月，爲徐得之閑軒作記並賦詩。

案：徐得之，名大正，建安人，兄君猷守黄州時曾往訪，君猷死，葬之，歸。蘇詩總案卷二十六載，元豐八年八月二十七日東坡赴登州，「徐大正追送於淮上，遂同行」。又云九月四日，坡有和徐大正韻送别詩。少游閑軒記云：「君將歸而老焉，而求記於高郵秦觀。」故當作於此時。其徐得之閑軒詩，竄入參寥子詩集卷五，應據此駁正。

九月，有題楊康功醉道士石詩。

案：楊康功，名景略。蘇詩總案卷二十六云：九月一日，東坡赴登州途中抵楚州，醉中詠楊景略醉道士石。注引與楊康功書云：「兩日大風，孤舟掀舞雪浪中。……醉中與公作得醉道士石詩，託楚守寄去。」少游詩當作於同時。

秋，自京歸高郵經南京，作南京妙峯亭詩。

案：本篇題下注：「王勝之所作，蘇子瞻題榜。」勝之字益柔。蘇詩總案卷二十五謂元豐八年正月二十日，蘇軾有和王益柔詩，「益柔作亭東皋，名曰妙峯，爲書榜」。詩云：「揭來訪陳迹，物色屬摇落。」又云：「紅蕖隕風漪，砂礫卷飛籜。」皆深秋時景象。

十月，朝奉郎知登州蘇軾爲禮部郎中，先生有賀蘇禮部啓。

案：據蘇詩總案，十月十五日，東坡抵登州，子由自校書郎除右司諫；二十日告下，東坡以禮部郎中召還。賀啓當作於其時。

冬，何子温琬除淮南東路提舉常平，過淮上，先生有次韻何子温詩。

案：蘇轍欒城集卷三十六何琬府界提刑制云，比在江淮，能洞察民情。長編三九一云：「琬自通判秦州除淮南東路提舉常平」注：「除常平在元豐八年十一月七日。」其過淮上，應在此時，詩云：「一星就起海隅旁，縣弩前驅過射陽。」射陽，湖名，在少游故里之北，故云。

冬至日，有代回吕吏部啓。

案：賀啓云：「四世五公。」當指吕公著之子希勣。又云：「密室飛灰，見陽生於本律。」可見時當冬至。參元祐三年八月譜。

歲暮，海陵周裕之赴新息令，先生作詩送之。

案：詩云：「扁舟歲欲徂，古刹夜仍艾；去去整羽儀，行與高風會。」新息屬蔡州，少游亦將赴蔡州教授任，故云。

赴蔡州前，爲承議郎知高郵縣事陸佖之夫人虞氏作銘。

虞氏夫人墓誌銘曰：「是時，予將赴汝陽，治裝薄遽，雖許其作而未暇；而君每見余，輒以仙源之銘爲囑，至於八九而不倦。」

是歲四月，黄庭堅被召入京，爲祕書省校書郎。八月，蘇轍爲祕書省校書郎，尋轉右司諫。張耒在咸平縣丞任，聞將爲太學博士。元豐間，尚有陳偕傳、心説、贈張潛道詩、送陳太初道録、秋興九首、秋日三首（霜落邗溝積水清）等。

宋哲宗元祐元年丙寅（一〇八六），三十八歲。

春，有登第後青詞。

案：少游於元豐八年春登第。秦譜案曰：「舊譜於元豐八年載是歲有登第後青詞，考之青詞内『輒取甲寅之歲』句，疑是丙寅之譌，因編次於此。」案青詞曰：「今則猥塵科第，叨預仕途」，言明已入仕，當在元祐初。

有到任謁先師文。

案：秦譜繫此文於元豐八年，然考少游行實，元豐八年中第後曾回里（見前譜），未必到蔡州任。抑到任後再回里，亦未可知。

正月，作擬郡學試東風解凍詩及擬郡學試近世社稷之臣論，繼而作送張和叔兼簡魯直詩。

案：詩話總龜前集卷八引王直方詩話：「秦少游始作蔡州教授，意謂朝夕便當入館，步青雲之上，故作東風解凍詩云：『更無舟楫礙，從此百川通。』已而久不召用，作送和叔云：『大梁豪英海，故人滿青雲。爲謝黄叔度，鬢毛今白紛。』謂山谷也。説者以爲意氣之盛衰，一何容易。」

二月一日，先生改字少游，陳師道爲作字序。

陳師道淮海居士字序：「元豐之末，余客東都，秦子從東來，别數歲矣，其容充然，其口隱然。余驚焉，以問秦子，曰：『往吾少時，如杜牧之强志盛氣，好大而見奇，讀兵家書乃與意合，謂功譽可立致，而天下無難事，顧今二虜有可勝之勢，願效至計，以行天誅，回幽夏之故墟，吊唐晉之遺人，流聲無窮，爲計不朽，豈不偉哉！於是字以太虚，以導吾志。今吾年至而慮易，不待蹈險而悔及之，願還四方之事，歸老邑里，如馬少游，於是字以少游，以識吾過。』」末署「元祐元年二月一日」。

是時章惇在樞府，先生欲薦師道於章惇，師道却之。

東坡與李方叔書：「陳履常（師道）居都下逾年，未嘗一至貴人之門，章子厚（惇）欲一見終不可得。」宋元學案卷四南豐門人陳後山先生師道：「章惇在樞府，將薦於朝，亦屬少游延致，先生答書謝之。」案陳師道與少游書云：「辱書，喻以章公降屈年德，以禮見招，不佞何以得此，豈侯嘗欺之邪？」

傅欽之堯俞亦欲因先生識師道，皆不允。

東坡與李方叔書：「中丞傅欽之、侍郎孫莘老薦之（案：指陳師道），軾亦掛名其間，會朝廷多知履常者，故得一官。」案：宋元學案卷四南豐門人陳後山先生師道：「傅獻簡欲識之，先以問少游，曰：『是人非持刺字俛顔色伺候公卿之門者，殆難致也。』獻簡曰：『非所望也，吾將見之，懼其不吾見也，子能介於陳君乎？』」卒不允。

二月癸亥，閭丘孝直出守蘄州，先生有代蘄州守謝上表。

案：長編卷三六五云：二月癸亥，「提點淮南東路刑獄專切提舉鹽事閭丘孝直知蘄州，以言者論其失覺所部售鹽違令也」。故謝表云：「愚罪著明，當以萬死；聖恩寬大，尚假一麾。」

閏二月，司馬光爲尚書左僕射，先生有代賀司馬相公啓。范純仁爲同知樞密院事，先生有代何提舉賀范樞密啓。

三月，蘇軾爲中書舍人，先生有賀中書蘇舍人啓。是月，范祖禹爲著作郎（先生婿范温之父也），孫覺爲給事中。

案：先生有與傅彬老簡云「今中書、補闕二公」云云，時蘇轍爲右司諫。簡當作於此時。彬老名質。

春，楊康功景略守蘇州，先生有送楊康功守蘇詩。

案：二十五史北宋經撫年表謂元豐八年「五月己亥，楊景略知揚州」，元祐元年，「景略還蘇，蘇州滕元發知揚州，閏二月庚寅，除惠卿不拜」。詩云：「梅花發春端，百卉日興動。」時令正相合。

夏四月乙丑，以徐州布衣陳師道爲亳州司户參軍。

四月，吕公著爲右僕射兼中書侍郎，先生有賀吕相公啓。

孝子徐仲車積始爲楚州教授，食於學官，吏或以爲不可，太守不聽，禮遇如初。先生作詩表示同情。

案：徐積節孝集知楚州蹇公奏改官疏：「元祐元年，緣近臣薦舉，即就除爲學官。」長編卷三七五載，四月乙巳，「進士出身徐積爲揚州司户參軍、充楚州州學教授，用右正言王覿、御史林旦之薦也」。

王子發震出守蔡州。

案：蘇詩總案卷二七云：四月二十二日，東坡有送王震知蔡州詩。

四月癸巳，王安石卒於江寧，贈太傅。

六月甲辰，劉貢父攽知蔡州，先生有謁宣聖文、代蔡州太守謁城隍文、告狄梁公廟文、告李太尉廟文。

案：秦譜僅云是歲「劉貢父攽赴京，過汝南，先生作詩送之」，而未言貢父任何職。據長編卷三八〇載，「六月甲辰，祕書少監劉攽知蔡州」，蓋接任王震也。

九月丙辰朔，司馬光卒，贈太師温國公。

九月二日，先生奉母赴任，與喬執中同行。

宋徐積節孝先生文集附載秦淮海帖：「觀本欲詣門下請辭，適鄉人喬吏部約同行。小宦迎親，遠涉畏途，且欲藉其徒御之衆，遂挽舟出關，以此不遑前詣。」末署「九月二日謹白」。是歲，徐仲車積始爲教授，故帖稱「仲車教授先生座前」。

九月辛酉，大享明堂，以神宗配，赦天下。先生有代賀明堂禮畢表。

九月丁卯，試中書舍人蘇軾爲翰林學士、知制誥，六君子嘗至東坡私第談詩論文，相與笑謔。

案：王明清揮麈餘話卷一云：「元祐二年，東坡先生入翰林，暇日會黄、張、秦、晁、陳、李六君子於私第。」李廌師友談記：「東坡新遷東闕之第，廌與李端叔、秦少游往見之。」王直方詩話：「東坡嘗以所作小詞示無咎、文潛，曰：『何如少游？』二人皆對曰：『少游詩似小詞，先生小詞似詩。』陳無己曰：『荆公晚年詩傷工，魯直晚年詩傷奇。』余戲之曰：『子欲居工奇之間邪？』」晁公武郡齋讀書志：「密雲龍，茶名，極爲甘馨。時黄、秦、晁、張號蘇門四學士，子瞻待之厚，每來必令侍妾朝雲取密雲龍。」邵博邵氏聞見後録：「秦少游在東坡坐中，或調其多髯者。少游曰：『君子多乎哉？』東坡笑曰：『小人樊須也！』」

秋，邢恕之子居實字惇夫，賦秋懷十首，先生與黄庭堅、陳師道皆次韻。時宰臣司馬光欲棄五城與夏人，先生是之。

案：宋史紀事本末卷四十載：元祐元年，夏國主秉常求蘭州、米脂五城，司馬光議欲與之，又欲并棄熙河。少游是其説，次韻邢敦夫秋懷之五云：「西羌沙鹵地，置戍或煩漢。雞肋不足云，阿瞞妙思算。」蓋以曹公喻司馬光也。

又以秋日詩題邢敦夫扇，山谷戲之。

案：王直方詩話云：「秦少游嘗以真字題『月團新碾瀹花瓷，飲罷呼兒課楚詞。風定小軒無落葉，青蟲相對吐秋絲』於邢敦夫扇上。山谷見之，乃於扇背復作小草，題『黄葉委庭觀九州，小蟲催女獻功裘。金錢滿地無人費，百斛明珠薏苡秋』。皆所自作也。少游後見之，云：『逼我太甚。』」

九月二十九日，詔試學士院，黄庭堅、張耒、晁補之並授館職。四學士常聚蘇門。

魏慶之詩人玉屑卷十八：「元祐初，與秦少游、張文潛二公論詩，二公謂不然。久之，東坡先生以爲一代之詩，當推魯直。二公遂舍舊而圖新，其初改轅易轍，如枯弦敝軫，雖成聲而跌宕不滿人耳。少焉，遂使師曠忘味，鍾期改容也。」案：時黄庭堅爲校書郎，遷集賢校理，著作佐郎張耒爲太學録，晁補之爲太學正。

十一月，蘇轍爲中書舍人，先生有代中書舍人謝上表。

十二月庚寅，州守劉攽調京爲中書舍人，先生作送劉貢父舍人二首。

案：長編卷三九三載，十二月庚寅，寶文閣直學士謝景温知蔡州；庚子，劉攽爲中書舍人。十二月十八日，因蘇軾試館職，朱光庭摭策問語，以人臣不忠，請正考試官罪。軾因上辨試館策問劄，光庭又論軾罪。於是朔黨指蘇軾爲川黨，而洛黨指蘇軾爲蜀黨，元祐黨争又起矣。

作瀘州使君任公墓表，詳記元豐中治西南乞弟之事。

秦譜：「元祐元年，作瀘州使君任公墓表。」案：墓表云：「後爲汝南學官，始識大防，於是得公之行事。」與秦譜合。

先生習制科之文，著有國論、主術、財用上下篇。

歲暮，有與吴承務簡。

簡云：「窮冬急景，佛舍蕭然。」是時先生送劉貢父舍人二首有云：「解鞅百無有，栖栖寄僧坊。」當作於同時。

元祐二年丁卯（一〇八七），三十九歲。

春，在蔡州，曾爲營妓婁琬字東玉者賦水龍吟，爲陶心兒賦南歌子。

苕溪漁隱叢話前集卷五十引高齋詩話：「少游在蔡州，與營妓婁琬字東玉者甚密，贈之詞云：『小樓連苑横空』，又云『玉佩丁東别後』者是也。」楊萬里誠齋詩話：「客有自秦少游許來見東坡。坡問少游近有何詩句，客舉秦水龍吟詞云：『小樓連苑橫空，下臨繡轂雕鞍驟。』坡笑曰：『又連苑，又橫空，又繡轂，又雕鞍，又驟，也勞攘。』」

徐案：元祐三年，先生有次韻裴秀才上向公二首，其二云：「上客新從潁尾歸，使君高會列南威。」可證蔡州常有營妓待客。

又少游有南歌子（玉漏迢迢盡），高齋詩話云：「又贈陶心兒云：『天外一鈎橫月帶三星。』謂『心』字也。」

夏四月，復制科，蘇軾、鮮于侁薦先生於朝，以備著述之科。

秦譜：「先生在蔡州任。四月復制科，蘇公與鮮于公侁，共以賢良方正薦先生於朝。」徐案：續資治通鑑卷八十云：是歲四月乙巳，呂公著請復制科；乙未，詔許之。然當年猶未實行。先生與鮮于學士第一書云：「昨蒙左右，不以觀之不肖，猥賜論薦，以備著述之科。」又云：「觀自去門下，於今七年。」鮮于侁於元豐三年守揚州，先生曾游其門。至本年，共爲七年。蘇軾薦先生，東坡集無考，唯蔡正孫詩林廣記後集卷八云：「少游名觀，蘇子瞻以賢良薦於哲宗。」

夏，得腸癖之疾，卧蔡州直舍中，觀輞川圖而愈。

先生書輞川圖後云：「元祐丁卯，余爲汝南郡學官，夏，得腸癖之疾，卧直舍中。所善高符仲攜摩詰輞川圖視余。……數日，疾良愈。而符仲亦爲夏侯太沖來取圖。」案：近年發現先生有輞川圖跋真迹，見補遺。至秋，先生有次韻夏侯太沖詩。

五月，向宗回代謝景温知蔡州，先生有代蔡州太守謁宣聖文。

長編卷四〇一：「五月丁卯，寶文閣直學士謝景温知潁昌府，温州刺史提舉萬壽觀向宗回知蔡州。」

五月辛未，鮮于子駿卒於陳州官舍，先生撰有鮮于子駿行狀。

案：是月先生有與鮮于學士第二簡，云：「屬守將驟易，日迫賤事。」行狀云「夏五月，終於州寢」，蓋簡方寄而人已亡也。

時四學士從蘇軾兄弟遊，嘗於駙馬都尉王詵晉卿園中雅集，傳李伯時龍眠繪有西園雅集圖。

宋米元章芾西園雅集圖記：「李伯時效唐小李將軍爲著色，泉石雲物、草木花竹，皆絶妙動人，而人物秀發，各肖其形。……其烏帽黄道服捉筆而書者爲東坡先生，仙桃巾紫裘而坐觀者爲王晉卿……二人坐於盤根古檜下：幅巾青衣袖手側聽者爲秦少游……自東坡而下，凡十有六人。」樓鑰跋王都尉湘鄉小景：「國家盛時，禁臠多得名賢，而晉卿風流尤勝。頃見雅集圖，坡、谷、張、秦，一時鉅公偉人悉在焉。」元袁桷題李龍眠雅集圖：「此圖畫作於元祐之初……少游凝然有思，其小秦王之意乎？」虞集西園雅集圖跋：「西園者，宋駙馬都尉王詵晉卿延東坡諸名家燕遊之所也。……燕集歲月無所考，西園亦莫究所在。」

案：王文誥蘇詩總案卷二十八於元祐二年六月載「集於王詵西園」，並案曰：「此集在（元祐）二三年之間，而劉涇將赴莫州倅，故置二年爲當也。」是時二蘇在京任職，黄庭堅、晁補之、張耒俱任職於祕書省，秦則因蘇軾、鮮于侁薦應制舉而來京聯繫（制舉在三年考試，此時僅爲聯繫），故有可能在本年聚會。西園雅集圖有南宋馬遠、元趙孟頫摹本，筆者曾據後者影印少游像置於拙著淮海居士長短句校注扉頁。少游後有望海潮（梅英疏淡）詞追憶此次盛游云：「西園夜飲鳴笳，有華燈礙月，飛蓋妨花。」

七月十六日，太皇太后高氏生日，先生有坤成節功德文疏、代蔡州正賜庫功德疏、代蔡州進銀絹狀、代賀坤成節表。

案：秦譜原繫於元祐元年，云：「是歲太皇太后、皇太后上尊號，受册，及坤成節、興龍節，先生皆作賀表，爲太守向公作。」所云較籠統，多誤。案：據宋史哲宗紀，元祐元年閏二月丁未，「群臣上太皇太后宫曰崇慶，殿曰崇慶壽康；皇太后宫曰隆祐，殿曰隆祐慈徽。」又長編卷三五四，元豐八年夏四月乙亥，詔以太皇太后七月十六日生辰爲坤成節。然表云：「臣緣肺腑之親，叨分符節之寄。」當係指向宗回。宗回，向太后弟也，故云。宗回以元祐二年五月守蔡州，至四年六月得替。上述疏表當在其到任後作，因繫於此。秦譜謂元年爲向公作，誤矣。

八月一日，賈易由洛黨歸朔黨，黨争愈烈，先生作朋黨論上下篇，爲東坡等辯護。

長編卷四〇四：「元祐二年八月辛巳，朝奉郎右司諫賈易知懷州。自蘇軾以策題事爲臺諫官所言，而言者多與程頤善。軾頤既交惡，其黨迭相攻，易獨建言請併逐二人；又言呂陶黨助軾兄弟，而文彦博實主之，語侵彦博及范純仁，太皇太后怒，欲峻責易。……」先生朋黨上篇云：「臣聞朋黨者，君子小人所不免也。人主御群臣之術，不務嫉朋黨，務辨邪正而已。」下篇云：「臣聞比日以來，此風尤甚，漸不可長，自執政、從官、臺閣、省寺之臣，凡被進用者，輒爲小人一切指以爲黨。」顯係針對賈易輩而言，實爲蜀黨辯護。

九月，太皇太后高氏、皇太后向氏，皇太妃朱氏分别受册，先生爲郡守向宗回作賀表三道。

案：秦譜繫此於元祐元年，非是。據宋史哲宗紀，元祐二年九月乙卯，發太皇太后册寶於大慶殿；丙辰，發皇太后、皇太妃册於文德殿。因予駁正。

十一月九日，蘇轍除户部侍郎，蘇軾上舉黄庭堅自代狀。

案蘇軾狀云：「蒙恩除臣翰林學士，伏見某官黄庭堅孝友之行，追配古人，瑰瑋之文，妙絶當世，舉以自代，實允公議。」不報。

十二月，王子淵爲京西路轉運使，先生有賀京西運使啓。

案：長編卷四〇七云：是歲十二月庚辰，朝請郎太府少卿王子淵爲京西路轉運使，正與賀啓「比繇太府，來領外臺」相合。

十二月八日，哲宗趙煦生辰，先生有代賀興龍節表、代蔡州進興龍節功德疏。

案長編卷三五六云，元豐八年五月丁酉，「以十二月八日爲興龍節。上實七日生，避僖祖忌，故改焉」。又宋史哲宗紀謂元祐二年「十二月丙戌興龍節，初上壽於紫宸殿」，故知表疏作於本年。表云：「臣猥以葭莩，厠於藩翰」，亦爲向宗回身份。

元祐三年戊辰（一〇八八），四十歲。

春正月，翰林學士蘇軾權知貢舉、吏部侍郎孫覺、中書舍人孔文仲同知貢舉，黄庭堅、陳軒等參詳。趙德麟、蔡肇、宋匪躬、晁補之、張耒、廖正一、李伯時、鄒浩等點檢試卷。先生姑父李常寧舉進士第一，李廌（方叔）與先生弟覿（少章）並落第。

二月二十一日，蘇軾、黄庭堅、蔡肇，會於李伯時（龍眠）齋舍，書鬼仙詩，先生亦有鬼詩二首，姑附於此。

蘇詩總案卷三十詰案：「春渚紀聞載黄魯直、秦少游多寫仙鬼詩及道語，人有求者，輒書以應之，至有一詩見百餘本者，此豈公之遺風所及耶，抑别有所避就耶？」

徐案：少游有鬼詩二首，東坡志林卷二、春渚紀聞卷七及苕溪漁隱叢話前集卷五八、能改齋漫録卷十八均有所著録，略謂：「秦少游言：寶應民有嫁娶會客者，酒半，客一人徑赴水曰：有婦人以詩召我云……」（據東坡志林）蓋本於民間傳説。

春，蔡州水災，先生有汝水漲溢説及次韻太守向公登樓眺望二首。

案：秦譜謂元祐元年作汝水漲溢説，實誤。長編卷四〇八云：三年二月「甲申，尚書右僕射吕公著等言：去冬積雪，甚於常歲。今春以來，沈陰不解，經時閲月，民被其災」。少游代蔡州祈晴文亦云：「粤自去冬，陰氣爲沴，雪積袤丈。逮兹獻歲，寒不時歸。雪又復作，道塗梗塞。」（代蔡州謝晴文，亦作於本年）又代敕書獎諭記云：「三年春，盜發陳、蔡、潁之間。」代謝敕書獎諭表云：「憶昨凶年乏食，狂盜干誅……」均謂元祐三年春水災嚴重，因而飢民造反。詩云：「茫茫汝水抱城根，野色偷春入燒痕。」「庖煙起處認孤村，天色清寒不見痕。」俱寫水災景象。而汝水漲溢説云：「汝南風物甚美，但入夏以來，水潦爲患……汝水漲溢，城堞危險。」而「漢書稱汝南有鴻隙陂」云云，亦與詩中「遥憐鴻隙陂穿路，尚想元和賊負恩」相合。然魏慶之詩人玉屑卷十八云：「少游汝南作教官日，郡將向宗回團練有登城詩，少游次韻兩篇……又一歲，太守王左丞二月十一日生日，程文通諸人前期袖壽詩草謁少游」云云，似謂四年登城，又誤矣，詳元祐五年譜。

三月十四日，韓絳卒於京師，還葬許州，先生有代祭韓康公文。

畢沅續資治通鑑卷八十：「三月丙辰，司空致仕康國公韓絳卒，謚獻肅。」

春，有詩寄新息王令藏春塢。

案：先生元豐八年歲暮在家鄉送海陵周裕之赴新息令，至元祐三年秩滿，接替者當爲王令。詩云：「旋開小塢藏春色，更製新聲寫土風。客向罇前忘爾汝，路穿花去失西東。」皆爲春景，故知作於本年春。

四月，宰輔、執政多有新命：呂公著拜司空平章軍國事，先生有代賀呂司空啓；呂大防自中書侍郎加太中大夫左僕射兼門下侍郎，先生有代賀門下呂僕射微仲啓；范純仁爲尚書右僕射兼中書侍郎，先生有代賀中書僕射范相公啓；龍圖閣待制傅堯俞爲吏部侍郎，先生有代賀吏部傅侍郎啓；孫固自觀文殿學士正議大夫兼侍讀除門下侍郎，先生有代賀門下孫侍郎啓；劉摯爲中書侍郎，先生有代賀中書劉侍郎啓；王存爲尚書左丞，先生有代賀王左丞啓；胡宗愈爲尚書右丞，先生有代賀胡右丞啓；趙瞻自户部侍郎簽書樞密院事，先生有代賀簽書趙樞密啓。以上賀啓，當爲代蔡州守向宗回作。

四月，孫覺莘老爲御史中丞，先生有賀孫中丞啓。

孫莘老年譜引長編，元祐三年「四月壬午，吏部侍郎兼侍講孫覺爲御史中丞」。謝啓云：「恭惟中丞侍郎。」與此相合。宋刻淮海集題下注曰「和甫」，考和甫爲孫固字，生平未任此職，所注誤。

此外，又有代答范相公堯夫啓。

八月五日，先生與蘇軾、蘇轍、孫子發同至相國寺觀王晉卿墨竹。

周密癸辛雜識别集上：「羅壽可再游汴梁，書所見云，相國寺有石刻：『蘇子瞻、子由、孫子發、秦少游同來觀晉卿墨竹，申先生亦來。元祐三年八月五日。老申一百一歲。』」

八月，吕公著子希勣知潁州，先生有謝潁州吕吏部啓。

案：謝啓云：「會公旦之相周，俾伯禽而侯魯。」謂父爲宰相，子守藩地。據長編卷四一三云：元祐三年八月，右正言劉安世言：「司空吕公著之子希勣，今年知潁州。」勣，一作績。

九月，倉部郎中范子諒知蘄州，先生有代蘄守謝上表。

九月辛亥，先生應賢良方正試，進策論五十篇、序篇一篇，未售。

秦譜繫此條於元祐五年，云：「先生自汝南被召至京師，爲忌者所中，復引疾歸汝南。」而其舊譜則云「應制科，進策三十篇，論二十篇，進策序篇。既奏，除太學博士，校正祕書省書籍」。案：秦譜誤。據長編卷四一四云，元祐三年九月辛亥，由孫覺、蘇轍、彭汝礪、張績考試賢良方正能言極諫科舉人。又卷四一五云，冬十月己丑，蘇軾言：「貼黄：臣所舉自代人黄庭堅、歐陽棐，十科人王鞏、制科人秦觀，皆誣以過惡，了無事實。」同卷又云：九月丁卯，哲宗御集英殿試賢良方正能言極諫科謝悰。右正言劉安世言：朝廷近復制科，皆不應格，唯取謝悰一人。可見少游應試不售，乃因有人「誣以過惡」，此事或與洛蜀朋黨之爭有關。

又案：少游此次應制科，因被人「誣以過惡」，處境極艱，幸賴右相范純仁保全。其與許州范相公啓云：「某淮海一介之士，行能無取，比因緣科第，獲列仕版；又屬朝廷，復置賢科，而一二邇臣，猥以充賦，名實乖戾，果致多言。相公當國，憐其孤單，不即聞罷，使得自便，引疾而歸，僥倖深矣！」一二邇臣，指蘇軾、鮮于侁，於元祐二年以賢良方正薦先生於朝。啓云「不即聞罷，使得自便」，可知在發榜前，范純仁即告知不幸消息，使其引疾歸蔡州。

在京時，識李方叔廌，嘗與之論賦。

案：是歲春，李廌入京應試，與先生弟覿並落第。其與方叔締交，似在此時。高郵文游臺碑廟有少游獲款帖手迹石刻，云：「覿頓首，昨日獲款晤，甚慰馳仰之懷。比辱教，欣承履候佳勝，文字已領，稍間參候不宣。」二人相識後，甚相得。宋馬永卿嬾真子卷二云：「李方叔初名豸，從東坡游。東坡曰：『五經中無公名，獨左氏曰：庶有豸乎？……今宜易名廌。』方叔遂用之。秦少游見之，嘲之曰：『昔爲有脚之狐乎？今作無頭之箭乎？』豸以況狐，廌以況箭。方叔倉卒無以答之，終身以爲恨。」李廌師友談記記少游論賦凡十則，可見相知之深。

先生從東坡過興國寺浴室院，遇惠汶禪師。

案：元祐五年，先生有詩題曰元祐三年余被召至京師從翰林蘇先生過興國浴室院始識汶師云云。

與蘇軾、黄庭堅等相唱和，有和虛飄飄、和東坡紅鞓帶、題騕褭圖、贈蹇法師翊之、題雙松寄陳季常諸詩。

有次韻曾存之嘯竹軒詩。

案：曾存之，名誠，孝寬之子。是時張耒亦有次韻曾存之官舍種竹，當爲同時之作。

有慶張君俞都尉留後得子詩。

案：張君俞，名敦禮，尚英宗女祁國長公主。長編卷三八五云，元祐元年八月辛丑，駙馬都尉張敦禮磨勘爲武勝軍留後。詩當作於此後一段時間，姑繫於此。

尋引疾歸蔡州，有詩答曾存之，抒失意之感。

詩云：「環堵蕭然汝水隈，孤懷炯炯向誰開？……故人休説封侯事，歸釣江天有舊臺。」

與失意邊將高永亨相從於城東古寺，酣飲悲歌，神色自若。

案：高永亨，字無悔。元豐五年與其兄弟永能守永樂。先生高無悔跋尾云：「元祐三年，余爲汝南學官，被詔至京師，以疾歸。無悔亦以失邊帥意徙内地，鈐轄此郡兵馬。相從於城東古寺，日飲無何，絶口不掛時事。余酒酣悲歌，聲振林木。」參見元豐五年九月譜。

冬，裴仲謨綸通判蔡州，其兄裴秀才自陽翟來，相從踰月。先生爲裴秀才撰所藏麻温故詩跋尾；並有次韻答裴仲謨、和裴仲謨放兔行、和裴仲謨摘白鬚行等詩。

裴秀才跋尾云：「元祐三年冬，君之弟朝散君通判蔡州，君自陽翟籃輿過之，踰月而去。」

十月，作永壽縣君挽詞。

案：范祖禹太史范公文集卷五十右監門尉大將軍嘉州刺史妻永壽縣君墓誌銘謂永壽縣君，姓程氏，曾祖坦，贈太師中書令；父莘，文思使。程氏年十七，歸遂寧郡王之子嘉州刺史趙世設，於元祐三年十月庚辰卒。范祖禹之子温爲先生婿，故能爲之作挽詞。

十二月，宇文昌齡爲京西轉運副使，先生爲郡守向宗回作賀啓。

長編卷四一八云：「十二月庚寅，吏部員外郎宇文昌齡權發遣京西路轉運副使。」代賀運使啓云「贊治天官」，即指曾任吏部員外郎。

除夕，郡守向宗回宴裴秀才，先生與焉，有次韻裴秀才上太守向公詩二首。

錢大昕淮海先生年譜跋云：「至四年，向宗回任郡守，先生代作表及記。」案：此説不確。據少游代敕書獎諭記，宗回以元祐二年夏五月知蔡州，見二年五月譜。此詩云：「何處管絃傳臘酒，誰家刀尺剪春衣。」當作於本年除夕。

是歲，爲建隆昭慶禪師作真贊。

案：先生昭慶禪師塔銘謂禪師最後住廣陵之建隆禪院，而圓寂於元祐四年，題稱建隆慶和尚真贊，可知作於昭慶住建隆之時，因繫於本年。

元祐四年己巳（一〇八九），四十一歲。

春正月，有代賀胡右丞年節啓。

案：胡右丞，即胡宗愈。宋史宰輔表謂元祐三年四月除尚書右丞，四年三月出知陳州。時少游在蔡州，當爲郡守向宗回代作。

正旦,謁常立子允。

洪邁容齋三筆:「王順伯藏昔賢墨帖至多,其一曰『高子允諸公謁刺』,凡十六人,時公美、徐振甫、余中、龔深父、元耆寧、秦少游、黄魯直、張文潛、晁無咎、司馬公休、李成季、葉致遠、黄道夫、廖明略、彭器資、陳祥道,皆元祐四年朝士,唯器資爲中書舍人,餘皆館職。」案「高」與「常」形近而誤,張世南游宦紀聞作「常子允」,云:「士大夫謁見刺字,古制莫詳。世南家藏石本元祐十六君子墨蹟,其間有觀敬賀子允學士尊兄正旦,高郵秦觀手狀……皆元祐四年朝士,時惟彭公爲中書舍人,餘皆館職也。……嘗考之,常立,字子允,當時亦在館中,當是謁常無疑。」案:王明清玉照新志卷三:「明清家舊有常子允元祐中在館閣同舍諸公手狀,如黄、秦、晁、張諸名人皆在焉。……常名立,汝陰人,與家中有鄉曲之舊。夷父,秩之子,熙寧初,父子俱以處士起家,子允爲崇文館校書郎。元祐中,再入館。後坐黨籍,謫永州監税以卒。」時少游尚未入館,蓋自蔡州來謁。

三月十六日,胡宗愈自尚書右丞出知陳州,先生代蔡州郡守向宗回作賀胡右丞知陳州啓。

三月,有次韻裴仲謨和何先輩詩。

案:此詩其一云「鳥啼花發阻攜手」;其二云「入簾風絮報春深」。皆春日景象。

春,蔡子驤赴越州筦庫,先生作詩送之,又有次韻蔡子駿瓊花詩。

案：蔡子驤，山陽徐仲車積之妹夫。仲車有哀吟贈蔡子驤女詩云：「吾於其母，是爲内兄。」少游送蔡子驤用蔡子駿韻云：「華胥夢斷已十年，又見春風煮餳粥。苧蘿若耶固依舊，可憐雲月誰追逐？」先生於元豐二年如越省親，十年後當爲本年。

是時，有代薦蔡奉議狀。

案：狀云：「具位蔡駟，少以文翰見推流輩。」蔡駟，似爲蔡駰之誤，或即蔡子驤、子駿中一人之名。長編卷四三五載，是歲十一月壬午：「奉議郎蔡駰……充編修官。」薦狀當作於其前。

有牽牛花詩。又有贈女冠暢師詩，暫附於此。

魏慶之詩人玉屑卷十八引桐江詩話：「少游汝南作教官日……又嘗於程文通會間賦牽牛花。」「又一歲，太守王左丞二月十一日生日。」案：王正仲存於元祐五年度生日，則牽牛花應作於四年之春。

蔡正孫詩林廣記後集卷八引桐江詩話云：「暢姓惟汝南有之，其族尤奉道，男女爲黄冠者十之八九。時有女冠暢道姑，姿色妍麗，神仙中人也。少游挑之不得，乃作詩云。」

六月，因去歲水災，飢民爲盜，太守向宗回以鎮壓有功，至此朝廷嘉奬，少游有代獲賊祭諸廟文、代謝敕書奬諭表、代謝敕書奬諭記。

案：少游敕書奬諭表云：「憶昨凶年乏食，狂盜干誅，初鼠竊於村墟，俄鴟張於道路，殺傷吏卒，攘奪印章。居民以此震驚，列郡爲之騷動。……遂令幕吏，潛引將兵，從間道以兼行，指孤巢而突擊。渠魁格鬬，既就殲夷，餘黨散亡，尋皆殄滅。」長編卷四二九云，是歲六月戊申，賜温州刺史知蔡州向宗回詔曰：「日者有司備盜不謹，寖長弗制，滋擾於民。汝以戚藩，實任州寄，指授機宜，訖使殄平。厥功有聞，深用嘉歎。」此即敕書獎諭内容。

是歲，覿、覯二弟作小室，黄庭堅名之曰「寄寂齋」並有詩，先生亦作詩寄之，借抒不合時宜之感。

秦譜案：「舊譜：山谷以寄寂名少章齋，贈之以詩，在元祐二年。而山谷集則編次所贈詩於元祐四年。」徐案：任淵山谷詩注繫此詩於元祐四年，應從之。

少游寄寂齋詩云：「汝兄魯叔山，正坐不前謹。有琴亦無絃，何心尚求軫？」如此語氣，均反映試賢良方正科落第後之傷感。

六月，徐州教授陳師道謁蘇軾於南京，先生弟少章亦從蘇軾爲學於杭州。時王存知蔡州。

東都事略云：「初，師道在官，嘗私至南京謁蘇軾。至是言者彈其冒法越境，出爲潁州教授。」

案：黄庭堅有送少章從翰林蘇公餘杭詩，任淵山谷年譜元祐四年注：「送秦少章從東坡於杭州、范蜀公挽章，皆四年詩之可考者。」

案：長編卷四二九載，元祐四年六月甲辰：「中大夫尚書左丞王存，爲端明殿學士知蔡州。」

八月，歐陽修夫人卒於潁州，先生代蔡州守王存作祭歐陽夫人文。

祭文云：「吁嗟夫人，出於華宗。」案：蘇詩總案卷三十一「九月聞薛夫人訃爲文祭之」誥案：夫人薛氏，奎之女也。奎謚簡肅。夫人以是年八月卒。祭文又云：「矧在敝族，晚通姻好。」蔡州守王存與歐陽棐爲姻家，故有此語。

九月辛巳，大饗明堂，赦天下，百官加恩，先生有代謝加勳封表；又賜賚士庶高年九十以上者，先生有代蔡州赦後省賽文。

代謝加勳封表云：「晚自喉舌之司，亟更管轄之任。……比出近藩，猶通秘籍。」正與王存自尚書左丞出知蔡州相合。代蔡州赦後省賽文有「祇奉綸言」、「加惠元元」之語，似作於此時。

冬十月，權發遣同州承務郎張景先權京西路轉運判官，先生有代賀京西運判啓。

是歲，先生有書王氏齋壁。

案：本篇云：「皇祐逮今四十一年，中間豐瘁得喪，死生休戚，不可悉記。獨兩家之孤各奉其母，相遭於此，甚可悲也。」依時間推算，適作於本年。此文言及生日及大父赴官南康。

是歲，與張耒、李伯時評畫，作書晉賢圖後。

書晉賢圖後云：「此畫舊名晉賢圖，有古衣冠十人……了無需醉之態，龍眠李（叔）〔伯〕時見之曰：『此醉客圖也。』……獨譙郡張文潛與余以爲不然。」文中以一鈍僧不識金剛經爲例，對伯時加以譏評，謔而不虐，可見相互關係之一斑。邵祖壽張文潛先生年譜繫於本年，並有注云：「元祐四年作。」

是歲，京西路提點刑獄王瑜忠玉落「權發遣」字，先生有代賀提刑落權發遣字啓。此前曾與王瑜同遊嵩山、伊水、龍門諸名勝，有和王忠玉提刑詩。

宋詩紀事補編卷六：「瑜，字忠玉，真定人。元祐四年（一〇八九）提點兩浙路刑獄。元祐五年八月，爲刑部員外郎。元符二年（一〇九九）正月，以京西轉運副使知亳州。又嘗爲京西提刑。瑜之叔誨，熙寧間爲蘇州守，與（蘇）軾有唱酬。誨乃舉正之子。舉正，宋史卷二六六有傳。」

案：考蘇轍欒城集有王瑜京西提刑告詞，又續資治通鑑卷八十謂元祐二年六月「以京西路提點刑獄彭汝礪爲起居舍人」，王瑜乃其繼任，至四年秩滿，故落「權發遣」字遷兩浙路提刑，少游因代蔡州守王存賀之。其和王忠玉提刑詩云：「嵩峯何其高，峯高氣尤清。念昔秋欲老，從公峯下行。……曛黑度伊水，眇然古今情；黎明出龍門，山川莽難名。」詩中地名，與賀啓中「嵩山汝水，既久滯於星軺」相合。其同游嵩山時間約在元祐二、三年之秋天。

是歲三月十六日，蘇軾除龍圖閣學士充浙西路兵馬鈐轄知杭州軍州事。

案：蘇軾出守杭州乃因策題不當，爲當軸者所排擠。此亦洛蜀黨爭導致之後果。長編卷四二四載，三月丁亥，告下踰月，軾言：「及出朝參，乃聞班列中紛然，皆言近日臺官論奏，臣罪狀甚多；而陛下曲庇小臣，不肯降出，故許臣外補。」

是歲六月，蘇轍爲吏部侍郎，尋改翰林學士兼知制誥；七月，修實録院檢討官、朝奉郎、行著作郎黄庭堅爲集賢校理。

元祐五年庚午（一〇九〇），四十二歲。

春正月丁卯朔，哲宗御大慶殿視朝，先生有代賀元會表。

案：時先生在蔡州，表爲代郡守王存作。

正月十四日，弟少章自杭別蘇軾而歸，軾稱先生與張文潛爲士之超逸絶塵者也。

秦譜：「少章先生在杭別蘇公而歸，公作太息一篇以贈之。其略云：『張文潛、秦少游，此兩人者，士之超逸絶塵者也。非獨吾云爾，二三子亦自以爲莫及也。士駭於所未聞，不能無異同，故紛紛之言常及。吾於二子，吾策之審矣。士如良金美玉，市有定價，豈可以愛憎口舌貴賤之歟？少游之弟少章，復從吾游，不及期年，而議論日新，若將施於用者，欲歸省其親，且不忍去。烏乎！子行矣。歸而求諸兄，吾何加焉？作太息一篇以餞其行，使藏於家三年，然後出之。』」案：是時少游奉母於蔡州，少章「歸省其親」，當至蔡州。

二月二日，李公擇卒於陝府閿鄉縣傳舍，先生有龍圖閣直學士李公擇行狀。

案：行狀謂李公擇以元祐五年二月二日，卒於陝府閿鄉縣傳舍，以其年十月丙午歸葬於南康建昌縣，前期諸孤請狀公之行治，則行狀之作，蓋在八、九月間。

二月三日，孫莘老卒於高郵，先生有挽詞四首。

案：挽詞其一云：「同功一體盡調元，獨抱沉痾返故園。」謂莘老因病回高郵故里。挽詞其四云：「故人唯有羊曇在，慟哭西州不忍歌。」謂先生與莘老有甥舅之誼。又長編卷四三八云：

莘老以元祐五年二月三日卒。

二月十一日,郡守王正仲存生日,先生有正仲左丞生日詩致賀。

案:王存於去年六月知蔡州,詩人玉屑卷十八引桐江詩話云:「又一歲,太守王左丞二月十一日生日,程文通諸人,前期袖壽詩草謁少游,問曰:『左丞生日,必有佳作?』少游以詩草示之,乃壓小青字韻俱盡,首云:『元氣鍾英偉,東皇賦炳靈,蓂敷十一莢,椿茂八千齡。汗血來西極,摶風出北溟。』諸人愕然相視,讀畢,俱不敢出袖中之草,唯唯而退。」

夏四月,蔡州通判裴仲謨綸被薦入京,將任監察御史,先生作詩送之。

先生送裴仲謨詩云:「朝爲郡縣吏,暮作臺省客。矧聞歸法從,久欲薦言責。」案:長編卷四四八載,是歲九月癸未,「左朝散郎裴綸爲監察御史,尋改屯田員外郎」。並載劉摯記裴綸及胡兢事云:「先是中旨召綸及兢爲言事官,輔臣面奏:候召到審察。綸至,一詣都堂,其人亦清修之士,惟蘇頌略識之,遂以綸爲監察。既而言者交章論列……而綸亦懇辭,故罷之。」據此,則仲謨之離蔡州,當早於九月,而少游已於五月至京,則其送仲謨也,至遲在四月。

夏,蔡州獲豐收,先生代郡守王存作進瑞麥圖狀。

五月,先生離蔡入京,除太學博士,尋罷命。

據長編卷四四二云,是歲五月庚寅,「右諫議大夫朱光庭言:新除太學博士秦觀,素號薄徒,惡行非一,豈可以爲人之師?伏望特罷新命,別與差遣。」案:朱光庭係程頤門人。初,蘇軾與程頤戲笑相失，御史朱光庭怨之，密疏責軾策題不當，軾因乞補外郡而守杭，洛蜀之争遂烈。至是光庭又劾少游，當受軾累也。

六月，先生爲祕書省校對黄本書籍。

秦譜：「先生被召至京師，應制科，進策三十篇、論二十篇、進策序篇。既奏，除太學博士，校正祕書省書籍。」徐案：此將制科（即賢良方正能言極諫科）、太學博士及祕書省校對黄本書籍混爲一談，前譜業已疏之。此次乃爲著述之科，由范純仁、曾肇同薦。先生與許州范相公啓云：「比遇相公均逸藩輔，而某承乏之地，實在節制之下。疵賤無介紹，不敢以書自通，眷眷私懷，何以云喻？豈圖相公過有採聽，首賜論薦，使備著述之科。檄書初至，發函伏讀，且喜且懼。蓋相公於某，昔既有保全之賜，今又有論薦之恩，顧惟狂愚，何以辱此！」北京圖書館藏鈔本曾文昭公曲阜集下卷薦章處厚吕南公秦觀狀云：「蔡州學秦觀，文辭瑰瑋，固其所長，而守正不回，兼通事務。臣自熙寧中議之，知其爲人，寔有可用，非但采聽人言塞明詔而已。臣今保舉堪充著述之科，如蒙朝廷擢用不如所舉及犯正入己贓，臣甘伏朝典不辭。」末署「右元祐八年十月上」，疑誤。因八年十月少游已由吕大防薦入史館，毋庸再薦著述之科，蓋因三狀合書，以薦章、吕之時代之也。據長編卷四四三載，元祐五年六月丁酉，「詔祕書省見校對黄本書籍可添一員，以明州定海縣主簿秦觀充校對黄本始此」。甚是。

先生始入京，曾寓興國寺浴室院。

案：淮海集卷十一有詩題曰「元祐三年，余被召至京師，從翰林蘇先生過興國浴室院，始識汶師。後二年復來，閲諸公詩，因次韻」。詩云：「白髮道人還記否？前年引去病賢良。」謂元祐三年應賢良方正科不售引疾歸汝南也，汶師，惠汶禪師。

後居東華門，不慎被盜，有東城被盜得世字詩。

案：王直方詩話：「少游爲黄本校勘，甚貧，錢穆父爲户書，皆居東華門之堆垜場。」東城，指東華門。楓窗小牘卷上謂汴京故宫，「南三門，中曰乾元，東曰左掖，西曰右掖，東、西面門曰東華、西華」。

任祕書省校對黄本書籍後，心境爲之一暢，有晚出左掖詩。

詩云：「金爵觚棱轉夕暉，翩翩宫葉墮秋衣。出門塵障如黄霧，始覺身從天上歸。」王直方詩話評曰：「少游嘗因晚出右掖（徐案：一本作左掖）門，作此一絶。識者以爲作一黄門（徐案：應作黄本）校勘而衒炫如此，必不能遠到也。」（見蔡正孫詩林廣記後集引）

六月，張文潛卧病，先生有詩慰問。

案：張文潛送李端叔赴定州序云：「庚午，某卧病城南門。」庚午，即本年。又王直方詩話云：「張文潛在一時中，人物最爲魁偉，故陳無己有詩云：『張侯魁然腰如鼓，雷爲饑聲酒爲雨。』文云要瘦君則肥。』山谷云：『六月火雲蒸肉山。』又云：『雖肥如壺瓠。』而文潛卧病，秦少游又和其詩云：『平時腰十圍，頗復減臂環。』皆戲語也。」

七月，同知樞密院事韓忠彦夫人卒，先生有挽詞二首。

案：據長編卷四七六云：元祐七年八月丁卯，「殿中侍御史吴立禮言：臣伏睹知樞密院韓忠彦長子治，昨自朝散郎秘閣校理丁母憂，服闋朝見，未數日即除太常丞」。依此推算，其母當卒於元祐五年七月。又長編卷四二九云：「范祖禹之妻與韓忠彦之妻，從兄弟也。」祖禹子温爲少游婿，蓋因此姻親而爲之作挽詞。

九月，林次中出使契丹，劉平仲出倅鄆州，秘書省同人餞於丁氏園，秘書少監王仲至有詩送之，先生次韻兩首。

案：先生送次中諫議詩云：「留犁澆酒知胡意，尺牘移書示漢情。」對國事深表關切。長編卷四四七謂九月朔，命林旦（字次中）爲賀遼生辰使，餞行時間當在本月。又案：劉平仲，名定國，長興人。見毘陵集卷十四劉公神道碑及宋元學案補遺卷一。

秋，子湛（字處度）應試未出，先生獨坐興國浴室院，有詩。

秦譜：「先生子處度公湛在都下應秋試未出，先生獨坐興國浴室院，有詩云：『滿城車馬没深泥，院裏安閑總不知。兒輩未來鈎箔坐，長春花上雨如絲。』」

冬十月，滕達道卒，先生有挽詞二首，並走告御史中丞蘇轍，出榜制止其弟滕申凌蔑諸孤。

案：滕達道，原名甫，又字元發。蘇軾代張文定公作滕達道墓誌銘云：是時「公已老，蓋七十有一矣。即力求淮南，上不得已，乃以龍圖閣學士知揚州，未至而薨，蓋元祐五年十月二十四日也」。王明清揮麈後録云：「元祐間，公自河陽而鎮維揚，道卒。喪次國門，先祖自陳留來會哭。朝士皆集舟次。秦少游時在館中。少游辱公知最早。吊畢，先祖爲少游言其弟凌蔑諸孤狀。少游不平，策馬而去。翌日，方解維，開封府尋滕光禄舟甚急，乃御史中丞蘇轍札子，言元發昔事先帝，早蒙知遇，有弟申，從來無行。今元發既死，或恐從此凌暴諸孤，不得安居。緣元發出自孤貧，兄弟並無合分財産，欲乞特降指揮，在京及沿路至蘇州官司，不許申干預家事及奏薦恩澤，仍常覺察，奉聖旨令開封府備文榜舟次。詢之，乃少游昨日往見子由，爲言其事。昔人篤於風誼乃爾。令蘇黄門章疏備載其札子。」

十月八日，哲宗生辰，先生有興龍節疏二道。

是歲，有魏景傳、眇倡傳。

案魏景傳云：「魏景，字同叟，淮南高郵之隱君子也。……余素與之友善，别之且六年矣。」先生於元豐八年中第入仕，至本年，正六年。眇倡傳係述一吴倡在梁邂逅一少年事，似與魏景傳作於同時。

有慶禪師塔銘。

秦譜案：「大音先生鏞云：慶禪師係黄龍南之法嗣，先生爲作銘。又嘗作慶和尚真贊。又禪師高郵乾明諸開堂疏，皆先生作，語多透宗。蓋先生所交禪衲，如參寥、辨才、無擇輩，皆以詩文相契；而其參究宗乘，則得諸慶禪師爲多，亦猶坡公之於總老、魯直之於晦堂也。蘇公嘗稱先生通曉佛理，殆不誣矣。」徐案：先生慶禪師塔銘云：「（禪師）明日飯後奄然歸寂，實元祐四年八月十六日也。……明年，智潭自廣陵走京師，乞銘於某。」則爲元祐五年明矣。

有祭監税主簿文及觀易元吉獐猿圖歌。

案：以上詩文除祭監税主簿文作於蔡州外，餘皆作於入京以後。

黄庭堅題先生弟覿詩卷，稱其文字亹亹日新。

秦譜案：「山谷是年題少章詩卷云：『少章别來文字亹亹日新，不唯助秦氏父兄驩喜，予與晁、張諸友亦喜。交游間，當復得一國士，然力行所聞是此物之根本，冀少章深根固蒂，令此枝葉暢茂也。』」

是歲五月，蘇軾在杭浚西湖，參寥子觀後有詩紀之。

五月二十日，蘇轍爲龍圖閣直學士、御史中丞。

六月，張耒除著作佐郎，十二月爲集賢校理。

是歲，陳師道自徐州移潁州教授。

元祐六年辛未（一〇九一），四十三歲。

春二月,以劉摯爲尚書右僕射兼中書侍郎,蘇頌爲尚書左丞(五年三月命)。先生有詩。

案:此詩題作「和劉僕射感舊言懷寄蘇左丞。左丞昔守南京,僕射方爲幕客,今同爲執政作此詩。僕射詩略記其一聯云:『論文青眼今猶在,報國丹心老更同。』」

三月壬午,哲宗御集英殿,賜進士諸科馬涓以下及第、出身、同出身、假承務郎、文學總六百有二人。先生弟觀中第,授仁和主簿,作詩送之。

秦譜:「先生在京師,弟少章先生登馬涓榜進士第,調仁和主簿,張文潛有送秦少章臨安簿序,先生作詩送之。」

案:張耒送秦少章赴臨安簿序云:「吾黨有秦少章者……元祐六年及第,調臨安主簿。」先生送少章弟赴仁和主簿詩云:「吴中多高士,往往寄老釋。辨才雖物化,參寥猶夙昔。」辨才化於本年九月,據此,少章自中第至赴官,尚有半年之久,詩乃作於九月以後。

有胡晉侯者,與秦覯同年,先生有謝胡晉侯啓。

案:賀啓云:「而觀者昔陪絳帳之生……矧惟季弟,又獲同年。」可見爲先生同學、少章同年。啓又云:「臂折惟九,終號良醫;璞獻者三,竟爲美瑞。」知胡屢試失利,纔得一中。

三月,孫君孚權中書舍人;七月,與曾子開並爲中書舍人,先生有代中書舍人孫君孚謝表、代中書舍人謝上表、代中書舍人謝執政啓。

案：孫君孚名升，高郵人，曾子開名肇，南豐人，宋史皆有傳。

春，游西園，賦春日五首。

案：西園，指金明池，在汴京順天門外，亦稱西池。春日其一云：「幅巾投曉入西園，春動林塘物物鮮。」當作於元祐中，因繫於此。其二云：「有情芍藥含春淚，無力薔薇卧曉枝。」元好問論詩絶句譏之爲「女郎詩」。

作次韻李安上惠茶詩。

秦譜云是歲「七月由博士遷正字，八月罷正字，依舊校對黄本書籍」。詩云：「從此道山春困少，黄書剩校兩三家。」謂春間猶爲祕書省校對黄本書籍也。李安上，高郵縣令，見嘉慶揚州府志卷三六秩官二。

夏六月，有次韻孔彦常舍人曝書。

案：本篇當作於元祐五年供職秘書省之後，姑繫本年。孔彦常，名武仲，宋史有傳。晁補之有次韻孔彦常校資治通鑑作一詩，中云：「鈎陳玄武在北極，上帝之府森圖書。」可知爲秘書省舍人。

七月，先生由秘書省校對黄本書籍遷爲正字。

長編卷四六二云：「元祐六年七月己卯，左宣德郎吕大臨、秘書省校對黄本書籍秦觀，並爲正字。大臨，大防弟也。先是大防謁告，劉摯謂傅堯俞、蘇頌、蘇轍曰：『明日與大臨了却正字差遣。』皆曰諾。及退，王巖叟移柬摯曰：『命出必有竊議者，恐於朝廷、於公及其人，皆不爲美事。』摯答曰：『敬服。』」注：「逾兩月，卒與秦觀并命。」

是時，朋黨之争愈演愈烈，未幾賈易、趙君錫交章彈劾，先生罷正字，依舊校對黄本書籍。

蘇詩總案卷三三云：「先是劉摯、劉安世攻敗洛黨，摯已在執政。既乃劉安世劾罷范純仁。及劉摯代純仁爲相，王巖叟爲樞密使，梁燾爲禮部尚書。劉安世久在諫垣，號殿上虎，招徠羽翼益衆。朱光庭、賈易等失其領袖，皆附朔黨以干進。摯擢易爲侍御史，驅（蘇）公意在傾子由也，構難方急。（七月）六日，（軾）上論朋黨之患，再乞郡劄。」

長編卷四六三云：「八月戊子朔……以趙君錫論秦觀疏付三省。劉摯私志其事云：初除觀爲正字，用君錫之薦；既而賈易詆觀『不檢』之罪。同日，君錫又有一章曰：『臣前薦觀，以其有文學。今始知其薄於行，願寢前薦，罷觀新命。臣妄薦觀罪，不敢逃也。』觀亦有狀辭免。今日君錫之疏曰：『二十七日，觀來見臣，言賈御史之章云：「邪人在位，引其黨類。」此意是傾中丞也。今賈之遺行如觀者甚多，中丞何不急作一章論賈，則事可解。觀之傾險如此。乞下觀吏究治之！緣臣與賈易二十六日彈觀，才一夕而觀盡得疏中意，此必有告之者。朝廷之上不密如此！觀訪臣既去，是日晚有王遹來，蘇軾之親也。自言軾遣見臣有二事：其一則言觀者公之所薦也，今反如此；其二則兩浙災傷如此。……臣以爲觀與適，皆挾軾之威勢，逼臣言事，欲離間風憲臣僚，皆云姦惡，乞屬吏施行。』夫君錫之薦觀也，非本知觀也，未拜中丞時，觀多與王鞏游飲，君錫在焉，緣此習熟。既爲中丞，鞏迫令薦之。觀，軾之客也，故凡不喜軾者，皆咎君錫；及易至，亦以君錫薦觀爲非。會觀有正字之除，易率先一章，君錫遂翻然首之。」

八月己丑，賈易又上章言蘇轍，並及先生。

長編卷四六三載：賈易言：「轍則助其蜀黨趙卨，徼幸私己之邪議，力非憂國經遠之公言……陛下察其不當，許將力陳，亦嘗爭之不得。而轍則乘其同列不平之隙，陰使秦觀、王鞏，往來奔走，道達音旨，出力以逐許將。」徐案：由是言之，觀之罷正字，非如賈易所言有「不檢」之罪，亦非如趙君錫所言「薄於行」，而是捲入黨争，無可擺脱。

翌日，太皇太后高氏將賈易奏疏封付宰臣吕大防、劉摯，且諭令未得遍示三省官，事方寢。（見長編卷四六三）

八月己丑，外戚李端愿卒，先生有開府李公挽章。

案：長編卷四六三載，八月己丑，「太子太保致仕李端愿卒，輟朝臨奠，賻典加等，贈開府儀同三司。……端愿，獻穆公主子，好交喜名，所與游皆一時賢士大夫」。故挽章云：「先朝貴公子，當代老成人。月動融尊酒，花催鄭驛賓。」

先生罷正字後有小艇漁翁之思，作題趙團練江干晚景四絶。

案：四絶之四云：「煩君添小艇，畫我作漁翁。」陳師道有次韻秦少游春江秋野圖詩，乃和此詩。冒廣生後山詩集補箋：「後山此詩作於（元祐）六年，正少游不得意時，此少游所以有小艇漁翁之思，而山谷嘆後山爲不苟作也。」案：趙團練，名叔盎，字伯充，宋宗室。然據趙德麟侯鯖録卷二，此圖當係趙大年（令穰）所畫，詩題疑有誤。陸游出游歸卧得雜詩之二又云：「半幅生綃大年畫，一聯新句少游詩。」蓋亦指此詩。

此時，先生作二侯説，蓋有所寓。又有詩寄少儀弟。

秦譜繫此詩於本年。案詩云：「棲遲册府吾如昨」，係謂罷正字復爲校對黄本書籍也；「流落江村汝可憐」，謂弟少儀仍居高郵鄉間也。

八月壬辰，蘇軾以避親嫌出守潁州，行前上章自劾，猶稱譽先生；到任後，謂少游近致一場鬧劇。

案長編卷四六三載：「蘇軾之未除潁州也，上章自劾，其章云：『臣今月三日，見弟尚書右丞轍爲臣言：御史中丞趙君錫言秦觀來見君錫，稱被賈易言觀私事……又秦觀自少年從臣學文，詞采絢發，議論鋒起，臣實愛重其人，與之密熟。』」到潁後，與參寥子書云：「少游近致一場鬧（鬨），皆群小忌其超越也。」

是時，先生有獻東坡詩一首，或云秦少章作。

案：宋蔡正孫詩林廣記後集卷八引王直方詩話云：「杭有西湖，而潁亦有西湖，皆爲游宴之勝，而東坡連守二州，其初得潁也，有潁人在座云：『内翰但只消遊湖中，便可以了郡事。』蓋言其訟簡也。少游因作一絶獻之。……或云秦少章作。」然蘇軾西湖秋涸東池魚窘甚詩查慎行注云：「歐公自揚移汝，有『都將二十四橋月，換得西湖十頃秋』之句，秦少游亦有詩云：『十里荷花菡萏初，我公所至有西湖。』」二句即獻東坡詩語也。

先生賦南歌子詞贈東坡侍妾朝雲。

案：詞云：「何期容易下巫陽，祇恐使君前世是襄王。」使君，指蘇軾，時爲潁州守。又云：「暫然歸去斷人腸，空使蘭臺公子賦高唐。」蘭臺公子，當係自喻，因供職祕書省故也。

九月，杭州龍井壽聖院辨才法師圓寂，先生有辨才法師嘗以詩見寄繼聞示寂追次其韻一詩。

案：辨才原韻誤作蘇軾詩，題作次韻參寥寄少游，查慎行注：「七言律一首，乃辨才法師詩。」據蘇轍龍井辨才法師塔碑，其圓寂時間在本年九月乙卯。

冬十月，哲宗駕幸太學，宰相呂大防有詩紀之，一時館閣和者多人，先生亦次韻。

案：王士禛分甘餘話據楓窗小牘以爲在七月，誤。據東坡後集卷十五賀駕幸太學表，謂在十月十五日，曾肇南豐曾文昭公遺録謂在十月庚午，是。

十月甲戌，劉摯、蘇轍以王鞏坐罪，皆自劾。

十一月，中書侍郎傅堯俞卒，先生有中書侍郎挽詞二首。

長編卷四六八載，十一月辛丑，中大夫守中書侍郎傅堯俞卒。案堯俞，字欽之。挽詞其一云：「法知商鞅弊，議折董宏非。」前者指王安石變法，後者謂追崇濮安懿王之議。

是歲，孔平仲爲京西提刑，先生有代賀提刑啓。

案：平仲字毅甫，後先生貶郴州，曾於衡陽相遇，録呈千秋歲一詞。

是歲，先生有俞紫芝字序。

案序云：「余昔游玉笥……後九年游京師，遇金華居士俞紫芝，請余改字。」少游以元豐五年游玉笥，後九年當在本年。

先生賦一叢花詞，詠李師師；又賦滿園花詞，以俚語寫艷情。

案本年七月先生遷正字，賈易詆其行爲「不檢」，趙君錫以爲「薄於行」，當指先生爲青樓撰小詞事。

在京期間，先生曾賦調笑令十首並憶秦娥四首，乃流行於汴京之「轉踏體」，可見曾受教坊及瓦子藝人影響。其南歌子詠崔徽之半身像；虞美人（碧桃天上栽和露），贈某貴官之寵姬。賈易、趙君錫輩詆其行爲「不檢」而「薄於行」，似亦指此類。憶秦娥四首或以爲非先生作，然欽定詞譜調下注云：「按秦詞四首，每首前各有口號四句，即以口號末句三字爲起句，亦如調笑令例，樂府舞曲轉踏類如此。」似爲先生作。

有次韻范淳夫戲答李方叔饋笋兼簡鄧慎思詩。

案：李廌（字方叔）師友談記謂「友人董耘饋長沙貓笋，廌以享太史公，太史公輒作詩爲貺，因笋寓意，且以爲贈耳，廌即和之，亦以寓自興之意，且述前相知之情焉」。時淳夫（范祖禹）爲史院修撰，因稱太史公。據蘇軾次韻范淳甫送秦少章云：「近聞館李生，病鶴借一柯。」自注：「李廌方叔。」少章元祐六年中進士，赴仁和主簿，故范、蘇以詩送之。李廌時亦有詩送少章，可見正館於范淳夫家，故以貓笋轉致太史公並和詩。

是歲三月癸酉，詔以著作佐郎黄庭堅爲起居舍人，丁丑，中書舍人韓川封還除命，謂「黄庭堅所爲，輕翾浮艷，素無士行，邪穢之迹，狼藉道路」。見長編卷四五六，注云：「封還除命，見此月十八日。」六月，黄丁母憂回分寧。

二月，以蘇轍爲尚書右丞，以蘇軾爲翰林學士承旨。

三月，東坡自杭州召還，過高郵，爲趙晦之作四達銘；五月二十六日到闕上殿；六月四日，詔兼侍讀。

六月，著作佐郎、集賢校理張耒爲祕書丞，十一月爲國史院檢討官、著作郎。

元祐七年壬申（一〇九二），四十四歲。

春正月，陳傳道師仲自徐至潁，時其弟師道爲潁州教授。過汴時，先生有次韻酬陳傳道、次韻傳道自適兼呈都司芸叟學士二詩。

案：是時東坡守潁，有和陳傳道雪中觀燈詩，施宿東坡先生年譜繫於本年，可見坡詩作於上元燈節。先生次韻傳道自適云：「楚國陳夫子，周南頗滯留。」可證作於此一時期。芸叟學士乃張舜民，時爲左司員外郎，故稱都司，師道姊丈也。

春，劉景文季孫自兩浙兵馬都監擢知隰州，先生有贈劉使君景文詩，並爲其父劉平撰録壯愍劉公遺事。

案：劉景文知隰州，東坡守杭時所薦也。蘇詩總案卷三四載，景文以元祐六年十一月十日到潁見東坡；二十日，東坡有送知隰州詩，其由潁至汴當在此後。少游録壯愍劉公遺事云：「元祐壬申歲，公之子隰州使君某，與余會於京師，嘗道公之遺事。」景文到任後不久卒。故知詩與文皆作於是歲春初。

三月上巳，詔賜館閣花酒，以中澣日游金明池、瓊林苑，又會於國夫人園，會者二十有六人，先生作西城宴集詩二首。

案：王直方詩話云：「元祐中，諸公以上巳日會西池，王仲至有二詩，文潛和之最工，云：『翠浪有聲黄帽動，春風無力綵旗垂。』至秦少游即云：『簾幕千家錦繡垂。』仲至讀之，笑曰：『此語又待入小石調也。』然少游有『已煩逸少書陳迹，更屬相如賦上林』之句，諸人亦以爲難及。」案：西城宴集詩其一乃次韻王敏中少監，中有「簾幕」之句。王敏中名古，而王仲至名欽臣，詩話誤將二人合爲一人。

又作金明池詞，抒歸歟之歎。

秦譜：「春三月上巳……又作長調，以金明池名篇，其卒章云：『念故國情多，新年愁苦。縱寶馬嘶風，紅塵拂面，也則尋芳歸去。』與前詩末句（徐案：指西城宴集其二：猶恨真人足官府，不如魚鳥自飛沉。）意同。蓋當極盛之時，已作歸歟之歎。嗟乎，可以知先生之心矣！」徐案：少游之所以作「歸歟之歎」，當係因賈易、趙君錫詆諆所致，參見元祐六年譜。或以爲非先生詞，然無旁證。

是時，先生有滿庭芳茶詞，賦春日燕集。

清明前一日，與工部侍郎王仲至欽臣會於外戚李端愨席上，有次韻王仲至侍郎會李觀察席上、清明前一日李觀察席上得風字二詩，並與王仲至在閒燕堂聯句，又作和工部侍郎新章。

案：李觀察，即李端愨，獻穆公主子，開府李公端愿弟。據東都事略卷二十五載，其父遵勗賜第永寧里，「居第園池，聚名華，奇果、美石於其中，有自千里而至者，其費不貲。有會賢、閒燕二堂，北隅有莊曰静淵，引流水周舍下」。與少游詩中所寫景色相符。詩人玉屑卷十八聯句：「仲至與少游謁恭敏李公，飯於閒燕堂，即席聯句云：『黄葉山頭初帶雪，緑波尊酒暫回春。欽臣已聞璧月瓊枝句，更著朝雲暮雨人。觀老愧紅粧翻曲妙，喜逢佳客放懷新。欽臣天明又出桃源去,仙境何時再問津?·觀』」

又有春日雜興(客從遠方來)、春詞絶句五首、春日寓直有懷參寥諸詩。

案:春詞絶句之五云:「顛毛漸脱風情少,匣劍空存俠氣銷。」懷參寥詩云:「藏室春深更寂寥。」「鞍馬塵中歲月銷。」俱謂在祕書省供職日久,情緒消沉,當係作於遭受賈易彈奏後之春日。

春,東坡自潁州移知揚州,三月十六日到任,晁補之時爲揚州通判,先生有和東坡雙石詩。

與鄧慎思忠臣沐於啓聖院,遇李端叔之儀,有詩紀其事。

案:鄧忠臣,長沙人,時在祕書省校對黄本,並注晉書,見長編卷四六四。李端叔久寓京師,「浮沉樞密院屬下」,見蘇詩總案卷三十三諸案。

有詩答龔深之。

詩云:「惜無好事攜罇酒,賴有鄰家振燭光。尚友頗存書萬卷,封侯正闕木千章。」案:龔深之,名原,處州遂昌人。哲宗時,由太學博士加祕閣校理(長編卷四七四謂本年六月辛酉加祕閣校理),故藏書甚多,少游同在祕書省,多得其幫助,因而作詩答之。宋史卷三五三有傳。

有四絶贈道流,並有次韻奉酬丹元先生一首。

案：四絶，趙德麟侯鯖録題作游仙詞，其中多寫道家思想。丹元先生，本名姚安世，因王鞏以識東坡。

六月丙寅，孫君孚升出守南京，先生有代南京謝上表、代謝曆日表。

案：長編卷四七四載，六月丙寅，中書舍人孫君孚以訓詞失當，爲天章閣待制知應天府。

案：宋史哲宗紀謂元祐六年冬十一月，「壬午，作元祐觀天曆」。續資治通鑑卷八二云：「初，衛朴曆後天一日，元祐五年十一月癸未冬至，驗景長之日，乃在壬午。遂改造新曆。至是曆成。壬辰，詔以元祐觀天曆爲名。」謝表云「被命守藩……蒙恩告朔」，時孫升出守南京不久，故云。

六月望日，孫彦同著職官分紀成，凡五十卷，舊傳先生爲之作叙，疑誤。

案：少游孫彦同職官分紀叙，集本失載，據中吴蔣氏賦琴樓藏職官分紀補。王敬之本淮海集收入補遺，並案曰：「職官分紀五十卷，宋孫彦同譔，先生作叙，初藏蘇州惠氏紅豆莊，繼入蔣氏賦琴樓，乾隆年間纂入四庫全書。道光丁卯重刊淮海集，蔣君錫琳司鐸高郵，實與校訂，因出其先世藏本，録叙以墨於版。」案：孫彦同名逢吉，南宋隆興元年進士，上距本年七十二年，此叙疑誤。見四庫總目一三五。

六月三十日，蘇轍爲太中大夫，守門下侍郎。七月，秦覯自京至揚州謁東坡。

冬至日，哲宗合祭天地於圜丘，先生進南郊慶成詩并表，並有次韻侍祠南郊。

案：長編卷四七八云：「元祐七年十月，癸巳冬至，合祭天地於圜丘，以太祖配。禮畢……夜月澄爽，雲物晏溫。比還御樓，肆赦。終日和暖，天惠昭答。翌日風寒相屬，時雪如期。宰臣、執政，侍從官，皆進詩賀。」是時，東坡已自揚州召還爲兵部尚書充南郊鹵簿使。

又有次韻蔣穎叔南郊祭告上清儲祥宮二十六韻。

案：詩云：「大似圜丘報，長於至日迎。侍臣來祭告，清蹕欲時行。」可證作於是歲冬至日。

是歲，書曹輔顏魯公新廟記。

秦譜案：「顏魯公新廟記搨本，乃先生是年所書，前署『明州定海主簿、秘書省校對黃本書籍秦觀書』一行。先生始登第，除定海主簿，尋調蔡州教授。元祐三年（錫案：當作五年），除太學博士、校正秘書省書籍。六年，遷正字（錫案：六年遷正字，兩月即罷，當作八年爲是）。此銜不列教授、博士等官，當是省文。第先生是年已遷正字而不罷，豈黃本書籍即正字之所掌耶？（錫案：小峴先生此語亦仍舊譜之誤，故云爾。蓋書新廟記實在七年，而六年先生爲正字，兩月即罷。至八年再除正字，則七年正不得書正字銜。）記爲尚書職方員外郎華州曹輔撰，今在山東費縣魯公祠内。筆意瘦勁，深得二王遺法。碑陰有米黻記文。」徐案：清蔣超伯南漘楛語卷一載有曹輔新廟記。據困學紀聞云：「愚謂有兩曹輔，其一字子方，與蘇黃遊。若論事爲樞筦者，字載德，龜山爲銘。」此曹輔爲前者，其生平詳蘇軾送曹輔赴閩漕詩題下施注。少游又有送曹號州序，載淮海集卷三九，亦送曹子方也，蓋作於元祐間。

姑母卒，與姑父李常寧合葬，先生作李狀元墓誌銘。

秦譜：「先生父姑卒，作李常寧暨秦夫人合葬墓誌銘。常寧以元祐三年臨軒第一，即以是年六月卒，詔賜錢卹其家，天下悲之。」

案：銘曰：「元祐三年，春三月，上始臨軒策有司所貢士，被選者凡數百人，而廪延李君爲第一。君諱常寧，字安邦，是歲六月，以疾卒。……夫人秦氏，先大父承議之女也，後君四年卒。」故知此銘作於是歲。

有次韻宋履中近謁大慶退食館中，另次韻宋履中李侯檀欒亭一詩，似作於前後。

案：宋履中，名匪躬。長編卷四〇七云：元祐二年，十二月庚子，「朝奉郎宋匪躬爲正字。匪躬，敏求子，文彦博薦之也」。又卷四三九云：元祐七年正月甲午，「正字宋匪躬爲祕閣校理」。李侯，疑爲李端慤；檀欒亭，蓋李氏園中亭名。

歲暮，馮如晦出守梓州，先生有送馮梓州序。

秦譜：「作送馮梓州序。」

案：馮如晦，字叔明，蜀人。續資治通鑑卷八二載，元祐八年三月，門下侍郎蘇轍奏：「近臣以董敦易言川人太盛，差知梓州馮如晦不當。」所謂「近者」，當在前不久，蓋七年歲暮也。

是歲正月，黄庭堅護母喪至江西分寧；七月，范祖禹爲翰林侍講學士兼修國史；蘇軾八月以翰林學士兼侍讀，十一月除端明殿學士充禮部尚書；蘇轍六月爲門下侍郎;張耒七月編修神宗實録;晁補之十月除著作佐郎。

元祐八年癸酉(一〇九三),四十五歲。

春正月,有元日立春三絶,蘇軾、王欽臣、吕大臨等均有和作,時當局已有用先生意。

案:此爲帖子詞。蘇軾和詩其三云:「好遣秦郎供帖子,盡驅春色入毫端。」自注:「立春日,學士供詩帖子。」蘇詩合注王文誥案:「時首相吕大防已有薦少游意。」

上元日,哲宗御宣德門,召從臣觀燈,先生有次韻東坡上元扈從三絶。

案蘇詩總案卷三六云:正月十五日,「御宣德樓觀燈,侍飲樓上,呈同列」。先生次韻當在其後不久。

正月十六日,蔣穎叔之奇出守熙河前綫,先生有送蔣穎叔帥熙河二首;其後錢穆父作詩懷穎叔,先生復有次韻出省馬上有懷蔣穎叔二首。愛國情懷,顯然可見。

案:蘇詩總案卷三六謂「十六日,送蔣之奇帥熙河並跋,再送之奇詩」。可知少游前一詩亦作於正月十六日。後一詩錢穆父首唱云:「春雪京城一尺泥,並鞍還憶蔣征西。」亦當作於春間。

春,有春日偶題呈錢尚書詩訴其貧苦,錢穆父媿餉以禄米二石,先生再成二章以謝。

詩話總龜前集卷二七引王直方詩話：「少游春日嘗以詩遺穆父云：『三年京國鬢如絲，又見新花發故枝。日典春衣非爲酒，家貧食粥已多時。』穆父以米二石送之，云：『儒館優賢蓋取頤，校讎猶自困朝饑。西鄰爲禄無多少，希薄饘堪作淖糜。』時人以少游有如此人而亦食粥，似不相稱耳。」案：秦譜繫此詩於元祐五年，蓋未深考。據長編卷四八四云：「元祐八年五月甲午，權户部尚書錢勰知開封府。」詩云：「三年京國鬢如絲，又見新花發故枝。」少游於元祐五年六月來京供職秘書省，至此時正爲三年；所謂「新花發故枝」，指春間也。

呂與叔大臨卒，先生有呂與叔挽章四首。

案：呂大臨，宰相呂大防弟。挽章其三云：「追惟獻歲發春間，和我新詩憶故山。」指和元日立春而言，此云「追惟」，蓋其後不久。

與米元章芾游，有次韻答米元章、次韻米元章齋居即事二詩。

案：據元祐八年賀鑄慶湖遺老集卷五謝米雍丘元章見過自注：「八月京師賦。」又寶晉英光集卷六章聖天臨殿銘云，元祐七年，米元章知雍丘。少游詩寫及春景，蓋作於是歲之春也。

夏，太常博士陳用之卒，先生有挽詞四首。

案：陳用之，名祥道，一字祐之。長編卷四七八云，元祐七年「十月辛未，正字陳祥道爲館閣校勘」。又卷四八〇云：八年正月，「己亥，范祖禹言太常博士陳祥道注解儀禮三十二卷，精詳博洽，非諸儒所及」。又卷四八三載，八年四月，「禮部言祕書省正字陳祥道狀，蒙差兼權太常博士」。爾後即無記載，明春，少游亦遠謫，可證用之之死，在元祐八年正月之後。挽詞其二云：「直舍相依欲二年。」當指相與共事階段。用之事迹附宋史及東都事略陳暘傳。

夏四月，爲祖無頗作祖氏先塋芝記。

案：記末署「元祐八年四月吉日」。

五月，有次韻黄冕仲順興步雲閣、和黄冕仲寄題延平泠風閣二詩。

案：黄冕仲，名裳，延平人。其演山集卷十五步雲閣記末署「元祐癸酉仲夏」，中云：「昔予讀書順興北山之麓……今置閣，由閣而下視，水天空闊，橋虹横絶，登臨之上，身勢高遠，如在雲漢間，此命閣之意也。」又順興學記：「順興，南劍之支邑也。」即今福建南平。

諫官劾東坡，先生亦在被彈之列，詔不許。

案：據長編卷四八四載，是歲五月壬辰，「三省同進呈董敦易四狀言蘇轍，黄慶基三狀言蘇軾」。黄慶基言：「軾自進用以來，援引黨與，分布權要，附麗者力與薦揚，違迕者公行排斥。昨薦王鞏，既除宗正寺丞，又通判揚州，竟以不持行檢敗。近者薦林豫，自東排岸不問資序，遂差知通利軍。前者除張耒爲著作郎（原注：六年十二月二十四日），近者除晁補之爲著作佐郎（原注：七年十月二十六日），皆軾力爲援引，遂至於此。至如秦觀，亦軾之門人也，素號獧薄，昨除秘書省正字，既用言者罷矣，猶不失爲校對黄本書籍。是以奔競之士，趨走其門者如市，惟知有軾，而不知有朝廷也。」詔不許，「於是得旨，敦易、慶基，並與知軍差遣」。徐案：董敦易由是出知臨江軍，黄慶基知南康軍；而少游等亦得以免。

六月，先生復擢爲正字，有謝館職啓。

案：長編卷四八四云：「六月乙丑，左宣德郎祕書省校對黄本書籍秦觀爲正字。」原注：「政目：十九日。實録在七月二十四日。」先生謝館職啓云：「法同博士，閲五載而遷官；例比編書，通三年而改秩。」「三年改秩」，謂元祐五年起供職秘書省至本年恰爲三年，而改秩爲正字也。

叔父定爲江南東路轉運判官。

長編卷四八四云：六月甲寅，「右朝奉郎司農寺丞秦定爲江南東路轉運判官」。原注：「政目：初八日。實録在二十一日。」

文及甫爲工部侍郎，先生爲作謝表。

案：文及甫，彦博第六子。宋史文彦博傳云：「彦博再致仕，及甫知河陽，召爲太僕卿，權工部侍郎。」考長編卷四八六載，知河陽在元祐六年十一月壬寅；又卷四七七載，召爲太僕卿在元祐七年九月壬午；又卷四八四載，元祐八年六月戊辰，權工部侍郎王欽臣權吏部侍郎，文及甫當爲王之繼任，因繫謝表於此。

七月，宰相吕大防薦先生爲史院編修，先生有辭史官表。

黄𥕠山谷先生年譜云：「元祐八年七月，吕大防言：神宗皇帝正史，限一年了畢契勘。昨修兩朝正史,係遺史官五員,今來止有三員,切慮猝難就緒,欲差前實録院檢討官黄庭堅、正字秦觀充編修官。從之。」

大防。

參寥子賜號妙總禪師。

蘇詩總案卷三六云,七月,「秦觀始爲正字兼國史院編修官」。注引與參寥書云:「吕丞相爲公奏,得妙總師號,見託寄上。……秦少游作史官,亦稍見公議,亦吕公薦也。」吕公,指宰相吕

八月,任史院編修官,詔賜硯墨、紙筆、器幣。

秦譜:「是時,先生與黄魯直、張文潛、晁無咎并列史館,時人稱『蘇門四學士』。先生以才品見重於上,日有硯墨器幣之賜。」又云:「又近得先生賜硯記拓本於濟南同知黄君易,據云硯藏鉅野李忠愍祠。其文云:『元祐八年八月十二日,臣觀始供史職。是日,詔遣中使賜李廷珪、張近、潘谷、郭玉墨,淄石硯,□□盤龍麥光紙、點龍染黄越管筆。後三日,乃賜器幣。近世史臣,唯遇開院,有墨硯紙筆之賜,續除者,但賜器幣而已。續除備賜,自臣觀始云。國史編修官左宣德郎秘書省正字臣秦觀謹記。』」

九月三日,太皇太后高氏崩,先生有挽詞二首。

案:自元豐八年神宗崩,哲宗幼沖,太皇太后高氏垂簾聽政,歷時九年,故先生大行皇太后挽詞曰:「東朝制詔九年稱,烈武功高後世英。」

哲宗親政，政局始孕將變之機，范祖禹極諫，先生勸阻之。

秦譜：「哲宗親政，翰林學士范祖禹慮小人乘間害政，上疏，不報。祖禹之子元實，先生壻也。」

徐案：蘇詩總案卷三六云：「哲宗親政，人懷顧望，中外洶洶，宰相不敢言，（蘇）公與范祖禹慮小人乘間害政，上諫劄，累奏不報。其後有旨召還前貶熙豐内臣，范祖禹恐王中正、宋用臣再入，則章惇、蔡京、吕惠卿、曾布、李清臣必復用，因請對殿上，力諫以爲不可。皆不聽。」自是政局已孕大變之機矣。

明陳全之蓬窗日録卷二事紀：「元祐末，純夫數上疏論時事，其言尤激烈，無所顧避。文潛、少游懇勸，以謂不可，公意竟不回。其子沖亦因間言之。公曰：『吾出劍門關稱范秀才，今復爲一布衣，何爲不可？』其後遠謫，多緣此數章也。」

時錢勰穆父爲翰林學士，先生有賀錢學士啓。

案：錢勰於本年五月甲午以權户部尚書、龍圖閣直學士知開封府，與先生同住於東華門之堆垜場，和詩餉米，交誼甚厚。（見前譜）其爲翰林學士，在哲宗涖位之後。宋史本傳稱時「翰林缺學士，章惇三薦林希，帝以命勰，仍兼侍讀」。其時在元祐八年十月左右。

錢勰夫人吕氏卒，先生有東平夫人挽章。

案：東平夫人挽章題下注：「錢穆夫人。」又張耒有吕郡君挽詞，原注：「錢穆父妻。」

九月，爲其姻家葛書舉規叔作墓誌銘。

案：葛宣德銘云：「元祐六年六月十六日，卒於長垣之官舍。」「以八年九月丙申葬於常州江陰縣」，「君之登科，與儂仲父同年，而（其子）張仲又余之壻也」。

東坡以翰林、侍讀二學士出知定州，辟李端叔掌機宜文字，先生有送李端叔從辟中山詩。

宋施宿東坡先生年譜：「是夏，御史黄慶基、董敦易連疏論川黨太盛，且及先生草制詞多指斥先帝，又與弟轍相爲肘腋……先生尋亦乞越州。六月，以端明翰林、侍讀二學士除知定州。……先生辟李之儀爲屬，同行。冬十月到定州。」案：蘇軾出守定州時間在九月。據蘇詩總案卷三七云：「元祐八年癸酉九月，出帥中山，朝士願從者衆，乃奏辟李之儀、孫敏行爲簽判。公俟殿攢畢，方請朝辭，而國是將變，詔促行，不得入見。」誥案：「端叔爲簽判，乃辟掌機宜文字。」先生又有與李端叔遊智海用前韻一詩，當作於其前，姑附於此。

十一月，東坡於郡齋後圃得黑石，上有白脈，作雪浪石詩以紀之，少游亦次韻。

案：蘇軾有雪浪齋銘引，云：「予於中山後圃，得黑石，有白脈，如蜀孫位、孫知微所畫石間奔流，盡水之變。」

哲宗始御垂拱殿。

是時，先生蓋嘗至中山謁東坡，後作有清和先生傳，小説家言也。

案：清和先生傳云：「予嘗過中山，慨然想先生之風聲，恨不及見也，乃爲之傳以記。」

是歲，先生蓋覺察局勢之將變，作詩遣侍妾朝華。

宋張邦基墨莊漫録卷三：「秦少游侍兒朝華，姓邊氏，京師人。元祐癸酉納之，嘗爲詩曰：『天風吹月入欄干，烏鵲無聲子夜闌。織女明星來枕上，了知身不在人間。』時朝華年十九。後三年，少游欲修真斷世緣，遂遣歸父母家，以金帛嫁之。……」徐案：漫録所記年份有誤，元祐癸酉之「後三年」，當爲紹聖三年，而漫録末署「時紹聖元年五月十一日，少游嘗手書記其事」，自相矛盾矣。因疑納朝華時間更前，而遣之似在元祐八年癸酉也。

冬，張文潛擢起居舍人，先生有詩寄張文潛右史及和蔡天啓贈文潛之什。

冒廣生後山詩注寄張文潛舍人補箋：「按實録，文潛元祐八年冬，自著作佐郎除起居舍人，即右史也。」

案：前一首宋高郵軍學本淮海集及眉山文中本題下注云：「一云次韻參寥寄蘇子瞻時聞蘇除起居舍人。」詩云：「東坡手種千株柳，聞説邦人比召棠。」當係寄東坡之詩，附此存疑。

是歲，先生之女與范祖禹子温字元實訂親，有婚書。

婚書云：「末路紬書，實佐先翰林之事。」紬書，指爲國史院編修，先生於本年任此職。先翰林，指范鎮。

是歲，有法穎禪師者少善書，先生贈以紫石硯，並爲之銘。

案：法穎乃參寥子法嗣，銘穎師研曰：「穎師十二歲，以書爲東坡、大滌二公所稱，他時豈易量哉。予以紫石硯贈之。」

是歲，黃庭堅在分寧居母喪，陳師道在潁州爲教授。蘇軾六月以端明、翰林侍讀學士除知定州，至九月尚留京師行禮部事。蘇轍仍在門下侍郎任。張耒九月除起居舍人。十二月詔令祕書省置局，差范祖禹、王欽臣充編修官，宋匪躬、晁補之充檢討官。

元祐期間，先生尚有春日雜興（藝籍燔祖龍）、寄李端叔編修、送劉承議解職歸養、春日五首、時宣義挽詞諸詩。又有送曹虢州序。

紹聖元年甲戌（一〇九四），四十六歲。

案：長編拾補卷九紹聖元年四月：「癸丑，御劄：改元祐九年爲紹聖元年。」

春二月，李清臣首倡紹述，鄧温伯和之。政局開始變化。並欲起用章惇。

案：長編拾補卷九紹聖元年二月：「丁未，資政殿學士、通奉大夫、守户部尚書李清臣，特授正議大夫、守中書侍郎；端明殿學士、右正議大夫、守兵部尚書鄧温伯，特授右光禄大夫、守尚書左丞。清臣首倡紹述，温伯和之。」原案引欒城後集潁濱遺老傳云：「微仲（宰相吕大防）之在陵下也，堯夫（范純仁）奏乞除執政。上即用李邦直（清臣）爲中書侍郎，鄧聖求（温伯）爲尚書右丞。二人久在外，不得志，遂以元豐事激怒上意，邦直尤力□舊法。」又引太平治迹統類云：

「元祐八年十一月，楊畏上疏，言：『神宗皇帝更法立制，以垂萬世，乞賜講求，以成繼之道。』上即召畏登對，詢畏以『先朝故臣孰可召用者，朕皆不盡知其詳，具姓名密以聞』。畏即疏章惇、安燾、吕惠卿、鄧温伯、李清臣等行誼，各加品題，且密奏書萬言。且言神宗所以建立法度之意，乞召章惇爲宰相，上皆嘉納。」

三月，先生坐黨籍，改館閣校勘，出爲杭州通判。

秦譜：「春三月，李清臣發策試進士，始有紹復熙豐之意，畢漸迎合，擢首選。於是執政吕大防、范純仁、蘇轍、范祖禹皆罷。先生坐黨籍，改館閣校勘，出爲杭州通判。」

案：試進士在三月乙酉，李清臣策題，對元祐之政提出「可則因，否則革」之問題；楊畏覆試，專取主張熙寧元豐變法者，故畢漸迎合，名列進士第一人。而三月，壬申朔，來之邵、楊畏等已攻罷吕大防（三月乙亥出知潁昌府），李清臣、鄧温伯等復攻罷蘇轍（三月丁酉，出知汝州）。少游尋亦被逐，離京前賦望海潮（梅英疏淡）、江城子（西城楊柳弄春柔）二詞，憶舊遊，抒離思。既行，賦虞美人（高城不見塵如霧）及風流子二詞，寫惜别情懷。

至陳留客舍，作艇齋詩贈丁彦良，後有答丁彦良書、書丁彦良明堂議後。

先生艇齋詩序云：「予以典校史領倅錢塘，邂逅得友丁君彦良於陳留官舍。丁君彦良，年少氣雋，誦詩文亹亹不休，動有過人語，深恨得之晚也。臨分以艇齋詩速予賦，爲寄題一篇。」

至汴上，有赴杭倅至汴上作詩一首。

詩話總龜前集卷三二引王直方詩話：「少游紹聖間以校勘爲杭倅，方至楚泗間，有詩云：『平生逋欠僧房睡，準擬如今處處還。』詩成之明日，以言者落職，監處州酒税。」

案：貶監處州酒税在四月。宋楊仲良皇宋續資治通鑑紀事本末（以下簡稱本末）卷一〇一逐元祐黨人條載，「四月乙酉，御史劉拯言：『秦觀浮薄小人，影附於軾，請正軾之罪，褫觀職任，以示天下後世。』詔蘇軾合叙復日未得與叙復，秦觀落館閣校勘，添差監處州茶鹽酒税。」其實乃以政治原因爲主，宋史劉拯傳云：「紹聖初，復爲御史，言：『元祐修先帝實録，以司馬光、蘇軾之門人范祖禹、黄庭堅、秦觀爲之，竄易增減，誣毀先烈，願明正國典。』」玉照新志卷一謂「元祐初修神宗實録，秉筆者極天下之文人，如黄、秦、晁、張是也」。至此時獲罪。

行經南京，有南都新亭行寄王子發詩。

案：秦譜繫於元豐五年，非是。此詩將南京十二亭名，分别寓於自「光華」句至「暮雨」句各詩句中，據歸德府志，亭皆元豐七年秋王勝之益柔移守南京後所建。詩又云：「末路逢君詩酒共」，「豈恤官期後芒種」，謂被黜倅杭，當以五月到任也。

四月，以劉拯彈奏，先生落館閣校勘，監處州酒税。

長編拾補卷十載，四月乙酉，監察御史劉拯言：「秦觀浮薄小人，影附於軾，請正軾之罪，褫觀職任，以示天下後世。丙戌，詔蘇軾合叙復日，未得與叙復；秦觀落館閣校勘，添差監處州茶鹽酒税。」

至泗州，有詩送酒與泗州太守張朝請。

五月，至淮上，有詩再遣朝華。

張邦基墨莊漫録卷三：「朝華既去二十餘日，使其父來云不願嫁，乞歸。少游憐而復取歸。明年少游出倅錢塘，至淮上，因與道友論議，嘆光陰之遄，歸謂朝華曰：『汝不去，吾不得修真矣。』亟使人走京師，呼其父來，遣朝華隨去。復作詩云：『玉人前去却重來，此度分攜更不回。腸斷龜山離別處，夕陽孤塔自崔嵬。』時紹聖元年五月十一日也，少游手書記此事。」

時王存任杭州守，少游發一帖，「輒欲使府射一舟到高郵」，以便赴杭倅。

案：元祐五年，王存知蔡州，與少游甚厚，現爲杭州守，少游爲杭倅向其借船，故有帖。未幾，中途改貶處州，又發一帖，「敢告借船一隻」。二帖皆見補遺二。

至邵伯埭，與夫人告别，有臨江仙（髻子偎人嬌不整）詞志其事。

案：詞云「遥憐南埭上孤篷。夕陽流水，紅滿淚痕中」。寫當時别情也。

至吴興道中，有詩抒遷謫之恨。

吴興道中云：「黽勉蓽門下，十年守一方。胡爲御舟者，挽我置此傍？」詩從鄉居寫到出仕，又寫到眼前處境。遷謫之恨，溢於言表。

經金華赴處州貶所，有詩題金華山寺壁。

至處州，居處維艱，有暴露之憂。

說郛卷六四宋逸民真率紀事：「舊有秦少游，責監處州酒，與胡子文一帖說債宅云：『遠方必無閑空地宅，如成都僦債。然括蒼士大夫淵藪，其父兄必多賢，聞僕無居，宜有輒居以見賃債者，幸前期聞之。不然，使遷客有暴露之憂，亦郡豪傑之深耻也。』輒尋事契，叙此一篇。」

本年秋，杭州守王存致仕，先生有致政通議口號。見後集卷三。

少游春日雜興中「昔我游京室」與「桃李用事辰」二首，皆寫由榮及衰之生活變化，當作於遷謫之初。

案：前一首云：「歡娱易徂歇，轉眄如飛翰。」後一首云：「繁華一朝去，默默慚杞梓。」皆寫初謫時心情，當作於本年。

是歲夏四月，東坡在定州，詔落翰林、侍讀二學士，以本官知和州，又改英州。六月至當塗，復被命惠州安置。四月壬戌，蘇轍除端明殿學士知汝州，旋改知袁州；八月，又被筠州之命。

是歲，黃庭堅以六月管勾亳州明道宮，於開封府界居住。十二月，責授涪州別駕，黔州安置。晁補之貶爲應天府通判，改亳州，復貶監信州酒税。張耒出知潤州，旋徙宣州。陳師道於春初罷潁州教授。

紹聖二年乙亥（一〇九五），四十七歲。

在處州監酒稅，有詩題務中壁。

案：處州酒稅局，據光緒處州府志卷二：「姜山櫸山西，謫監酒稅常居此。」清端木國瑚詠櫸山詩：「小塍荒草埋吟屐，隔代蒼苔出酒瓶。」自注：「嘉慶初，土人於其處掘得宋時酒瓶。」秦瀛書淮海先生除太學博士敕碑後：「處之姜山，爲宋酒稅局，始祖淮海先生謫監郡酒稅時居此。」

春，游府治南園，作千秋歲詞。

案：千秋歲創作地點有三説：一、吴曾能改齋漫録卷十七：「秦少游所作千秋歲詞，予嘗見諸公唱和親筆，乃知在衡陽時作也。少游云：『至衡陽，呈孔毅甫使君。』」二、明毛晉宋六十名家詞本淮海詞題下注曰：「謫虔州日作。」三、劉克莊後村詩話云：「秦少游嘗謫處州，後人摘『柳邊沙外』詞中語爲鶯花亭，題詠甚多。」考之少游生平，未過虔州，虔當爲處之誤。紹聖三年，先生自處州貶徙郴州，十月十一日至洞庭湖，歲暮抵郴州。其過衡陽，當在是歲冬十一月以後，與詞中所寫春景不合。故知此詞當作於處州，至衡陽時録呈孔毅甫（平仲）也。兹依秦譜繫於本年。

有處州閑題及處州水南庵二首。

秦譜：「先生在處州，頗以遊詠自適，櫸山下隱士毛氏故居有文英閣，先生嘗寓此賦詩。其游水南庵，有詩二絶。」

光緒處州府志卷十三：「秦觀，字少游，紹聖中坐蘇軾黨，謫監處州酒稅，嘗寓僧寺中，有詩云：『市區收罷魚豚稅，來與彌陀共一龕。』使者得詩，劾以廢職，再貶藤州。」「藤州」爲「郴州」之誤。

案：文英閣詩二首本集不載，見雍正處州府志卷二，云：「都門將酒惜分攜，歸路駸駸望欲迷。千里又看新燕語，一聲初聽子規啼。春風天上曾揮翰，遲日江邊獨杖藜。回首三山樓閣晚，斷雲流水自東西。」又：「流落天涯思故園，散愁郊外任蹣跚。雲歸邃谷知無雨，風捲寒溪没近灘。已見雁將歸楚澤，遥知春又到長安。桑林壠木依稀是，只見秦川萬里寬。」民國麗水縣志卷十四雜記云：「二詩淮海集不載，詩云『歸路駸駸』，又云『流落天涯』，語意違反，殆非一時之作，亦未必文英閣作也。」

嘗於夢中作好事近詞，又賦有點絳唇（醉漾輕舟）詞。

宋釋惠洪冷齋夜話：「秦少游在處州，夢中作長短句，曰『春路雨添花，花動一山春色。行到小溪深處，有黃鸝千百。飛雲當面化龍蛇，夭矯轉空碧。醉卧古藤陰下，了不知南北』。後南遷。」

冬，有詩寄陳季常。

案：詩云：「暮年更折節，學佛得心要。鬻馬放阿樊，幅巾對沉燎。泠泠屋外泉，兀兀原頭燒。

欲知山中樂，萬古同一笑。」放阿樊，指遣去朝華，故知詩作於本年也。

先生有游仙詩二首，亦作於本年。

十二月，蘇軾在惠州，謂少游謫居甚自得。

案：東坡與黄魯直書云：「文潛在宣極安，少游謫居甚自得，淳父亦然，皆可喜，隔絶，書問難繼。」蘇詩總案卷三九諧案：「是時秦少游坐增損實録，貶監處州酒税。」是歲，黄庭堅在黔南，蘇轍在筠州。陳師道丁母憂。

紹聖三年丙子（一〇九六），四十八歲。

春，在法海寺修懺，寫佛書，有題法海平闍黎詩。

秦譜：「先生在處州，既罷職，乃修懺於法海寺。」

案：少游此詩有題跋云：「紹聖元年，觀自國史編修官，蒙恩除館閣校勘，通判杭州，道貶處州，管庫三年，以不職罷，將自青田以歸，因往山寺中修懺日，書絶句於僧房壁。」光緒處州府志卷九：「法海寺，在府南囿山，唐開化三年建，年久圮，秦觀題法海平闍黎詩」云云，案曰：「平闍黎，指月録立禪師，處州人，住法海寺。」

不久，自處州削秩徙郴州；行前，賦河傳（亂花飛絮）詞，並有詩留别平闍黎。

宋史文苑六秦觀傳：「使者承風望指，候伺過失，既而無所得，則以謁告寫佛書爲罪，削秩徙郴州。」（秦譜同）

案：徙郴州原因除上述外，尚有胡宗哲羅織罪名。據王明清揮麈餘話卷二云：「紹聖初治元祐黨人，秦少游出爲杭州通判，以其修史詆誣，道貶監處州酒税。在任，兩浙運使胡宗哲觀望羅織，劾其敗壞場務，始送郴州編管。」

道過浙西，盡室老幼，俱留不行，惟先生子湛謀侍同來。

先生祭洞庭文曰：「蒙恩寬貸，投竄湖南，老母戚氏，年逾七十，久抱末疾。盡室幼累，幾二十口，不獲俱行。既寓浙西，方令男湛謀侍南來。」

秋，過廬山郟亭湖廟下，夢中題維摩詰像贊。

釋惠洪冷齋夜話卷二：「廬山郟亭湖廟下，廟甚靈，能分風送往來之舟。……秦少游南遷宿廟下，登岸縱望久之，歸卧船中……遂夢美人自言維摩詰散花天女也，以維摩詰像來求贊。少游愛其畫，默念曰：『非道子不能作此。』天女以詩戲少游曰：『不知水宿分風浦，何似秋眠惜竹軒？聞道詩詞妙天下，廬山對眼可無言？』少游夢中題其像曰：『竺儀華夢，瘴面囚首。口雖不言，十分似九。天笑覆大千作獅子吼，不如搏取妙喜如陶家手。』予過雷州天寧，與戒禪夜話，問少游字畫，戒出此傳爲示，少游筆迹也。」

十月，先生過江夏，賀方回鑄隔江不及見，以詩寄先生。

賀鑄寄别秦觀少游題下注：「秦南遷桂陽，再過沔上，隔江不及見，因寄是詩。余三爲錢官，丙子十月江夏賦。」詩云：「沔陽湖上小留連，疑是前時李謫仙。流向夜郎纔半道，徑還江夏樂當年。箇儂生以才爲累，阿堵官於老有緣。待得公歸吾亦罷，春風先辦兩漁船。」

十月中旬，過洞庭，有祭洞庭文。

文曰：「紹聖三年，十月己亥朔，十一日丁卯，前宣義郎秦觀，敬以錢馬香酒茶果之奠，望洞庭青草湖境上……」

舟經瀟湘，賦阮郎歸（瀟湘門外水平鋪）、臨江仙（千里瀟湘挼藍浦）二詞，抒遠謫愁懷。

過長沙，傳訪潭土風俗，遇義妓。曾賦滿庭芳（碧水驚秋）、木蘭花（秋容老盡芙蓉院）二詞，似與義妓有關。

宋洪邁夷堅志己集：「長沙義妓者，不知其姓氏，善謳，尤喜秦少游樂府，得一篇，輒手筆口哦不置。久之，少游坐鈎黨南遷，道經長沙，訪潭土風俗、妓籍中可與言者，或舉妓，遂往訪。……乃張筵飲，虛左席，示不敢抗。母子左右侍。觴酒一行，率歌少游詞一闋以侑之。飲卒甚歡，比夜乃罷。」

案：後洪邁於容齋四筆中否認此事，然純屬推理。四筆且云常州鍾將之教授得其説於李結，並爲之作傳，故知事出有因。

過衡州，以千秋歲詞呈孔毅甫，作書與花光仁老求墨梅。

宋曾敏行獨醒雜志卷五:「少游謫古藤,意忽忽不樂。過衡陽,孔毅甫爲守,與之厚,延留,待遇有加。一日,飲於郡齋,少游作千秋歲詞。毅甫覽至『鏡裏朱顔改』之句,遽驚曰:『少游盛年,何爲言語悲愴如此!』遂賡其韻以解之。居數日,别去,毅甫送之於郊,復相語終日。歸謂所親曰:『秦少游氣貌大不類平時,殆不久於世矣。』未幾果卒。」

案:千秋歲詞係作於紹聖二年春,至衡陽録呈孔毅甫,説見紹聖二年譜。

花光仁老,即衡山花光寺僧仲仁,冷齋夜話云:「衡州花光仁老,以墨爲梅,魯直觀之,曰:『如嫩寒春曉,行孤山籬落間,但欠香耳。』」宋吴聿觀林詩話云:「秦太虚與花光老求墨梅書云:『僕方此憂患,無以自娱,願師爲我作兩枝見寄,令我得展玩,洗去煩惱。幸甚。』涪翁和吴字韻梅詩云:『夢蝶真人貌黄槁,籬落逢花曾絶倒。雅聞花光能畫梅,更乞一枝洗煩惱。』謂此也。」

秋冬間,總結一生之經驗教訓,作自警一詩。

詩云:「莫嫌天地少含弘,自是人心多褊窄。争名競利走如狂,復被利名生怨隙。貪聲戀色鎮如癡,終被聲色迷阡陌。休言七十古稀有,最苦如今難半百。」時年四十八歲,前景可悲,故云。

冬,賦如夢令詞,寫旅邸凄涼,又題二絶於郴陽道中一古寺壁。是時唯一老僕滕貴相隨。

案:詞云:「遥夜沉沉如水,風緊驛亭深閉。夢破鼠窺燈,霜送曉寒侵被。無寐,無寐,門外馬嘶人起。」詩云：「哀歌巫女隔祠叢，飢鼠相追壞壁中。北客念家渾不睡，荒山一夜雨吹風。」詩詞境相似，當作於同時。舊題王暐道山清話云：「秦觀南遷，行次郴道遇雨，有老僕滕貴者，隨以南行，管押行李在後，泥濘不能進，少游留道傍人家以俟。」

歲暮，抵郴州，游魚降山；録歐陽修冬蚊之詩，蓋有所寓。

秦譜：「歲暮抵郴州。」

嘉慶郴縣志卷三八：「秦觀游魚降山，謂大似華山之陰，而沃潤過之。」

案：宋刻淮海集冬蚊詩篇末注：「文忠公云：『蚊子最堪憎處，是先要喝，後來咬人。』」文忠公指歐陽修。袁文甕牖閑評謂此詩乃歐陽修作，少游乃轉録也。

除夕，賦阮郎歸詞，抒遠謫之痛。

詞云：「湘天風雨破寒初。深沉庭院虚。麗譙吹罷小單于。迢迢清夜徂。鄉夢斷，旅魂孤。峥嶸歲又除。衡陽猶有雁傳書，郴陽和雁無。」

是歲，東坡在惠州，四月始營白鶴新居，又遷於嘉祐寺。七月，侍妾朝雲卒。蘇轍在筠州。

范祖禹以元祐中論禁中乳母事，重貶賀州。

黄庭堅在黔南，作書答少游。

案：黄庭堅豫章黄先生文集與太虚書云：「某頓首，屏棄不毛之鄉，以禦魑魅。耳目昏塞，舊學荒廢，直是黔中一老農耳。足下何所取，而賜之書，陳義甚高，猶河漢而無極，皆非不肖之所敢承。……足下富於春秋，才有餘地，使有力者能挽而致之通津，恐不當但託之空言而已。無緣承教，以開固陋，閑來有所述作，幸能寄惠。」

案：少游此時與山谷書，已佚。

是歲，陳師道寓曹州。

紹聖四年丁丑（一〇九七），四十九歲。

秦譜：「先生在郴州。」

春二月，有詔編管横州。

案：秦譜云：「先生郴州奉詔編管横州，感而作冬蚊之詩。」其意謂冬日奉詔編管横州，非是。據長編補遺卷十四：「二月，郴州編管秦觀，移横州編管。」本末卷一〇二逐元祐黨人條云，紹聖四年二月庚辰，「郴州編管秦觀，移送横州編管。其吴安詩、秦觀所在州，差得力職員，押送前去，經過州、軍交割，仍仰所差人常切照管，不得别致疏虞」。詔書到達之日，當在二月之後。

三月，賦踏莎行詞。

苕溪漁隱叢話前集卷五十引冷齋夜話：「少游到郴州，作長短句云：『霧失樓臺，月迷津渡，桃源望斷無尋處。可堪孤館閉春寒，杜鵑聲裏斜陽暮。驛寄梅花，魚傳尺素，砌成此恨無重數。郴江幸自繞郴山，爲誰流向瀟湘去。』東坡絶愛其尾兩句，自書於扇曰：『少游已矣，雖萬人何贖！』」

清馮煦宋六十一家詞選序例：「少游以絶塵之才，早與勝流，不可一世；而一謫南荒，遽喪靈寶，故所爲詞，寄慨身世，閑雅有情思，酒邊花下，一往而深，而怨悱不亂，悄乎得小雅之遺。後主而後，一人而已！」

是歲，作法帖通解，内分漢章帝書、倉頡書、仲尼書、史籀李斯、鍾繇、懷素各章。又有蘭亭跋，蓋亦作於此時。

秦譜：「先生在郴州，作法帖通解，並自序。」原案：「大音先生鏞云：子瞻海外注易傳，荆公退居作字説，先生於流離播遷時作法帖通解：古人不肯輕擲歲月，類如此。」

徐案：少游自序云：「投荒索居，無以解日，輒以其灼然可考者疏記之，疑者闕之，名曰法帖通解云。」

是歲，范純仁謫永州；吕大防謫循州，卒於虔州；劉摯卒於新州；梁燾卒於化州；程頤編管涪州；范祖禹自賀州徙賓州；蘇軾自惠州徙瓊州。（見秦譜）

案：蘇詩總案卷四一云：「六月五日，（軾、轍）同至雷州，雷守張逢、海康令陳諤接見郊外。六日，遷入行館，移厨傳爲會。七日，子由僦屋不遂，公以告逢。八日，公行，逢專使津送以往。」

黄庭堅在黔南。張耒謫監黄州酒税。陳師道寓曹州，既而歸徐。

元符元年戊寅（一〇九八），五十歲。

案：是歲六月戊寅改元。

夏四月，自郴州移永州，有漫郎詩詠唐詩人元結，並借以自遣。

案：道光永州府志卷二上名勝志云：「次山（元結字）自號漫郎，故後人呼其宅爲漫郎宅。……厓之麓爲磨厓碑，以今尺較之，高八尺五寸，闊九尺許，其文即次山大唐中興頌，顔魯公所書也。……左右雜刻細字頗多……而秦觀（元注：秦太虚漫郎吟〔詩略〕）、張耒（元注：張文潛題磨厓碑後〔詩略〕）」云云。可證漫郎詩作於此時。

又有題浯溪中興頌詩，附此備考。

清畢沅續宋編年資治通鑑：「四月，皇長子生，大赦。范純仁等二十五人並收叙。……蘇軾、蘇轍、劉安世、秦觀移永、岳、鼎、衡州居住。」案：依文法，秦觀當係移衡州居住，然無他證。宋曾敏行獨醒雜志卷五云：「秦少游所賦浯溪中興頌詩，過崖下時蓋未曾題名也；既行次永州，因縱步入市中，見一市人家，門户修潔，遂直造焉。……時廊廡間有一木机瑩然，少游即筆墨於其上，題曰張文潛作，而以其名書之。」據此，少游似曾至永州。

案：浯溪中興頌詩，世多以爲張文潛耒作，如苕溪漁隱叢話後集卷三一云：「復齋漫録云：『韓子蒼言張文潛集中載中興頌詩，疑秦少游作，不惟浯溪有少游字刻，兼詳味詩意，亦似少游語也。……』苕溪漁隱曰：余游浯溪，觀摩崖碑之側，有此詩刻石。前云：『讀中興頌，張耒文潛。』後云：『秦觀少游書。』當以刻石爲正。」

案：元盛如梓庶齋老學叢談卷中云：此詩「實少游筆也，時被責憂畏，又特喪，乃託名文潛以名書耳。」錢鍾書宋詩紀事補訂亦從其説，謂「此少游詩」。

過桂州秦城鋪，遇一舉子題詩於壁，讀之涕霖。

宋朱弁曲洧舊聞卷三：「秦少游自郴州再編管横州，過桂州秦城鋪，有一舉子紹聖某年省試下第，歸至此，見少游南行事，遂題一詩於壁曰：『我爲無名抵死求，有名爲累子還憂。南來處處佳山水，隨分歸休得自由。』至是少游讀之，淚涕雨集。」

至横州，寓浮槎館，曾題詞於祝姓柱上。

秦譜：「既至横州，荒落愈甚，寓浮槎館，居焉。城西有海棠橋，橋南北皆有海棠，書生祝姓者居之。先生嘗醉宿其家，明日題其柱，詞刻於州志，海棠橋至今有遺迹云。」

宋陳思海棠譜引冷齋夜話：「少游在横州，飲於海棠橋，橋南北多海棠，有老書生家於海棠叢間。少游醉宿於此，明日題其柱云：『唤起一聲人悄，衾暖夢寒窗曉。瘴雨過，海棠開，春色又添多少。　社甕釀成微笑，半破椰瓢共舀。覺健倒，急投牀，醉鄉廣大人間小。』東坡愛其句，恨不得其腔，當有知者。」

有寧浦書事詩六首，是時文彦博、吕大防已卒，詩中及之。

案：寧浦，縣名，在横州。寧浦書事其四：「洛邑太師奄謝，龍川僕射云亡。他日歸然獨在，不知誰似靈光？」洛邑太師，指文彦博，時致仕居洛陽；龍川僕射，指吕大防，時貶徙循州。二人俱逝於紹聖四年。

九月，自横州謫雷州。

宋史哲宗本紀：「元符元年，九月庚戌，秦觀除名，移雷州編管。」本末卷一〇二逐元祐黨人條載：九月庚戌，「追官勒停横州編管秦觀，特除名永不收叙，移送雷州編管，以附會司馬光等同惡相濟也」。案：附會司馬光，見元祐元年次韻邢敦夫秋懷之五。案：明黄宗羲宋元學案元祐學案卷九十六云：「七月復竄鄭俠，秦觀編管雷州，重得罪者八百三十家。」

案：秦譜繫此條於元符二年，云：「先生自横州徙雷州。先是子由自筠州徙雷州，是時已改循州，故不相及。而子瞻尚在瓊州，瓊雷隔海而實近，子瞻寄子由詩云：『莫嫌瓊雷隔雲海，聖恩尚許遥相望。』故先生至是，復得與蘇公通問，不至寂寂如横州時矣。」謂元符二年自横徙雷，實誤，應予訂正。

自横徙雷途中，經容州北流鬼門關，有詩。

先生和淵明歸去來辭：「歲七官而五譴，越鬼門之幽關。」趙令畤侯鯖録卷三：「瞿塘之下，地名人鮓甕，少游嘗謂未有以對，南遷度鬼門關，乃用爲絶句。」

案此詩亦見蘇詩補遺，題作竹枝詞，查注：「愼按：一見黄山谷集，再見秦少游集，今據二集駁正。」岳珂桯史以爲山谷夢中所記，似不足信。

又案：舊唐書地理四嶺南道容州北流縣：「縣南三十里，有兩石相對，其間闊三十步，俗號鬼門關。漢伏波將軍馬援討林邑蠻，路由於此，立碑，石龜尚在。昔時趨交趾，皆由此關。其南尤多瘴癘，去者罕得生還，諺曰：『鬼門關，十人九不還。』」

十二月，先生五十歲，作反初、病犬二詩，寄身世之慨，有出世之思。

秦譜：「五十自壽，作反初古詩一首。」

案反初詩云：「一落世間網，五十換嘉平。夜參半不寢，披衣涕縱横。誓當反初服，仍先謝諸彭。」嘉平，臘月也。

是歲六月，黄庭堅自黔移戎州。七月，范祖禹自賓州再徙，卒於化州。張耒謫復州，監竟陵酒税。晁補之謫監信州酒税。陳師道在徐州。十二月，參寥子欲至瓊州探東坡，坡作書止之。

元符二年己卯（一〇九九），五十一歲。

先生編管雷州，灌園餬口，日與粤人相處。有雷陽書事三首、海康書事十首。

海康書事其一云：「白髮坐鈎黨，南遷海瀕州。灌園以餬口，身自雜蒼頭。……誰知把鋤人，舊日東陵侯?」案:上述十三首詩中曾有八首混入東坡續集,清查慎行已予駁正。海康書事其六云:「海康臘已酉,不論冬孟仲。」當作於是歲仲冬。

與東坡隔海相望,每有書詩,輒因便寄之。

秦譜:「先生每有諷詠,輒自作書,因便寄瓊州。」並引宋朱弁曲洧舊聞卷五云:「東坡嘗語子過曰:『秦少游、張文潛才識學問,爲當世第一,無能優劣。……二人皆辱與余游,同升而並黜。有至雷州來者,遞至少游所惠書詩累幅。近居蠻夷,得此如在齊聞韶也。』」

案:吕本中吕氏童蒙詩訓評少游後期詩云:「少游過嶺後詩,嚴重高古,與舊作不同。」蓋指此類也。

雷州有俞承務者,曾爲少游展力,並爲東坡傳書。

蘇軾答參寥書:「俞承務知爲少游展力,此人不凡,可喜可喜。今有一書與之,告專一人與轉達。仍有書令兒子輩準備信物,令送去俞處,託求穩當舶主,附於廣州何道士也。」

是歲,有與吴承務簡,云:「窮冬急景,佛舍蕭然,甚無聊賴。」

案:吴承務名子野,潮州人,號復古,熙寧十年,與蘇軾初遇于濟南,二十年後,又相逢于嶺南。東坡在海南,有答秦太虚書云:「吴君……若得見少游,即大幸也。」

是歲,作飲酒詩四首,抒謫居愁懷。

案:本篇其四云:「雷觴淡如水,經年不濡脣。爰有擾龍系,爲造英靈春。英靈韻甚高,葡萄難爲鄰。他年血食汝，應配杜康神。」此詩曾被誤載蘇詩續集，查慎行注曰：「名勝志：雷州海康縣城北五里，有英靈岡，雷種陳氏，世居於此。按英靈春，酒名，當以此。必有姓劉者善釀，故云『爰有擾龍裔，爲造英靈春』。少游謫居此地年餘，故有『經年不濡脣』之句。」

無題二首，亦當作於此時，蓋借古人之事聊以寬懷也。

又有隕星石、抱瓮、讀列子諸詩。

是歲，蘇軾在儋州。蘇轍在循州，黄庭堅在戎州。陳師道在徐州。

元符三年庚辰（一一〇〇），五十二歲。

是歲正月九日己卯，哲宗崩，端王趙佶立，是爲徽宗；皇太后向氏權同處分軍國事。大赦天下。改劉氏爲元符皇后。章惇爲山陵使。

二月，立王氏爲皇后，章惇封申國公，韓忠彦門下侍郎，黄履尚書右丞。

先生自作挽詞，序云：「昔鮑照、陶潛自作挽詞，其詞哀。讀余此章，乃知前作之未哀也。」

苕溪漁隱叢話後集卷三三：「淵明自作挽詞，秦太虚亦效之。余讀淵明之辭了達，太虚之辭哀怨。」

二月，詔先生移英州，未赴。

宋施宿東坡先生年譜：「二月，（東坡）先生以登極恩移廉州安置，同時化州別駕循州安置蘇轍移永州，追官勒停人雷州編管秦觀移英州，承議郎添差監復州鹽酒税張耒通判黄州，承議郎監信州酒税晁補之簽書武寧軍判官，涪州別駕戎州安置黄庭堅爲宣義郎添差鄂州在城鹽税。」

四月，韓忠彦爲尚書右僕射兼中書侍郎，李清臣門下侍郎，蔣之奇同知樞密院事。叙復元祐臣僚：范純仁、劉奉世、吕希純、王覿、吴安詩、韓川、唐義問并分司；吕希哲、希績、吕陶、鄭佑並宫觀；蘇軾、轍、劉安世徙廉、岳、衡等州；王古、楊畏、王欽臣、范純禮、純粹、晁補之、張耒、劉唐老并與知州差遣；黄隱、黄庭堅、賈易、王回並與監當差遣；鄭俠任便居住；詔求直言，用鄒浩、陳瓘、任伯雨、龔夬、張廷堅、陳祐爲臺諫官。

四月，詔先生移衡州。

施宿東坡先生年譜：「四月，（東坡）先生以生皇子恩詔授舒州團練副使永州居住，又詔蘇轍濠州團練副使移岳州，張耒與知州，晁補之與堂除通判，黄庭堅與奉議郎堂除簽判，秦觀英州別駕移衡州：皆先生黨人也。」

先生有與東坡書，東坡答之。

案：蘇詩總案卷四三云：「四月，得秦觀書。」注引東坡與秦太虚書：「近累得書教，海外孤老，志節朽敗，何意復接平生欽友。伏閱妙跡，凜凜有生意，幸甚幸甚。」又云：「吴子野自五羊來，云温公贈太尉，曾子宣右揆，的否未可知也。」又云：「比日毒暑，尊候佳否？前所聞的否？若信然，得文字後，亦須得半月乃行。自此徑乘蜑船至徐聞出路，不知猶及一見否？示諭二范之賢，不惟喜公得壻小范，且慶吾友夢得之有子爲不死也。言之淚下不已。」

六月，與東坡會於海康，賦江城子詞（南來飛燕北歸鴻），寫重聚之慨；並出示自作挽詞，東坡書其後，又作詩贈蘇子瞻。

秦譜：「五月下赦令，遷臣多内徙，蘇公量移廉州，寓書來云：『頃得移廉之命，治裝十日可辦，但須得泉人許九船即牢穩可恃，餘蜑船多不堪，而許見在外邑未還，須至少留待之，約此月二十五六間方可登舟，並海岸行一日至石排，相風色過渡，一日至遞角場，但相風難克日耳。有書託吴君偓二十壯夫來遞角場相等，若得及見少游，即大幸也。』」

傅藻東坡紀年録：「（六月）二十五日，與秦少游相别於海康。」

宋何薳春渚紀聞卷七：「（東坡）先生自惠移儋耳，秦七丈少游亦自郴陽移海康，渡海相遇。二公共語，恐下石者更啓後命，少游因出自作挽詞呈公，公撫其背曰：『某常憂少游未盡此理，今復何言？某亦嘗自爲誌墓文，封付從者，不使過子知也。』遂相與嘯詠而别。」

未幾，被命放還，賦和陶淵明歸去來辭，寫北歸之喜悦；是時，先生又有精思一詩，借助古代神話，抒發被放後之暢想。

秦譜：「先生既别公，無何，被命復宣德郎，放還。于是作歸去來兮辭一篇和陶元亮。」徐案：和淵明歸去來辭云：「屬黨論之云興，雷霆發乎威顔。淮南謫於天庖，予小子其何安！」精思云：「無端拜失儀，放斥令自新。雲霄難遽返，下土多埃塵。淮南守天庖，嗟我實何人！」兩者寫同一心情，當係作於放還前後。

七月，自海康啓行，過容州，留多日；踰月至藤州，八月十二日卒於光華亭。

秦譜：「先生遂以七月啓行而歸，踰月至藤州，尚無恙，因醉卧光化亭，忽索水飲，家人以一盂注水進，先生笑視之而卒。實八月十二日也。」

宋史本傳：「至藤州，出游華光亭，爲客道夢中長短句，索水欲飲，水至，笑視之而卒。……及死，軾聞之，歎曰：『少游不幸死道路，哀哉！世豈復有斯人乎？』」

案：少游係中暑而死。蘇軾東坡尺牘與歐陽元老書：「某與兒子八月二十九日離廉，九月六日到鬱林，七日遂行，初約留書歐陽晦夫處，忽聞秦少游凶問，留書不可不言，欲言又恐不的，故不忍下筆。今行至白州，見容守之猶子陸齋郎，云少游過容留多日，飲酒賦詩如平常。容守遣般家二卒送歸衡州，至藤，傷暑困卧，至八月十二日，啓手足於江亭上。徐守甚照管其喪，仍遣人報范承務（原注：范先去，已至梧州）。范自梧州赴其喪。此二卒申知陸守者，止於如此，其他莫知其詳也。然其死則的矣。哀哉痛哉，何復可言！當今文人第一流，豈可復得？此人在，必大有用於世；不用，必有所論著以曉後人。前此所著，已足不朽，然未盡也。哀哉，哀哉！其子甚奇俊，有父風。唯此一事，差慰吾輩意。某不過旬日到藤，可以知其詳，續奉報。」

案：光華亭，或作光化亭、華光亭，當係一地而誤記。范承務，指范元長，名沖，祖禹子。

九月十日，東坡至藤州光化亭，則范沖載先生喪去已久矣。

十一月十五日，東坡爲先生致奠，並作范元長書。

案：東坡與范元長書云：「某忽有玉局之除，可爲歸田之漸矣。痛哲人云亡，誦殄瘁之章，如何可言？……處度因會，多方勉之，以不墜門户爲急。漂流江海，未能赴救，已爲慚負。有銀五兩，爲少游齋僧，託送與處度也。」

案：秦譜云：「是歲，處度公湛自旅次匍匐來奔，扶櫬北還。」未知何據。據蘇詩總案卷四四：少游之喪，係由范元長於藤州載去，而未言及秦湛。附此待考。

是歲賀鑄有詩悼之。

案：先生卒後，「賀鑄詩集補遺有題秦觀少游寫真一首云：『誰容老芸閣，自識死藤州。』觀卒後作。結云：『湛郎長鬚爾，殊不嗣風流。』謂處度也」。引自夏承燾賀方回年譜。

是歲，蘇轍還潁昌，遂居焉。陳師道七月除棣州教授，十一月除祕書省正字。

宋徽宗建中靖國元年辛巳（一一〇一）。

正月十二日，范純仁卒；十三日，皇太后向氏崩。

三月二十一日，東坡跋先生好事近詞。

蘇詩總案卷四五：「二十一日，儂沔道秦觀在虔（處）所作詞，録本付之。」注引本集書秦少游詞後云：「少游昔在虔州（處州）嘗夢中作詞云：『山路雨添花，花動一山春色。行到小溪深處，有黄鸝千百。飛雲當面化龍蛇，夭矯轉空碧。醉卧古藤陰下，了不知南北。』供奉官儂君沔居湖南，喜從遷客游，尤爲吕元鈞所稱，又能誦少游事甚詳，爲余道此詞至流涕，乃録本使藏之。建中靖國元年三月二十一日。」

案：儂君沔，宋乾道高郵軍學本淮海居士長短句卷三好事近詞東坡跋語作莫君沔。吕元鈞，名陶，坐元祐黨籍謫居衡州。儂沔從吕陶游，正其在衡州時也。

三月，章惇罷相，貶爲雷州司户參軍。

黄庭堅改知舒州，又乞知太平軍，留荆南待命。

案：是時黄庭堅有病起荆江亭即事云：「閉門覓句陳無已，對客揮毫秦少游。正字不知温飽未？西風吹淚古藤州。」

五月，東坡至金陵，作答李廌書，對少游之死深致痛悼。

案：東坡與李方叔書云：「某自恨不以一身塞罪，坐累朋友，如方叔飄然一布衣，亦幾不免；純甫、少游，又安所獲罪於天？遂斷棄性命。言之何益，付之清議而已。」

七月二十八日，東坡卒於常州，年六十六。

十二月二十九日，陳師道卒於館中，年四十九。

是歲，張耒知潁州，晁補之知河中府，後徙知湖州。

處度公湛奉先生靈櫬，停殯於潭州。（見秦譜）

崇寧元年壬午（一一〇二）。

五月，詔復先生宣德郎。

黄以周續資治通鑑長編拾補：「崇寧元年五月，詔故追復宣德郎秦觀延福宫使入内都。」

六月，黄庭堅領太平軍事，九日而罷。九月，至鄂州，寓居踰年。

九月，詔立黨人碑，少游名列餘官之首。

宋史徽宗本紀：「己亥，籍元祐及元符末宰相文彦博等、餘官秦觀等、内臣張士良等、武臣王獻可等凡百有二十人，御書刻石端禮門。」

是歲，張耒因在潁州爲蘇軾舉哀，迹涉背公，貶爲房州別駕黄州安置。

秦湛守制於潭州。（見秦譜）

崇寧二年癸未（一一〇三）。

春，鄒浩夢少游，有詩。

案：鄒浩是歲正月竄嶺南，見宋史徽宗本紀。過潭州時有夢少游先生詩。詩云：「淮海維揚第一流，三關齊透萬緣休。真心豈復隨灰劫，遺骨猶然寄橘洲。專爲流通深歎賞，莫相鈍置豁愁憂。覺來欲語無人聽，屋角熒熒空斗牛。」

是歲二月，蔡京爲相，夏四月，詔毁先生文集。又詔黨人子弟毋得至闕下，令州縣立黨人碑。

宋史徽宗本紀：「乙亥，詔毁刊行唐鑑并三蘇、秦、黄文集。」

秦譜案：「大音先生鏞云：先生文集，其見於自序者，止閒居集十卷，策論五十篇，然此皆元祐以前作。據宋史，淮海集一卷，詩餘一卷。今行世者，卷帙雖不加少，疑非當日之全書。意當日所毁，必有不盡於是者。」案宋史本傳作「有文集四十卷」，秦譜誤。

九月，詔宗室不與元祐黨子孫爲婚姻，並令天下監司長吏廳各立「元祐奸黨碑」。

十二月，黄庭堅自鄂謫宜州，次年六月至貶所。

是歲，晁補之罷歸，張耒安置黄州，蘇轍居潁昌。徐積卒。

崇寧三年甲申（一一〇四）。

春三月，黄庭堅貶宜途中過長沙，遇秦湛、范温扶櫬居此，以銀二十兩爲賻，並贈之以詩。

宋曾敏行獨醒雜志卷三：「秦少游之子湛，自古藤護喪北歸，其壻范温候於零陵，同至長沙，適與山谷相遇。温，淳夫之子也。淳夫既没，山谷亦未吊其子，至是與二子者執手大哭，遂以銀二十兩爲賻。湛曰：『公方爲遠役，安能有力相及。且某歸計亦粗辦，願復歸之。』山谷曰：『爾父，吾同門友也，相與之義，幾猶骨肉。今死不得預斂，葬不得往送，負爾父多矣。是姑見吾不忘之意，非以賄也。』湛不堪辭。既别，以詩寄二子。……今集中載晚泊長沙走筆寄秦處度范元實五詩是也。」

案：秦譜繫此五詩於崇寧二年，云：「黄魯直再謫宜州，道經長沙，遇處度公湛，暨范元實，贈詩五首：『昔者秦少游，許我同門友。掘獄無張雷，劍氣在斗牛。今來見令子，文似前哲有。何用相澆潑，清江渌如酒。』『范公太史僚，山立乃先達。發揮百代史，管以六經轄。投身轉嶺海，就木乃京洛。仲子見長沙，且用爲飢渴。』『秦郎水江漢，范郎器鼎鼐。逝者不可尋，猶喜二子在。相逢吐珠玉，貧病問薪菜。豫愁帆風船，目極别所愛。』『往時高交友，宰木已樅樅。今我二三子，事業在燈窗。秦范波瀾闊，笑陸海潘江。願兹秉經術，出仕榮家邦。』『少游五十策，其言明且清。筆墨深關鍵，開闔見日星。陳友評斯文，如鐘磬鼓笙。誰能續鳳鳴？洗耳聽兩甥。』」原案：「舊注云：秦范相謂甥，疑處度公亦范氏壻也。」又案：「元實，祖禹仲子。先生易簀時，范承務來視其喪，疑即元實之兄。意祖禹卒於化州，二范奔赴，亦遂流寓無常，故得相從於此耶？蘇公答先生書亦稱二范之賢，合此詩觀之，一時故人悽愴之懷，千載如見。」徐案：二范，指范祖禹長子范沖，字元長；次子范温，字元實。任淵山谷詩集注繫以上詩於崇寧三年，題作晚泊長沙示秦處度湛范元實温用寄明略和甫韻五首，題下注曰：「處度，少游之子也，當是護少游喪留長沙，而元實來會於此。山谷在宜州，有答長沙平老帖云：『秦處度遂不成歸，淮南得安居否？』」秦譜繫年誤，據此駁正。

先生子湛藁葬先生於長沙橘子洲。

任淵山谷詩集和黄法曹憶建溪梅花詩注：「少游北歸至藤州，卒於江上。其子處度護喪，藁殯於潭，故有『長眠橘洲』之語。」

案：鄒浩夢少游先生詩亦云：「真心豈復隨塵劫，遺骨猶然寄橘洲。」蓋崇寧二年即藁葬於此。

黄庭堅過衡州，和先生千秋歲詞及和黄法曹憶建溪梅花詩。

秦譜：「魯直和先生千秋歲詞曰：『少游得謫，嘗夢中作詞云：「醉卧古藤陰下，了不知南北。」竟以元符庚辰死於藤州光化亭上。崇寧甲申庭堅竄宜州，道過衡陽，覽其遺墨，始追和其千秋歲詞：「苑邊花外，記得同朝退。飛騎軋，鳴珂碎。齊歌雲遶扇，趙舞風回帶。嚴鼓斷，杯盤狼藉猶相對。　洒淚誰能會？醉卧藤陰蓋。人已去，詞空在。兔園高會悄，虎觀英游改。重感慨，波濤萬頃珠沉海。」』」

秦譜又云：「又魯直和先生梅花詩，題云：『花光仲仁出秦蘇詩卷，思兩國士不可復見，開卷絶嘆，因花光爲我作梅數枝，及畫煙外遠山，追少游韻記卷末：夢蝶真人貌黄槁，籬落逢花須醉倒。雅聞花光能畫梅，更乞一枝洗煩惱。扶持愛梅説道理，自許牛頭參已早。長眠橘洲風雨寒，今日梅開向誰好？何況東坡成古丘，不能龍蛇看揮掃。我向湖南更嶺南，繫船來近花光老。嘆息斯人不可見，喜我未學霜前草。寫盡南枝與北枝，更作千峯倚晴昊。（舊注：橘洲，在湘江中。因先生藁殯長沙，故有「長眠橘洲」之語。）』」

六月壬寅朔，圖熙寧、元豐功臣於顯謨閣。癸卯，以王安石配享孔子廟。戊午，詔重定元祐、元符黨人及上書邪等者合爲一籍，通三百九人，刻石朝堂。餘並出籍，自今毋得復彈奏。

崇寧四年乙酉（一一〇五）。

閏二月，秦湛奉父喪經黄州，謁張耒，耒爲文以祭少游。

秦譜：「詔除黨人父兄子弟之禁，於是處度公奉先生喪歸葬於廣陵，道謁張文潛於黄州，文潛爲文以祭焉。其詞云：『維崇寧四年，歲次乙酉，閏月某日甲子，具位張耒，謹以家饌清酒，遺男秬敬祭於亡友少游學士之靈。嗚呼少游，淮海之英。自其少時，文章有聲。脱略等輩，論交老成。衆譽歸之，誰敢改評？聿來秘書，亦既飛鳴。脱身亟去，事變隨生。嗚呼，官不過正字，年不登上壽。間關憂患，横得罵詬。竄身瘴海，隕仆荒陋。君孤奉喪，歸葬廣陵。拜我於黄，尚有典刑。會葬撫孤，我窮不能。具此菲薄，聊致鄙誠。隻雞斗酒，懷想平昔。嗟我少游，尚肯來食。尚饗！』」

九月己亥，赦天下，詔元祐黨人貶謫者以次徙近地，惟不得至畿輔。

九月三十日，黄庭堅卒於宜州，年六十二。

是歲，章惇卒。

是歲，參寥子在京，有哭少游學士長詩。

崇寧五年丙戌（一一〇六）。

春正月，詔求直言，毁元祐黨人碑。

二月，除黨禁，蔡京罷相。

是歲，張耒得便居住，回故鄉淮陰，後移居陳州。

大觀元年丁亥（一一〇七）。

春二月，張耒爲先生投吕正獻公卷題跋。

秦譜：「張文潛跋先生投吕正獻公卷云：『予見少游投卷多矣，黄樓賦、哀鎛鐘文，卷卷有之，豈其得意之文與？少游平生爲文不多，而一一精好可傳。在嶺外亦時爲文，自爲挽詩一章，殊可悲也。此卷是投正獻公者，今藏居仁處。居仁好其文，出以示余，覽之令人愴恨。大觀丁亥中春，張耒書。』」

大觀三年己丑（一一〇九）。

是歲，賀鑄有詩挽王子開。李廌卒。

案：此詩誤作少游詩，見淮海後集卷三。

大觀四年庚寅（一一一〇）。

是歲，晁補之卒於泗州。

政和元年辛卯（一一一一）——七年丁酉（一一一七）。

秦譜：「處度公湛通判常州，遷葬先生於無錫惠山西三里之璨山。宋張理秦太虛墓詩：『九峯朝暮雲，摇落少游墳。野蔓碑全没，晴菴磬亦聞。洞偏泉路細，松折鶴巢分。高視太湖近，雲濤鷗起群。』又元柳貫璨山詩云：『明陽觀後慧山前，新營堂館貯風烟。藤陰不蔽淮海墓，茶井遥憐桑苧泉。好景正須多領略，佳辰且復少流連。劉伶一鍤太早計，却要冥靈受大年。』又明朱昇過淮海墓詩云：『起塚錫山隅，藤州旅櫬歸。死生應不愧，用舍自多違。薜荔山靈泣，松林野鶴飛。墓門荒草合，樵牧遍斜暉。』」原案：「舊譜止云政和間遷葬，不注何年，今不敢妄定。又崇寧四年已歸葬廣陵矣，今豈從廣陵遷葬於此耶？據錫山志，其墓有誥命碑記，歲久湮没，今僅存龍圖墓三字碑以識其處云。」

徐案：先生墓並非在璨山。筆者於乙丑（一九八五）清明後訪先生墓，於惠山二茅峯南麓得之。距主峯電視塔約二百餘公尺，有碑題作「秦龍圖墓」，久經風雨剥蝕，字蹟漫漶，依稀可辨。墓地隱於荒山蔓草中，現已由無錫市以不等邊石塊砌成饅頭型墳墓，圍以繚牆。兩旁有山脚向南延伸。站立碑前，南望五里湖，風景絶佳。

政和二年壬辰（一一一二）。

十月三日，蘇轍卒於潁昌，年七十四。

政和四年甲午（一一一四）。

張耒卒，年五十九。

宣和二年庚子（一一二〇）。

仲夏，李綱跋先生詩詞。

梁溪集卷一六二秦少游所書詩詞跋尾：「少游詩字婉美蕭散，如晉宋間人，自有一種風氣，所乏者骨格爾，然要是一時才者。沙陽俞躍出以示予，爲跋其後。宣和庚子仲夏梁溪居士書。」

宣和四年壬寅（一一二二）。

夏七月，釋惠洪跋三學士帖。

釋惠洪石門文字禪卷二七跋三學士帖：「秦少游、張文潛、晁無咎，元祐間俱在館中，與黄魯直爲四學士，而東坡方爲翰林，一時文物之盛，自漢唐已來未有也。宣和四年七月，太希倒骨董箱，得此三帖，讀之爲流涕。嗚呼！世間寧復有此等人物耶？」

宋高宗建炎四年庚戌（一一三〇）。

是歲，先生贈龍圖閣直學士，建亭墓下，刻誥辭於亭中。

宋王明清揮麈録前録卷三：「建炎末，贈黄魯直、秦少游及晁無咎、張文潛俱爲直龍圖閣。」

秦譜：「詔追贈先生直龍圖閣，與黄公庭堅、張公耒、晁公補之四人同命。詞云：『敕故宣德郎秦觀等，自熙寧大臣用事變法，始以異同排斥士大夫。維我神祖，念之不忘，元豐之末，稍稍收召。接於元祐，英俊盈朝，而爾四人以文采風流爲一時冠，學者欣慕之。及繼述之論起，黨籍之禁行，而爾四人每爲罪首，則學者以其言爲諱。自是以來，縉紳道喪，綱紀日隳，馴至宣和之亂，言之可爲痛心。肆朕纂承，既從昭洗，今爾四人，復加褒贈，斯足以見朕志矣。嗚呼！西清之游，書殿之選，唯爾曹爲稱。使生而得用，能盡其才，亦何止於是歟？舉以追命，聊申賁志之恨，亦以少慰天下士大夫之心。英爽不忘，歆此休顯。』」

案：或謂敕係僞託，然亦無據。

秦譜：「是歲，建亭墓下，刻誥辭及山谷送少章先生詩，置於亭中。先生卒庚辰，至是庚戌，凡三十年，始蒙卹贈。」

一九八五年一月初稿

一九八六年二月二稿

一九八七年六月三稿

附録二

傳記

宋史秦觀傳

秦觀，字少游，一字太虛，揚州高郵人。少豪雋，慷慨溢於文詞。舉進士，不中。强志盛氣，好大而見奇。讀兵家書，與己意合。見蘇軾於徐，爲賦黄樓，軾以爲有屈宋才；又介其詩於王安石，安石亦謂清新似鮑謝。軾勉以應舉爲親養。始登第，調定海主簿、蔡州教授。元祐初，軾以賢良方正薦於朝，除太學博士，校正祕書省書籍，遷正字，而復爲兼國史院編修官，上日有硯墨器幣之賜。

紹聖初，坐黨籍，出，通判杭州，以御史劉拯論其增損實録，貶監處州酒税。使者承風望指，候伺過失，既而無所得，則以謁告寫佛書爲罪，削秩徙郴州。繼編管横州，又徙雷州。徽宗立，復宣德郎，放還，至藤州，出游華光亭，爲客道夢中長短句，索水欲飲，水至，笑視之而卒。先自作挽詞，其語哀甚，讀者悲傷之。年五十三，有文集四十卷。觀長於議論，文麗而思深。及死，軾聞之，嘆曰：「少游不幸死道路，哀哉！世豈復有斯人乎？」弟覿，字少章；覯，字少儀。皆能文。

録自脱脱等宋史卷四四四文苑六

東都事略秦觀傳

秦觀，字少游，揚州高郵人也。舉進士不中，元祐初，蘇軾以賢良方正薦於朝，除太學博士，校正祕書省書籍，遷正字，兼國史院編修官。紹聖初，坐黨籍，通判杭州，以御史劉拯論其增損實録，責監處州酒税。又編置郴州，移横、雷二州。後放還，至藤（原誤「滕」）州而卒。年五十三。有文集四十卷。

觀長於議論，文麗而思深。蘇軾嘗以其詩薦之於王安石。安石答書云：「公奇秦君，口之而不置；我得其詩，手之而不釋。餘卷正眊眩未暇細讀。嘗鼎一臠，旨可知也。」及觀死，軾聞之歎曰：「少游不幸死於道路，哀哉，哀哉！世豈復有斯人乎？」

弟覿，字少章，亦能文。

録自宋王偁東都事略卷一一六

宋史新編秦觀傳

秦觀，字少游，一字太虚，高郵人。少豪雋，慷慨溢於文詞。登第，歷祕書省正字，兼國史院編修官。紹聖初，坐黨籍，出，通判杭州，以御史劉拯論其增損實録，貶監處州酒税。又以謁告寫佛書爲罪，削秩徙郴州，繼編管横州，又徙雷州。徽宗立，復宣德郎，放還，至藤州，出游華光亭，爲客道夢中長短句，索水欲飲。水至，笑視之而卒。先自作挽詞，其語甚哀，讀者悲傷之。年五十三，有文集四十卷。觀未第時，所作詩賦已爲蘇軾、王安石稱賞。及卒，軾歎曰：「世豈復有斯人乎！」弟覿，字少章；覯，字少儀。皆能文。

録自宋史新編卷一七一

元祐黨人傳秦觀傳

秦觀，字少游，揚州高郵人，見蘇軾於徐，爲賦黄樓，軾以爲有屈宋才。元祐初，軾以賢良方正薦，除太學博士，爲國史院編修官。紹聖初，坐黨籍，出，通判杭州。御史劉拯論其增損實録，貶監處州酒税。又以謁告寫佛書爲罪，削秩徙郴州，繼編管横州，又徙雷州。徽宗立，復宣德郎，放還，至藤州，游華光亭，爲客道夢中長短句，索水欲飲，水至，笑視之而卒。事蹟詳宋史本傳。

録自清陸心源元祐黨人傳卷四十

宋元學案宣德秦太虚先生觀

秦觀，字少游，一字太虚，高郵人。少豪雋，慷慨溢於文詞。舉進士不中。强志盛氣，喜讀兵家書。嘗介其詩於王荆公，荆公謂其清新似鮑謝。又見東坡於徐，爲賦黄樓，東坡謂有屈宋才，勉以應舉養親。始登第，調定海主簿、蔡州教授。元祐初，東坡以賢良方正薦於朝，累除國史院編修。紹聖初，坐黨籍，出判杭州，以御史劉拯論其增損實録，貶監處州酒税。使者承風望指，候伺過失，既而無所得，則以謁告寫佛書爲罪，削秩徙郴州，繼編管横州，又徙雷州。徽宗立，復宣德郎，放還，至藤州，（徐案：原誤作滕州。）出游華光亭，爲客道夢中長短句，索水飲，水至，笑視之而卒。先自作挽詞，其語哀甚，讀者悲之。年五十三，有文集四十卷。先生長於議論，文麗而思深。及死，東坡聞之，歎曰：「少游不幸死道路，哀哉！世豈復有斯人乎？」

録自宋元學案卷九九

宋詩紀事秦觀小傳

觀，字少游，一字太虚，高郵人。舉進士。元祐初，蘇軾以賢良方正薦，除祕書省正字，兼國史院編修官。紹聖初，坐黨籍削秩，監處州酒稅，徙郴州，編管橫州，又徙雷州。放還，至藤州卒。有淮海閑居集。（徐案：原「淮海」下衍一「集」字。）

録自清厲鶚宋詩紀事卷二六

高郵州志秦觀列傳

秦觀，字少游，一字太虛。少豪雋，慷慨溢於文詞，舉進士不中，强志盛氣，好大而見奇。讀兵家書，與己意合。見蘇軾於徐，爲賦黄樓，軾以爲有屈宋才，又介其詩於王安石。安石亦謂清新似鮑謝。軾勉以應舉爲親養，始登第，除定海簿，調蔡州教授。元祐初，軾以賢良方正薦於朝，除太學博士，校正祕書省書籍，遷正字，復兼國史院編修官，上日有硯墨器幣之賜。紹聖初，坐黨籍，出通判杭州。御史劉拯論其增損實録，貶監處州酒稅。使者承風望指，候刺過失，既而無所得，則以謁告寫佛書爲罪，削秩徙郴州，編管橫州，又徙雷州。徽宗立，復宣德郎，放還，至藤州，出游華光寺，爲客道夢中事，索水欲飲，水至，笑視之而卒。先自作挽詞。年五十三。有淮海文集三十卷、淮海閑居集十卷、淮海詩餘一卷刊於世。

觀長於議論，文麗而思深。及死，軾聞之嘆曰：「少游不幸死道路矣，哀哉！世豈復有斯人哉？」建炎四年，追贈觀直龍圖閣。

弟覯，字少章，從蘇黄游，工於詩，元祐六年進士，調臨安主簿。覯，字少儀，亦能文。黄魯直詩云：「秦氏多英俊，少游眉最白。頗聞鴻雁行，筆皆萬人敵。吾蚤知有觀，而不知有覯。」觀子湛，字處度，亦以文名，仕爲宣教郎，嘗注吕好問回天録。其後裔盛於無錫，明時科第不輟。

録自清乾隆重鍥高郵州志卷十上列傳

淮海集著者小傳

秦觀，宋高郵人，字少游，一字太虚。少豪雋，慷慨溢於文辭。見蘇軾於徐，爲賦黄樓；軾以爲有屈宋才。登第爲定海主簿。元祐初，軾以賢良方正薦於朝，除太學博士，累遷國史院編修官。尋坐黨籍，削秩編管横州。徽宗立，復宣德郎，放還至藤州，卒。有淮海集，世稱秦淮海。

録自四部備要書目提要集部

宗譜小傳

第一世觀，字太虚，一字少游，學者稱淮海先生，高郵人，宋元豐八年乙丑進士，除蔡州教授。元祐三年，除左宣教郎太學博士，校正祕書省書籍，遷正字。六年，擢國史院編修。紹聖初坐黨籍，出爲杭州通判，道貶監處州酒税，尋削秩郴州，旋編管横州，又徙雷州。元符三年庚辰，復宣德郎放還，卒於藤州。殯於潭，歸葬高郵。政和中，子湛通判常州，遷葬無錫惠山。配徐氏。先生生於皇祐元年己丑，卒於元符三年庚辰，年五十二。建炎四年，追贈龍圖閣直學士。子一，湛；女一，適范元實，龍圖學士范祖禹子。明正德中，邵文莊寶先祀公於惠山之十賢堂，裔孫鋭復請於督學御史張鰲山，檄建專祠於城中第六箭河，有司春秋致祭。

謹按：公墓舊譜沿元王仁輔及毘陵譜之訛作璨山，今墓在惠山之三茅峯下〔一〕，非璨山，宋時失名。碑記亦稱葬惠山之原，謹改正。公墓旁近，故有祠，並建亭立石，刻建炎誥辭，後俱廢。嘉慶十年，裔孫瀛建屋三楹於三茅峯之祖師殿，刻淮海及少章、少儀三公像並建炎誥，立石祀公，繼爲山風所敗。今移奉於惠麓雙孝祠之前楹。

毓鈞按：洪楊亂後，公像復移奉於城中第六箭河專祠之詠烈堂。

録自民國丙寅重輯錫山秦氏宗譜卷一

【案】

〔一〕一九八五年清明箋注者至惠山訪少游先生墓，乃在二茅峯電視塔南麓約二百公尺處，謂三茅峯及璨山者，均誤。

應武重修文遊臺記

慶元戊午，分教高沙麗澤之暇，出郛郭，入郊坰，有頹基屹立草莽。質之朋從，乃文遊臺故址也。孫莘老、秦少游，邦之先哲，嘗與蘇子瞻、王定國，載酒論文此臺之上。時守以群賢畢至，扁曰文遊。李伯時筆之丹青，以侈淮壖勝概。中更兵燹，臺寖以圮。

武聞而嘆曰：斯文未喪，天意攸屬，固不以臺爲存亡。昔有思人而愛棠者，況悦其風登其址乎！欲請諸郡復之而未果。解龜來歸瀟湘，涉江湖，每登高北望，未嘗不凝思於此也。嘉定壬申之臘，道由高沙，層臺奂然，覆以宇，祠以像。岸柳迂遠，徑花迴深。昔歉所懷，今幸睹其備。使旋，邦君逆勞於郊，屬爲之記。因考臺之顛末，屢隳而興者，由後世尊其人者多也。淳熙初，王公詗起其廢。嘉泰三年，吴公鑄從而新之。開禧邊釁適起，復爲瓦礫之場。張侯來守是邦，政成，以其餘力復臺之舊。其識趣開廣，豈直爲遊觀地哉？

竊謂四君子咸以文顯，東坡尤爲巨擘，静若彝器，叩如黄鐘。孝宗皇帝序其文曰：「忠言讜論，立朝大節，一時遷臣，無出其右。」放浪嶺海，文不稍衰。力斡造化，元氣淋漓，聖學緝熙，嘗置左右，非可以絺章繪句論也。遐想當時，接袂登臺，揮麈劇談，必有關於經緯天地，垂一王法者。楚之章華，漢之望仙，魏之銅雀，吴之姑蘇，雖崇制峻峙，無補名教，俱在下風矣。

試相與躋文遊，縱目四顧：其南曰廣陵，祖豫州所從擊楫而誓也；其東曰海門，謝太傅欲泛裝而定經略也；其西之北則淮泗，謝建武常建游軍以爲形援也。計其一時，英雄慷慨，憤中原之未復，欲吞之以忠義之氣。今焉徘徊肆睇，慕前諸賢有文事必有武備，此又建臺之深意也。

邦君姓張，名革，字信之云。

戴溪重修淮海先生祠堂記〔一〕

録自明隆慶高郵州志

淮海先生秦少游，建中靖國初〔二〕卒（於）藤，歸葬高郵。政和中〔三〕，遷葬於常州無錫惠山之原，子孫因家焉。墓故有亭〔四〕，刻建炎四年追贈龍圖閣敕〔五〕，并山谷送秦少章詩〔六〕，置之亭中。秦氏仕不顯，諸孤貧窶，墓四旁地皆爲豪右所得〔七〕，亭亦毁壞不存。山谷詩石歸邑好事者，獨贈碑荒蕪榛杞中，樵蘇不禁，墓祭幾絶。

開禧丙寅，永康應純之以州判官攝邑事，訪問遺迹，慨然興念〔八〕，封殖其墓，取旁近地還之，率邑士大夫合錢建亭〔九〕，乃立贈碑，且贖還詩石。擇秦氏諸孫知學者使肄學職，得月給，使具祭祀。倉臺黄公、常守湯公皆助其凡廢〔一〇〕。

應君故從余學。余自澄江召歸，道出無錫，應君首及兹事〔一一〕，且請余記之。余嘉其志，不待再請〔一二〕，然行役未及作也。至吴門，會淮東漕孟良夫，因論少游「醉卧古藤陰下」，人謂卒於藤之讖也。獨未知一事，少游墓後古松一株，直幹高聳，有巨藤自墓穴中出，周匝數四，已乃施於松上，蓋覆其墓，此真「古藤陰下」也。松爲人所砍去〔一三〕，藤芽暨今僅存爾。良夫，信忠孫，惠山寺功德院也，故知其事。應君來索記，因併及之。四月朔日永嘉戴溪〔一四〕。

録自遠碧樓劉氏寫本無錫縣志卷四下

【校】

〔一〕題中原不著撰人。光緒錫金縣志題下附注云：「元志作『祠堂記』。」篇末案云：「舊志闕撰人名，考乘據江陰縣志：『知江陰軍戴溪，自嘉泰四年至開禧二年。』去任二年即丙寅，與『澄江召歸』語亦合，故定是記爲溪所撰，今從之。」

〔二〕此處應作「元符三年」。

〔三〕此句原誤作「致中和」。

〔四〕有亭，原誤作「有序」，據弘治無錫縣志改。

〔五〕敕，原誤作「告」。

〔六〕原誤作「送少游章詩」，據弘治無錫縣志改。

〔七〕原脱「爲」字，據弘治無錫縣志改。

〔八〕「慨然」，原誤作「既然」，據弘治無錫縣志改。

〔九〕合錢，弘治無錫縣志作「合餞」。

〔一〇〕凡廢，疑爲「凡費」之誤。

〔一一〕首及兹事，弘治無錫縣志作「百及兹事」，從遠碧樓本。

〔二〕不待，原誤作「不得」，據弘治無錫縣志改。

〔三〕此句原脱「所」字，據弘治無錫縣志補。

〔四〕永嘉戴溪，原僅爲一「嘉」字，據光緒錫金縣志案語補。

邵寶秦淮海先生祠記

淮海先生祠堂者，先生之十九世孫鋭之所建也。先生在宋建中靖國間〔一〕，以國史編修坐黨籍謫外，卒於藤，歸葬高郵。政和間，其子湛倅常州，遂遷葬於惠山。其孫南翁，因家無錫。傳十餘世，至鋭之祖封武昌知府景賜，暨其子方伯廷韶、其諸子封都憲潤孚，謂先生生長宦遊之地，皆有崇奉，而無錫爲葬所，顧獨缺焉。蓋有志於祠，未果而繼卒。鋭欲擇善地，以成先志，久而未得，嘗以告予，繼之以嘆。

正德丁丑，監察御史安成張君汝立以提學至縣，盡毀尼女冠之居，而及於風光橋東所謂善智寺者，鋭見其近且塏爽，乃請於提學君，君亟稱善而從之。爰謀於其諸子今鄉貢進士泮，歸直於官，請其地而建焉。始事於戊寅之秋，越明年己卯春，厥功告成。予往謁焉，退而嘆曰：美哉秦氏，其盛矣乎！蓋吾嘗觀於前，蘇文忠公以文章氣節重於當代，而先生文麗思深，風致清逸，與黄陳數子，並遊於門，亟見稱許。既入史院，不幸死於遷謫。至於今，誦其言，想望其風采者，獨色然起敬〔一一〕，謂當與文忠並傳不朽，況爲其子孫者乎！無錫故有祠在墓旁，蕪茀已久，而數十世後乃有不忘其先如鋭之祖孫父子者，君子雖弗與，不可得也。

秦在無錫，自國朝以來，起家鄉貢者九人，登進士者二人，而學行政績莫顯於方伯與今都憲國聲。嗣而興者，其人尤衆。初，鋭既得其地而經始也，亟用書告都憲於湖南。都憲曰：「此吾族之缺典，不可不圖。」及將落，而告其二叔永孚、仲孚，又皆曰：「此吾祖吾父之志也，不可不力。」

祠因故材葺而爲堂，中奉先生像，前爲門。堂之後爲樓，題曰淮海。其下爲夾室，常州公暨處士物初先生，暨武昌，暨封都憲，暨方伯，五公之像具焉。左右有序，凡若干楹。歲舉私祀於堂，鋭也祼獻唯謹。餕於室，則諸昆弟咸在夾室。五像以有家廟，故薦而不祀。乃若二子濂汶及其群從，延師講肄，亦皆於斯。蓋尊賢於先，而因以風其後人。鋭之繼述，於是乎大矣。

某辱交於秦氏三世，至鋭始爲姻連。蓋於是與有慶焉。頃鋭以記請，再辭不獲。既爲書其事，復作迎送神辭，俾於享焉歌之。物初，都憲之曾祖也，於武昌爲諸父。鋭，字國英，太學生。其辭曰：

有藤糾兮若虯，與古木兮相繚。公何爲兮此邱？昔有夢兮彼州。夢維水兮我泉清流，公舍此兮焉留？矧有箕兮有裘，世復世兮千秋。公之墳兮既荒，邑有構兮曰公之堂。蕙餚烝兮奠桂漿，肅登降兮有冠有裳。公之來兮如水斯洋，公之去兮如風斯翔。祝有册兮歌有章，惠諸孫兮不忘。

録自光緒錫金縣志卷三十六

【校】

〔一〕應作紹聖間。

〔二〕色然，疑爲「肅然」之誤。

秦瀛處州萬象山淮海先生祠堂記

處州，故余遠祖淮海先生監酒税處也。先生在處時嘗訪曇法師於慈仁院，既去，院僧繪像立祠，具載處州志。今祠廢而像亦不可考。乾隆癸丑冬，瀛奉天子命備兵温處，將欲重建祠而遽以遷調去。乙卯冬，始自杭州刻先生像移奉處州圭山之蓮城書院。又閲年，杭郡丞修君奉檄權處州事，將行，來謁别，余語及之。修君涖處，以書來諗，曰書院地故湫隘不克，稱有萬象山者，故郡城最高處，其上爲崇福寺，極爽塏。今以寺中之東偏三楹，重加黝堊，設神龕奉先生像祀焉。祀之日，自郡大夫以下及處之士民，咸往瞻拜如禮。此處州萬象山之所由有先生祠也。

瀛惟先生少負經世略，彊志盛氣，好談兵，爲蘇文忠公所賞，既而不效於世，迺一意託之於文章。迨坐黨籍，出倅杭州，言者論其增損實録，横罹貶謫，監酒税於此。而小人承望風旨猶未已，卒以謁告寫佛書削先生秩，遷徙嶺海。易曰：「君子得輿，小人剥廬。」君子小人之進退剥復，係乎國家之治忽。宋自黨禍興而神州陸沉，後世士君子過先生祠所當痛恨太息於紹聖之已事也。顧當時之禍先生者其骨已朽，而先生及諸君子之名至今猶在天壤；亦可見小人之禍君子，無往不福君子，小人之智適成爲小人之愚已矣。而先生蹤蹟所至，官於其地者無不爲之流連感慕，況又爲其子孫如瀛者與！

瀛往來處州，未至萬象山，聞其城俯臨城郭，近挹溪光，望之若圖畫。蓋括蒼一郡之勝，而又與姜山近，即宋時酒税局，先生之靈，其憑依於是無疑也。修君名仁，漢軍鑲藍旗人，由舉人出爲知縣，遷杭州府總捕同知，今署處州府知府。祠之成，緊君成之。麗水縣知縣常熟邵德培，處州府教授海寧張駿，麗水縣典史無錫侯寶樹並襄其事，例得具書。時嘉慶元年丙辰十二月望前五日。

録自光緒重修處州府志卷八

秦少游墓

宋淮海先生秦龍圖墓在惠山西南三里。先生名觀，字少游，一字太虚，開封祥符人〔一〕，焦蹈榜登第，初仕泰州教授〔二〕，召試賢良，除祕書正字。後謫居英州〔三〕，移柳州〔四〕，復詔除國史院編修。建中靖國間貶藤州〔五〕，卒，年四十三〔六〕。政和中以黨錮未解，藁葬高郵縣。人稱爲淮海先生。子湛，爲常州通判，遷葬於常之無錫開元鄉粲山，子孫因家焉。墓故有亭，刻誥詞於石。其墓後爲里姓趙氏所據（闕）□□間，虞薦發爲具文與白於令，復其墓地以屬於學，命掌教之官世祀之，今祠於州學。

初，先生未遭謫時，嘗賦小詞，有云：「醉卧古藤陰下，杳不知南北。」〔七〕後卒於藤州。葬後，塚上產紫藤一本，圍數尺，纏錯古松，狀若繖蓋，人傳以爲徵兆。

録自遠碧樓劉氏寫本無錫縣志卷三下

【案】

〔一〕此句誤，應爲高郵人。

〔二〕泰州，誤，應作蔡州。

〔三〕英州，疑爲「横州」之殘誤。

〔四〕柳州，誤，應作郴州。

〔五〕建中靖國間，誤，應作元符末。

〔六〕年四十三，「四」應作「五」。

〔七〕所云「小詞」即好事近。「杳不知」，應作「了不知」。

青田縣秦學士祠

秦學士祠，在慈仁院。宋紹聖初，秦觀謫監處州酒税時訪曇法師，後與曇别，贈詩有「緣盡山城且北歸」之句，又嘗爲曇師真贊。異時，院僧以名監故蹟，因繪像立祠於院。嘉泰間郡守胡澄訪其遺像，遂取以往，刊於郡齋。

録自光緒重修處州府志卷九

宋故内殿崇班致仕秦公墓誌銘并序

朝奉郎直集賢院權知應天府兼南京留守司公事畿内勸農事上騎都尉借紫高郵孫覺　撰

奉議郎充棣州州學教授趙挺之　書

奉議郎武騎尉孫昇　題蓋

公姓秦氏，諱咏，字正之。其先仕江南，有顯。後徙淮南高郵，家焉。曾祖裕；祖禹；父玫，贈左監門衛將軍。公少給事御史府，補三班借職，爲宣歙五州茶鹽巡檢，即寧國縣爲治所。

縣吏受賕，坐法，上官疑且逮。公治之，無一毫汙者。使者揚紘與州將奇其守，交章薦之，改奉職明堂。泛恩改右班殿。直監南康軍茶鹽酒税，勤而不苛，課以大溢。有司第其家，遷一官，以右侍禁監押南安軍兵馬，秀州海鹽縣巡檢。

英宗即位，恩改右侍禁爲臨江軍兵馬監押，遷西頭供奉官。上即位，恩換東頭，入爲左軍巡使，坐法，免。俄轉内殿崇班、南劍州兵馬都監。歸，以其官致仕。年八十有二，以元豐六年正月廿五日，卒於濱州渤海縣其子定之官舍。

娶其里人朱氏，封長樂縣君。子三人，曰完，蚤卒；次定，宣德郎；次察。女三人：長蚤卒；次適酸棗進士李潨；季適同郡劉綬，亦先公卒。孫八人，曰觀、震、鼎、昪、蒙、涣、益、兑。孫女四人。曾孫二人。曾孫女三人。

公清慎祗畏，莅官行己，有學士大夫之風。居里巷，遇人雖少且賤，竦然若不克當其意。老而閲佛書，自恨知之已晚，手抄口誦，不捨朝夕。嘗市馬於所知，不立券，主者欺之，三償其直不爲悔。行多類此。雅志好儒，子孫皆畀從事於學。子定，中進士第。觀尤有文，蘇子瞻稱之。

以五月廿一日葬於揚州江都縣之東興鄉馬坊村。

銘曰：

凡世之生，鮮能自克。衆歸吾仁，吾豈無得。秦公馴馴，以禮下人。無怨無惡，廉清没身。天實報之，有子有孫。子則是矣，孫其奈何。其文璨然，蘇子之嗟。邑里賫咨，顧公有後。西山之阿，雖埋不朽。

徐案：二〇一一年六月，揚州市文物考古研究所在蜀岡路南延段建設工地發現兩塊宋代墓誌。此爲秦觀祖父母秦詠及夫人朱氏墓誌銘。以往對秦觀之祖只知其爲承議公，而不知其名字與生平，得此則瞭然在目矣，可補舊作年譜與個别箋注之不足。

附録三

序　跋

陳師道秦少游字序

熙寧元豐之間，眉蘇公之守徐，余以民事太守，間見如客。揚秦子過焉，置醴備樂，如師弟子。其時余病卧里中，聞其行道雍容，逆者旋目；論説偉辯，坐者屬耳。世以此奇之，而亦以此疑之，惟公以爲傑士。是後數歲，從吴歸，見於廣陵逆旅之家。夜半，語未卒，别去。余亦以謂當建侯萬里外也。

元豐之末，余客東都，秦子從東來。别數歲矣，其容充然，其口隱然，余驚焉，以問，秦子曰：「往吾少時，如杜牧之彊志盛氣，好大而見奇，讀兵家書乃與意合，謂功譽可力致，而天下無難事。顧今二虜有可勝之勢，願效至計，以行天誅，回幽夏之故墟，吊唐晉之遺人，流聲無窮，爲計不朽，豈不偉哉！於是字以太虛，以導吾志。今吾年至而慮易，不待蹈險而悔及之。願還四方之事，歸老邑里如馬少游，於是字以少游，以識吾過。嘗試以語公，又以爲可，於子何如？」

余以謂取善於人，以成其身，君子偉之。且夫二子，或進以經世，或退以存身，可與爲仁矣。然行者難工，處者易持。牧之之智得，不若少游之拙失也。子以倍人之才，學益明矣，猶屈意於少游，豈過直以矯曲耶？子年益高，德益大，余將屢驚焉，不一再而已也。

雖然，以子之才，雖不效於世，世不捨子，余意子終有萬里行也。如余之愚，莫宜於世，乃當守丘墓，保田里，力農以奉公上，謹身以訓閭巷，生稱善人，死表於道，曰：「處士陳君之墓。」或者天祚以年，見子功遂名成，奉身以還，王侯將相，高車大馬，祖行帳飲。於是乘庳御駑，候子上東門外，舉酒相屬，成公知人之名，以爲子賀，蓋自此始。

録自日本内閣文庫藏宋本淮海集卷首

林機淮海居士文集後序

元祐中，海内之士望蘇公門牆，何止數仞；獨高郵秦君與黄魯直、張文潛、晁無咎四人者，以文章議論頡頏其間。而秦君受公之知爲最深，以賢良方正直言極諫科薦於朝，且上其文，汲汲焉不啻若己出。王介甫平時重許可，得其詩文於蘇公，自謂嘗鼎一臠，使奄而大嚼，飫味其餘，又不知作何等語也？抑由養之於中，博洽宏深，故發越於外，宜乎粹然一出於正，足以關治道而補名教者，具於淮海所載是也。至於感興詠懷，間於歌詞，世之淺薄往往謂尤長於樂府，未見好德如好色者也。

惜高郵荐更兵火，索囊善本，訛舛失真。里人王公定國之牧是邦，剸裁豐暇，開學校以先士類，謂捨匠石之園，而掄材於遠，天下之大弊。以公之文易於矜式，搜訪遺逸，咀華涉源，一字不苟，校集成編，總七百二十篇，釐爲四十九卷。板置郡庠，使一鄉善士，其則不遠。可謂知設教之序矣。

嗚呼！士有窮而榮、達而拙者。公平生仕進，奇蹇不偶，竟不如志，一何不幸！至其爲文，有蘇公以主盟於前，王公以膏馥於後，將彌億載而愈光，又何其幸耶！

乾道癸巳正月望日，左朝奉大夫試給事中兼侍講三山林機景度叙。

録自日本内閣文集藏宋本淮海集卷末

魏了翁序

余自被放後，遁迹白鶴山，絶口不談天下事。因慕少游爲人恬淡自高，爲世所重，偶檢秦氏實録及其宗譜，始知縹緲峯下有秦家祠。蓋少游之宗墓其姓繁衍居之所也。官至龍圖閣，功名壽終。舍斯人，吾誰與歸？

録自泗涇秦氏宗譜元字全集

王鏊序

少游秦君，爲風流學士，浮沉於七帝之間，卒不爲禍患所累，殆知幾其神歟？按秦氏族譜，原係伯益之後，其姓蕃衍，幾奪分野之半。在古有大秦君、小秦君，在今有東秦、西秦之稱，推之而燕齊吴楚、川陜閩越，凡秦氏仕宦通顯才名傑出者，皆太虚公所留遺也。善人有後，信哉！

録自泗涇秦氏宗譜元字全集

張綖秦少游先生淮海集序

綖每進見搢紳先生，未有不詢及秦公者。流風遺韻，隱然如高山巨川，人皆識其爲一鄉之望，迺知地以人而勝也。然公没已數百年，而盛名不泯，亦以文之有傳焉耳。北監舊有集板，歲久漫漶，近日山東新刻不全，予迺以二集相校，刻之郡齋。序曰：

凡古人之文，有緒餘，有精華，有源本。得其源本，則精華悉舉之矣，況緒餘乎？今夫江河之水，東流入於海，而岷陽、崑崙則其發源之地。草木花實之盛，其得於地土之力必厚矣。名勝傳世之文，亦江河之流、草木之花實也，獨不有源本者乎？故曰其源深者其流長，其本殖者其末茂。夫秦公之名世，亦豈偶然哉？

今之後生聞風興慕者，率惟其緒餘是好，不復知其精華、源本。以是求公，不亦遠乎？蓋其逸情豪興，圍紅袖而寫烏絲，驅風雨於揮毫，落珠璣於滿紙，婉約綺麗之句，綽乎如步春時女，華乎如貴游子弟，此特公之餘緒者耳。至于灼見一代之利害，建事揆策，與賈誼、陸贄争長，沉味幽玄，博參諸子精蘊，雄篇大筆，宛然古作者之風，此則其精華也。迺若孝友出於天性，行義孚於朋友。少年慷慨論事，嘗有繫笞二虜、回幽夏故墟之志。方王氏用事時，公能少貶其説，可立登顯要；獨守正不撓，乃至謫死窮荒，没齒無怨。是其曠度高懷，藐萬鍾而弗顧；堅操勁氣，歷九折而不回。中之所存，有過人者，浩然一傳，其殆自見也。嗚呼！以此爲文，兹其所以名世者耶？豈非吾鄉百世之師乎？孟子論夷惠清和，而稱其爲百世之師。他日又謂「伯夷隘，柳下惠不恭。隘與不恭，君子不由」者何耶？蓋聖之清和，此其源本也；隘不恭則緒餘末流之弊耳。是以君子由其清和，不由其隘不恭也。

夫公之文，既已著於天下矣，余小子其敢以謭陋贅言？獨念公一鄉之望，恐向慕者昧於所求，序而論之，使知公之名世乃在此，而不在彼也。

公名觀，少游其字，一字太虚，高郵人。淮海其名集云。嘉靖己亥秋九月望日，書於鄂之石鏡亭。

録自明嘉靖十八年己亥張綖鄂州刻本淮海集

盛儀重刻淮海集序

淮海集者，宋高郵秦公觀少游之作也。記者曰：淮海集三十卷，淮海閒居集十卷，淮海詩餘一卷。宋史謂文集四十卷，蓋合前二集而言也。經籍考歌詞有淮海集一卷，即詩餘也。板舊藏國子監，歲久漫漶，儀真黄雪舟中丞瓚一刻於山東，高郵張世文州守綖參校監本、黄本，再刻於鄂州，爲淮海集四十卷，爲後集六卷，爲長短句分卷上、中、下，亦庶幾還其舊矣。未久，鄂板復燬於火。搢紳才哲，過公故里，不見公遺文，往往惋惜而去。高郵州守胡民表謂此表揚先哲盛舉，不容已也。乃求其善本，捐俸復刻以傳。工既告成，復問序於儀。儀辭遜再四不獲，乃作而言曰：

淮海集豈可不傳哉？嘗聞蘇長公謂李廌曰：「少游之文如美玉無瑕，琢磨之功，殆未有出其右者。」張文潛則謂「少游平生爲文甚多，而一一精好可傳」。吕居仁則謂少游雖從東坡遊，而其文乃自學西漢。邢和叔則謂少游文如鐘鼎然，其體質重而簡易；其刻劃篆文，則後之鑄師竭力莫能彷彿。是非公文章之定品乎？長公初見公黄樓賦，以爲有屈宋才；及居惠州，得公書詩，讀之，歎曰：「如在齊聞韶也。」王介甫則謂公詩「清新婉麗，鮑謝似之。」吕氏則謂少游「過嶺後詩，嚴重高古，自成一家。」朱晦翁則謂「少游詩甚巧，亦謂之對客揮毫，想渠合下，得句便巧」。是非公詩賦之定品乎？史謂「少游長於議論，文麗而思深」。黄魯直亦謂「議論文字，乃特付之少游」。是非公議論之定品乎？陳後山云：「今之詞手，惟秦七、黄九。」朝溪子則謂「少游歌詞，當在東坡上」。是非公歌詞之定品乎？後學熟味而精擇之，真見如諸公之所評品者，而更權度於吾心，斯爲善讀淮海集者也。

抑公雖與長公同升，而不坐其放言之失；雖爲介甫賞識，而不入熙豐之黨；文章華國、議論通達國體，而不爲詭遇少貶以徇人。當時孫莘老、徐仲車，皆安定先生門人也，公與之詩文往復，麗澤切磋甚多。且其少年高志，非爲親養，則不復應舉登第。教其弟覿、覯及子湛，相繼皆以詩文名世。則公之事親也，事君也，友弟也，教子也，擇友也：天秩人倫，可謂無慚德矣。不幸爲群奸所擠，屢投窮荒，百折不回，竟以遷死。君子猶以「世豈復有斯人」悲之，此誦其詩、讀其書者，所以貴知其人、論其世也。淮海集豈可不傳也哉？

嗟乎！昔人以詩文鳴世，而人品未足稱重者有矣。雖其集刻之傳，亦未免爲訾議之資爾，何足貴哉？益見淮海集之不可不傳也已。嘉靖乙巳孟夏月庚子日，後學江都盛儀拜書。

録自明嘉靖二十四年乙巳胡民表重刻淮海集

張繪重刻淮海文集後序

詩不云乎：「高山仰止，景行行止。」凡我先哲，皆後生師宗之地也。然而聽聞漸習，熟服於父兄；感發興起，兼資於風氣，在鄉先生尤切焉。傳稱鄒魯多儒雅，燕趙多慷慨，彼其所以開之者則然也。是故司民牧者於凡先代文獻之傳，必顯揚而昭揭之，勿使泯没；所以風示來學，而寓鼓舞之機也。

高郵當宋中葉，人才特盛。崔喬孫秦之族，赫然以道德文章鳴天下。逮靖康、建炎後，爲南北疆場，軍戎蹂躪，民物凋殘。然冠章甫而衣縫掖者，猶操觚挾册，弗易厥常。於時陳公造克繼慶曆、元祐之諸名勝，申屠駉譔銘可考已。邇來文脈弗昌，遠愧古昔。蓋嘗反復慨歎而深惟其故：郵當孔道，胡元末運，復值僞吴之亂，斯民流離轉徙，無復土著之家。郡乘族譜，散漫靡存。鄉先生論著，載在國史者，亦泯然無所於見。士望失所依歸，民風益以衰敝，亦何足異也哉！不有以作而新之，吾恐忠信未見之詠在於今日，未可謂荆國爲厚誣也。

先兄倅鄂時，考定淮海文集，刻之郡齋，家居藏板别墅，歲甲辰，燬於火。適龍山胡侯來視州事，聞而嘆曰：「斯集也，表昔賢立言之功，啓後人尚友之志，顧可使其弗傳，傳弗永乎？」咨於繪，白於當道，且命重加校正，捐俸而翻刻焉。嗟呼！胡侯之政所先所重，其諸常情之所忽而緩焉者乎？而亟亟若不可已，兹其深識遠慮，良有在矣！

昔宜興邵侯爲孫中丞刻春秋解，檇李張侯爲孫待制刻談圃，當時號稱賢守，而至今頌之不衰。其他鮮聞焉。然則爲治之道，亦惟崇厥化本，樹之風聲，使民宿道嚮方；而區區簿書期會以爲能者，抑末而已矣。侯蒞任未期月，政和民服。值歲大飢，而人不告病。所謂「豈弟君子，民之父母」也！諸美未易悉舉，兹惟白其嘉惠之意，而竊志所感焉。嘉靖乙巳孟夏之吉，郡人張繪頓首謹識。

録自明嘉靖四十四年乙巳胡民表刻本淮海集

張光淮海文集序

秦少游，高郵豪雋人也，慷慨溢於文詞。始賦黄樓，蘇子瞻奇之，以爲有屈宋之才；又介其詩於王荆公。荆公謂清新似鮑謝。黄山谷云：「國士無雙秦少游。」又云：「對客揮毫秦少游。」臞翁詩評謂少游詩如時女步春之婉，國志洎宋史載少游長於議論，文麗而思深。余念少游登進士第，子瞻薦爲博士，時轉國史編修，蓋日有研墨器幣之賜，兹其翊佐之幾也。考其言，如安都、任臣、財用、邊防之論，殆亦侣老成謀國之猷矣！竟忘於時，而寂寞於杭、處、郴、雷之遊，俾後世懷而好之者祇覽其淮海閒居之遺集耳。集刻之揚州，不知誰氏好少游，復刻之華州公署。歲月既久，半逸之。兹郡侯汝陽壺山張翁者，博古有道之君子也，恒歎少游之才瀟洒灝漾，迺當奏績之歸，政通人和，雅崇文教，取迺兄鵲山學士所考訂少游集本，再示予，較訛補闕以傳之。予感翁之意，憐才闡幽，維風迪遠也，敬序之。嘉靖乙丑仲夏既望，左華山人張光孝惟訓甫撰。

録自明嘉靖四十四年乙丑刻本淮海文集

李之藻淮海集序

世稱立言不朽，至於立德、立功並駕，而能言之士，競託於文焉以傳，乃群史藝文志所載銷滅無聞者，今亦何限？即蕪贅僅存，猶冀咸陽再炬之爲愉快也。而秦少游先生身罹黨禍，朝廷至下詔毀其文，顧其文迄今傳焉。何物殘編，能使萬乘威詘，良亦真自有不可磨滅者令傳至今乎！

夫文之可傳，詎必皆道德性命語？封禪書、劇秦文，千載味之，不減駝峯雞蹠。彼其精神誠有獨到，則欣賞自繫人心。火傳不盡，鬼斧不摧，誠無足訝。何況人品卓然，才追屈宋，其爲子瞻、文潛、和叔、後山諸君子所推轂，當年既有定價，而後世惡得無傳乎？方其壯歲登朝，致身史局，才名重乎海内。第令肯稍脂韋，即拾級可躋宰執。乃獨守道不阿，瘴鄉投骨，坐朋黨，坐增損實録，又坐謁告寫佛書，紹聖諸奸渠，何怨之修而相窘若是？少游守死善道，無媿此衷。華光杯水，正自含笑入地。獨是繫二虜，復幽夏，志大見奇，嘗試用之，何遽不有瘳積弱？而邅屯賫志，令祖宗培養、父兄師友陶鎔、生平辛苦之所藴蓄，曾不供南箕卷舌之一逞。三黜未已，九辯誰招？人謂宋忠厚立國，所厚似獨憸邪，於正人君子，毒手固未貸也。

方今遭逢聖明，士大夫即骯髒忤時，最重不過投閑削籍焉。而止患不真才真品如少游，不患横罹意外如少游所值者。乃睠高沙，少游而後，無幾少游。豈其神居朝爽，甓社夜光，河嶽之鍾靈也如是，而誇才子者，尚必借才於異代？然則西望荆塗，當年風起雲飛，攀鱗附翼，此其人又何方之産也？

余所爲三復遺文，重爲讎校，而願與後進之賢思齊前烈者以此。雖然，又不徒以文也。如以文，則未暇論世者，且或以其文掩其節，以其風流藴藉之辭調掩其瓌瑋閎麗之文章，而少游幾無以自見，亦曰此有宋之豪於文者而已矣。露筋女子，不有其文，併不有其姓名，而販豎輓卒，不忘謁祠宇而致敬，其聲望蓋不落少游下。人有不朽，獨文也與哉？晦翁曾以詩人被薦，乃至抱悔殁齒。夫陁城化石，而更以蛾眉見嫵，非其志也。故吾儕所諷誦咨嗟，彷佛若對少游者，其文在也。若少游之所以爲少游者，自有其本末，必不徒以其文而已也。萬曆戊午孟夏之吉。

録自明萬曆四十六年戊午李之藻刻本淮海集

姚鏞淮海集序

廣陵山川環亘，濤聲挾秋，灝氣滃渤，每鍾爲文人畸士，而秦淮海先生，獨琅琅千古。緊豈盡其風流藴藉，詞麗情深，爲足摩盪人間，蓋亦其時有以成之也。

當先生與蘇黄諸君子修千秋之業，芳華的歷，錯錦成霞，倡和塤篪，稱一時勝事；然多發之震撼，流離中藉。第令金鉉鵲起，玉帳虎觀，相與潤色皇猷，佐太和之盛，豈不休嘉砰隱？而乃投之寂寞之濱，使得握縱横不律，抒其牢騷不平之感。愈窮愈工，愈工愈傳，人與才並憐，聲與文共永，藏名日月，鑄神金石，則諸君子之不遇，正其所以不朽耳。

噫！英雄之士，身名俱泰，委蛇容與不後人。惟坎壈侘傺中，豐城之氣在斗，江侯之夢生花，以毫代舌，如秦之韓非，楚之屈左，漢之遷史，唐之供奉、拾遺，以至坡公、少游，皆困頓終身，而獨留其言於天壤，如沉泥之珠，汩没中光怪益發，又何異焉？雖然，先生未爲不遇也。結綬金馬，勒名玉樓，婦孺稔其名，至今後生小子，胸中吞一掬墨瀋，即知有少游先生。豈無懷瑾握瑜之士堪以雁行？埋没蓬蒿，煙塵銷滅，如唐球之詩瓢不可得，安望千秋也！先生不可謂不遇矣。不佞故有慨於其時之成之也。

水部李公執文壇牛耳，擅千秋之譽，取淮海集刻之署中。不佞行部維揚，相與道平生歡，以序見屬，敬綴數語於簡端云。萬曆戊午仲夏既望。

録自明萬曆四十六年戊午李之藻刻本淮海集

案：萬曆戊午李之藻刻本中，李序首句「世稱」至「壯歲」一段錯入姚序；姚序首句「廣陵」至「不朽耳噫」一段錯入李序，悉依秦本改正。又：「沉泥」，萬曆本誤作「澄泥」。

許吉人秦少游淮海集序

古之文人，聲氣感召，千里比肩，百年旦暮，世地曾莫能限也。如長卿之慕藺，太白之懷謝，精神結契處，冥通獨映，有不能喻諸人者。

余郡徐文長，抱間世之才，其生平學不濫宗，書不罔讀。而余於遺篋中，得其手批秦少游先生淮海集，丹鉛錯落，似不啻編之屢絶者。何耶？蓋其耿介寡合，淡泊自如，性相同也。風流藴藉，結撰芳華，才相同也。落魄風塵，幽憂憤抑，遇又同也。其深嗜也宜哉！第繹其點評，惟於秦公句之極雋處、論之極微處，始一爲拈出，似甚惜賞譽者然。蓋不知作者固豪，識者亦别，正如石家珊瑚樹子，惟取數尺亭亭，餘雖供如意物，未嘗非人間世所寶也。

集中如論列古人，其抑揚予奪，確乎千古定案，雖眉山父子弗及也。其章疏奏牘，洋洋纚纚，皆牖主忠言，救時石畫，漢之賈誼、唐之陸贄弗及也。其歌行近體，句遒調逸，雖高、岑、劉、孟諸人弗及也。其長調、小令，尤爲藝林膾炙，流輩所推。他如曆數醫藥之術，靡不精探奥理，洞悉微幾，則又東方曼倩之流亞矣。緬想當時，與蘇、黄、文、賈輩詩酒流連，一時唱予和汝之什，居然具在，公於中自是錚錚露奇。雖然，文固美矣，殆亦若人之能尚友耳。借如司馬相如不與鄒陽、枚乘、吴莊忌夫子之徒遊，而文賦渠若是？則少游之文不朽於天壤者，予重有感於與遊焉。

武陵段斐君者，博雅士也，篤好剞劂，久欲取是集而新之，畢搜善本。其渭陽鍾瑞先余辱在社末，遂以此本屬之。會稽許吉人撰。

録自明段斐君武林刊本淮海集

余恭補刻淮海集序

淮海居士秦少游，曠爽超俗，史稱其思深而文麗，風雅之士皆宗之。余讀淮海集，而知文藻之不足以盡其人也。觀其論石慶，詆爲鄙人，與公孫弘等同譏，其耿介可知。至讀集策序，則忠愛盎然，通達國體，彼其意實欲有所用其未足，豈僅以文顯者？其人如此，宜其百折不回，與蘇黄諸君子同不朽也。自予不佞，司鐸高郵，寤寐飲食，想見其爲人。至問其所謂文游臺者，則塊然一丘，水天相接，不能無「蒹葭伊人」之歎矣。豈不惜哉！

淮海集舊版藏於學中，歲久殘缺不可讀。予素欲補梓，兼刻其後集。會諸生中之秀傑者以是來請，遂爲轉請於州侯，率同人校付剞劂，予偕同寅捐歲俸以助。工既竣，因僭跋數言於其後，使知少游先生之所以克傳於後者，在此不在彼焉。山谷老人有言：「臨大節而不可奪，此真不俗人也。」至者斯語！其殆爲先生言之歟？康熙己巳歲仲春月上浣之吉，高郵學正古新安余恭撰。

録自清康熙二十八年己巳補刻本淮海集

毛之鵬淮海集序

（原文闕）……考其淮海前後二集，舊刻悉在郵學中，乃歷年既久，兵燹多故，不惟前集殘缺失次，而後集藏板，竟無有存者。予爲惋惜久之。憶張文潛曾云少游平生爲文甚多，余方欲搜集遺亡，廣羅於舊聞之外，何至以久經流傳者更付之灰燼也！會諸生中好古之士攜其家藏舊本以補刻請，余慨然有捐貲意，謀於同寅，更請於州侯，各分歲俸以爲之倡。鳩校付梓，踰年告竣。

嗟乎！豐城之氣，斗牛不能掩也；禹穴之藏，石室不能秘也。奇文共賞，豈能使之湮滅而無聞哉？雖然，公不僅以文名世也。公抱經世才，其官制、兵法、邊防、法律諸策，於陰陽順逆之數，洞若觀火。使稍自抑損，以有所見於時，其奇策材力，必能自結於人主。即不然，憂讒畏譏，委蛇處變，亦不至僉邪交搆，竄身於窮荒瘴癘之鄉。顧乃慷慨任事，守正不撓，卒坐黨籍，轉徙道路以死。是公雖以坎壈終，而心行天日之表，氣作江河之柱，其大節實有不可没者。世豈復有斯人哉？誠有宋一人傑也！昔人謂其爲文精好，方駕於屈、宋、鮑、謝諸人。噫，是以文重公也！是耶？非耶？後之讀淮海全書者，其以余言爲河漢否也？康熙己巳歲仲春上浣之吉，高沙外史古淮陰毛之鵬撰。

録自清康熙二十八年己巳補刻淮海集

何廷模重刻淮海集序

曩余讀秦少游文，未及覽全集，已慨然想見其爲人。間嘗考其生平，沉鬱下僚而無所表見。其鄉去吾杭較遠，莫或過而訪焉。而蘇王諸公之所以稱道不置者，亦第使人嚮往於湖山千里之外。丙戌夏來守是邑，則少游先生之舊里也。巋然一臺，遺風餘韻可追溯者幾何？抑有所刻淮海集者，板藏學中，又皆殘缺漫漶，不可復讀。嗚呼，世復有斯人也耶？無是人而有是集，猶可以少見其志。因與諸生吴鉉、陳觀文、沈鐸别求善本，補其缺失，付之梨棗。工既竣，與二三子舉全集而尋繹之：清新雅麗，於詩以覘其度；嚴重高古，於文以覘其品；議論古今是非成敗，擇精語詳，燭照數計而無遺，又以覘其識與學。俯誦仰思，五百餘歲以前之風流經濟，恍乎如將遇之。夫何俟徘徊瞻眺於神居甓舍間也？因弁數言以記。乾隆丁亥歲九月中浣，仁和何廷模書於秦郵官署。

録自清乾隆三十二年丁亥補刻淮海集

宋茂初重刊淮海集序

吾郵碩彦，宋時多推孫秦，著述最緐，而邑中罕傳。秦則淮海集四十六卷，詩餘三卷，舊爲明水部李公之藻所栞，乾隆年間稍事修葺，而漫漶已甚，迄今又八九十年，並此漫漶者不可得。士大夫道出郵邑，耳淮海名，訪其書不獲，意趣索然。王君寬甫懼文獻之馴至於無徵也，亟取舊本，與同志諸君，正其脱誤，釐爲二十卷；又念集中尚多缺遺，復與茆君雩水於集外搜採若干條，爲補遺一卷，並付剞劂氏。一字之訛，必加糾正，閲八月而告成。洵盛舉也！

人第見淮海詞賦侖皇，巍然爲文人之冠，不知其慷慨論事，所著皆可見之施行。同時鉅公，口之不置，手之弗釋，有由然也。且其時金陵之學方盛，公未嘗附其燄；洛蜀之黨已成，公未嘗揚其波。後因黨籍，遂竄窮荒，轉徙靡常，而著書自娱，氣骨益峻。此其高懷勁節，有方之莘老而無愧者，詞賦其緒餘焉耳。

今其書具存，讀其書可想見其人。其人磊落而英多，其文潏盪而嵯峨。天下後世灼然知賢人君子之留貽，一如精金美玉之照耀，是當與海内共寶之，非吾邑所得而私者也，而顧聽其散佚可乎？

時邑之當事嘉是役之可不朽也，捐貲爲之倡。寬甫因與同人多方籌畫，以竣其事；蓋亦猶水部之志，而校讎加慎焉。語曰：「莫爲之後，雖盛弗傳。」淮海有知，當囅然一笑也已！道光丁酉仲冬之月，邑後學宋茂初拜手謹序。

録自清道光十七年丁酉刻本淮海集

秦寶瓚淮海先生詩詞叢話序

始祖淮海先生，學問文章，負盛名於北宋。元豐間，雖半由於蘇長公之延譽，而吐屬清雋，亦非凡響所能彷佛，是以四學士中公尤與先生親善，良有以也。所著詩古文詞全集，久已刊於世，其餘詩詞之散見於雜録者，亦復不少。或已入正集，而一經論説，則藻繪更新；或未入正集，而吉光片羽，賴以采拾，其間固别具精神。

族弟特臣，以經學世家留心翰墨，先匠之遺文，賴其采訪而手録成編者，已得若干卷。癸丑仲夏，復集是册見示，大都由諸名人詩話雜著中摘出者，卷頁雖少，而精金美玉，人所共賞。況乎天半朱霞，餘綺成彩，回光所被，草木華滋。即嘗一臠，何嘗不可知其梗概。如欲窺完豹，則固有全集在也。

夫卷頁少則人易披睹，卷頁繁則望而畏難，此固人之常情，而少之所以勝多也。他日印成精本，别樹一幟於全集外，俾燈前酒後，快睹争先，其有裨於風雅爲何如乎！有味哉，有味哉！

吾弟此舉，殊不可少矣。癸丑嘉平月，裔孫寶瓚謹序。

録自無錫刊淮海先生詩詞叢話

林紓淮海集選序

吕居仁稱少游「文字自學西漢」；而捫蝨新話則謂其「刻露不甚含蓄，若比東坡，不覺望洋而歎」：實則二説皆似是而非。西漢之文，藏鋒而内轉，響堅而不枵，文綺而非靡。少游發露無遺，去西漢遠矣。集中如魏景傳及心説，皆直造蒙莊之室，爲東坡集中所無。又吊鎛鐘文古色斑斕，又與東坡殊其狀況。唯策論，則與東坡同一軌轍。吕居仁稱其學西漢者，殆指鎛鐘之文。而陳善之斥其不及東坡者，以東坡之文恣而有檢，趣而能韻，廣渺浩瀚中，能自爲收束，此少游之所短也。實則學東坡之似者，無若少游，此少游之所以不及東坡也。楊西亭學石谷之畫，酷似石谷，人亦知有石谷而已，何必西亭？然余之選評淮海者，蓋世人多震淮海之詩及詞，而不及其文，亦一憾事。故取以問世，亦欲少游文章之光氣，不没於人間也。辛酉嘉平閩縣林紓識。

録自商務印書館印林氏選評名家文集淮海集

蜀本淮海閒居集自序題跋

右學士秦公元豐間自序云耳，故存而不廢。今又采拾遺文而增廣之，合爲四十有六卷，大概見於後序,覽者悉焉。

録自常熟瞿氏鐵琴銅劍樓藏宋蜀中刻淮海先生文集卷端

謝雩跋

秦學士淮海集前後四十六卷,文字偏旁,間有訛缺,讀者病焉。雩以蜀本校之,十纔得一二,或者謂初用蜀本入板也。遂與同事諸公商榷參考,增漏字六十有五,去衍字二十有四,易誤字三百有奇,訂正偏旁,至不可勝計。其文之不敢臆決者,存之。其字之瑣碎如齊爲齊,群爲群,教而從孝,戲而從虚,真不從匕,戚不從戊,此類甚多,不可悉改。乃以其法授同事諸公,俟他日重刻,則正之。長短句三卷,非止點畫訛也,如「落紅萬點愁如海」,以落爲飛;「兩行芙蓉淚不乾」,以兩行爲雨打,皆合訂正。又其間有下俚不經語,幾於以筆墨勸淫,疑非學士所作,然又不敢輒删去,亦併存之,以貽好事者。紹熙壬子上巳,從事郎軍學教授永嘉謝雩跋。

録自宋乾道九年高郵軍學刻淳熙三年謝雩重修本淮海集卷終,其中缺字據永樂大典卷二二五三七九緝集文集名十四補。

永樂大典淮海集跋

文獻通考:「淮海集,三十(案:應作四十六)卷。」晁氏曰:「秦觀,字少游,高郵人,登進士第。元祐初，除校勘（案：應作對）黄本書籍。紹聖中，除名，編潁（案：應作管）横州，遇赦北歸，至藤州卒。」蘇子瞻嘗謂李廌曰：「少游之文，如美玉無瑕；又琢磨之功，殆未有出其右者。」王介甫謂其詩「新精婉麗，鮑謝似之」。少游亦自言其文「銖兩不差，但以華麗爲媿耳」。吕氏童蒙訓謂：「少游過嶺後詩，嚴重高古，自成一家，與舊作不同。」

録自永樂大典第二二五三七卷第二二頁

邵輯跋

君以理學名家而留意字畫，□確此書，遂爲善本。尚恨其惜板□，不悉改竄，然知書者亦可以類□〔推〕。陽羨邵輯書於郡齋。

録自宋乾道九年高郵軍學刻淳熙三年謝雩重修本淮海集卷終

毛晉跋三則

四學士並轡眉山之門，秦黄名尤早著。凡同門推重少游，似出魯直之右。晁無咎詩云：「高才更難及，淮海一髯秦。」張文潛云：「秦文倩麗紓桃李。」可謂無溢辭矣。其後集不知何人所編，輒混他人詩句。陸游嘗辨悼王子開五詩是賀鑄作，恨未能一一釐正耳。題跋直可頡頏坡谷，惜不多見。然幽蘭一幹一花，迥勝木犀滿園也。海隅毛晉識。

錄自津逮祕書本淮海題跋卷末

又

從來贊嘆秦七丈者頗多，惟江都盛儀全集一序，摭拾甚詳，因錄以備同賞。序云：「嘗聞蘇長公謂李廌曰（中略）教其弟覯觀及子湛，相繼皆以詩文名世。」晉又識。

同上

又

予昔在西湖僧舍，見王摩詰江干雪霽圖，恍然策杖金焦絶巘，遇快雪初晴，身在琉璃世界中，心目都瑩。恨主人矜祕，不得從容展玩，無日不往來於胸中，愧未曾捉筆記之。頃讀太虛輞川圖跋云：「恍然若與摩詰入輞川（中略）忘其身之匏繫於汝南也。」快哉！予又恍然復見此二圖矣。每見人讀名家游記，輒云如畫。如是，是如畫矣。晉又識。

同上

金長福淮海詞鈔跋

吾郵宋秦太虛先生撰淮海詩餘三卷。先生以異思逸才爲趙宋詞人第一，當時（劉）〔陳〕後山雖以秦七黄九並稱，而涪翁不逮，東坡居士亦自謂不如；至柳耆卿詞勝乎情，其去先生尤遠甚。然則先生詞學實能超軼古人，非徒爲吾郵一鄉之秀已也。原集久纂入四庫全書，坊間翻版流傳，寖失真面。兹特細加讎校，重付梓人，庶幾復原本之舊云爾。道光元年，歲在辛巳，孟春之吉，邑後學金長福刊竣跋後。

録自道光辛巳紅雪唫館藏本淮海詞鈔

王敬之跋

秦少游先生淮海集待重刊久矣。道光丙申歲，大興王司馬甫亭，奉大府檄來權揚河通判。其明年，召高郵人士咨訪文獻，敬之首以有宋黨禁諸君子孫秦對，因及淮海集，司馬慨捐清俸爲倡。敬之退而謀諸邑中好古同志，咸欣然有所附益，遂集梓人刊成。

攷淮海集前刊於明萬曆四十六年，其時捐俸者爲提督河道工部郎中仁和李公之藻。高郵河道之有部曹制使也，正德初，由蕭縣移駐於斯，入國朝，號南河分司。康熙三十一年，裁改揚河通判，今署前猶存水部樓焉。然則司馬之所司，即水部之所司也。其與淮海集率作興事，後先繼美如此，殆有時數存乎其間。且水部，杭人也；司馬籍隸大興，實越州望族。少游嘗從東坡游杭，又嘗以叔父官越，省大父於越，遊蹤所至，香火因緣，亦似非漫然者。宜乎其異世相感已！

敬之幸斯集之刊成，而記其事所緣起，以告來者。庶幾庋藏寶惜，勿負司馬拳拳之意，無若前此之抱愧於水部，則敬之與同志所殷望於無窮者爾。邑後學王敬之拜手謹跋。

録自清道光十七年丁酉刻本淮海集

秦瀛書淮海先生除太學博士敕碑後

乾隆五十八年冬十二月，瀛以户部郎中出爲温處兵備道。處之姜山，爲宋酒税局，始祖淮海先生謫監郡酒税時居此。又青田縣有慈仁院者，先生昔訪曇法師於是，官滿作詩留别，院僧繪像立祠，已久廢。郡齋亦無先生像。未幾，瀛遷杭嘉湖道去。今年秋，諗諸處州守伊君湯安，將於郡城之圭山蓮城書院設先生位，以存祠祀。會族祖雲錦來杭州，晾瀛所藏先生小像，又元祐三年除太學博士校正祕書省書籍敕一通。瀛敬謹重摹入石，屬伊君嵌置蓮城書院之壁。

案先生除博士，由蘇文忠公之薦，其後俱以黨禍被謫。先生始以國史院編修判杭，旋貶處州，且由處轉徙嶺海，歿於藤州之華光亭。瀛監司浙東，既過先生所嘗監税處，今官於杭，杭之天竺、龍井，皆有先生遺蹟，徘徊瞻仰，抑亦有厚幸矣！無錫裔孫瀛謹識於武林官舍，時乾隆六十年十一月既望後一日。

録自光緒重修處州府志卷八

徐源補刻淮海集跋

淮海集版舊藏學庫，乾隆丁亥，司學田公事貢生陳觀文等，因歲久殘闕，遵例出學田羨項，修刻完好，越三十八載矣。兹嘉慶乙丑，司事者楊光甲、高邦慶，值仲秋上丁之祭前一日，來廟中視事，檢及舊刻，漫漶遺失復至數十版。先賢遺籍，不可任其久而愈失，應如前例，屬司事出公項補刻之。適同學孫同銓、孫侃詢有家藏善本，亦即屬其校讎付梓。書成，展讀一過，騷雅婉約之辭，雄博瓌麗之文，曠然與甓水同清，屹乎與神山並峙。七百餘年，後生學者感慕興起，紙光墨采，如見先生矣。

夫先生初不識蘇長公也，其始相遇於徐，黄樓一賦，長公以爲有屈宋才。元祐初，薦於朝，官職聲名，一時藉盛。後坐黨籍，貶徙郴雷，流離患難，與惠州儋耳略同。逮華光飲水之後，長公聞而歎曰：「少游不幸死道路，哀哉！」先生寄神明於斯世，百年之内，長公初終兩言定矣！

先是，長公介其詩於王安石，答書云「清新似鮑謝」，乃托於葉致遠之言；且以秦君學至言妙道，趣尚不同，微示其意。至「嘗鼎一臠」之喻，則並不欲觀之矣。然則伊古奇傑之士將有見於後者，必先有文章道德，上賢碩儒賞識於風塵牢落之外，相與慷慨激勸，勉爲君子，共成不朽之名於泥滓震撼之秋。要其中有不可磨滅緣飾之真，針石一投，不可復離。非是者，方鑿圓枘，越舲楚帆，不待其後而知之也。且使安石手秦君之文，矢誠飢渴，致力推挽，若愛呂惠卿之爲名儒者然，吾知先生亦必不以文章知己，附和隱忍。蓋觀於蔡京薦楊龜山，甫入朝，首建議撤王安石配享，即與京劃斷鴻溝，則可知先生所作，騷雅婉約、雄博瓌麗之中蓄有清風勁氣，歷九折而不回也。

吾郵三十六湖，鍾生多氣節之士，故元祐黨籍三百九人，屬郵者三。以予小子聞見所及，繼先生後者，理學名臣，文章鉅公，悉已炳光邑志。近則黼黻經濟之儒，老成典型懷瑾握瑜之士，景星慶雲，幽蘭璞玉，固莫非私淑先生之人。乃至少俊，胸中積數卷書、腕下握三寸管者，亦莫不知有先生。則信乎吾鄉百世之師也！詩曰：「高山仰止。」又曰：「維桑與梓，必恭敬止。」是則區區覶縷之心，願隨諸君子之後，與同學交勖共勉者爾。是爲跋。嘉慶乙丑十月，邑後學徐源撰。

録自清嘉慶十年乙丑補刻本淮海集

韓應陛跋四則

序中稱張世文刻此集於鄂，考之在嘉靖己亥秋九月，蓋抵乙巳重刻，正七年耳。世文名綎，有序一篇，今不抄。虚止閣識。（徐案：「序中」，指盛儀淮海集序。）

録自北京圖書館藏清初鈔本淮海集卷端

又

又綎序中云：「山東新刻不全。」今世有本止四十卷，無後集及詞集者，疑即其本也。西齋有竹軒又識。

同上

又

咸豐九年六月二十四日，用宋板淮海閒居集十卷校，書友匆匆攜去，草略已甚。宋本每半板九行，行十五字，小字全，每卷首有元官印。應陛。

同上

又

書友蔣姓□□二十五日清晨放（？）去，乃迻録也，至二十六日□時□，四月七日又重校一過，自問並無遺憾。□其書□上海郁氏□□□□。

同上

黄丕烈跋二則

余向借無錫秦氏所藏淮海集宋本，手校一過，頗精審，惜爲人購去。其底本係明細字刻本，忘其爲何時刻矣。篋中但有宋刻，後印文集一册。又宋刻、宋印與文集同行欵之長短句殘帙，皆非秦氏藏本之宋刻，想宋時必非一刻也。此外又有淮海閒居集十卷，向爲顧氏物而今歸蔣氏者，似與秦本同。此抄本出香嚴書屋，因有孫潛印，故收之。文集四十卷，後集六卷，詞三卷，較爲全備。及收得，命長孫取舊藏殘宋對勘，並搜得文集四十卷，鈔手更舊，亦出孫潛所藏，遂取對勘。始知余所藏者，即孫潛據以鈔録之本，而兹所云校者，亦即是本也。故校止於四十卷，後集及詞，又别據鈔録矣。明刻四十卷及後集，亦有藏本，向已遺忘，暇當出之，以資對勘。因此益思宋刻不置云。蕘夫。

録自清鈔本淮海集卷末

又

此故友陶五柳主人爲余購得者，因借無錫秦氏宋刻四十卷全本手校過，故此不之重，其實非一刻也。今手校本已歸他所，而近又得一孫潛藏鈔本，因出此殘帙勘之，略正幾字。中有淮海閒居集序一葉錯入二十三卷中，以别本長短句偶存全集序文證之却合，因得考見宋刻源流，莫謂竹頭木屑非有用物也。蕘夫記。

録自北京大學圖書館藏淮海集四十卷篇末

徐案：此跋前有數語云：「宋乾道九年高郵軍刊、紹熙三年謝雩重修本，十行，二十一字，白口，左右雙闌，版心上記字數，下記人名。名卷中間有缺葉，黄蕘夫丕烈跋録後。」

季錫疇跋

宋本每葉十八行，行十五字，首葉板心有「眉山文中刊」五字，題低三字，書中「廓」字缺末筆，寧宗時刻本也。

録自北京圖書館藏明張綖刻淮海集卷端

徐案：此本前有「竹垞藏本」、「鐵琴銅劍樓藏本」朱印。余曾見鐵琴銅劍樓藏書目録載有蜀本與張本對勘之校記，附以備考。

錢大昕淮海先生年譜跋

小峴觀察以新刊淮海先生年譜見示，蓋因康熙初侍御大音所輯而考正其舛誤，較舊本已極精審。大昕以文集及李氏長編、顔魯公廟記石刻，反復尋繹，尚有當更正者。如文集書王氏齋壁一篇云：「皇祐元年，大父赴南康，道出九江，余實生焉。」又云：「後余迎老母來，爲汝南學官，皇祐逮今，四十一年。」自皇祐元年己丑至元祐四年己巳，恰四十一年。先生方在蔡州，自識年歲，必無差譌。而譜繫此文於元豐八年，因歲數不合，輒改爲幾四十年。此其當考正者一也。

考元祐元年，先生赴蔡州任，其時劉貢父實知州事，是歲即被召去。其二年、三年，未知何人作守。至四年，向宗回任郡守，先生代爲作謝表及記，其文皆載集中。此可爲元祐四年在蔡州不在京師之證。而譜以代向公作啓繫於元年。此其當考正者二也。

宋史哲宗紀：元祐二年四月復制科，蘇公薦先生賢良方正，當在其時。明年應詔入京師，爲言者所齮齕，引疾而歸，不得與試，集中與許州范相公書載其事甚備。詩集亦有「白髮道人還省記，前年引去病賢良」之語。然則被召至京師爲忌者所中，復引疾歸汝南，實三年事，而譜繫於二年。此其當考正者三也。

先生雖舉賢良，實未應試授官。直至四年六月，范忠宣公罷相出知許州，先生在蔡爲屬吏，特薦充館職。再召，次年入京師，有祕書省校對黄本書籍之命，其時亦未除正字也。而譜載除太學博士兼正字於三年，與詩文集全不相應。此其當考正者四也。

長編載元祐六年七月除正字，八月罷正字，依舊校對黄本書籍，故七年書顔公新廟記，結銜猶稱「明州定海主簿、祕書省校對黄本書籍」。蓋其時雖登館職尚未脱選人之階（主簿爲選人七階之一，乃空銜，不到任也）。直到八年再除正字，始得改左宣德郎。而譜於三年三月已有「授左宣德郎敕」，顯係後人贋作。此其當考正者五也。

宋史：元祐七年十一月癸巳，合祭天地於圜丘，集中進南郊慶成詩，即其事也，而譜繫之四年。考四年行大饗明堂禮，非南郊，且係九月，非十一月。此其當考正者六也。

宋史文苑傳所載歷官無年月，又不言賢良、引疾罷歸及范忠宣薦館職事。然本集叙述分明，歲月與長編俱合，今書一通，以遺觀察。芻蕘之言，不識有一得可采否乎？辛楣錢大昕跋。

録自清同治癸酉秦氏家塾重栞秦瀛重編淮海先生年譜

傅增湘跋二則

德化李椒微師新得宋刊淮海集殘本，與京館所藏正同。其存卷爲第十二至二十五，前有黄蕘翁跋語。昨自世兄少微手假來，竭一日之力而畢之。蓋合京館及蔣氏所藏，共校定二十有九卷矣。懸此奢願，庶幾再遇宋刊足成之。乙丑七月初八日增湘記。

録自北京圖書館藏王敬之刻淮海集卷端

又

戊辰歲管理故宫圖書館，於位育檢出淮海集一帙，首尾完具，因取此本未經勘定各卷補閲之。前後七年，三經點校，乃得完成此事，可謂艱矣！嚴繩孫跋録於後方，其認爲北宋本則誤也。明張綖刊本次第一與之同，是直從宋翻雕者。而王氏此刻必改定卷次，移易刊落，使古書面目埽廓一新，洵不知其用意所在矣。四月二十三日沅叔記。

同上

日本市橋長昭寄藏文廟宋元刻書跋

長昭夙從事斯文，經十餘年，圖籍漸多。意方今藏書家不乏於世，而其所儲，大抵屬輓近刻書；至宋元槧，蓋或罕有焉。長昭獨積年募求，乃今至累數十種。此非獨在我之爲艱，而即在西土，亦或不易。則長昭之苦心可知矣。然而物聚必散，是理數也，其能保無散委於百年之後乎？孰若舉而獻之於廟學，獲藉聖德以永其傳，則長昭之素願也。虔以宋元槧三十種爲獻，是其一也。文化五年，下總守市橋長昭謹誌，河三亥書。

録自日本内閣文庫藏宋乾道九年高郵軍學本淮海集卷末

宋陳振孫直齋書録解題

淮海集四十卷，後集六卷，長短句三卷。祕書省正字高郵秦觀少游撰，一字太虚。觀才極俊，嘗應制舉，不得召，終以疏蕩不檢，見薄於世，後亦不免貶死。

録自陳振孫直齋書録解題卷十七

四庫全書總目提要

淮海集四十卷，後集六卷，長短句三卷，宋秦觀撰。觀事蹟具宋史文苑傳。觀與兩弟覿、覯皆知名，而觀集獨傳。本傳稱「文麗而思深」。苕溪漁隱叢話載蘇軾薦觀於王安石，安石答書述葉致遠之言，以爲「清新婉麗，有似鮑謝」。敖陶孫詩評，則謂其詩「如時女步春，終傷婉弱」。元好問論詩絶句因有「女郎詩」之譏。今觀其集，少年所作，神鋒太儁或有之，概以爲靡曼之音，則詆之太甚。吕本中童蒙訓曰：「少游『雨砌墮危芳，風櫺納飛絮』之類，李公擇以爲謝家兄弟不能過也。過嶺以後詩，高古嚴重，自成一家，與舊作不同。」斯公論矣！觀雷州詩八首，後人誤編之東坡集中，不能辨別，則安得概目以「小石調」乎？其古文在當時亦最有名，故陳善捫蝨新話曰：「呂居仁嘗言少游從東坡游，而其文字乃自學西漢。以余觀之，少游文格似正，所進策論，頗若刻露，不甚含蓄；若比東坡，不覺望洋而嘆。然亦自成一家。」云云。亦定評也。王直方詩話稱觀作贈參寥詩末句曰：「平康在何處，十里帶垂楊。」爲孫覺所訶。後編淮海集遂改云：「經句滯酒伴，猶未獻長楊。」則此集爲觀所自定。文獻通考別集類載淮海集三十卷，又歌詞類載淮海集一卷。宋史則作四十卷。今本卷數與宋史相同，而多後集六卷，長短句分爲三卷。蓋嘉靖中高郵張綖以黄瓚本及監本重爲編次云。

録自欽定四庫全書總目卷一百五十四集部別集類

四庫備要書目提要

宋秦觀淮海集暨淮海詞，均入四庫著録。提要曾引苕溪漁隱叢話載王安石述葉致遠之言：「觀詩清新婉麗，有似鮑謝。」又引呂本中童蒙訓曰：「少游『雨砌墮危芳，風櫺納飛絮』之類，李公擇以爲謝家兄弟亦不能過。過嶺以後詩，高古嚴重，自成一家，與舊作不同。」又引陳善捫蝨新話：「呂居仁謂少游文格似正，所進策論，刻露不甚含蓄，然亦自成一家。」等條，謂爲定評。提要又謂「觀之詩格不及蘇黄，而詞則情韻兼勝，在蘇黄之上，流傳雖少，要爲倚聲家一作手。以上四庫提要語。

陳廷焯白雨齋詞話謂「少游詞近開美成，導其先路；遠祖温韋，取其神不襲其貌。詞至是乃一變；然變而不失其正，遂令議者不病其變，而轉覺有不得不變者」。又謂「少游詞最深厚，最沈著，如『柳下桃蹊，亂分春色到人家』，思路幽絶，其妙令人不能思議，較『郴江幸自繞郴山，爲誰流下瀟湘去』之語，尤爲入妙。世人動訾秦七，真所謂井蛙謗海也」。其傾倒秦七如是。此本係高郵王敬之等照舊本省併編次，前集作十七卷，後集作二卷，詞作一卷。其年譜節要暨考證，均極精當，亦最近之善本也。

録自四庫備要書目提要集部淮海集略述

鐵琴銅劍樓藏書目録提要二則

淮海先生文集二十六卷，宋刊殘本，題秦觀少游。原書四十六卷，今存卷一至十八，卷二十七至三十四。前有自序云：「元豐七年冬，余將赴京師，索文稿於囊中，得數百篇，辭鄙而悖於理者，輒删去之。其可存者，古律體詩百十有二，雜文四十有九，從游之詩附見者四十有六，合二百一十七篇，次爲十卷，號淮海閒居集云。」序後又有無名氏題記云：「右學士秦公元豐間自序云耳，故存而不廢。今又采拾遺文而增廣之，合爲四十有六卷，大概見於後序，覽者悉焉。」惜後序亦已闕矣。每半葉九行，行十五字，首葉板心有「眉山文中刊」五字，「慎」、「敦」、「廓」字闕筆，寧宗時蜀中刻本也。以明嘉靖間張綖刻本對校，張本譌字甚多。今將所校者附著於左。（案：校記内容已分别迻録各篇之後，此處從略。）

録自常熟瞿鏞鐵琴銅劍樓藏書目録卷二十

又

淮海集四十卷，後集六卷，詞三卷，明刊本，本爲嘉靖間南湖張綖倅鄂州時所刻，有序，卷第與宋本同，蓋其集本淮海先生手自編定也。（卷首有「竹垞藏本」朱記）

同上

重刊淮海文集條説

一、李公之藻刊本作四十卷，後集六卷，長短句三卷，蓋依張公綖、胡公民表刊本，意在與陳振孫直齋書録解題所載相符。案：李本每卷多者二十餘葉，少止二葉，想有遺脱，定非元書之舊。宋史稱文集四十卷，無所謂後集。閒居集自叙止云十卷，似皆不必牽合，今從省併，前集作十七卷，後集作二卷，詞作一卷，共二十卷。

二、李栞本文後別立哀挽一門，似依文選起例。而其他復未分門，今移附詩文之末。又元本古今體詩分載，而五排誤入五古中，今亦移正。又有詩載前集而後集複載者，謹删其一。

三、蠶書本非詩文之類，唯書葉差少，仍附文末。

四、胡本、李本詩後附諸家詩文，題作「子瞻和詩」、「子瞻謝詩」等字，似依閒居集之舊，不始於張南湖，今仍原文，别以夾注。

五、集中譌脱甚多，其與胡本互異，而胡本義較通者，改從胡本。胡李二本同譌而顯然可見者，亦略加改正。至難以意測字句，俱仍其舊，間附案語篇末，待博雅考定。

六、詩有别見他家集中者，附注案語篇末。

七、各家詩集有分體不分體之别。少游秋興擬古九首，見洪邁容齋隨筆。南宋人所見本，想不分體；而胡本李本九首分載後集五言古詩、七言古詩、七言律詩内。今依其分體舊次。

八、元本卷首載郡志本傳，王應元撰。其實本宋史本傳，而少加附益。今改載宋史於前，删去附益各句，用從其朔。

録自清道光十七年丁酉刻本淮海集

宋詩鈔淮海集鈔

秦觀，字少游，一字太虚，揚州高郵人。豪儁慷慨，溢於文詞。舉進士不中，盛氣好奇，讀兵家書。見蘇軾於徐，爲黄樓賦，軾以爲有屈宋才，介其詩於王安石，亦謂清新如鮑謝。軾勉以應舉爲親養，始登第筮仕。元祐初，軾以賢良方正薦於朝，除祕書省正字，兼國史院編修官，日有研墨器幣之賜。紹聖初，坐黨籍，出判杭州，以增損實録，貶監處州酒税。使者承風旨，伺過失，無所得，則以謁告寫佛書爲罪，削秩編管横州，徙雷州。徽宗放還，至藤州，出遊華光亭，爲客道夢中長短句，索水飲，笑視水而卒。

朱子謂渠詩合下，得句便巧。吕居仁云：「少游過嶺後詩，自成一家。」故當時於蘇門並稱秦、晁。晁以氣勝，則灝衍而新崛；秦以韻勝，則追琢而渟泓。要其體格在伯仲，而晁爲雄大矣。

録自商務印書館國學叢書本

附録四

書簡

蘇軾答秦太虚書七首

某啓：别後數辱書，既冗懶，且無便，不一裁答，愧悚之至。參寥至，頗聞動止，爲慰。然見解榜，不見太虚名字，甚惋歎也。此不足爲太虚損益，但吊有司之不幸爾。即日起居何如？參寥真可人，太虚所與之，不妄矣。何時復見，臨紙惘惘，惟萬萬自愛而已。謹奉手啓上問，諸事可問參寥而知。入夜困倦，書不詳悉。程文甚美，信非當世君子之所取也。僕去替不遠，尚未知後任所在，意欲東南一郡爾。得之，當遂相見。

其二

某昨夜偶與客飲酒數盃，燈下作李端叔書，又作太虚書，便睡。今日取二書覆視，端叔書猶粗整齊，而太虚書乃爾雜亂，信昨夜之醉甚也。本欲别寫，又念欲使太虚於千里之外一見我醉態而笑也。無事時寄一字，甚慰寂寥。不宣。

其三

某啓：昨夜知從者當往何山，辱示，方悟以雨輟行，悔今日不相從也。聞只今遂行，故不敢奉謁。分韻詩語，益妙，得之殊喜。拙詩令兒子録呈。暑濕，惟萬萬慎護，早還爲佳。不一一。

其四

軾啓：五月末，舍弟來，得手書勞問甚厚，日欲裁謝，因循至今，遞中復辱教，感愧益甚。比日履兹初寒，起居何如？軾寓居初遣，但舍弟初到筠州，即喪一女子；而軾亦喪一老乳母。悼念未衰，又得鄉信，堂兄中舍九月中逝去。異鄉衰病，觸目悽感。念人命脆弱如此，又承見喻，中間得疾不輕，且喜復健。吾儕漸衰，不可復作少年調度，當速用道書方士之言，厚自養鍊。謫居無事，頗窺其一二。已借得本州天慶觀道堂三間，冬至後當入此室，四十九日乃出。自非廢放，安得就此？太虛他日一爲仕宦所縻，欲求四十九日閑，豈可復得耶？當及今爲之，但擇平時所謂簡要易行者日夜爲之。寢食之外，不及他事，但滿此期，根本立矣。此後縱復出從人事，事已則心返，自不能廢矣。此書到日，恐已不及，然亦不須用冬至也。

寄示詩文，皆超然勝絶，亹亹爲來逼人矣。如我輩亦不勞逼也。太虛未免求禄仕，方應舉求之。應舉不可必，竊爲君謀，宜多著書，如所示論兵及盜賊等數篇，但似此得數十首，皆卓然有可用之實者，不須及時事也。但旋作此書，亦不可廢應舉。此書若成，聊復相示，當有知君者，想喻此意也。

公擇近過此，相聚數日，説太虛不離口。莘老未嘗得書，知未暇通問。程公闢須其子履中哀詞，軾本自求作，今豈可食言。但得罪以來，不復作文字，自持頗嚴。若復一作，則決壞藩牆，今後仍復衮衮多言矣。

初到黄，廩入既絶，人口不少，私甚憂之。但痛自節儉，日用不得過百五十。每月朔，便取四千五百錢，斷爲三十塊掛屋梁上。平旦用畫叉挑取一塊，即藏去叉，仍以大竹筒别貯用不盡者，以待賓客。此賈耘老法也。度囊中尚可支一歲有餘，至時别作經畫，水到渠成，不須預慮，以此胸中都無一事。

所居對岸武昌，山水佳絶，有蜀人王生在邑中，往往爲風濤所隔，不能即歸，則王生能爲殺雞炊黍，至數日不厭。又有潘生者，作酒店樊口，棹小舟徑至店下，村酒亦自醇釃，柑橘椑柿極多。大芋長尺餘，不減蜀中。外縣米斗二十，有水路可致。羊肉如北方，猪、牛、麞、鹿如土，魚、蟹不論錢。岐亭監酒胡定之，載書萬卷隨行，喜借人看。黄州曹官數人，皆家善庖饌，喜作會。太虚視此數事，吾事豈不既濟矣乎？欲與太虚言者無窮，但紙盡耳。展讀至此，想見掀髯一笑也。

子駿固吾所畏，其子亦可喜，曾與相見否？此中有黄岡少府張舜臣者，其兄堯臣，皆云與太虚相熟。兒子每蒙批問，適會葬老乳母，今勾當作墳，未暇拜書。歲晚苦寒，惟萬萬自重。李端叔一書，託爲達之。夜中微被酒，書不成字。不罪不罪。不宣。軾再拜。

其　五

某啓：別後欲奉書，紛紛無暇，且謂即見，無所事書，而日復一日，遂以至今。疊辱手教，具聞動止，甚慰。某宜興已得少田，至揚附遞，乞居常，仍遣一姪孫子賫錢往宜興納官，蓋官田也。須其還乃行，而至今未來，計亦無他，特其子母難别爾。見艤舟竹西待之，不過更兩三日必至。必能於冬至前及見公也。小兒子不歷事，亦微憂，故不欲捨之前去。遲見之意，殆以日爲歲也。傳神奇妙之極，贊若思得之，當奉呈也。餘非面不盡。不一一。

其六

某書已封訖，乃得移廉之命，故復作此紙。治裝十日可辦，但須得泉人許九船，即牢穩可恃。餘蜑船多不堪，而許見在外邑未還，須至少留待之，約此月二十五六間方可登舟。並海岸行一日，至石排相風色過渡，一日至遞角場，但相風難克日爾。有書託吴君，雇二十壯夫來遞角場相等；但請雇下，未要發來。至渡海前一兩日，當别遣人去報也。若得及見少游，即大幸也。今有一書與唐君，内有兒子書，託渠轉附去。料舍弟已行矣。餘非面莫究。

其七

某啓：近累得書教，海外孤老，志節朽敗，何意復接平生欽友。伏閲妙迹，凛凛有生意，幸甚！幸甚！比日毒暑，尊候佳否？前所聞果的否？若信然，得文字後，亦須得半月乃行。自此徑乘蜑船，至徐聞出路，不知猶及一見否？示諭二范之賢，不惟喜公得婿小范，且以慶吾友夢得之有子爲不死也。言之淚落不已。過蒙許與，恐不副所期，實能躬勞，辱以佚厥考爾。令子想大成，曾寄所作來否？借一二亦佳。文潛、無咎得消耗否？魯直云宣義監鄂酒。吴子野自五羊來，云温公贈太尉，曾子宣右揆。的否未可知也。廉州若得安居，取小子一房來，終焉可也。生如暫寓，亦何所擇！果行，衝冒慎重。

録自蘇東坡尺牘

蘇軾上王荆公薦少游書

某頓首，再拜特進大觀文相公執事。某近者經由，屢獲請見，存撫教誨，恩意甚厚。别來切計台候萬福。某始欲買田金陵，庶幾得陪杖屨，老於鍾山之下。既已不遂，今儀真一住，又已二十餘日，日以求田爲事，然成否未可知也。若幸而成，扁舟往來，見公不難也。向屢言高郵進士秦觀太虚，公亦粗知其人。今得其詩文數十首拜呈，詞格高下，固已無逃於左右。獨其行義修飭，才敏過人，有志於忠義者，某請以身任之。此外博綜史傳，通曉佛書，講習醫藥，明練法律，若此類未易以一二數也。才難之嘆，古今共之，如觀等輩，實不易得。願公少借齒牙，使增重於世，其他無所望也。秋氣日佳，微恙想已失去。伏冀順時候，爲國自重。不宣。

録自四部備要本東坡續集卷十一

舒王答蘇内翰薦秦公啓

安石啓：得書，知尚盤桓江北，俯仰逾月，不勝感悵！示及秦君詩，適葉致遠一見，亦謂清新嫵麗，鮑謝似之。公奇秦君，口之而不置；我得其詩，手之而不釋。又聞秦君嘗學至言妙道，無乃笑我與公嗜好過乎。餘卷正眊眩，未暇細讀。嘗鼎一臠，旨可知也。愈遠，自愛不宣。安石啓上。

録自日本内閣文庫藏宋乾道高郵軍學刻淮海集卷首

蘇轍與秦秘校二帖

昨晚辱迂步，迫晚，不果從容，良以愧感。新書益清麗可愛，不肖何足以當之。欽佩欽佩。天寒欲雪，爲況佳否？

又

前日不果從容，承誨示，重感怍也。新詩飄然，益見高典，但不肖者頗愧虛辱耳。何時能再枉教，庶更卜清論也。傾企傾企。

録自播芳大全卷八十

黄庭堅與秦太虛書

某頓首，屏棄不毛之鄉，以禦魑魅。耳目昏寒，舊學荒廢，直是黔中一老農耳。足下何所取而賜之書，陳義甚高，猶河漢而無極，皆非不肖之所敢承。古之人不得躬行於高明之世，則心亨於寂寞之宅。功名之途，不能萬夫舉首；則言行之實，必能與日月争光。卧雲軒中主人蓋以此傲睨一世耶？先達有言「老去自憐心尚在」者，若庭堅則枯木寒灰，心亦不在矣。足下富於春秋，才有餘地，使有力者能挽而致之通津，恐不當但託之空言而已。無緣承教，以開固陋，閑來有所述作，幸能寄惠，灌園之餘，尚須呻吟，以慰衰疾。謹勒手狀。

録自明刊豫章黄先生文集别集

陳師道與少游書

師道啓：辱書，喻以章公降屈年德，以禮見招。不佞何以得此，豈佞嘗欺之耶？公卿不下士，尚矣，乃特見於今而親於其身，幸孰大焉！愚雖不足以齒士，猶當從佞之後，順下風以成公之名。然先王之制，士不傳贄爲臣，則不見於王公。夫相見所以成禮，而其弊必至於自鬻。故先王謹其始以爲之防，而爲士者世守焉。某於公前有貴賤之嫌，後無平生之舊，公雖可見，禮可去乎？且公之見招，豈以能守區區之禮乎？若昧冒法義，聞命走門，則失其所以見招，公又何取焉？雖然，有一於此，幸公之他日成功謝事，幅巾東歸，某當馭款段，乘下澤，候公於上東門外，尚未晚也。拳拳之懷，願因佞以聞焉。

録自宋刻後山居士文集卷十

曾子開答淮海居士書

某頓首，復書太虚足下。某比過高郵，始得足下姓名於所書舅氏埋銘中。後遊金山，遇參寥師，愛其温粹有文，然未知與足下善。參寥至京，久而復見，自言與足下遊最舊。一日出足下所爲詩并雜文讀之，其辭瓌瑋閎麗，言近指遠，有騷人之風。且誦且歎，欣然如獲明珠大璧。德非隋侯，識非卞和，未敢謂能辨之。然磊落奇怪，動人耳目，固已知其爲希世之寶矣。他日以示一二同舍，皆咨嗟愛玩，然後信其真靈蛇之珠、荆山之璞也。方其時，雖未識足下面，而心亦已相親；因其文而想見其爲人，固知足下之爲也。

既而辱顧敝廬，未及再見，而行李已東。繼辱枉書，歷叙未嘗相求而相知之意，以謂有古人之風。此非固陋之所敢當。雖然，吾二人者皆與參寥遊，因參寥以相得。雖異乎世俗之相求，蓋所因者賢也。又蒙示以詩、賦、文、記七篇，蓋見文章之富，擴而充之，何所不至，又區區竊望足下於他日也！

久欲以書叙萬一，都城多故，每以事奪。足下既相期以古人之誼，則疏數淹滯，固未足道也。即日且留里中，或寓他郡，春寒眠食佳否？未獲晤對，嚮風馳情，千萬。

録自日本内閣文庫藏宋乾道高郵軍學本淮海集卷首

黄庭堅與秦少章書

庭堅頓首：惠示與晁十書，筆勢駸駸可喜。庭堅心醉於詩與楚辭，似若有得，然終在古人後。至於議論文字，今日乃當付之少游，及晁、張、無己，可從此四君子一一問之。前日王直方作楚辭二篇來，亦可觀，當告之云：如世巧女，文繡妙世，設欲作錦，當學錦機，乃能成錦。足下試以此思之。

録自四部叢刊本豫章黄先生集卷十九

附録五

祭　文

蘇軾追薦秦少游疏

生前莫逆，蓋緣氣合而類同；死獨未忘，將見情鍾而禮具。伏惟殁故少游秦君學士，早雖穎茂，觸事邅迍；晚向仕途，方沾禄養。未厭北堂之歡樂，遽逢南海之播遷。頓足牽衣，哭妻孥於道左；含酸吐苦，顧鄉國於淮壖。首尾八年，憂驚百變。同時逐客，膺大霈而盡復中原；唯子暮年，厄終窮而殁於瘴域。林泉夜夢，猶疑杖屨之并游；風月扁舟，尚想江湖之共泛。追傷何補，焚誦乃功。庶仗真銓，掃除夙障。而況真源了了，素已悟於本心；净目昭昭，無復加於妄翳。便可神游净土，岸到菩提。永依諸上善人，常住無所邊地。

録自五百家播芳大全文粹卷八十二

張耒祭秦少游文

嗚呼少游,淮海之英。自其少時,文章有聲。脱略等輩,論交老成。衆譽歸之,誰敢改評?聿來祕書,亦既飛鳴。脱身亟去,事變隨生。嗚呼!官不過正字,年不登下壽。間關憂患,横得罵詬。竄身瘴海,卒仆荒陋。君孤奉喪,歸葬廣陵。拜我於黄,尚有典刑。會葬撫孤,我窮不能。具此菲薄,聊致我誠。隻雞斗酒,懷想平昔。嗟我少游,尚肯來食!

録自四部叢刊本張右史文集卷四十五

參寥子哭少游學士

江左有豪英,超驤世無倫。妙齡已述作,識造窮天人。儒林老先生,相與爲友賓。客來叩治亂,亹亹披霜筠。波瀾與枝葉,猶足誇後塵。青衫入仕初,十手争扶輪。孤嘲可敵衆,志鬱不得信。造物念流落,薦收付洪鈞。干將不許就,中書如有神。七年投炎荒,日與山鬼鄰。妻孥各異土,相望同參辰。秋風吹黄茅,八月瘴霧新。回車嬰重癘,惸惸無與親。中原尚杳隔,墳壠懷棘薪。淒涼浯水頭,魂逝歸無因。精爽竟了了,挽章見情真。流傳到京闕,悲讀聞縉紳。斯人儻不亡,光華國之珍。彼蒼未易曉,三歎鼻酸辛。

念子少年日，豪氣呑九州。讀書知宎奧，游刃無全牛。當時所獻策，考致第一流。論高追賈誼，氣勝凌馬周。勝理非空文，灼可資廟謀。危根易摇動，謂子不好修。嗚呼一齊人，奈彼衆楚咻。孔門餘四科，士豈一律求？區區事屠釣，崛起爲公侯。數奇信有命，君亦忘怨尤。平生所著書，字字鏗琳球。子道決不泯，千載傳芳猷。

瓶盂客京口，彷佛熙寧末。君方駕扁舟，歸來自苕霅。中泠忽相值，傾蓋忘楚越。禪揮龐老鋒，辯鼓子貢舌。連宵極名談，江閣倚清絶。扣檻出黿鼉，時取一笑發。（原注：金山江中多黿，扣欄即出，賓客常以爲戲。）邗溝界淮海，濟濟多俊傑。良辰苦招要，結好從此設。堂堂紫髯翁，道德冠前列。（原注：謂孫莘老龍圖。）風流廣文先，炯炯事修潔。（原注：謂閻求仁博士。）老禪魁藂林，冠蓋趨雜遝。（原注：謂慶顯之禪師。）三豪相繼往，墓木葉屢脱。子今復云亡，枯棋愈殘缺。相逢舊好間，悲詫那忍説！明年東下船，繫纜竹西月。茗奠蜀岡南，但指當永訣。

録自四部叢刊影宋刊本參寥子詩集卷十

李之儀祭秦少游文

嗚呼少游，子不可得而見矣！而子之平生，未嘗一日忘於胸次也。想像展轉，一嚬一笑，拱揖步驟，折旋俯仰，至于眉須膚髮已來，歷歷可數可襲，如扶攜傾倒，論難抑揚之際也。晝而思，往往發於夢寐，不在扁舟江湖之上，即並轡闕庭之下，與委蛇班列之中，或相與追逐樽俎之地也。

嗚呼！子一去雖冥冥寂寂，無路可從，然子之所寓，予已得之而無疑。其清都紫府，雲衣玉簡，實子之素志，而今輒未及者，豈有以託之，而適乘其係累也。方其聞子之訃也，予哭之幾不欲生，已而丹旐之歸，又得哭於江上。蓋嘗寫予之哀，而宣之以祭也。于是子之孤羸然衰服，執徐夫人之喪來訃之于余曰：將遷子之柩，合葬於惠山之陰，而用予昔游之詩以定計也。嗚呼！故鄉義也，今子之藏，予固所願。歸骨似在其左右，而一語動摇，遽不能自果，亦初不謂子由此而來，遂失阡隴爲鄰，使子孫歲時展省，永不相捨，命矣乃天，若有所制也。

衰疲苟生，餘日無幾。既不得憑君一慟，又不得從撼鐸之聲以臨其堋而雪涕也。不腆儀物，聊致一奠，庶幾不忘疇昔，爲予隨所厚薄，屬饜而盡醉也。

録自姑溪居士文集卷四三

附録六

敕

除左宣教郎太學博士校正秘書省書籍敕

朕惟太學者，教化之源；博士者，儒賢之選。俾天下之士，守道而服業，任至重也，未始輕授。汝觀賢良昭於薦剡，條對列於制科，辯論精深，暢明作述。特除左宣教郎太學博士，校正祕書省書籍。朕之所期，豈在承謁襲舛，蹈常喜舊而已哉？宜懋遠猷，無忘所學。

録自四部備要本淮海集卷端

追贈直龍圖閣敕

敕故宣德郎秦觀等，自熙寧等大臣用事變法，始以異同排斥士大夫。維我神祖，念之不忘，元豐之末，稍稍收召。接於元祐，英俊盈朝，而爾四人以文采風流爲一時冠，學者欣慕之。及繼述之論起，黨籍之禁行，而爾四人每爲罪首，則學者以其言爲諱。自是以來，縉紳道喪，綱紀日墮，馴至宣和之亂，言之可爲痛心。肆朕纂承，既從昭洗，今爾四人，復加褒贈，斯足以見朕志矣。嗚呼，西清之遊，書殿之選，唯爾曹爲稱。使生而得用，能盡其才，亦何止於是歟？舉以追命，聊申齎志之恨，亦以少慰天下士大夫之心。英爽不忘，歆此休顯。

録自四部備要本淮海集卷端

原案：以上二敕，前敕辛楣（錢大昕）、小峴（秦瀛）兩先生疑爲後人贋作，姑依年譜（指秦瀛重修之淮海先生年譜）之舊録入。俟考。

附録七

總　評

宋曲洧舊聞卷五載蘇軾書付過：秦少游、張文潛才識學問，爲當世第一，無能優劣二人者。少游下筆精悍，心所默識而口不能傳者，能以筆傳之。然而氣韻雄拔，疎通秀朗，當推文潛。二人皆辱與余遊，同升而並黜。有自雷州來者，遞至少游所惠書詩累幅，近居蠻夷得此，如在齊聞韶也。汝可記之，勿忘吾言。

又次韻滕元發許仲塗秦少游：二公詩格老彌新，醉後狂吟許野人。坐看青丘吞澤芥，自慚黄潦薦溪蘋。兩邦旌纛光相照，十畝鋤犂手自親。何似秦郎妙天下，明年獻頌請東巡。

又秦少游真贊：以君爲將仕也，其服野，其行方；以君爲將隱也，其言文，其神昌。置而不求君不即，即而求之君不藏。以爲將仕將隱者，皆不知君者也。蓋將挈所有而乘所遇，以遊於世，而卒反於其鄉者乎？

又答張文潛縣丞書：文字之衰，未有如今日者也。其源蓋出於王氏。王氏之文，未必不善也，而患在於好使人同己。自孔子不能使人同，顔淵之仁，子路之勇，不能以相移；而王氏欲以其學同天下。地之美者，同於生物，不同於所生。惟荒瘠斥鹵之地，彌望黄茅白葦，此則王氏之同也。近見章子厚言，先帝晚年甚患文字之陋，欲稍變取士法，特未暇耳。議者欲稍復詩賦，立春秋學官，甚美。僕老矣！使後生猶得見古人之大全者，正賴黄魯直、秦少游、晁無咎、陳履常與君等數人耳。

又答李端叔書：足下才高識明，不應輕許與人，得非用黄魯直、秦太虚輩語，直以爲然耶？不肖爲人所憎，而二子獨喜見譽，如人嗜昌歜、羊棗，未易詰其所以然者。以二子爲妄則不可，遂欲以移之衆口，又大不可也。

又與李端叔書：少游遂卒於道路，哀哉痛哉！世豈復有斯人乎？

又答李琮書：秦太虚維揚勝士，固知公喜之，無乃亦可荆公一見之歟？

又答李昭玘書：軾蒙庇粗遣，每念處世窮困，所向輒值牆谷，無一遂者，獨於文人勝士，多獲所欲，如黄庭堅魯直、晁補之無咎、秦觀太虚、張耒文潛之流，皆世未之知，而軾獨先知之。今足下又不見鄙，欲相從游，豈造物者專欲以此樂見厚也耶？

又與歐陽元老：某與兒子八月二十九日離廉，九月六日到鬱林，七日遂行。初約留書歐陽晦夫處，忽聞秦少游凶問，留書不可不言，欲言又恐不的，故不忍下筆。今行至白州，見容守之猶子陸齋郎，云少游過容留多日，飲酒賦詩如平常。容守遣般家二卒送歸衡州，至藤，傷暑困卧，至八月十二日，啓手足於江亭上。徐守甚照管其喪，仍遣人報范承務（原注：范先去，已至梧州）。范自梧州赴其喪。此二卒申知陸守者，止於如此，其他莫知其詳也。然其死則的矣。哀哉痛哉，何復可言！當今文人第一流，豈可復得？此人在，必大有用於世；不用，必有所論著以曉後人。前此所著，已足不朽，然未盡也。哀哉，哀哉！其子（張世南游宦紀聞十謂名湛字處度）甚奇俊，有父風，惟此一事，差慰吾輩意。某不過旬日到藤，可以知其詳，續奉報。

又跋秦少游書：少游近日草書，便有東晉風味，作詩增奇麗。乃知此人不可使閑，遂兼百技矣。技進而道不進，則不可。少游乃技道兩進也。

又太息一章送秦少章秀才：張文潛、秦少游此二人者，士之超軼絶塵者也。非獨吾云爾，二三子亦自以爲莫及也。士駭於所未聞，不能無異同，故紛紛之言，常及吾與二子。吾策之審矣，士如良金美玉，市有定價，豈可以愛憎口舌貴賤之歟？少游之弟少章，復從吾游，不及期年而論議日新，若將施於用者，欲歸省其親，且不忍去。烏乎！子行矣。歸而求諸兄，吾何加焉？

又答蘇伯固：某全軀而還，非天幸而何？但益痛少游無窮已也！同貶死去大半，最可惜者范純夫及少游，當爲天下惜之，奈何，奈何！

又紀秦少游論詩文：秦少游言：「人才各有分限。杜子美詩冠古今，而無韻者殆不可讀。

曾子固以文名天下，而有韻者輒不工。此未易以理推之也。」

又與李方叔：比年於稠人中，驟得張、秦、黄、晁及方叔、履常輩，意謂天不愛寶，其獲蓋未艾也。比來經涉世故，間關四方，更欲求其似，邈不可得。以此知人不徒出，不有益於今，必有覺於後，決不碌碌與草木同腐也。

又與李方叔：某自恨不以一身塞罪，坐累朋友。如方叔飄然一布衣，亦幾不免。純甫、少游又安所獲罪於天，遂斷棄性命。言之何益，付之清議而已。

又與范元長：如先公(徐案：指范祖禹)及少游，真爲冀北之空也。徒存僕輩何用，言之痛殞何及！

又與范元長：哀哉少游，痛哉少游！遂喪此傑耶！賴昆仲之力，不甚狼狽。

又千秋歲次韻少游：島邊天外，未老身先退。珠淚濺，丹衷碎。聲摇蒼玉佩，色重黄金帶。一萬里，斜陽正與長安對。　道遠誰云會？罪大天能蓋。君命重，臣節在。新恩猶可覬，舊學終難改。吾已矣，乘桴且恁浮於海。

宋蘇轍次韻秦觀見寄：東家有賢人，西家苦相忽。幽蘭委冰霜，掩靄特未發。春風限芳蕤，爛熳安可没？東南信多士，人物世不闕。考槃溪山間，自獻耻干謁。誰憐幽閑女，艶色比南越。垂耳困鹽車，捐金空買骨。讀書謝世事，閉門動論月。予生亦羈旅，處世常卒卒。誰令鈞竿手，强復此持笏？惟餘七尺軀，空洞中無物。時蒙好事過，解榻聊一拂。野情樂江海，夢想扁舟兀。隱居便醉睡，世路多顛蹶。榮華一朝事，毁譽百年歇。相勸沐咸池，陽阿晞汝髮。

宋蘇籀欒城遺言：張十二之文波瀾有餘，而出入整理，骨骼不足；秦七波瀾不及張，而出入輕健，簡捷過之。要知二人後來文士之冠冕也。

宋黄庭堅病起荆江亭即事十首之八：閉門覓句陳無己，對客揮毫秦少游。正字不知温飽未？西風吹淚古藤州。任淵注云：「二君實録也，無己名師道，少游名觀。」又云：「少游自雷州貶所北歸，至藤州，卒於光化亭上。初，少游夢中得長短句，有『醉卧古藤陰下』之語，殆若讖云。」

又寄賀方回：少游醉卧古藤下，誰與愁眉唱一盃！解作江南斷腸句，只今唯有賀方回。任淵注云：「秦少游好事近曲：『日醉卧古藤陰下，了不知南北。』賀方回青玉案曲曰：『彩筆新題斷腸句。』兩曲皆知名於世。時少游已死矣。」

又與王觀復第一書：文章自建安以來，好作奇語，故其氣象衰薾。其病至今猶在。惟陳伯玉、韓退之、李習之，近世歐陽永叔、王介甫、蘇子瞻、秦少游，乃無此病耳。

又千秋歲：少游得謫，嘗夢中作詞云：「醉卧古藤陰下，了不知南北。」竟以元符庚辰，死於藤州光華亭上。崇寧甲申，庭堅竄宜州，道過衡陽，覽其遺墨，始追和其千秋歲詞：苑邊花外，記得同朝退。飛騎軋，鳴珂碎。齊歌雲繞扇，趙舞風回帶。嚴鼓斷，杯盤狼藉猶相對。灑淚誰能會？醉卧藤陰蓋。人已去，詞空在。兔園高宴悄，虎觀英遊改。重感慨，波濤萬頃珠沈海。（徐案：此詞別見晁補之琴趣外編卷二。）

又山谷題跋：秦少游學書，人多好之，唯錢穆父以爲俗。初聞之，不能不嫌。已而自觀之，誠如錢公語，遂改度，稍去俗氣。既而，人多不好。

又書秦觀詩卷後：少章別來踰年，文字亹亹日新，不惟助秦氏父兄驩喜，子與晁張諸友亦喜交游間當復得一國士。然力行所聞，是此物之根本。冀少章深根固蔕，令此枝葉暢茂也。

宋晁補之飲酒二十首同蘇翰林先生次韻追和陶淵明之二十：黄子似淵明，城市亦復真。陳君有道舉，化行閭井淳。張侯公瑾流，英思春泉新。高才更難及，淮海一髯秦。嗟予竟何爲，十駕晞後塵。文章不急事，用意斯已勤。平生不共飲，歎息無與親。問道伯昏室，何人獨知津。各在天一方，淚落衣上巾。歸休可共隱，山中復何人？

宋張耒次韻秦觀：琬琰非世珍，昔以羊皮换。嗟君復何來，衆棄乃所玩。十年少游兄，閉口受客難。二毛才一第，俗子猶憤惋。人間異巧拙，善琢貴顔汗。嬋娟守重闈，倚市争倩盼。君胡寶滯貨，屢辱彷衰愞。譬猶仆卧塗，更侑觥與散。球然瑚璉質，磨琢争璀璨。遲君三年鳴，更用驚我慢。

又卷十三贈李德載二首之二：長翁波濤萬頃陂，少翁巉秀千尋麓。黄郎蕭蕭日下鶴，陳子峭峭霜中竹。秦文倩麗舒桃李，晁論峥嶸走金玉。六公文字滿人間，君欲高飛附鴻鵠。

又寓陳雜詩十首之十：秦子死南海，旅骨還故墟。辛勤一生事，空得數編書。琅琅巧言語，玉佩聯瓊裾。知者能幾人？憎者頗有餘。書生事業薄，生世苦勤劬。持以待後世，何足潤槁枯。興懷及昔者，使我涕漣如。道路阻且長，悲哉違撫孤。

又卷十四寄答参寥五首之三：秦子我所愛，詞若秋風清。蕭蕭吹毛髮，肅肅爽我情。精工造奥妙，寶鐵鏤瑶瓊。我雖見之晚，披豁見平生。又聞與蘇公，復與子同行。更酬而迭唱，鐘磬日撞鳴。東吴富山水，草木餘春榮。悲余獨契闊，不得陪酬賡。

又跋吕居仁所藏秦少游投卷：余見少游投卷多矣，黄樓賦、哀鐏鐘文，卷卷有之，豈其得意之文歟？少游平生爲文不多，而一一精好可傳。在嶺外亦時爲文，臨歿自爲挽詩一章，殊可悲也！此卷是投正獻公者，今藏居仁處。居仁好其文，出予覽之，令人愴恨。大觀丁亥仲春張耒書。

宋李廌師友談記：廌謂少游曰：「比見東坡，言少游文章如美玉而無瑕，又琢磨之功殆未有出其右者。」少游曰：「某少時用意作賦，習貫已成，誠如所謂，點檢不破，不畏磨難，然自以華弱爲愧。」邢和叔嘗曰：「子之文銖兩不差，非秤上秤來，乃筭子上筭來也。」廌曰：「人之文章，言矣。」

闊遠者失之太疏，謹嚴者失之太弱。少游之文，辭雖華而氣古，事備而意高，如鐘鼎然，其體質規矩，資重而簡易；其刻畫篆文，則後之鑄師莫彷彿。宜乎東坡稱之爲天下之奇才也，非過言矣。」

又：秦少游論賦至悉，曲盡其妙，蓋少時用心於賦甚勤而專，常記前人所作一二篇，至今不忘也。少游言凡小賦如人之元首，而破題二句乃其眉，惟貴氣貌有以動人。故先擇事之精當者先用之，使觀之便知妙用。然後第二韻探原題意之所從來，須便用議論。第三韻方立議論，明其旨趣。第四韻結斷其説，以明其題，意思全備。第五韻或引事或反説。第七韻反説，或要終立義。第八卒章，尤要好意思耳。少游言賦中工夫，不厭子細，先尋事以押官韻，及先作諸隔句。凡押官韻，須是穩熟瀏亮，使人讀之不覺捧强，如和人詩不似和詩也。

又：少游云：賦中要事，唯要處置。纔見題，便要類聚事實，看緊慢分布在八韻中。如事多者，便須精擇其可用者用之，可以不用者棄之。不必惑於多愛，留之徒爲累耳。如事少者，須於合用者先占下。别處要用，不可那輟。

又：少游言賦中用事，如天然全具、對屬親確者固爲上；如長短不等、對屬不的者，須别用其語而剪裁之。不可全傍古語而有疵病也。譬如以金爲器，一則無縫而甚陋，一則有縫而甚佳，則與其無縫而陋，不如有縫而佳也。有縫而佳，則可知矣。

又：少游言賦中用字直須主客分明，當取一君二民之義。借如六字句中兩字最緊，只須用四字爲客、兩字爲主。其爲客者必須協順賓從，成就其主，使於句中焕然明白，不可使主客紛然也。

又：少游言：賦中作用與雜文不同。雜文在人意氣變化，若作賦則惟貴煉句之工，鬬難鬬巧鬬新。借如一事，他人用之不過如此；吾之所用，則雖與衆同，其語之巧，迥與衆别，然後爲工也。

又：少游言：賦家句脈，自與雜文不同。雜文語句或長或短，一在於人；至於賦，則一言一字必要聲律。凡所言語，須當用意曲折斲磨，須令協於調格，然後用之。不協律調，義理雖是，無益也。

又：少游言：今賦乃江左文章凋敝之餘風，非漢賦之比也。國朝前輩，多循唐格，文冗事迂，獨宋、范、滕、鄭數公得名於世。至於嘉祐之末、治平之間，賦格始備。廢二十餘年而復用，當時之風未易得也。

又：少游言賦之説，雖工巧如此，要之是何等文字？鷹曰：「觀少游之説，作賦正如填歌曲爾。」少游曰：「誠然。夫作曲，雖文章卓越，而不合於律，其聲不和。作賦何用好文章，只以智巧飣餖爲偶儷而已。若論爲文，非可同日語也。朝廷用此格以取人，而士欲合其格，不可奈何耳！」

宋陳師道漁家傲從叔父乞蘇州濕紅牋詞：一舸姑蘇風雨疾，吴牋滿載紅猶濕。色鬬朝華光觸日。人未識，街南小阮應先得。　青入柳條初著色，溪梅已露春消息。擬作新詞酬帝力。輕落筆，黄秦去後無强敵。

又九日寄秦觀：疾風回雨水明霞，沙步叢祠欲暮鴉。九日清樽欺白髮，十年爲客負黄花。登高懷遠心如在，向老逢辰意有加。淮海少年天下士，可能無地落烏紗。

又後山詩話：少游謂元和聖德詩，于韓文爲下，與淮西碑如出兩手，蓋其少作也。

又：退之作記，記其事爾；今之記乃論也。少游謂醉翁亭記亦用賦體。

又：世語云：「蘇明允不能詩，歐陽永叔不能賦。曾子固短於韻語，黄魯直短於散語。蘇子瞻詞如詩，秦少游詩如詞。」

又後山集卷十八談叢：秦少游有李廷珪墨半丸，不爲文理，質如金石。潘谷見之而拜曰：「真李氏故物也，我生再見矣。王四學士有之，與此爲二也。」墨乃平甫之所寶，谷所見者，其子斿以遺少游也。

又卷十九談叢：余於石舍人揚休家得蘇明允送石北使引，石氏子謂明允書也。以示秦少游，少游好之曰：「學不迨其子而資過之。」乃東坡少所書也。故嘗謂書爲難，豈余不知書，遂以爲難耶？

又卷十六先夫人行狀：先君之喪，高郵秦觀爲銘焉，而不克葬，及夫人卒……於是秦公在淮江湖浙之南，閩東粤之兩界，以日月之不餘，不克附於先君之銘。（徐案：陳師道之父葬於元祐七年五月，其母卒於紹聖二年三月，少游當於元祐末爲陳父作銘。）

又後山詩註卷五古墨行并序：晁無斁有李墨半丸，云裕陵故物也。往於少游家見李墨，不爲文理，質如金石，亦裕陵所賜，王平甫所藏者。潘谷見之，再拜云：「真廷珪所作也。世惟王四學士有之，與此爲二矣。」嗟乎，世之不乏奇，乏識者耳！敬爲長句，率無斁同作。秦郎百好俱第一，烏丸如漆姿如石。巧作松身與鏡面，借美於外非良質。潘翁拜跪摩老眼，一生再見三嘆息。了知至鑒無遁形，王家舊物秦家得。君今所有亦其亞，伯仲小低猶子侄。黄金白璧孰不有？古錦句囊聊可敵。睿思殿裏春夜半，燈火闌殘歌舞散。自思細字荅邊臣，萬里風塵入長算。初聞橋山送弓劍，寧知玉盌人間見？夜光炎炎衝斗牛，會有太史占星變。人生尤物不必有，時有過目驚老醜。念子何忍遽磨研，少待須臾圖不朽。明窗浄几風日暖，有愁萬斛才八斗。徑須脱帽管城公，小試玉堂揮翰手。（徐案：「念子」二句，魏衍注曰：「少游之墨嘗許先生，爲他日墓誌潤筆，先生嘗語衍。作此時，少游尚無恙，然終先逝去。衍謹書。」見任淵後山詩注引。）

又答李端叔書：少游之文，過僕數等。其詩與楚詞僕願學焉。若其傑材偉行，聽遠察微，僕終不近也。足下以爲少游何取而譽僕耶？顧常與僕有遊居之好，以僕之老且病，誠不忍其窮而死也。嘘濡挽摩，借之聲光，以幸百一，期以取信於人，而曾不知自累於不信，惟足下察焉。

又：兩公之門，有客四人，黄魯直、秦少游、晁無咎，長公之客也；張文潛，少公之客也。僕自念不敢齒四士，而足下遽進僕於兩公之間，不亦汰乎！

宋鄒浩夢秦少游詩：淮海維揚第一流，三關齊透萬緣休。真心豈復隨灰劫，遺骨終然寄橘洲。專爲流通深嘆賞，莫相鈍置豁愁憂。覺來欲語無人聽，屋角熒熒空斗牛。

宋趙令畤侯鯖録卷二：東坡先生在嶺南，言元祐中，有見李白酒肆中，誦其近詩，云：「朝披夢澤雲，笠釣青茫茫。」此非世人語也，少游嘗手録其全篇。少游叙云：「觀頃在京師，有道人相訪，風骨甚異，語論不凡。自云嘗與物外諸公往還，口誦二篇，云：『東華上清監清逸真人李白作也。』詩云：『人生燭上花，光滅巧妍盡。春風繞樹頭，日與化工進。昔我飛骨時，慘見當塗墳。青松靄朝霞，縹緲山下春。既死明月魄，無復玻璃魂。念此一脱灑，長嘯登崑崙。醉著鸞鳳衣，星斗俯可捫。』又云：『朝披夢澤雲，笠釣青茫茫。尋流得雙鯉，中有三元章。篆字若丹蛇，逸勢如飛翔。歸來問天姥，妙義不可量。金刀割青素，靈文爛煌煌。燕服十二環，想見仙人房。暮跨紫鱗去，海氣侵肌涼。龍子善變化，化作梅花妝。遺我纍纍珠，靡靡明月光。勸我穿絳縷，繫作裙間當。揖予以疾去，談笑聞餘香。』」

宋賀鑄題秦觀少游寫真：淮海多才士，徒希馬少游。誰容老芸閣？自識死藤州。狀貌披圖爽，陽春掩卷愁。湛郎長鬣爾，殊不嗣風流。

又寄別秦觀少游：（秦南遷桂陽，再過沔上，隔江不及見，因寄是詩。余三爲錢官，丙子十月江夏賦。）沔陽湖上小留連，疑是前時李謫仙。流向夜郎纔半道，徑還江夏樂當年。箇儂生以才爲累，阿堵官於老有緣。待得公歸吾亦罷，春風先辦兩漁船。

宋曾肇曲阜集下卷薦秦觀狀：臣竊見蔡州學秦觀，文辭瑰瑋，固其所長，而守正不回，兼通事務。臣自熙寧中議之，知其爲人，實有可用，非但采聽人言，塞明詔而已。臣今保舉堪充著述之科，如蒙朝廷擢用，不如所舉及犯正入己贓，臣甘伏朝典不辭。右元祐八年十月上。

宋李之儀採桑子席上送少游之金陵：相逢未幾還相別，此恨難同。細雨濛濛。一片離愁醉眼中。明朝去路雲霄外，欲見無從。滿袂仙風。空託雙鳧作信鴻。

又千秋歲用秦少游韻：深秋庭院，殘暑全消退。天幕迥，雲容碎。地偏人罕到，風慘寒微帶。初睡起，翩翩戲蝶愁成對。歎息誰能會？猶記逢傾蓋。情暫遣，心常在。沈沈音信斷，冉冉光陰改。紅日晚，仙山路隔空雲海。

又朝中措望新開湖有懷少游用樊良道中韻：新開湖水浸遥天，風葉響珊珊。記得昔遊情味，浩歌不怕朝寒。故人一去，高名萬古，長對孱顔。惟有落霞孤鶩，晚年依舊争還。

又跋蘇黄衆賢帖：少游自以書名，行筆有秀氣。

宋晁説之晁氏客語：純夫撰宣仁太后發引曲，命少游製其一，至史院出示同官。文潛曰：「内翰所作，烈文、昊天有成命之詩也。少游直似柳三變。」少游色變。純夫謂諸子曰：「潛奉文長官、戲同列，不可以爲法也。」

宋釋惠洪石門文字禪卷二十六題昭默墨蹟：秦少游至錢塘，見功臣山政禪師書，嘆以爲非積學所致，其純美之韻，如水成文，出於自然。

又，卷二十七跋四君子帖：秦少游舌頭無骨，王定國察見淵魚。山谷口業猶在，道鄉習氣不除。華光不語如雷。

又跋三學士帖：秦少游、張文潛、晁無咎，元祐間俱在館中，與黄魯直居四學士，而東坡方爲翰林。一時文物之盛，自漢唐以來未有也。宣和四年七月，大希先倒骨董箱，得三帖，讀之爲流涕。嗚呼！世間豈復有此等人物耶？

又冷齋夜話卷一：秦少游曰：「唐詩閨怨詞云：『繡閣開金鎖，銀臺點夜燈，長征君自慣，獨卧妾何曾？』此正語病之著者，而選詩自謂之精，果精乎？」

又冷齋夜話卷一：東坡初未識秦少游，少游知其將復過維揚，作坡筆語題壁於一山寺中。

東坡果不能辨，大驚；及見孫莘老，出少游詩詞數百篇，讀之，乃歎曰：「向書壁者，豈即此郎耶？」

宋孔平仲千秋歲次韻少游見贈：春風湖外，紅杏花初退。孤館静，愁腸碎。淚餘痕在枕，別久香銷帶。新睡起，小園戲蝶飛成對。　惆悵誰人會？隨處聊傾蓋。情暫遣，心何在？錦書消息斷，玉漏花陰改。遲日暮，仙山杳杳空雲海。

宋王直方詩話：山谷避暑城西李氏園，題詩於壁云：「荷氣竹風宜永日，冰壺凉簟不能回。題詩未有驚人句，會唤謫仙蘇二來。」少游言於東坡曰：「以先生爲蘇二，大似相薄。」少游極怨山谷和寄寂齋詩云「志大略細謹」，言蔡州事少人知者，因此吹毛耳。

郭紹虞宋詩話輯佚於此條後案曰：「漁隱叢話所謂少游極怨山谷云云，語意不甚明晰。考詩林廣記三謂少游嘗教授蔡州，有官妓婁婉及陶心兒者，與之甚密，少游嘗贈以詞（見高齋詩話）。所謂蔡州事指此。其後山谷嘗次孫子實寄寂齋韻寄少游云：『才難不易得，志大略細謹。』語含譏諷，故少游怨之。」

宋費衮梁谿漫志卷七：作詩當以學，不當以才。詩非文比，若不曾學，則終不近詩。古人或以文名一世而詩不工者，皆以才爲詩故也。退之一出「餘事作詩人」之語，後人至謂其詩爲押韻之文。後山謂曾子固不能詩，秦少游詩如詞者，亦皆以其才爲之也。故雖有華言巧語，要非本色。大凡作詩以才而不以學者，正如揚雄求合六經，費盡工夫，造盡言語，畢竟不似。

宋羅大經鶴林玉露卷六：山谷云：「閉門覓句陳無己，對客揮毫秦少游。」世傳無己每有詩興，擁被臥牀，呻吟累日，乃能成章。少游則杯觴流行，篇詠錯出，略不經意。然少游特流連光景之詞，而無己意高詞古，直欲追蹤雅正：正自不可同年語也。

宋曾幾文遊臺詩：憶昔坡仙此地遊，一時人物盡風流。香尊紫蟹供杯酌，綵筆銀鈎入唱酬。

宋陸游渭南文集卷三一跋秦淮海書：黄豫章、秦淮海皆學顔平原真行。豫章晚尤自稱，淮海則退避不肯以書自名，亦各其志也。嘉定改元四月己酉，山陰陸某書。

宋楊萬里雪巢小集後序：景思笑曰：「子不見唐人孟郊賈島乎？郊島之窮，才之所致，固也。然同時之士如王涯賈餗，豈不富且貴哉？當郊島以饑死寒死，涯餗未必不憐之也。及甘露之禍，涯餗雖欲如郊島之饑死寒死，不可得也。使郊島見涯餗之禍，涯餗憐郊島乎？郊島憐涯餗乎？未可知也。子不見本朝秦黄乎？魯直貶死宜州，少游貶死藤州，而蔡京王黼相繼爲宰相，貴震天下。當黄秦之死，王蔡必幸其死；及王蔡之誅，黄秦不見其誅。使黄秦見其誅，亦必不幸之也。然黄秦不幸王蔡之誅，而天下萬世幸之；王蔡幸黄秦之死，而天下萬世惜之。然則黄秦之貧賤，王蔡之富貴，其究何如也？且彼四子之富貴，其得者幾何？而今視之，不啻如糞土。而此四子之貧賤，所得如此，今與日月争光可也。然則孰可願孰不可願乎？亦未可知也。今吾不才，豈敢擬郊島黄秦？而吾之窮，有甚至郊島黄秦。吾何幸得與郊島黄秦同其窮，而不與涯餗王蔡同其達，而子爲我願之乎？」

宋張邦基墨莊漫録卷一：崇寧初，既立黨籍，臣僚論元祐史官云：初，大臣挾其私忿，濟以邪説，力引儇浮，與其厚善，布列史職。或毁詆先烈，或鑿空造語以厚誣，若范祖禹、黄庭堅、張耒、秦觀是也；或隱没盛德而不録，若曾肇是也；或含糊取容而不敢言，若陸佃是也；皆再謫降。時舊史已盡改矣。

宋陳善捫蝨新話卷十三歐公收東坡東坡收秦黄：歐陽公不得不收東坡，所謂「老夫當避路，放他出一頭地」者，其實掩抑渠不得也。東坡亦不得不收秦少游、黄魯直輩。少游歌詞當在坡上。少游不遇東坡，當能自立，必不在人下也。然提奬成就，坡力爲多。

宋張理秦太虚墓詩：九峰朝暮雲，摇落少游墳。野蔓碑全没，晴庵磬亦聞。洞偏泉路細，松折鶴巢分。高視太湖近，雲濤鷗起群。

宋樓鑰攻媿集卷五五定海縣淮海樓記：慶元五年十月甲戌，慶元府定海縣淮海樓成。主簿陳君廣孫求記於余。問樓何以名？曰：「秦公少游初筮之地也，舊有此樓，碎於建炎兵火，至是始得再作。」退而考之國史，有傳云：「元祐初，調定海主簿。」信矣！又求于文集，則絶無一語及之。訪諸父老，相去百餘年間，耳目所不接，不可得而考矣。公受知於東坡、王荆公，本欲以大科發身，俯就進士舉，實與先祖少師同在元豐八年丙科。家藏小録，淮海獨掌牋表。蓋其布在時，名已重矣；然亦不聞仕鄉邑之舉。

又：公以軼群奇才爲蘇門上客，賦似屈宋，詩凌鮑謝。壯猷碩畫，直欲鞭笞二虜，而困於煩言，陷於黨人，僅得一校勘黄紙（徐案：應作「本」。）書籍，爲正字、史院編修官，遂倅杭州，監處州酒，竄郴及横、雷，坎壈流離，醉卧古藤，一笑而終。亦已悲已！而聲名至今暴白，家有其書，望之如神仙。

又，卷七十跋黄太史書少游海康詩：祭酒芮公賦鶯花亭詩，其中一絶云：「人言多技亦多窮，隨意文章要底工？淮海秦郎天下士，一生懷抱百憂中。」嘗誦而悲之。醉卧古藤，誠可深惜。宜人者宜於人，竟亦不免，哀哉！徐案：芮公名國器。

又：跋東坡與秦太虚帖：坡公愛淮海如子弟，喜黄岡如鄉曲，殆前緣耶？

又：跋秦淮海戒殺帖：秦淮海妙墨，前輩所推，余頃得此本，愛玩不能去手。時在校官，念此邦日事鮮食，物命不可勝計，欲傳於人，未暇也。兹來假守，遂登之石。釋氏戒殺誠是，而言之太過，不若「遠庖厨」之言爲適中。然則何取於此？嘗感汝南周顒之言曰：「變之大者，莫過死生；生之所重，無逾性命。性命之於彼極切，滋味之在吾可賒。」讀者宜動心焉。

宋劉克莊後村詩話卷一：春帖子，前輩有絶工者，有不甚工者。坡云：「欲使秦郎供帖子。」豈非以其才思尤宜用於此耶？少游不歷此官，無以驗工拙。

又：秦少游嘗謫處州，後人摘「柳邊沙外」詞中語爲鶯花亭，題詠甚多。惟芮處士一絶云：「人言多技亦多窮，隨意文章要底工？淮海秦郎天下士，一生懷抱百憂中。」

宋黄徹䂬溪詩話卷三：鍾嶸稱張茂先「惜其兒女情多，風雲氣少」。喻鳬嘗謁杜紫微，不遇，乃曰：「我詩無綺羅鉛粉，宜不售也。」淮海詩亦然，人戲謂小石調；然率多美句，但綺麗太勝爾。子美「并蒂芙蓉本自雙」、「水荇牽風翠帶長」，退之「金釵半醉坐添春」，牧之「春風十里揚州路」，誰謂不可入黄鍾宮邪？

宋王楙野客叢書卷六：後山詩話載世語云：「蘇明允不能詩，歐陽永叔不能賦。曾子固短於韻語，黄魯直短於散語。蘇子瞻詞如詩，秦少游詩如詞。」苕溪漁隱引蘇明允「佳節每從愁裏過，壯心還傍醉中來」等語，以謂後山談何容易，便謂老蘇不能詩，何誣之甚！僕謂後山蓋載當時之語，非自爲之説也。所謂「明允不能詩」者，非謂其真不能，謂非其所長耳。且如歐公不能賦，而鳴蟬賦夫不佳邪？魯直短於散語，而江西道院記膾炙人口，何邪？漁隱云爾，所謂癡兒面前，不得説夢也。

宋曾敏行獨醒雜志卷三：秦少游之子湛，自古藤護喪北歸，其婿范温，候於零陵，同至長沙，適與山谷相遇。温，淳夫之子也。淳夫既没，山谷亦未吊其子。至是與二子者執手大哭，遂以銀二十兩爲賻。湛曰：「公方爲遠役，安能有力相及？且某歸計亦粗辦，願復歸之。」山谷曰：「爾父，吾同門友也，相與之義，幾猶骨肉。今死不得預歛，葬不得往送，負爾父多矣。是姑見吾不忘之意，非以賄也。」湛不敢辭。既别，以詩寄二子，有曰：「昔者秦少游，許我同門友。」又曰：「范公太史僚，山立乃先達。」又曰：「秦郎水江漢，范郎器鼎鼐。逝者不可尋，猶喜二子在。」又曰：「往時高交友，宰木已樅樅。今我二三子，事業在燈窗。」今集中載晚泊長沙走筆寄秦處度范元實五詩是也。前輩於死生交友之義如此。

宋吳可藏海詩話：參寥細雨云：「細憐池上見，清愛竹間聞。」荆公改「憐」作「宜」。又詩云「暮雨邊」，秦少游曰：「公直做到此也。雨中、雨傍皆不好，只雨邊最妙。」（評：「雨傍」不成語，「雨中」有何不可？此是秦與之作劇耳，何堪舉作話頭邪？）

宋葉紹翁四朝見聞録乙卷：陸游，字務觀，山陰人，名游，字當從觀（平聲），至今謂觀（去聲），蓋母氏夢少游而生公，故以秦名爲字而字其名。或曰公慕少游者也。

宋陸游題陳伯予主簿所藏秦少游像：晚生常恨不從公，忽拜英姿繪畫中。妄欲步趨端有意，我名公字正相同。

又出游歸卧得雜詩之二：江村何處小茅茨，紅杏青蒲雨過時。半幅生綃大年畫，一聯新句少游詩。

又放翁集外詩鶯花亭：沙外春風柳十圍，緑陰依舊語黄鸝。故應留與行人恨，不見秦郎半醉時。

宋敖陶孫臞翁詩評：本朝蘇東坡如屈注天潢，倒連滄海，變眩百怪，終歸雄渾；歐公如四瑚八璉，止可施之宗廟；荆公如鄧艾縋兵入蜀，要以崄絶爲工；山谷如陶弘景祇詔入宫，析理談玄，而松風之夢故在。梅聖俞如關河放溜，瞬息無聲；秦少游如時女步春，終傷婉弱；後山如九皋獨唳，深林孤芳，沖寂自妍，不求識賞；韓子蒼如梨園按樂，排比得倫；呂居仁如散聖安禪，自能奇逸。

宋王應麟困學紀聞卷十七：秦少游、張文潛學於東坡，東坡以爲秦得吾工，張得吾易。

宋朱弁曲洧舊聞卷五：秦少游自郴州再編管横州，道過桂州秦城鋪。有一舉子，紹聖某年省試下第，歸至此，見少游南行事，遂題一詩於壁曰：「我爲無名抵死求，有名爲累子還憂。南來處處佳山水，隨分歸休得自由。」至是少游讀之，淚涕雨集。徽宗(原注：一作「道君」。)踐祚，流人皆牽復，而少游竟死貶所，豈非命耶？

又卷五：東坡嘗語子過曰：「秦少游、張文潛，才識學問，爲當世第一，無能優劣。二人者，少游下筆精悍，心所默識而口不能傳者，能以筆傳之。然而氣韻雄拔，疏通秀朗，當推文潛。二人皆辱與予遊，同升而並黜。有自雷州來者，遞至少游所惠書、詩累幅，近居蠻夷，得此如在齊聞韶也。汝可記之，勿忘吾言。」

宋呂本中童蒙詩訓：文章大要以西漢爲宗，此人所可及也。至於上面一等，則須審己才

分，不可勉强作也。如秦少游之才，終身從東坡步驟次第，上宗西漢，可謂善學矣。（見仕學規範卷三五引）

又紫微詩話：余舊藏秦少游上正憲公投卷，張丈文潛題其後云：「余見少游投卷多矣：黄樓賦、哀鎛鐘文，卷卷有之。豈其得意之文歟？少游平生爲文不多，而一一精好可傳；在嶺外亦時爲文。此卷是投正憲公者，今藏居仁處。居仁好其文，出以示衆，覽之令人愴恨。時大觀改元二月也。」

宋葛立方韻語陽秋卷十八：秦太虚舉進士不得，東坡詩曰：「底事秋來不得解，定中試與問諸天。」深爲稱屈也。李方叔省試不得第，而東坡領貢舉，嘗有詩贈之云：「平生漫説古戰場，過眼終迷日五色。我慚不出君大笑，行止皆天子何責？」山谷和云：「今年持槖佐春官，遂失此人難塞責。」座主歸過於己，門生歸命於天，俱一世之賢也。

宋方勺泊宅編（十卷本）卷九：陳去非謂予曰：「秦少游詩如刻就楮葉，陳無己詩如養成内丹。」

宋張世南游宧紀聞卷一：士大夫謁見刺字，古制莫詳。世南家藏石本元祐十六君子墨蹟，其間有「觀敬賀子允學士尊兄，正旦，高郵秦觀手狀。」……嘗考之，常立，字子允，當時亦在館中，當是謁常無疑。

又卷十：世南仕閩中，於忠定李丞相家，見坡公一帖云：「某頓首：秋暑不審起居佳否？某與兒子，八月二十九日離廉，九月六日到鬱林，七日遂行。初約留書歐陽晦夫處，忽聞秦少游凶問，留書不可不言，欲言又恐不的，故不忍下筆。今行至白州，見容守之猶子陸齋郎云：『少游過容留多日，飲酒賦詩如平常。容守遣般家二卒，送歸衡州，至藤，傷暑困卧，至八月十二日，啓手足於江亭上。徐守甚照管其喪，仍遣人報范承務，（范先去，已至梧州。）范自梧州赴其喪。』此二卒申知陸守者止於如此，其他莫知其詳也。然其死則的矣，哀哉痛乎？何復可言！當今文人第一流，豈復可得？此人在，必有大用於世；不用，必有所論著，以曉後人。前此所著，已足不朽，然未盡也。哀哉！哀哉！其子甚奇俊，有父風，惟此一事，差慰吾輩意。某不過旬日到藤，可以知其詳，續奉報。次尚熱，惟萬萬自重。無聊中奉啓，不謹，某再拜元老長官足下。九月六日。」元老不審爲誰，當考。觀此，足見坡公篤愛交友，留意人才，爲可敬嘆。所謂「奇俊」之子，名湛，字處度者也。

宋陳造高郵四賢堂記：郡庠三賢堂，繪中丞孫公、給事喬公、龍圖秦公像，尚矣！兼繪少卿朱公。……高郵自元祐，人材林立，是三鉅賢又傑然其間，入而著論思之益，出而茂惠刊之績，文章術業，國史記之，遺書燦然，足以師表天下，範模後世。

宋喻良能讀淮海集詩：五言未數韋應物，八面須還秦少游。花氣湖光吟鑑水，雷椎雨雹賦黄樓。

宋王明清玉照新志卷一：元祐初修神宗實録，秉筆者極天下之文人，如黄、秦、晁、張是也，故詞采粲然，高出前代。

又，揮麈録前録卷三：建炎末，贈黄魯直、秦少游及晁無咎、張文潛俱爲直龍圖閣。

宋葉適水心集題陳壽老文集後：元祐初，黄、秦、晁、張各擅毫墨，待價而顯，許之者以爲古人大全，賴數君復見。

又，播芳集序：昔人謂蘇明允不工於詩，歐陽永叔不工於賦，曾子固短於韻語，黄魯直短於散句，蘇子瞻詞如詩，秦少游詩如詞。此數公者，皆以文字顯名於世，而人猶得以非之。信矣，作文之難也！夫作文之難，固本於人才之不能純美，然亦在夫纂集者之不能去取抉擇，兼收備載，所以致議者之紛紛也。向使略所短而取所長，則數公之文，當不容議矣。

宋韓淲澗泉日記卷下：少游在黄、陳之上。黄魯直意趣極高。

宋阮閲詩話總龜前集卷二一引王直方詩話：陳君節，字明信，言鍊句不如鍊韻。余以爲若只覓好韻，則失於首尾不相貫穿。參寥云：「東坡在徐州日，嘗爲秦少游置酒。少游飲罷，擁一官妓從參寥，書其裙帶云：『寄語巫山窈窕娘，好將閑夢惱襄王。禪心已作沾泥絮，不逐春風上下狂。』」

又，後集卷四三引洪覺範僧寶傳：端師子始見弄師子者，發明心要，則以綵帛像其皮，時時着之，因以爲號。秦少游聞其高道（道高），請申（升）座。端以手自指曰：「天上無雙月，人間共一僧；一堂風冷笑，千古意分明。」少游首肯之，能誦法華經，必得錢五百乃開秩（帙），日誦數句，即持錢地坐，去其缺薄者，易之而去。好歌漁父詞，月夕必歌之達旦。

宋胡仔苕溪漁隱叢話前集卷九：秦少游云：「人才各有分限，杜子美詩冠古今，而無韻者殆不可讀。曾子固以文名天下，而有韻者輒不工。此未易以理推之也。」

又前集卷十一：苕溪漁隱曰：「余觀注詩史是二曲李歜述，其自序云：『……少游一日來問余曰：「某細味杜詩，皆出於古人語句，補綴爲詩，平穩妥貼，若神施鬼設，不知工部腹中幾個國子監邪？」余喜此譚，遂筆寄同叔，（原注：子由，一字同叔。）使知少游留心於老杜。』」

又，前集卷十八：後山詩話云：「少游謂元和聖德詩，於韓文爲下，與淮西碑如出兩手，蓋其少作也。孫學士覺喜論文，謂退之淮西碑，叙如書，銘如詩。子瞻謂杜詩、韓文、顔書、左史，皆集大成者也。」苕溪漁隱曰：「少游集中進卷有韓愈論，云：『韓氏、杜氏，其集詩文之大成者與！』非子瞻有此語也。」

又，前集卷三八：後山詩話云：「世語云：蘇明允不能詩，歐陽永叔不能賦，曾子固短於韻語，黄魯直短於散語，蘇子瞻詞如詩，秦少游詩如詞。」苕溪漁隱曰：「後山談何容易，便謂老蘇不能詩，何誣之甚！觀前二聯，（徐案：指「佳節屢從愁裏過，壯心還傍醉中來」「誰爲善相應嫌瘦，後有知音可廢彈」）豈愧作者！」

又，前集卷四二引王直方詩話：東坡嘗以所作小詞示無咎、文潛，曰：「何如少游？」二人皆對云：「少游詩似小詞，先生小詞似詩。」陳無己云：「荆公晚年詩傷工，魯直晚年詩傷奇。」余戲之曰：「子欲居工、奇之間邪？」

又，前集卷五十引王直方詩話：山谷避暑城西李氏園，題詩於壁云：「荷氣竹風宜永日，冰壺涼簟不能回。題詩未有驚人句，會喚謫仙蘇二來。」少游言於東坡曰：「以先生爲蘇二，大似相薄。」少游極怨山谷和寄寂齋詩云「志大略細謹」，言蔡州事少人知者，因此句使人吹毛耳。

又，前集卷五十引高齋詩話云：「葉致遠屢對荆公稱秦少游詩，公嘗有別紙云：『秦君之詩，清新婉麗，鮑謝似之。』又云：『公愛秦君，數口之；今得其詩，手之而不釋。然聞秦君嘗學至言妙道，無乃笑我二人嗜好異乎？』蓋少游嘗爲道士書符咒水，故公有是語。」苕溪漁隱曰：「東坡嘗有書薦少游於荆公云：『向屢言高郵進士秦觀太虚，公亦粗知其人。今得其詩文數十首拜呈，詞格高下，固已無逃於左右。此外博綜史傳，通曉佛書，若此類未易一一數也。』荆公答書云：『示及秦君詩，適葉致遠一見，亦以謂清新嫵麗，鮑謝似之。公奇秦君，口之而不置；我得其詩，手之而不釋。又聞秦君嘗學至言妙道，無乃笑我與公嗜好異乎？』二書所云如此，高齋以謂葉致遠屢對荆公稱秦少游詩，嘗有别紙，真誤也！東坡謂少游『通曉佛書』，故荆公有『秦君嘗學至言妙道』之語，高齋以謂少游『嘗爲道士書符咒水』，又誣也。」

宋魏慶之詩人玉屑卷十八：元祐初，與秦少游、張文潛論詩，二公謂不然。久之，東坡先生以爲一代之詩當推魯直。二公遂捨舊而圖新。其初改轅易轍，如枯絃敝軫，雖成聲而跌宕不滿人耳；少焉，遂使師曠忘味、鍾期改容也。

宋吴曾能改齋漫録卷十一：子瞻、子由門下客最知名者：黄魯直、張文潛、晁無咎、秦少游，世謂之四學士。至若陳無己，文行雖高，以晚出東坡門，故不若四人之著。故陳無己作佛指記云：「余以辭義，名次四君，而貧於一代。」是也。晁無咎詩云：「黄子似淵明，城市亦復真。陳君有道舉，化行閭里淳。張侯公瑾流，英思春泉新。高才更難及，淮海一髯秦。」當時以東坡爲長公，子由爲少公。陳無己答李端叔云：「蘇公之門，有客四人：黄魯直、秦少游、晁無咎，則長公之客也；張文潛，則少公之客也。」又次韻黄樓詩云：「一代蘇長公，四海名未已。」又云：「少公作長句，班揚安可擬？」謂二蘇也。然四客各有所長：魯直長於詩辭，秦、晁長於議論。魯直與秦少章書曰：「庭堅心醉於詩與楚辭，似若有得。至於議論文字，今日乃當付之少游及晁、張、無己。足下可從此四君子一一問之。」其後張文潛贈李德載詩云：「長公波濤萬頃海，少公峭拔千尋麓。黄郎蕭蕭日下鶴，陳子峭峭霜中竹。秦文倩麗若桃李，晁論崢嶸走珠玉。」乃知人才各有所長，雖蘇門不能兼全也。

宋董史皇宋書録卷中：秦觀，字少游。東坡云：「少游近日草書，便有東晉風味。」有絹臨蘭亭。（見博議，然或議其非真。）

宋陳仁子後山集序：黄峻截，秦浩蕩，晁、張深沉，遊眉山門，人具一體，黼黻藻火，章施慶宇。

宋周密癸辛雜識：羅壽可再遊汴梁，書所見云：「相國寺有石刻：『蘇子瞻、子由、孫子發、秦少游，同來觀晉卿墨竹。申先生亦來。元祐三年八月五日，老申一百一歲。』」

宋洪邁容齋續筆卷二：杜子美有存殁絶句二首云：「席謙不見近彈棋，畢曜仍傳舊小詩。玉局他年無限笑，白楊今日幾人悲？」「鄭公粉繪隨長夜，曹霸丹青已白頭。天下何曾有山水，人間不解重驊騮。」每篇一存一殁。蓋席謙、曹霸存，畢、鄭殁也。黄魯直荆江亭即事十首，其一云：「閉門覓句陳無己，對客揮毫秦少游。正字不知温飽未？西風吹淚古藤州。」乃用此體，時少游殁而無己存也。

宋孫弈履齋詩説：詩律有借對法，苟下字工巧，賢於正格也。……如少游與子瞻同席，自矜髭髯之美，曰：「君子多乎哉！」子瞻戲曰：「小人樊須也。」尤借對之的者，況又全用經語。

宋朱熹朱子全書論詩：「閉門覓句陳無己，對客揮毫秦少游。」無己平時出行，覺有詩思，便急歸擁被，卧而思之，呻吟如病者，或累日而後成。真是「閉門覓句」。如少游詩甚巧，亦謂之「對客揮毫」者，想他合下得句便巧。張文潛詩，只一筆寫去，重意詞皆不間，然好處亦是絶好。

宋李彭春日懷秦髯詩：山雨蕭蕭作快晴，郊原物物近清明。花如解語迎人笑，草不知名隨意生。晚節漸於春事懶，病軀却怕酒壺傾。睡餘苦憶舊交友，應在日邊聽流鶯。

元韋居安梅磵詩話卷中：陸放翁名游，字務觀，「觀」字係去聲。或云其母夢秦少游至而寤，遂生放翁，因以其字命名，而名爲字。……近時方蒙仲有奉題劉後村文稿數首，内一絶云：「昔聞秦七與黄九，後有幼安與務觀。」「觀」字亦作平聲。想後村見之，亦發一笑。

元吴師道吴禮部詩話：張公翊清溪圖，畫池陽清溪也。郭功甫題五絶句，有「唯欠子瞻詩」之語，遂求東坡爲賦清溪詞。蘇公復令某示秦少游，寫小杜弄水亭詩。其後自元豐以來，諸賢題詠甚多，真蹟在金華智者寺草堂，蓋宋季王佖元敬使君得之，易世後，其家以售於寺。

元陶宗儀説郛卷七五沈仕林下清談：秦少游云，家貧素無書，親戚時肯見借，亦足諷誦。深居簡出，不與人世相通。又云，鄉閭士子，又皆從事新書，每有所疑，無所考訂。

明楊慎草堂詩餘序：宋人如秦少游、辛稼軒，詞極工矣，而詩殊不强人意，疑若獨藝然。豈非異曲分派之説乎？

又升庵詩話附録：靖康間，有女子爲金虜所掠，自稱秦學士女，道中題詩云：「眼前雖有還鄉路，馬上曾無放我情。」讀者悽然。曾裘父爲作秦女行云：「妾家家世居淮海，淮海文名喧宇内。自從貶死古藤州，門户凋零三十載。可憐生長深閨裏，耳濡目染知文字。亦嘗强學謝娘詩，女子未嫌稱博士。年長來來逢世亂，□□不堪回首看。一身漂蕩逐胡兒，被驅不異犬與雞。奔馳萬里向沙漠，天長地久無還期。北風蕭蕭易水寒，雪花滿地經燕山。千盃虜酒愁中醉，一曲琵琶淚裏彈。吞聲飲恨從誰訴？偶然信口題詩句。眼前有路可還鄉，馬上迷魂不知處。詩成吟罷更茫然，豈意漢地能流傳？當時情緒亦可念，至今聞者爲悲酸。憶昔中郎有女子，亦陷虜中垂一紀。暮年多幸逢阿瞞，厚幣贖之歸故里。惜哉此女不得如，終竟老死留窮（徐案：應作「穹」。）廬。空餘詩話傳悽惻，不減胡笳十八拍。」

又詞品卷三：密雲龍，茶名，極爲甘馨。宋廖正一，字明略，晚登蘇東坡之門，公大奇之。時黄、秦、晁、張，號蘇門四學士。東坡待之厚，每來，必令侍妾朝雲取密雲龍。家人以此知之。一日，又命取密雲龍，家人謂是四學士，窺之，乃廖明略也。

明王世貞藝苑巵言卷八：曩與同人戲爲文章九命：一曰貧困，二曰嫌忌，三曰玷缺，四曰偃蹇，五曰流竄，六曰刑辱，七曰夭折，八曰無終，九曰無後。……貶竄則賈誼、杜審言、杜易簡、韋元旦、杜甫、劉允濟、李邕、張説、張九齡、李嶠、王勃、蘇味道、崔日用、武平一、王翰、鄭虔、蕭穎士、李華、王昌齡、劉長卿、錢起、韓愈、柳宗元、李紳、白居易、劉禹錫、吕温、陸贄、李德裕、牛僧孺、楊虞卿、李商隱、温庭筠、賈島、韓渥、韓熙載、徐鉉、王禹偁、尹洙、歐陽修、蘇軾、蘇轍、黄庭堅、秦觀、王安中、陸游，明則解縉、王九思、王廷相、顧璘、常倫、王慎中輩，俱所不免。窮則窮矣，然山川之勝，與精神有相發者。

明胡應麟詩藪外編卷五：少游極爲眉山所重，而詩名殊不藉藉，當由詞筆掩之。然「雨砌墮危芳，風軒納飛絮」，實近三謝，宋人一代所無。諸古體尚有宗六朝處，惜不盡合，蘇、黄、陳間，故難自拔也。

又：王禹玉好用貴重字，人目爲「至寶丹」；秦少游好用豔麗字，世以爲「小石調」：絶是天生的對。然二君各有佳處，毋用爲嫌。

又詩藪雜編卷五：秦少游當時以詩文重，今被樂府家推作渠帥，世遂寡稱。

又：宋諸人詩掩於文者，宋景文、蘇明允、曾子固、晁無咎；掩於詞者，秦太虚、張子野、賀方回、康與之。

永樂大典卷三二五三七引蒙隱讀豫章集成柏梁體詩：元祐昇平超治古，誕布人文化寰宇。道山翰苑群仙處，一代文章繼周魯。斯道盟寒誰是主？眉山二老文章虎。眉山鑒裁高難與，網羅九萬摶風羽。晁張超然鴻鵠舉，秦郎繼作翹翹楚。餘子紛紛謾旁午，韓門籍湜何須數？豫章詩律如嚴罟，洗空萬古塵凡語。後來鮮儷前無伍，真是江西第一祖！（下略）

明張萱疑耀卷五：朋友相呼以行數，唐宋以來皆然。其俗起於北齊，張稷爲豫章王主簿，與劉繪俱見禮接，未嘗呼名，呼爲劉四、張五。前此未聞也。第此等相呼雖雅，亦近於狎。黄山谷嘗避暑於李氏園亭，題壁云：「荷舞竹風宜永日，冰壺涼簟不能回。題詩未有驚人句，會喚謫仙蘇二來。」秦少游見之，言於坡公曰：「以先生爲蘇二，大似相薄。」公亦改容。然坡公讀山谷煎茶詩云：「黄九怎得不窮？」足以相當矣。

明張綖謁文遊臺四賢祠：珠湖之水清且雄，精靈炯炯鍾諸公。高賢臭味自相感，遠來乃有東坡翁。闢地披襟開雅會，談笑一一驚群蒙。乾坤此會信所罕，佳名無怪傳無窮。邇來風流久澌燼，文遊名在無遺踪。雖有高臺可遠眺，異端丹碧徒穹窿。嘉禾不植稂莠盛，邦人奔走如狂矇。蒲圻先生獨好古，一掃陋俗隆高風。長繩倒拽淫像出，易以四子衣冠容。敦鄙立懦功不少，使我後輩資帡幪。奈何積習難卒變，勝地轉盻誰復崇？牆傾宇壞紛若茸，狼藉俎豆塵埃中。南湖小子有至意，稽首祠下精誠通。當時諸彦各奮發，敬修蘋藻忻相從。披雲撥霧恒瞻仰，生氣凜凜摩蒼空。羹牆切切相淬礪，神交曠世真吾宗。吁嗟古人竟難作，蹉跎吾道何當終？冉冉白日忽已晚，春風又見春花紅。耿耿深衷未可罄，一樽且醉東山東。出門拂衣三嘆息，仰天目斷雙飛鴻。

明夏言文遊臺：孟城東北倚高臺，春日登臨花盛開。淮海風煙迎落帆，江湖魚鳥對銜杯。

舳艫千里滄波接，樓觀中天紫氣回。澤國微茫生遠興，長空渺渺鶴飛來。

明朱曰藩文遊臺：淮海賓遊還異代，花朝風日麗春城。玲瓏水碧遠含色，晛晥鸝黄乍有聲。飛鶴平臨五嶽小，高臺不逐四賢傾。相見且盡杯中物，莫論悠悠世上名。

明何孟春餘冬叙録卷二三人品：黄魯直平生孝友，朱子稱之。秦少游、李方叔曾經東坡論薦，已見非於當時，固朱子所弗取也。

清陳維崧蝶菴詞序：（史雲臣）常謂余曰：今天下之詞亦極盛矣！然其所謂盛，正吾所謂衰也。家温韋而户周秦，抑亦金荃、蘭畹之大憂也。

清錢大昕十駕齋養新録卷七：黄魯直、秦少游、張文潛、晁無咎，稱蘇門四學士。宋沿唐故事，館職皆得稱學士。魯直官著作郎祕書丞，少游官祕書省正字，文潛官著作郎，無咎官著作郎，皆館職。（元豐改官制，以祕書省官爲館職。）故有學士之稱，不特非翰林學士，亦非殿閣諸學士也。唯學士爲館閣通稱，故翰林學士特稱内翰以别之。

清王念孫文遊臺懷古：步出城東門，徑造茲臺巔。春光回百草，四顧何芊芊！東睇窮大海，西眄横長川。群帆望不極，雲霧相摩吞。憶昔岷峨客，相逢淮海英。英奇聚以類，復連王與孫。談笑怯神鬼，詩歌動地天。風流足千古，與臺常新鮮。誰云丘埞小？竟作喬嶽觀。今日覽遺蹟，祠屋荒蔓榛。冉冉日已晚，浩嘆情徒殷。恨無雙飛翼，凌風覿曩賢！

清陳觀國高郵訪文遊臺故蹟吊秦少游先生：人生無百年，流水自千載。流水亦無定，浩浩歸江海。試看逝者機，轉眼知何在。不如文苑人，聲名長不改。緬想秦太虚，雄才抱磊魄。蘇門文字交，貶謫竟何罪？遺山誚女郎，無乃混豖亥。繫纜向珠湖，地窪衆流滙。村冷羃輕煙，草枯餘細蓓。勝事問文游，高臺空爽塏。懷古立斜陽，棹歌催欸乃。

清王士徵登文遊臺歌：玻璃江上謫仙人，東來萬里辭峨岷。熙寧元豐不得意，翩然戲弄淮南春。龍圖學士忤權要，祥符宰相餘王孫。黄樓一賦軼屈宋，無雙國士推髯秦。四公相逢向淮海，酒酣耳熱氣益震。珠湖三十六陂澤，高臺下瞰何嶙峋。錦繡詩篇照天地，與臺光景相鮮新。雲煙過眼一飛鳥。黄河屈注江東奔。人民城郭半遷改，此臺崛立當湖濱。惠州儋耳垂萬死，後生望古傷吟魂。何人請籍元祐黨，至今泚顙慚安民。豈如斯臺好名字，永絶狐鼠芟荆榛。我來遊眺歲幾度，溪毛明信古所敦。遠帆如鳥樹如薺，湖光雲霧相摩吞。嚴冬沆瀣但一氣，大雪片片鋪龍鱗。酹公一語公莫嗔，作詩一笑君應聞。

又，文遊臺雜詩五首選一：國士無雙秦少游，堂堂坡老醉黄州。高臺幾廢文章在，果是江河萬古流。

清徐源立秋日偕王夢厓登文遊臺晚憩表弟景灘齋中二首選一：淮海文章動帝畿，華光飲水事全非。東風愛説黄樓賦，做雨三更不放歸。

清王敬之滿江紅文遊臺蘇東坡王定國與孫莘老秦太虚讌游處：突兀高臺，文采照、湖光卅六。六百載、龍眠圖畫，勝遊誰續？賓主東南三雅醉，海山題詠千豪禿。惹半生讒𧬄是才名，孤臣逐。　苔莓徑，尋芳躅。能幾占、林泉福？只溪毛蘋薦，冷澆醽醁。斗野亭餘星采爛，玩珠樓賸波紋緑。讓登臨閑挈隻鷄來，漁樵局。

又讀秦太虚淮海集：應舉賢良對策年，儒生壯節早籌邊。可憐餘技成真賞，山抹微雲萬口傳。

又：罪狀搜求到佛書，臺中白簡意何居？汗牛著作今還在，一笑當時禁網疏。

又湘月同人校刊淮海集成快倚一解：黨魁禍烈，儘閑居定本，嚴詔追毁。度劫殘灰幸改代，還見秦郎題字。舊鍥齊州，（自注：明少司馬儀真黄公雪洲瓚墨板山東。）重摹楚澤，（明武昌通守郡人張公南湖綎墨板武昌。）水部湖城繼。（明提督河道工部郎中仁和李公之藻墨板高郵。）傳觀插架，寶同球璧宜矣！　誰料應到災梨，零星蠹簡，恁焚餘無幾。刻劃從新（揚河通守會稽王公國佐付刊。）待蕆事，不比揮毫容易。訂正行間，蒐羅集外，藉免流風墜。荒臺重葺，邑人時修文遊臺成。後遊應薦杯水。

又春從天上來順卿謝重刊淮海集疊依蛻巖體：禁網煩苛，漏淮海閑居，錦字機梭。梨棗蟫蠹，舊脱新譌，那更劫火銷磨！仗丹黃讎校，儘落葉、掃付滄波。共長哦，有雕鐫庋閣，印本摩挲。　湖城寓公駐屐，幾吊古花殘，傳到煙蘿。別夢秋心，封題孤唱，未阻驛使關河。只愁儂才盡，心肝歐、袖底無多，笑幺麽，似蟬風蛩露，悽響聽（平）他。

清楊蔚水調歌頭二首選一：歸來酒未醒，把卷讀君詩。當年黃九秦七，下筆總淋漓。敲罷銅琶鐵板，唱遍「大江東去」，大漢學關西。文章自千古，説甚黨人碑！　辛丑月，癸亥日，乙卯時。景祐三年丙子，磨蝎命宮司。天上騎龍一謫，倏忽八百餘載，消歇竟如斯！文遊臺上草，猶似蜀山祠。

清李必恒詠懷文游臺：梧桐生朝陽，翽翽鳳鳥至。惟賢斯召賢，莫之致而致。淮海天下才，磊落負奇氣。命駕來蘇公，崇丘此焉息。孫王亦可人，談笑幸相值。酒酣望終古，青天照殘醉。想見掀髯時，峥嶸吐高議。勝事近千秋，風流未墜地。誰云培塿卑，而作喬嶽視。臨川亦居停，遺蹟無人識。懷古發長謡，霜風颯清吹。

清萬蘭階文游臺懷古：高臺何嶙峋，依舊峙土壘。在昔傳四賢，寄跡會於此。龍圖老學士，髯秦共閭里。眉山意豪宕，落落時自喜。宰相後達人，頗不驕羅綺。讌集雲中仙，詩酒消傀儡（案：當作塊壘）。可以放眼界，城郭收席几。長嘯天風生，杯翻酹湖水。後來豈伊無，畢竟誰者是？煙花過一瞥，丸跳疾如駛。五百年口碑，南皮佳會耳。仰止景登臨，處處訪遺址。遥想熙豐時，同兹風日美。摩挲重憐惜，幽訪情未已。那須薦溪毛，一瓣心香裏。

清初鈔韓應陛校本淮海集淮海先生雜記（凡五則）選三：晁氏曰：秦觀字少游，高郵人，登進士第。元祐初，除校勘黄本書籍，紹聖中除名，編隸横州，遇赦北歸，至藤州卒。蘇子瞻嘗謂李廌曰：「少游之文如美玉無瑕，又琢磨之功，殆未有出其右者。」王介甫謂其詩新精婉麗，鮑謝似之。少游亦自謂其文銖兩不差，但以華弱爲愧耳。吕氏童蒙訓謂少游過嶺後詩，嚴重高古，自成一家，與舊作不同。

清玉山汪氏曰：居仁吕公云：「秦少游應制科，問東坡文字科紐，坡云：但如公上吕申公書足矣。故少游五十篇只用一格，前輩如黄魯直、陳無己皆極口稱道之。後來讀書者，初不知其爲奇也。」吕丈所取者，蓋以文章之工，固不待言；而尤可爲後人楷模者，蓋篇篇皆有首尾，無一字亂説，如人相見，接引應對茶湯之類，自有次序，不可或先或後也。（徐案：以上二則又見文獻通考卷二三七。）

予舊歲□（閲）秦少游上正獻公投卷，張丈文潛題其後曰：「予見少游投卷多矣，黄樓賦、哀鐏鐘文，卷卷有之，豈其得意之文歟？少游平生爲文不多，而一一精好可傳，在嶺外亦時爲文，出以示予，覽之令人愴恨。時大觀改元二月也。」

清王士禛帶經堂詩話卷一品藻類：蘇文忠作詩常云「效山谷體」，世因謂蘇極推黄，而黄每不滿蘇詩，非也。黄集有云：「吾詩在東坡下，文潛、少游上，雜文與無咎伯仲耳。」此可證俗論傅會之謬。

又卷二十四破邪類：政和間以詩爲元祐學術，御史李彦章遂上書論淵明，李杜以下皆貶之，因詆魯直、少游、無咎、文潛，請爲科禁，至著於律令云：諸士庶傳習詩賦者，杖一百。其紕陋一至於此！（香祖筆記。）

又池北偶談卷七談獻三：朱子以洛蜀之故，甘心蘇氏。更有甚焉，其與汪尚書書云：「蘇氏之學，害天理，亂人心，妨道術，敗風教，不在王氏之下。其徒若秦觀、李廌，皆浮誕輕佻，士類不齒。」云云。至其推崇張浚，全以南軒交誼。甚矣，不黨之難也！可嘆！

又卷十談獻六：蘇門之秦、李、李、王，同時之宗吴諸子，其文詞高下不知何如，然皆不失爲君子，而朱文公、鄭端簡皆力詆之。蓋諸子恃才凌物，或不能無；以爲小人，則二公亦難以一手揜萬世耳目也。朱子左袒王介甫而詆二蘇公，論蘇、王二氏門人之文，則寧取吕惠卿而不取少游，又左袒張浚，而終不得不推重李忠定。君子不黨，吾不謂然。

又香祖筆記卷一：（祝）永明作罪知録，歷詆韓、歐、蘇、曾六家之文，深文周内，不遺餘力。……至於老泉、潁濱、秦、黄、晁、張，則謂不足盡及。……論詩餘則專主太白、飛卿，稍許歐、晏、周、柳，以爲綴旒；謂東坡木强疏脱，少游、魯直特市廛小家之子。略舉大端如右，所謂無忌憚者，不足置辨也。

又高郵雨泊詩：寒雨秦郵雨泊船，南湖新漲水連天。風流不見秦淮海，寂寞人間五百年。

清趙翼甌北詩話卷五：東坡襟懷浩落，中無他腸，凡一言之合，一技之長，輒握手言歡，傾蓋如故，而不察其人之心術，故邪正不分，而其後往往反爲所累。如李公擇、王定國、王晉卿、孫莘老、黄魯直、秦少游、晁補之、張文潛、趙德麟、陳履常等，固終始無間，甚至有爲坡遭貶謫，亦甘之如飴者。其他則一時傾心寫意，其後背而陷之者甚多。

清吴喬圍爐詩話：昔人評秦少游詩「如時女步春，終傷婉弱」。其「支枕星河横醉後，入簾風絮披春深」，真好姿態。而「屠龍肯自羞無用，畫虎從人笑不成」，却自骯髒。不如介甫之「鷄蟲得失何須問，鵬鷃逍遥各自知」之老手。

清翁方綱石洲詩話卷三：秦淮海思致緜麗，而氣體輕弱。非蘇、黄可比。張文潛氣骨在少游之上，而不稱着色。一着濃絢，則反帶傖氣。故知蘇詩之體大也。……無咎才氣壯逸，遠出文潛、少游之上，而亦不免有邊幅單窘處。

又卷四：「露花倒影柳三變，桂子飄香張九成」，「山抹微雲秦學士，露花倒影柳屯田」，阮亭自謂其「月映清淮何水部，雲飛隴首柳吴興」，勝於前句。至若山谷云：「閉門覓句陳無己，對客揮毫秦少游。」而後人有句云：「揮毫對客曹能始，閉閣焚香尹子求。」此不謂之襲舊乎？

闕名静居緒言：蘇門諸子，較江西派中諸人，是爲爾雅。具茨妙有剪裁，補之才復寬綽，文潛以實力開張；淮海雖風骨俊秀，窘於邊幅，非晁、張之敵。東坡謂「秦得吾工，張得吾易」，未免阿私。

清潘德輿養一齋詩話卷五：張文潛、秦少游並稱，而秦之風骨不逮張也。秦之得意句，如「雨砌墮危芳，風軒納飛絮」，「菰蒲深處疑無地，忽有人家笑語聲」，「林梢一抹青如畫，知是淮流轉處山」，婉宕有姿矣。較文潛之「新月已生飛鳥外，落霞更在夕陽西」，「斜日兩竿眠犢晚，春波一頃去凫寒」，「欲指吴淞何處是？一行征雁海山頭」，「芰荷聲裏孤舟雨，卧入江南第一州」，「川明半夜雨，卧冷五更秋」，「漱井消午醉，掃花坐晚涼」：力量似遜一籌。蓋秦七自是詞曲宗工，詩未專門也。「漱井」一聯，尤爲山谷所賞，楊誠齋所謂「山谷前頭敢説詩，絶稱漱井掃花詞」是也。

又：予又考文潛所詣，在北宋當屬大家，無論非少游、無咎所能，即山谷、後山，亦當放出一頭地。蓋勁於少游，婉於山谷，腴於後山，精於無咎，蘇公以爲超逸絶群，山谷以爲「筆端可以回萬牛」，誠非虛譽。……歷代以來，推崇稱述，不止一人，然以爲出山谷、少游之右者無之。蓋均爲成見所蒙，大名所壓耳。

清秦瀛梁溪雜詠之二五：團瓢煙鎖翠微重，歸葬西神第幾峰。馬鬣荒涼尋短碣，古藤花覆滿門松。（自注：先淮海公墓在惠山團瓢，公子處度先生湛自藤州歸葬於此，舊有古藤一株。）

清朱庭珍筱園詩話卷一：二晁尚有筆力，宛丘頗見氣格。淮海輩明麗無骨，時近于詞，無足論矣。

又卷二：即初唐四子及沈、宋二家，並中、晚之郎士元、錢起、元微之、李庶子、鄭都官、羅江東、馬戴，及宋之秦淮海、梅聖俞、蘇子美、范石湖等，皆小家也。而小家亦有上中下之分焉。

清金埴不下帶編卷四：對客揮毫，古人所尚；然人各有才，難齊遲速。而亦有名因虛冒，最怕面爲，若非素共揮毫者，切不可使爲於對客，亦詩人忠厚之旨也。……則秦少游可盡人信其能耶？

又：文思遲速，自是生成。相如濡筆而腐毫，子雲輟翰而驚夢；王充氣竭於沉慮，桓譚疾感於苦思；枚皋應詔而奏賦，楊滔斲窗而檢書；平子研兩京於十年，太沖鍊三都於一紀；潘緯十年方吟古鏡，何涓一夕而賦瀟湘；道衡蹋壁而卧搜，蘇頲占授而腕脱；劉敞一揮九制，文琰擎鉢成詩；秦少游對客揮毫，陳無己閉門索句。

清袁枚隨園詩話卷一：李尚書雍熙學道，散遣歌姬。王西樵責以詩云：「聽歌曾入忘憂界，不應忽縛枯禪戒。未是香山與病緣，何妨樊子同春在。安石攜妓自不凡，處仲開閤終無賴。誰爲公畫此策者？狂奴恨不鞭其背。」阮亭亦云：「萬種心情消未盡，忍辭駱馬遣楊枝？」余惜少游未聞此言。（徐案：此指少游因學道而遣朝華事。）

又，卷十二：余泊高郵，邑中詩人孫芳湖、沈少岑、吴螺峰招遊文游臺，是東坡、莘老、少游、定國四人遺迹。

清端木百禄秦淮海酒瓶歌：白雲山人贈我淮海之酒瓶，外質古樸中瓏玲。云是姜山脚下土中出，土花斑剥莓苔青。我聞姜山昔爲榷酒處，淮海風流杳難遇。黨人姓氏蘇門留，壓捺頭銜黜部署。酒星謫下栝州城，淪落一官何重輕！人爲先生心不平，我謂先生當濁世乃得揚其清。嗟彼毒手亦可感，落職適成先生名。不然此瓶久矣埋荒煙，韜沉猶得形自全，何以造物年深不忍祕，幾經歷劫仍復留人間。令人摩挲舊時物，感遇吊古長流連。君不見侯門當日盛鼎盤，金相玉質工雕鎸，一朝勢敗落人手，收藏終復羞權奸！即看此物出黄土，顯晦雖細非偶然。其中呵護有神力，醜質反藉高名傳。我欲攜之南園去買醉，照眼鶯花趁姿媚。但悲詩人已往如灰塵，孤亭冷落南園春。南園春老吟何苦，啼鳥無情花不語。一自藤陰夢不醒，溪山風月今無主。飲君酒，聽我歌，百年歲月愁蹉跎。人生難得朱顔酡，鶯花亭外春風多。有酒不飲當奈何！吁嗟乎，有酒不飲當奈何！（案：見光緒重修處州府志卷三十，以下三首同。）

清張吉安詩：僉判杭州到栝州，官因詩謫也風流。我來七百餘年後，山抹微雲正晚秋。

又：鶯花亭子幾春風，一卧圓庵百慮空。才子回頭都是佛，而今彌勒一龕同。

清董旂詩：醉卧藤陰夢正長，炎風吹淚又蠻鄉。微雲競寫詞人句，衰草空回學士腸。到眼魚豚皆別恨，驚心鼓角易斜陽。一龕今與彌陀共，不負當年爇瓣香！

天涯？

清吴世涵萬象山謁秦淮海先生祠詩：塵絲暗淡罥烏紗，酒監風流亦可嗟。野寺有僧猶竹柏，荒亭無主更鶯花。高才幾輩登卿相，黨禍千秋誤國家。太息蘇門諸俊彦，誰令飄泊在天涯？

清曾國藩求闕齋讀書録卷十山谷詩集戲書秦少游壁：微服過宋，謂少游過宋之南京，今之歸德也。宋父，以喻所盼者之父。百牢，喻百兩之禮。鸝鴿，喻此女也。秦氏，喻少游之夫人。兄，喻少游之子已長矣。「憶炊」句，喻少游昔年與妻同貧苦。「未肯」句，喻妻不欲少游納妾。「莫愁」句，勸少游妻無怨其夫。「但願」句，言富貴後不妨廣置姬妾也。任注云：「觀此詩意，當是少游過南京時有所盼，主翁待少游厚，欲令從歸，而其家難之也。」

清劉熙載藝概文概：東坡之文工而易，觀其言「秦得吾工，張得吾易」，分明自作贊語。文潛卓識偉論過少游，然固在坡函蓋中。

近代王國維人間詞話：曲家不能爲詞，猶詞家之不能爲詩，讀永叔、少游詩可悟。（案：一本作「然（白仁甫）所作天籟詞，粗淺之甚，不足爲稼軒奴隸。豈創者易工，而因者難巧歟？抑人各有能有不能也。讀者觀歐秦之詩遠不如詞，足透此中消息。」）

又人間詞話删稿：詩至唐中葉以後，殆爲羔雁之具矣。故五代、北宋之詩，佳者絶少，而詞則爲其極盛時代。即詩詞兼擅如永叔、少游者，詞勝於詩遠甚，以其寫之於詩者，不若寫之於詞者之真也。

現代錢基博中國文學史第五編：顧觀之策論，最爲類軾；而觀之詩詞，則絶異軾。詩律體不如古體，七古不如五古。律詩盡有妍麗，而氣調稍駑。七古綽有氣調，而意思不警。七古惟贈女冠暢師、送喬希聖、宿金山三篇可誦。五古如泊吴興觀音院、寄曾逢原、田居四首、送李端叔從辟中山、和王忠玉提刑、病犬、幽眠、次韻參寥莘老、荷花，多可誦者；而蹊徑與軾五古絶不同。軾以疏澹爲曠真，以坦迤出跌宕，由韋以希陶；觀則以妍麗爲清新，以追琢出秀爽，學柳以變謝。此其較也。

現代錢鍾書宋詩選注秦觀小傳：秦觀的詩内容上比較單薄，氣魄也顯得狹小，修詞却非常精緻；只要看李廌師友談記里記載他講怎樣寫律賦的許多話，就知道他對文字的琢磨工夫多少細密，怪不得朋友説他「智巧飣餖，只如填詞」……他的詩句「敲點匀净」，常常落於纖巧，所以同時人説他「詩如詞」、「詩似小詞」、「又待入小石調」；後來金國人批評他的詩是「婦人語」、「女郎詩」……南宋人不也説他的詩「如時女游春，終傷婉弱」麽？「時女游春」的詩境未必不好；藝術之宫是重樓複室、千門萬户，決不僅僅是一大間敞廳，不過，這些屋子當然有正有偏，有高有下，決不可能都居正中，都在同一層樓上。

現代台静農中國文學史第六篇宋代篇：秦觀詩清麗高古，實兼而有之。觀生於王安石、蘇軾、黄庭堅諸大詩人之間，要有所樹立，不能追隨任何一家，於是另闢途徑，自成風格。秦觀雖深刻不如王，豪放不如蘇，生新不如黄，然獨有的清麗，足以與諸大家抗衡。至於晚年坐黨籍，編管在今之雷州半島時諸作，確如吕居仁所言「嚴重高古」，如雷陽書事、海康書事諸作，皆樸質簡古，足見風骨，已非單以清麗取勝。

重印後記

徐培均

這本書出版至今，已經六年了。六年來，得到許多讀者和專家的關愛，使我激動，使我感奮。每每翻閱，就像撫摩自己的孩子，總有一種説不出、理不清的情緒縈繞心頭。

我之鍾情淮海，實自少年始。那時我在偏僻的蘇北農村讀私塾，劉老師給我以啓蒙教育，讓我背誦古詩文，雖然不求甚解，囫圇吞棗，一旦偶有所悟，便覺其味無窮。不久從王尚卿先生受業。先生係師範出身，兼通舊學與新學，抗戰期間，避地吾鄉，以授徒爲樂。他蒼顔白髮，面目和善，講課時循循善誘，井井有條。四書五經，本極艱深，但經王先生一講，如撥雲霧而見青天。以上兩位老師還教我背誦詩詞，學做對聯，培養了我愛好古典詩歌的興趣。淮海集中有許多冷僻艱深的典故，往往涉及先秦兩漢典籍，我在箋注過程中，頗得力於私塾時兩位老師的教導。

關於箋注的方法，則是在復旦大學就讀時跟朱東潤先生和王運熙先生學習的。我清楚地記得，朱老在給我們上陸游選修課時説：「現在我端上一碗紅燒肉，不僅講紅燒肉如何好吃，還要講如何燒出這碗紅燒肉。」那時正值三年「自然災害」時期，吃飯尚屬不易，何況紅燒肉。朱老以此爲喻，充滿了幽默感。他所説的「紅燒肉」，就是後來由上海古籍出版社出版的陸游選集、陸游研究和陸游傳。這些書是我後來從事箋注和研究的範本。在復旦期間，王運熙先生開李白選修課，采用邊學習、邊科研的教學方法，讓理論與實踐相結合，因此體會相當深刻。我們的作業便是李白詩選注和李白研究。那時我們才修完三年大學課程，知識有限，但在王老師的親切指導下，熱情很高，信心十足。兩年以後，完成了作業（那時的本科爲五年制），分别由人民文學出版社和作家出版社出版，受到了俞銘璜等學者的好評。應該説這二書是運熙師心血的結晶，只不過是通過我們這些幼稚的手記録下來而已。

離開復旦二十年之後，我接受了上海古籍出版社的稿約，先後撰寫淮海居士長短句校注和淮海集箋注，從前老師們所教的一切都用上了。淮海集箋注初稿甫成，東潤師還健在，爲我審讀了大部分書稿，欣然爲之作序，并來函云：「淮海集箋注，確是功力十足，得遇知音，正如昌黎所言『根之茂者其實遂，膏之沃者其光曄』，一切都不易幸得也。」此書既出，運熙師亦來函鼓勵，他説：「箋注内容翔實豐富，除注釋詞語、典故外，於作品之産生時地與有關親友交游等寫作背景，均詳加考索，用力甚勤。……誠不愧爲少游之功臣，藝林之佳構也。」又云：「你在無所憑藉的空地上，獨力成此巨著，益見不尋常的毅力和勤奮。」老師們勖勉有加，不禁令我汗顏。如果説有所成就的話，那都是老師們悉心栽培所致。

在撰寫此書的過程中，我曾得到北京圖書館、北京大學圖書館、上海圖書館、復旦大學圖書館、華東師範大學圖書館、上海師範大學圖書館和上海社會科學院圖書館等的幫助。又承傅璇琮、許逸民兩先生賜借日本内閣文庫藏宋乾道癸巳高郵軍學刻淮海集縮微膠卷作爲底本，解決了許多歷來學術界争論的問題。這些優越的條件令我感慨不已。我常想：古人注書，一是憑自己的藏書和記憶，二是向友人借閲。至于國家所藏典籍，則很少有機會利用。他們窮盡一生精力，才能注釋一二本書，如李善之於文選，仇兆鰲之於杜詩，王琦之於李白，施元之之於蘇詩。他們當時的條件確是太艱難了，能够取得如此傑出的成就而名垂後世，委實令我輩敬佩。而我有幸生於二十世紀的新中國，可以向許多圖書館借閲藏書，吸取養料，充實自己。如果連一本書都寫不好，豈不愧對古人。因此，儘管淮海集全屬白文，前人無注，是一片未開墾的處女地，但我仍盡量憑藉各家圖書館提供的豐富的文獻，進行考證，弄清每一篇作品的來龍去脉。我深深記得，在我向上海圖書館借閲善本古籍時，著名版本學家顧廷龍館長，傾盡心力，給予指導，并賜以題簽。顧老晚年屏居北京，仍關注此書的出版。讀了樣書之後，又熱情洋溢地寫了一封信。爲了紀念顧老，現將它抄録如下：

客臈獲拜大著淮海集箋注一書，皇皇巨編，展誦再三，箋注精細，徵見先生博覽群書，融會貫通。欽佩莫名。再：百數十萬（言）之大書，而誤奪寥寥，徵見足下精力充沛，細心校訂，佩甚佩甚！

顧老於前年在北京溘然長逝，無緣再聆教誨，如今每讀大札，手澤如新，音容宛在，撫卷沉思，不覺黯然神傷。

此書初版，僅印一千部，旋即售罄。臺灣大學王保真教授遍求無着，我亦無以爲報；後來她輾轉托人，好不容易從成都購得一部，隨即以所著淮海詞研究寄贈。區區拙著，爲兩岸學術交流架起橋梁，實爲榮幸。一九九六年冬，我應邀赴臺參加學術研討會，得遇香港中文大學饒宗頤教授，辱承索閲此書，讀後來函云：「大著淮海集箋注三册，功力湛深，誠邗溝之輔車，足以俯視百代，佩仰曷極！」并題詩相贈。選堂先生享譽東南，有國學大師之稱，竟不棄鄙陋，有以教我，感慰何如！

常言道：人貴有自知之明。前輩學者對拙著如此獎掖，每感惶恐。反躬自問，深覺其實難副。此次重印，特細校一過，發覺仍有訛誤三十餘處，一一加以改正。又本集卷八客有傳朝議欲以子瞻使高麗大臣有惜其去者白罷之作詩以紀其事一首，原注有誤，承杭州大學吴熊和教授以大作蘇軾奉使高麗一事考略相贈，以供糾繆。吴文引長編三五四所載元豐八年四月十八日差王震、滿中行使遼事進行論證，認爲「蘇軾出使高麗的使命就與王震、滿中行出使遼國的使命一樣，就是作爲禮信使惠贈已故神宗的遺物，或是作爲國信使報新君哲宗嗣位，兼報高太后垂簾聽政。……雖然相隔一日，「兩者都是同一朝議之事。」并云：「使高麗與使遼，同是十七日所議，然因大臣有惜其去者，白罷之。」他指出此大臣乃是門下侍郎章惇，原因是二人有舊誼，軾初貶黃州，獨惇致書存問，軾亦答書致謝。所論持之有故，切中事理，解決了千古之謎，謹記於此。

一九九六年十二月二十一日，我在訪臺期間參觀了臺北故宮博物院。此次展出主題爲羅家倫夫人張維楨女士捐獻的文物。我不僅看到了東坡前赤壁賦真迹，還意外地發現一幅東坡的墨竹圖，右上方爲東坡題識：「元豐三年正月軾爲子明秘校。」其時當在「烏臺詩案」出獄後不久。子明與晁補之雞肋集送梅校理子明通守杭州所載的梅子明，當爲同一人。在東坡題識之左而略偏中，有秦觀手書五言絶句一首，每句單行，字爲行楷，確如東坡所云「有二王風味」。兹照録如下：

葉密雨偏重
枝垂霧不消
會看晴日後
依舊拂雲霄
秦觀

詩用比興手法，表現了東坡當時的遭際。師生情誼，於此可見一斑。少游曾有墨竹七古一首，凡二十二句，見清嘉慶高郵州守師亮采所編之秦郵帖，我已收入淮海集箋注補遺卷一，所詠内容雖然不同,但可見少游之咏墨竹早已「成竹在胸」,可以「對客揮毫」。

在這幅畫的上下,有張熊、趙之謙等七人題跋,可供判斷真僞。以張熊題跋爲最詳,云:「嘗聞蘇文忠公善畫竹,多摹神於月影之中,故落筆縱横,疏密自如,神妙之處,盡在畫外,絶不落畫家窠臼。此幅高不盈尺,蕭疏幾筆,墨氣淋漓,正所謂天趣横生,莫名其妙!洵是真迹無疑也。」末署「辛未秋七月」,疑即清同治十年(一八七一)所題。既然東坡畫「洵是真迹」,則秦觀畫上所題之詩,絶非贋品。幾十年來,我研究淮海,窮極遐邇,搜羅遺逸,想不到竟在祖國寶島,得此佳作,真是如獲至寶!但願祖國早日統一,兩岸擴大交流,將優秀的中華傳統文化研究,推上一個高峰!庚辰酷暑於海上歲寒居。

修訂本後記

淮海集是中國古典文學中的重要典籍，自宋孝宗乾道九年癸巳（一一七三）問世以來，不斷刊刻。在宋代，連詞一道，前後就印了四次。明人印本，不下十種。在清代，刻本與鈔本，包括詞在內，也約有十種左右〔一〕。每次刻印，僅在個別字句上，稍作改易。自古及今，從未有人對全集作過箋注。二十世紀八十年代，我被調進上海社會科學院文學研究所，對其中淮海居士長短句作了校注，出版後，忝獲上海市哲學社會科學科研獎。於是，上海古籍出版社要我將全集也注釋出來。

夫全集之注釋，歷來罕見。在中國學術史上，箋注是一門冷僻而艱深的學問；但多爲名家別集的箋注，所注者大都是詩詞，如清人錢謙益的錢注杜詩、楊倫的杜詩鏡銓、仇兆鰲的杜詩詳注。而王琦的李太白集注，朱熹的詩集傳、楚辭集注，則是全集注釋的巨著。秦觀的老師蘇軾詩詞文賦兼擅,而被後人注釋的也僅有詩和詞,如宋人傅幹的注坡詞、施元之和顧禧的注東坡先生詩,清人馮應榴的蘇詩合注、王文誥的蘇詩編注集成,都是詩或詞的注釋,至於文、賦的箋注,則付之闕如,可見全集注釋之不易。在蘇門四學士中,唯黄庭堅的山谷詩集,有宋人任淵與史容、史季温的注本,而張耒的柯山集,儘管評價甚高,但迄今無人注過。晁補之稍微有幸,改革開放後,有了劉乃昌與楊慶存的箋注,但也只限於詞。蘇軾「於四學士中最善少游」,對他的文章「未嘗不極口稱善」〔二〕。秦觀的文集,卷帙浩繁,據歷代版本統計,淮海集四十卷、後集六卷、長短句三卷。除長短句我已校注外,尚有四十六卷詩文,未經任何人注釋,全是白文,若要校注,必須一空倚傍,自闢蹊徑。因爲就其内容而言,非常豐富複雜。若無深入的研究,便難以把問題講清楚。秦觀在學術上以儒爲宗,兼信道釋,淹通經史,博洽百家,故其用典不但範圍很廣,而且冷僻艱深。特别是他所處的時代,新舊黨争,此起彼伏。終因「影附蘇軾」,竄逐南荒。因此他的作品不僅反映了他個人的遭遇,而且離不開錯綜複雜的政治鬥争和相互羼雜、彼此交融的儒釋道思想。鑒於上述原因,當上海古籍出版社約我撰寫淮海集箋注時,確有一些畏難情緒。然經再三考慮,覺得我在復旦大學中文系五年、上海戲劇學院戲曲創作研究班二年,曾經受過朱東潤、龍榆生、王運熙等名師的教導,在國學上還是打下一定基礎的;且有參與李白詩選與李白研究的科研實踐,並初步取得淮海居士長短句校注的成果,因此,心裏還算是有底的。於是,我接受了全集箋注這一任務。

衆所周知，凡一項成就的取得，都要憑借主觀努力與客觀條件。我深切地感到，我們今天從事科研的客觀條件，比起古人來，真是好上百倍。古人注書，全憑記憶。我的記憶力不算太差，幼時在農村讀過五六年私塾，對四書五經，死記硬背，不求甚解。歷盡滄桑，印象猶未磨滅，一旦重操舊業，不免觸類旁通，豁然開朗。古人做學問，除了憑記憶，還要靠藏書。家藏不足，則向師友借閲。方之今日，不可同日而語。今日圖書館遍及全國，可資閲覽，還可借出。淮海研究一開始，我就整天泡在圖書館中。從上海到北京，一家一家地看過來，手抄筆録，記了十幾本。

先説在北京。北京圖書館，館藏爲中國之最，後來改稱國家圖書館。那時，原復旦大學老師鮑正鵠教授爲館領導之一，對我關懷備至，故得以在半年時間内從容閲讀，光陰不致虚擲。更有一件巧事，我在北圖遇到了全明詞的續編者張璋。我倆曾經參加抗美援朝，不過當時他是志願軍司令部的交通運輸部部長，我乃一個步兵團的小參謀。想不到戰後相逢於文化陣地——北京圖書館，一見如故，倍感親切。他是北圖的老讀者，因承國家古籍整理領導小組組長李一氓之托，接續饒宗頤從事全明詞的編纂，天天在北圖搜集資料，所以既熟悉人員，又瞭解館藏情况。在他的協助下，我極爲方便地讀到有關淮海的古典文獻。

北京大學號稱國内最高學府，圖書館館藏也很豐富。我所熟悉的程郁綴教授見我來京查閲古籍，非常熱情地予以幫助。他幫我複印了難得一見的林紓林氏選評名家文集淮海集和宋代紹熙謝雩重修本淮海集及其跋尾。特别難忘的是中華書局總編輯傅璇琮先生與編審許逸民先生。本文開頭曾提及淮海集版本多達數十種,前代版本目録學家如黄丕烈、吴梅、葉恭綽、吴湖帆等經過多方考證,雖然知道宋本的價值,但遍求國内,只找到淮海居士長短句的殘本,視同珍寶。民國十九年,葉恭綽將故宫原藏和吴湖帆所藏的兩個殘本,合併印刷,對殘缺之處據明清刻本予以補鈔,世稱兩宋合印本淮海居士長短句。在二十世紀已顯得非常珍貴,但葉公還誤以爲這兩個殘宋本來源於杭郡,殊不知此乃宋孝宗乾道九年癸巳(一一七三)刻於高郵軍學也。二十世紀八十年代初,承日本學者横山弘教授見告,日本内閣文庫藏有乾道高郵軍學本淮海集,十分完整,但遠隔大海,無緣一見,不免憾悵不已。不料在北京看書時,許逸民先生告知中華書局攝有這部書的膠卷,可供利用。這真是踏破鐵鞋無覓處,得來全不費工夫。一時間,我大喜過望。淮海集箋注有這樣的善本作爲底本,雖未開筆,已先勝一籌。對傅、許兩先生的慷慨借閲,我將没齒不忘,銘感在心。

再者難忘的是上海圖書館。上圖館藏豐富,服務熱情,尤其是著名版本目録學家顧廷龍先生學識淵博,爲人慈祥忠厚。一連幾年,老人家讓我坐在南京路上圖古籍組辦公室裏,有求必應,有問必答。因此在那裏得以閲讀了許多善本與孤本。前面所説的淮海集宋乾道九年癸巳高郵軍學本正本已流至日本,但上圖却藏有同樣的淮海集,不過是宋刻明印而已。字體、行款、刻工完全一樣,唯中間缺了第十六至第二十一等六卷,他卷也小有殘缺。可惜至今無人問津,而把機會留給了我。一時間，我突然産生「衆裏尋他千百度，驀然回首，那人却在，燈火闌珊處」的快感。因此，衷心感謝顧老和他的得意門生陳先行先生。及至淮海集箋注殺青，荷蒙顧老題籤，出版後又獲賜函：「客臈獲拜大著淮海集箋注一書，皇皇鉅編，展誦再三，箋注精細，徵見先生博覽群書，融會貫通。」一片獎諭熱忱，至今猶令我感動不已。

復旦大學是我的母校，館藏僅次於上圖，而業師朱東潤教授又是宋代文學的大家。我常常騎自行車到復旦圖書館看書，並到朱老府上請益。初稿甫成，朱老於百忙之中抽暇審閱，提了很多寶貴意見，閱後賜序曰：「少游已矣，遺編尚在，世必有真能知少游者。培均其爲嚆矢乎！」書既出，朱老十分欣喜，又賜函鼓勵：「淮海集箋注，確是功力十足，得遇知音，正如昌黎所言『根之茂者其實遂，膏之沃者其光曄』，一切都不易幸得也！」不僅顧、朱二老青眼有加，連號稱國學大師的香港大學教授饒宗頤先生一九九六年十二月二十一日在臺北「中研院」與我相遇時，也親自向我索書，閱後來函盛稱：「大著淮海集箋注三册，功力湛深，誠邗溝之輔車，足以俯視百代，佩仰曷極！」對老前輩諸多期許，愧不敢當。若論有所成就的話，首先歸功於社會制度的優越與單位對科研的重視。正是有了這些客觀條件，我纔能專心致志、心無旁騖地從事淮海集的研究。

此書一九九四年十月初次面世，上海古籍出版社根據學術界的反應，二〇〇〇年十一月重印，將它升格進中國古典文學叢書，二〇一〇年再次印行。二〇一三年，國家新聞出版廣電總局、全國古籍整理出版規劃領導小組，對建國六十多年來的古籍出版物進行多輪評選，最終選出首屆向全國推薦優秀古籍整理圖書共九十一種。上海獲評的中國古典文學叢書有七十五個子品種入選，本人的淮海集箋注和李清照集箋注濫竽其中。這不僅是個人的榮幸，也是我們單位和出版社的榮幸。按照常情，此書既獲如此獎勵，何必再動。但我覺得藝無止境，這幾年間，不斷檢視全書，仍然發現一些有待改進之處。古人云：「過則勿憚改。」亟須修訂者，約有以下幾點：

（甲）原注訛誤，主要有六處：

其一，後集卷二送孫誠之尉北海原注：「本篇熙寧中作於高郵。」並引茆泮林孫莘老年譜元祐三年案語，云：「淮海集……北海尉孫誠之。」既云「熙寧中」，又云「元祐三年」，在時間上自相矛盾。今查高郵縣誌選舉表：「孫子實，中制科，授北海尉。」則誠之乃子實之字，而非他書所説的孫勉。其中制科當在元祐三年。宋史選舉志二：「元祐二年，復制科……而次年試論六首，御試策一道，召試、除官……」次年，即元祐三年。孫誠之於元祐三年考中制科後，即除北海尉，少游本年經蘇軾、鮮于子駿推薦也參與制科考試，因而作此詩送之。

其二，淮海集卷八客有傳朝議欲以子瞻使高麗大臣有惜其去者白罷之作詩以紀其事，此詩我的原注誤，而拙著秦少游年譜長編已予改正，云此詩作於元豐八年夏四月。兹再作一説明：今人吴熊和有蘇軾奉使高麗事略考，刊於杭州大學學報第二十五卷第一期，他認爲此事，「當不出元豐七年（一〇八四）至元祐元年（一〇八六）這二三年間」。時蘇軾正由黄州量移汝州，半途於常州得王鞏來信，通報朝廷將要起用他的消息，中有此條。考續資治通鑒長編卷三五四，元豐八年四月十八日，差王震、滿中行使遼。因知欲差蘇軾使高麗，當與王、滿相同，乃作爲禮信使惠贈神宗遺物，或作爲國信使報新君哲宗繼位及高太后垂簾聽政。朝議，指宰相王珪、蔡確議政時的提名討論。大臣，似指門下侍郎章惇，時與蘇軾尚未交惡，故惜其去而上疏白之；罷之者當爲太皇太后高氏。高氏以後曾對蘇軾云：「先帝每誦卿文章，必嘆曰：『奇才奇才！』」然後賜金蓮燭送歸翰林院。事見宋史蘇軾傳。觀上述種種，可見此詩背景複雜，事關朝政，確有釐清之必要。

其三，後集卷三致政通議口號并引，原未注出本事。後受周義敢、程自信、周雷秦觀集編年校注啓發，乃知紹聖元年秋謫居處州時爲王存而作。經查宋史王存傳，謂其晚年「除知大名府，改知杭州（知杭州在元祐八年）。紹聖初，請老，提舉嵩禧觀，遷右正議大夫致仕……既而，降通議大夫」；又云：王存建中靖國元年（一一〇一）卒，年七十九。則其紹聖初致仕，年已七十二。據此上溯，其生年當爲宋真宗乾興元年（一〇二二）。王存在元祐四年六月甲辰知蔡州，少游時爲蔡州教授，在其屬下，有正仲左丞生日、牽牛花諸詩及之；又曾爲其代作謝加勛表、祭歐陽夫人文、賀京西運判啓諸文，因此交誼至厚。即以紹聖元年而論，在王存「請老」之後、離職之前，少游由國史院編修出爲杭州通判，正爲州守王存的副職，故其於赴杭倅途中及被謫處州監鹽酒税時，曾發二帖，向王存借船。是歲秋，王存致仕，少游在處州作此口號（參見秦少游年譜長編）。他們之間交往頻繁，歷有年所，此詩爲其中關鍵，一旦注明，對其他問題便可迎刃而解。

其四，前集卷三寄陳季常詩，原注編於紹聖二年冬季，時少游謫居處州，所據爲詩中有「駿馬錦障泥，相隨窮海嶠」兩句。海嶠固指海邊之山，但陳季常（慥）家原在洛陽，後遷黄州北之岐亭，何能遠遊數千里之外的處州？這是值得懷疑的。案：前集卷三十四有龍丘子真贊，乃爲陳季常畫象作贊，稱其「放意自娱，遊行六區」，言其到處漫遊也。如此則「海嶠」亦猶「六區」，皆虚指也。關於陳季常的逸事，宋人蘇軾、黄庭堅、洪邁、胡仔多有記載，尤以胡仔爲詳，其苕溪漁隱叢話後集卷三十九：

東坡云：龍丘子自洛之蜀，載二侍女，戎裝駿馬，至溪山佳處，輒留數日，見者以爲異人。後十年，築室黄岡之北，號静庵居士，作臨江仙贈之曰：「細馬遠馱雙侍女，青巾玉帶紅靴。溪山好處便爲家。誰知巴峽路，却見洛城花……」秦太虚寄之以詩，亦云：「侍童雙擢玉，鬟髮光可照。駿馬錦障泥，相隨窮海嶠……」西清詩話云：「季常自以爲飽禪學，妻柳頗悍忌，季常畏之。故東坡因詩戲之，有『忽聞河東獅子吼，拄杖落手心茫然』之句。」

由此可證，少游此詩當作於東坡之後，蓋元祐五年入京任職，四學士常相聚於蘇門之時。此外少游尚有題雙松寄陳季常詩，見前集卷五，我據山谷集戲答陳季常寄黄州山中連理松枝二首任淵注，繫於元祐三年，可供參考。

其五，前集卷四和黄法曹憶建溪梅花，爲少游名篇，蘇軾譽之曰：「西湖處士骨應槁，只有此詩君壓倒。」前人只知詩之末句用杜詩，我之原注亦然。今與杜甫蘇端薛復筵簡薛華醉歌詳加比照，乃知此詩不僅轉用杜韵，而且化用其意，借以稱譽黄法曹之原唱，有如唐人薛華之詩，藝術上甚爲高妙。惜前人未之覺也。

其六，近承友人黄思維君見示，杭縣張相、江山周邦英選評宋文鑑簡編，收有秦觀文五篇，爲吊鎛鐘文、龍井題名、集瑞圖序、揚州集序、進策序，共有眉批六則，皆屬點睛之筆。張相乃飽學之士，其詩詞曲語辭匯釋影響深遠，故其評語亦值得參考，特附於各篇之後。

此外，尚有一些訛錯與疏漏，兹不具論，詳見箋注。

〔乙〕淮海詩文，遺佚較多。原已補輯不少。這幾年廣覽典籍，也有所發現。有的已載於拙著秦少游年譜長編，有的留於筆記。如五絶題東坡墨竹圖，係一九九六年十二月赴臺講學時參觀臺北故宫博物院所得；而輞川圖跋則是二〇〇九年常州秦氏後裔耕海先生所轉贈。以上二者，原爲少游手迹，真實可信。特别是輞川圖跋，與淮海集卷三十四之書輞川圖後題材相同，唯作時有前後、内容有詳略。疑前者爲初稿，後者爲定稿。定稿的價值，遠遠高於初稿，我已寫成長篇論文試論新發現的秦觀輞川圖跋，刊於文學遺産二〇〇一年第一期，現將此文收入本書補遺卷二。

跋元净龍井十題，原著忽略，後於咸淳臨安志卷七十八中發現。元净，即辯才於師。關於龍井辯才的詩文與本事，淮海集箋注中多次涉及，此次再作補遺，庶無缺憾了。總計起來，此次補遺得詩二首、文六篇，因篇幅所限，恕不枚舉。

在補遺之外，本次修訂又綴以「存疑」一項。二〇一三年中國人民大學出版社印行了裴斐文集，其中載有詩緣情辨一文，文中引了秦少游三首七絶，其源乃出於宋人吴沆環溪詩話，茲録如下：

又如秦少游詩云：「北客念家渾不睡，荒山一夜雨吹風。」此直説客中而有念家之情，乃賦中之興也。又如「林間幽鳥啄枯槎，落盡寒潮一澗沙。獨木橋西游子宿，酒旗斜日兩三家。」此亦賦中之興也。至如「天海相連無盡處，夢魂來往尚應難。誰言南海無霜雪，試向愁人兩鬢斑。」此以愁人頭白比霜雪，而發思家之情，比中興也。又如「梧葉離離欲滿階，乍涼天氣客情懷。十年舊事雲飛去，一夜雨聲都送來。」蓋因梧葉飄落乍涼天氣而發，興也。至於説舊事如雲飛去，則比也。

裴斐以爲此皆少游詩。就風格之清麗哀婉而言，似少游；就詩中情境言，亦符合少游之身世。然皆不見於淮海集，疑不能辨，幸得友人黄思維相助，乃知「北客」二句，實出於少游題郴陽道中一古寺壁，見前集卷十一。而「林間」一首爲宋人劉子翬詩，題作寒澗；「天海」一首乃唐人裴夷直詩，原題憶家，「斑」作「看」，見全唐詩卷五三一。惟「梧葉」一首，暫時找不到出處，淮海集亦無之。只得存疑，期待有關專家作進一步的考證。

學術著作，講究精益求精。本着這一目標，本人鍥而不捨，對此書又作一次認真修訂，唯恐仍有一些訛誤，祈請讀者與專家不吝賜教。是爲序。

徐培均二〇一六年初稿於三月上巳日於海上歲寒居同年二稿於上海市第六醫院

注：

〔一〕參見拙著淮海居士長短句箋注附録一淮海詞版本考，上海古籍出版社二〇〇八年版，二一六八—二一八八頁。

〔二〕葉夢得避暑録話卷三。

茗柯文編	[清]張惠言著　黄立新校點
瓶水齋詩集	[清]舒位著　曹光甫點校
龔自珍全集	[清]龔自珍著　王佩諍校點
龔自珍詩集編年校注	[清]龔自珍著　劉逸生、周錫䪖校注
水雲樓詩詞箋注	[清]蔣春霖著　劉勇剛箋注
人境廬詩草箋注	[清]黄遵憲著　錢仲聯箋注
嶺雲海日樓詩鈔	[清]丘逢甲著　丘鑄昌標點

顧亭林詩集彙注	[清]顧炎武著　王蘧常輯注 吴丕績標校
安雅堂全集	[清]宋琬著　馬祖熙標校
龔鼎孳詞校注	[清]龔鼎孳著　孫克强、鄧妙慈校注
吴嘉紀詩箋校	[清]吴嘉紀著　楊積慶箋校
陳維崧集	[清]陳維崧著　陳振鵬標點 李學穎校補
屈大均詩詞編年校箋	[清]屈大均著　陳永正等校箋
屈大均詞箋注	[清]屈大均著　陳永正箋注
秋笳集	[清]吴兆騫撰　麻守中校點
漁洋精華録集釋	[清]王士禛著 李毓芙、牟通、李茂肅整理
聊齋志異會校會注會評本	[清]蒲松齡著　張友鶴輯校
敬業堂詩集	[清]查慎行著　周劭標點
納蘭詞箋注	[清]納蘭性德著　張草紉箋注
方苞集	[清]方苞著　劉季高校點
樊榭山房集	[清]厲鶚著　[清]董兆熊注 陳九思標校
劉大櫆集	[清]劉大櫆著　吴孟復標點
儒林外史彙校彙評(增訂版)	[清]吴敬梓著　李漢秋輯校
小倉山房詩文集	[清]袁枚著　周本淳標校
忠雅堂集校箋	[清]蔣士銓著　邵海清校 李夢生箋
甌北集	[清]趙翼著　李學穎、曹光甫校點
惜抱軒詩文集	[清]姚鼐著　劉季高標校
兩當軒集	[清]黄景仁著　李國章校點
惲敬集	[清]惲敬著　萬陸、謝珊珊、林振岳 標校　林振岳集評

沈璟集	[明]沈璟著　徐朔方輯校
湯顯祖詩文集	[明]湯顯祖著　徐朔方箋校
湯顯祖戲曲集	[明]湯顯祖著　錢南揚校點
白蘇齋類集	[明]袁宗道著　錢伯城校點
袁宏道集箋校	[明]袁宏道著　錢伯城箋校
珂雪齋集	[明]袁中道著　錢伯城點校
喻世明言會校本	[明]馮夢龍編著　李金泉點校
警世通言會校本	[明]馮夢龍編著　李金泉點校
醒世恒言會校本	[明]馮夢龍編著　李金泉點校
隱秀軒集	[明]鍾惺著　李先耕、崔重慶標校
譚元春集	[明]譚元春著　陳杏珍標校
張岱詩文集(增訂本)	[明]張岱著　夏咸淳輯校
陳子龍詩集	[明]陳子龍著 施蟄存、馬祖熙標校
夏完淳集箋校(修訂本)	[明]夏完淳著　白堅箋校
牧齋初學集	[清]錢謙益著　[清]錢曾箋注 錢仲聯標校
牧齋有學集	[清]錢謙益著　[清]錢曾箋注 錢仲聯標校
牧齋雜著	[清]錢謙益著　[清]錢曾箋注 錢仲聯標校
牧齋初學集詩注彙校	[清]錢謙益著　[清]錢曾箋注 卿朝暉輯校
李玉戲曲集	[清]李玉著 陳古虞、陳多、馬聖貴點校
吴梅村全集	[清]吴偉業著　李學穎集評標校
歸莊集	[清]歸莊著

朱淑真集校注	[宋]朱淑真著　[宋]鄭元佐注 任德魁校注
劍南詩稿校注	[宋]陸游著　錢仲聯校注
放翁詞編年箋注(增訂本)	[宋]陸游著　夏承燾、吴熊和箋注 陶然訂補
渭南文集箋校	[宋]陸游著　朱迎平箋校
范石湖集	[宋]范成大撰　富壽蓀標校
范成大集校箋	[宋]范成大撰　吴企明校箋
于湖居士文集	[宋]張孝祥著　徐鵬校點
稼軒詞編年箋注(定本)	[宋]辛棄疾撰　鄧廣銘箋注
辛棄疾詞校箋	[宋]辛棄疾著　吴企明校箋
姜白石詞編年箋校	[宋]姜夔著　夏承燾箋校
後村詞箋注	[宋]劉克莊著　錢仲聯箋注
劉辰翁詞校注	[宋]劉辰翁著　吴企明校注
瀛奎律髓彙評	[元]方回選評　李慶甲集評校點
雁門集	[元]薩都拉著 殷孟倫、朱廣祁校點
揭傒斯全集	[元]揭傒斯著　李夢生標校
高青丘集	[明]高啓著　[清]金檀注 徐澄宇、沈北宗校點
唐寅集	[明]唐寅著　周道振、張月尊輯校
文徵明集(增訂本)	[明]文徵明著　周道振輯校
震川先生集	[明]歸有光著　周本淳校點
海浮山堂詞稿	[明]馮惟敏著 凌景埏、謝伯陽標校
滄溟先生集	[明]李攀龍著　包敬第標校
梁辰魚集	[明]梁辰魚著　吴書蔭編集校點

歐陽修詞校注	[宋]歐陽修著　胡可先、徐邁校注
蘇舜欽集	[宋]蘇舜欽著　沈文倬校點
嘉祐集箋注	[宋]蘇洵著　曾棗莊、金成禮箋注
王荆文公詩箋注(修訂版)	[宋]王安石著　[宋]李壁箋注　高克勤點校
王令集	[宋]王令著　沈文倬校點
蘇軾詩集合注	[宋]蘇軾著　[清]馮應榴注　黄任軻、朱懷春校點
東坡樂府箋	[宋]蘇軾著　[清]朱孝臧編年　龍榆生校箋
東坡詞傅幹注校證	[宋]蘇軾著　[宋]傅幹注　劉尚榮校證
欒城集	[宋]蘇轍著　曾棗莊、馬德富校點
山谷詩集注	[宋]黄庭堅著　[宋]任淵、史容、史季温注　黄寶華點校
山谷詩注續補	[宋]黄庭堅著　陳永正、何澤棠注
山谷詞校注	[宋]黄庭堅著　馬興榮、祝振玉校注
淮海集箋注(修訂本)	[宋]秦觀撰　徐培均箋注
淮海居士長短句箋注	[宋]秦觀著　徐培均箋注
賀鑄詞集校注	[宋]賀鑄著　鍾振振校注
清真集箋注	[宋]周邦彦著　羅忼烈箋注
石門文字禪校注	[宋]釋惠洪撰　周裕鍇校注
石林詞箋注	[宋]葉夢得著　蔣哲倫箋注
樵歌校注	[宋]朱敦儒著　鄧子勉校注
李清照集箋注(修訂本)	[宋]李清照著　徐培均箋注
吕本中詩集箋注	[宋]吕本中著　祝尚書箋注
陳與義集校箋(附年譜)	[宋]陳與義著　白敦仁校箋
蘆川詞箋注(修訂本)	[宋]張元幹著　曹濟平箋注

韓昌黎文集校注	[唐]韓愈著　馬其昶校注 馬茂元整理
劉禹錫集箋證	[唐]劉禹錫著　瞿蜕園箋證
白居易集箋校	[唐]白居易著　朱金城箋校
柳宗元詩箋釋	[唐]柳宗元著　王國安箋釋
柳河東集	[唐]柳宗元著　[宋]廖瑩中輯注
元稹集校注	[唐]元稹著　周相録校注
長江集新校	[唐]賈島著　李嘉言新校
張祜詩集校注	[唐]張祜著　尹占華校注
三家評注李長吉歌詩	[唐]李賀著　[清]王琦等評注 蔣凡校點
樊川文集	[唐]杜牧著　陳允吉校點
樊川詩集注	[唐]杜牧著　[清]馮集梧注
温飛卿詩集箋注	[唐]温庭筠著　[清]曾益等箋注
玉谿生詩集箋注	[唐]李商隱著　[清]馮浩箋注 蔣凡校點
樊南文集	[唐]李商隱著　[清]馮浩詳注 錢振倫、錢振常箋注
皮子文藪	[唐]皮日休著　蕭滌非、鄭慶篤整理
鄭谷詩集箋注	[唐]鄭谷著 嚴壽澂、黄明、趙昌平箋注
韋莊集箋注	[五代]韋莊著　聶安福箋注
李璟李煜詞校注	[南唐]李璟、李煜著　詹安泰校注
張先集編年校注	[宋]張先著　吴熊和、沈松勤校注
二晏詞箋注	[宋]晏殊、晏幾道著　張草紉箋注
樂章集校箋	[宋]柳永著　陶然、姚逸超校箋
梅堯臣集編年校注	[宋]梅堯臣著　朱東潤編年校注
歐陽修詩文集校箋	[宋]歐陽修著　洪本健校箋

蕭繹集校注	[南朝梁]蕭繹著　陳志平、熊清元校注
玉臺新咏彙校	吴冠文、談蓓芳、章培恒彙校
王績集會校	[唐]王績著　韓理洲校點
王梵志詩校注(增訂本)	[唐]王梵志著　項楚校注
盧照鄰集箋注	[唐]盧照鄰著　祝尚書箋注
駱臨海集箋注	[唐]駱賓王著　[清]陳熙晉箋注
王子安集注	[唐]王勃著　[清]蔣清翊注
陳子昂集(修訂本)	[唐]陳子昂撰　徐鵬校點
孟浩然詩集箋注(增訂本)	[唐]孟浩然著　佟培基箋注
王右丞集箋注	[唐]王維著　[清]趙殿成箋注
李白集校注	[唐]李白著　瞿蜕園、朱金城校注
高適集校注(修訂本)	[唐]高適著　孫欽善校注
杜詩趙次公先後解輯校	[唐]杜甫著　[宋]趙次公注　林繼中輯校
新刊校定集注杜詩	[唐]杜甫著　[宋]郭知達輯注　聶巧平點校
新定杜工部草堂詩箋斠證	[唐]杜甫著　[宋]魯訔編　[宋]蔡夢弼會箋　曾祥波新定斠證
杜詩鏡銓	[唐]杜甫著　[清]楊倫箋注
錢注杜詩	[唐]杜甫著　[清]錢謙益箋注
杜甫集校注	[唐]杜甫著　謝思煒校注
岑參集校注	[唐]岑參著　陳鐵民、侯忠義校注
戴叔倫詩集校注	[唐]戴叔倫著　蔣寅校注
韋應物集校注(增訂本)	[唐]韋應物著　陶敏、王友勝校注
權德輿詩文集	[唐]權德輿撰　郭廣偉校點
王建詩集校注	[唐]王建著　尹占華校注
韓昌黎詩繫年集釋	[唐]韓愈著　錢仲聯集釋